Nuova Narrativa Newton
1000

Dello stesso autore:

*Atlantis Saga*
*I sopravvissuti del volo 305*
*Epidemia mortale*
*Genesi*

Copertina © Sebastiano Barcaroli



Titolo originale: *Winter World*


Traduzione dall'inglese di Giulio Lupieri
Prima edizione: luglio 2019


ISBN 978-88-227-2962-0

www.newtoncompton.com

Realizzazione a cura di Il Paragrafo, Udine
Stampato nel luglio 2019 da Puntoweb s.r.l., Ariccia (Roma)

A.G. Riddle

# Un mondo di ghiaccio

Newton Compton editori

*Per mia madre, che se n'è andata da questo mondo*
*troppo presto, ma l'ha lasciato migliore*
*di quanto non l'abbia trovato.*

# Capitolo 1
# Emma

Negli ultimi cinque mesi ho visto morire il mondo.

I ghiacci hanno invaso il Canada e l'Inghilterra, la Russia e la Scandinavia, seppellendo tutto nella loro inarrestabile avanzata.

Nell'arco di tre mesi il ghiaccio coprirà l'intera Terra e la vita come la conosciamo sarà finita.

Il mio compito è scoprire perché.

E fermarlo.

La sveglia mi strappa al sonno. Mi libero dal sacco a pelo e apro la porta della cabina.

Da quando sono arrivata alla Stazione spaziale internazionale non ho mai dormito bene. Soprattutto dopo l'inizio degli Esperimenti invernali. Ogni notte mi giro e rigiro nel letto, chiedendomi cosa ci riveleranno le sonde e se scopriremo un modo per salvarci.

Fluttuo fino al modulo Harmony e digito sul pannello cercando di identificare la causa dell'allarme. I radiatori solari sono bollenti. Guardo la temperatura salire. *Perché?* Devo fare qualcosa…

La voce di Sergei mi gracchia nell'auricolare con il suo forte accento russo. «È l'impianto fotovoltaico, comandante».

«Spiega meglio», chiedo fissando la videocamera.

Silenzio.

«Rispondi, Sergei. Sono i detriti? Perché si sono surriscaldati?».

C'è un milione di modi per morire sulla Stazione spaziale internazionale. Un guasto del sistema fotovoltaico è uno dei più certi. E ci sono molti modi in cui può guastarsi. Il sistema funziona come i pannelli solari sulla Terra: le radiazioni solari sono convertite in corrente elettrica. Il processo genera molto calore in eccesso che viene disperso nello spazio attraverso i radiatori, posizionati al riparo dalla luce del Sole. Se questi radiatori si surriscaldano, il calore si diffonde all'interno della stazione, mettendo a rischio la vita dei suoi occupanti.

Dobbiamo scoprire al più presto la causa.

Sergei sembra distratto, o forse infastidito. «Non sono detriti, comandante. Le spiegherò appena lo scopro. Adesso vada a dormire, per favore».

La porta della cabina accanto alla mia si apre e il dottor Andrew Bergin sbircia fuori con occhi gonfi e assonnati.

«Ehi, Emma, cosa succede?»

«Il sistema fotovoltaico».

«C'è di che preoccuparsi?»

«Sto cercando di capirlo».

«Sergei, cosa pensi che sia?»

«Penso sia l'emissione solare. È troppo forte», risponde Sergei.

«Un'esplosione solare?»

«È la spiegazione più plausibile. Non si tratta del malfunzionamento di un radiatore isolato, sono tutti surriscaldati».

«Spegni l'impianto e accendi la batteria».

«Comandante…».

«Fallo, Sergei. Subito».

Sul display le luci degli otto pannelli solari e delle loro 33.000 celle fotovoltaiche si spengono e gli indicatori della temperatura cominciano a scendere.

La batteria ci consente una certa autonomia. La usiamo una quindicina di volte al giorno quando l'ombra della Terra oscura il sistema fotovoltaico.

Bergin formula la domanda che mi ronza in mente: «Ancora nessuna risposta dalle sonde?».

Sto già controllando.

Un mese fa un consorzio internazionale ha inviato nello spazio delle sonde per misurare le radiazioni solari e registrare eventuali anomalie. Le sonde fanno parte degli Esperimenti invernali, il più vasto progetto scientifico mai intrapreso dall'uomo. Lo scopo di questi esperimenti è scoprire le cause della glaciazione. Sappiamo che le emissioni solari si stanno riducendo, ma non dovrebbe essere così, l'atmosfera terrestre dovrebbe surriscaldarsi.

I dati registrati dalle sonde saranno raccolti dalla Stazione spaziale internazionale, ma al momento non è ancora arrivato nulla. Questi dati potrebbero salvare l'umanità, o semplicemente dirci quanto ci resta ancora da vivere.

Dovrei tornare a dormire, ma ormai sono in piedi e ci resto.

Non vedo l'ora di ricevere i primi dati dalle sonde. La mia famiglia è sulla Terra. Voglio sapere cosa ne sarà di loro. E c'è una tacita domanda che assilla tutti i sei astronauti e cosmonauti della stazione spaziale: cosa ne sarà di noi? Se il mondo sta morendo – se non ci sarà nessun mondo a cui tornare – ci lasceranno quassù? Tre di noi devono tornare a casa tra un mese, gli altri tre fra quattro mesi. Ma le nostre nazioni spenderanno le risorse necessarie per riportarci indietro? Stanno già affrontando una crisi di rifugiati senza precedenti nella storia.

In tutto il mondo i governi stanno cercando di trasferire miliardi di persone verso le ultime zone abitabili e chiedendosi cosa fare con quelli che non possono evacuare. Quanto saranno disposti a investire per riportare a casa sei persone dallo spazio?

Tornare a casa non è una passeggiata. La stazione spaziale non è dotata di vere e proprie capsule di salvataggio, ci sono soltanto le due Soyuz che ci hanno portato fin qui. Ognuna delle quali può trasportare al massimo tre passeggeri. Possiamo usarle per evacuare la stazione, ma abbiamo bisogno di coordinamento dalla Terra, qualcuno deve raccoglierci quando atterriamo.

E al ritorno avremo bisogno di ancora più aiuto. Riabilitazione, per esempio. Nello spazio le ossa perdono densità a causa dell'assenza di gravità. E sono le ossa portanti a diventare più fragili: pube, colonna vertebrale e gambe. La massa ossea si riduce, come nei malati di osteoporosi. Il calcio che si infiltra nell'organismo provoca calcoli renali, e lo spazio non è il posto migliore dove avere una crisi di calcoli. Alcuni dei primi astronauti che hanno soggiornato alla stazione hanno perso fino al 2 percento della loro densità ossea ogni mese. Per ridurre i danni dobbiamo fare degli esercizi. Ma al rientro dovrò comunque sottopormi a una riabilitazione. Finché non metterò piede sulla Terra (o sul ghiaccio) non saprò in che stato sono.

La verità è che serviamo alla gente sulla Terra per gli Esperimenti invernali. E se non scopriremo cosa sta causando il Lungo Inverno – e come fermarlo – non lasceremo mai questa stazione. Siamo intrappolati tra le fredde tenebre dello spazio e un pianeta che si sta ghiacciando. Per il momento, questa è la nostra casa. E probabilmente lo sarà per un po'.

È una bella casa. La migliore che abbia mai avuto.

Avanzo attraverso i moduli che compongono la stazione spingendomi con le mani e con i piedi. Sono come una serie di enormi tubi avvitati insieme ad angolo retto, la maggior parte dei quali ospitano laboratori o semplici connettori.

Il modulo Unity, lanciato nel 1998, fu il primo elemento della Stazione spaziale internazionale costruito negli Stati Uniti. Ha sei punti di ormeggio, come i tunnel di un sistema fognario.

Passo nel modulo Tranquility, che ospita le apparecchiature di sostegno vitale, il sistema di riciclo dell'acqua, i generatori di ossigeno e una toilette il cui uso in assenza di gravità è tutt'altro che facile (anche perché progettata esclusivamente per astronauti di sesso maschile).

Da Tranquility fluttuo nel modulo di osservazione dell'Agenzia spaziale europea. Sosto per un lungo istante sotto la cupola con sette grandi finestre panoramiche che offrono una vista mozzafiato sullo spazio e sulla Terra.

La stazione ruota a circa quattrocento chilometri dal nostro pianeta a una velocità di 27.000 chilometri all'ora, descrivendo un'orbita completa 15,54 volte al giorno, il che significa che ogni quarantacinque minuti vediamo sia l'alba sia il tramonto.

La stazione ha appena attraversato il terminatore, rivelando la parte del pianeta illuminata dal Sole: il Nord e il Sudamerica.

Il ghiaccio ha invaso i Grandi laghi, come scheletriche dita bianche nell'acqua azzurra, e sta propagandosi a sud. Michigan, Wisconsin, Minnesota e alcune parti dello stato di New York sono già stati evacuati.

Gli Stati Uniti hanno fatto i loro conti. Sanno quali saranno le ultime zone abitabili della Terra. Sono sotto il livello del mare. Nella Death Valley, in California, è stato allestito un enorme campo. La Libia e la Tunisia hanno stretto accordi, ma tutti sanno che non sono destinati a durare. Non quando c'è in ballo la sopravvivenza.

Cercheranno di infilare otto miliardi di persone in un tunnel dove soltanto pochi di loro possono sopravvivere.

Sarà la guerra.

Sul tapis roulant chiedo un resoconto della situazione. Sergei non ha ancora riattivato il sistema fotovoltaico. Voglio fare un check-in con lui, ma so che lavora meglio se lo si lascia in pace. Quando sei persone vivono insieme in uno spazio così ristretto, si impara presto a rispettare i reciproci confini.

Controllo di nuovo se le sonde hanno inviato qualche dato e mi metto a leggere le mail.

La prima è di mia sorella.

Io non mi sono mai sposata e non ho figli. Mia sorella invece ne ha due, che per me sono le creature più dolci del mondo.

Alla mail è allegato un video in cui mia sorella Madison mi parla mentre corro sul tapis roulant.

«Ciao, Em. So che non posso dilungarmi troppo, ma ho un sacco di cose da dirti. David ha sentito delle voci. Dicono che…

ci sarà un grande cambiamento. Che è in corso un esperimento grazie al quale scopriremo le cause del Lungo Inverno. Da queste parti la gente svende le case per trasferirsi in Libia e in Tunisia. C'è il caos più totale. Stanno inviando truppe...».

Il video si oscura per un minuto. Censurato. Continuo a correre sul tapis roulant fissando lo schermo finché non riappare il viso di mia sorella. È ancora seduta sul divano, ma accanto a lei ci sono i due figli, Owen e Adeline.

«Ciao, zia Em! Guardami!», strilla Owen uscendo dall'inquadratura. La videocamera lo segue e lo vedo infilare una palla da basket in un canestro a un metro e mezzo dal pavimento.

«Mi hai visto?», chiede alla madre.

«Certo!».

«Altrimenti lo rifacevo».

Sorrido mentre sul monitor appare di nuovo mia sorella. «Ti riportano a casa? E se lo faranno... qual è il piano? So che dopo il ritorno per un po' non potrai guidare e dovrai fare riabilitazione. Finché la NASA non riuscirà a rimetterti in piedi, potrai venire a stare da noi, naturalmente. Scrivimi presto. Ti voglio bene». Madison si volta verso i figli che stanno litigando sullo sfondo. «Salutate zia Emma».

Owen spunta da dietro il divano e mi saluta con la mano. «Ciao».

Adeline si stringe alla madre, apparentemente intimidita dalla videocamera. «Ciao, zia Emma. Ti voglio bene».

Mentre digito la risposta, sullo schermo appare la scritta:

Dati in arrivo: Sonda 127

Apro subito l'allegato. Il livello delle radiazioni solari è preoccupante. È di gran lunga più alto che sulla Terra, ma la cosa non ha senso, visto che la sonda si trova più o meno alla stessa distanza dal Sole. A meno che non sia stata investita da un'esplosione solare. Ma non può essere, perché il livello resta inalterato nel tempo. Forse è un fenomeno locale.

Apro la telemetria della sonda e il cuore mi si ferma. C'è un oggetto. Una macchia nera di fronte al Sole. Non è un asteroide. Gli asteroidi sono frastagliati e rocciosi, mentre questo è liscio e oblungo. Di qualsiasi cosa si tratti, è stata costruita da qualcuno.

Siamo in costante contatto con la Terra – con agenzie negli Stati Uniti, in Russia, Europa, Cina, India e Giappone. Attivo il link per parlare direttamente con il Goddard Network Integration Center nel Maryland.

«Goddard, qui Stazione spaziale internazionale. Stiamo ricevendo i primi dati dalle sonde. La trasmissione è in corso. La 127 ha trovato qualcosa». Cerco le parole giuste. «La telemetria preliminare è di un oggetto oblungo e liscio. Non sembra essere un asteroide o una cometa. Ripeto: ha l'aspetto di un oggetto non naturale costruito da...».

Lo schermo si oscura. Il tapis roulant si blocca. La stazione vibra. Le luci tremolano.

Infilo l'auricolare.

«Sergei...».

«Sovraccarico elettrico, comandante».

Non è possibile. Il sistema fotovoltaico è spento. Stiamo usando l'energia della batteria.

Il pavimento vibra di nuovo.

Il mio istinto di sopravvivenza prende il sopravvento.

«Tutti fuori dalle cabine, salite sulle Soyuz! Avviare le procedure di evacuazione!».

Un violento scossone mi scaglia contro la parete. Mi gira la testa. Il mio corpo reagisce istintivamente e le braccia mi sollevano nella cupola. Attraverso le finestre panoramiche vedo la Stazione spaziale internazionale cadere a pezzi.

# Capitolo 2
# James

Presto inizieranno le rivolte.

Sento la tensione nell'aria.

Ovunque vado, gli sguardi indugiano troppo a lungo, la gente si passa biglietti e si sussurra segreti.

Il mondo si sta congelando. Il ghiaccio ci sta intrappolando e, se non ce ne libereremo, moriremo tutti.

La buona notizia è che stanno predisponendo un piano per salvarci. Quella cattiva è che non faccio parte del piano. Nessuno me ne ha parlato. E dubito che lo faranno.

Non c'è molto che possa fare a questo proposito. Mi limito quindi a svolgere il mio lavoro, tengo la testa bassa e seguo le notizie.

Il televisore malconcio sta trasmettendo un notiziario della CNN. La voce dello speaker è a malapena udibile sopra il rombo delle macchine alle mie spalle.

*Per il terzo giorno di seguito a Miami è caduta la neve. L'eccezionalità della situazione ha indotto il governo della Florida a chiedere aiuti federali.*

*La richiesta sta scatenando le proteste dei cittadini degli stati del Nordest, che il governo federale vuole far evacuare al più presto. Mentre il Lungo Inverno si protrae…*

Non so chi abbia coniato il termine Lungo Inverno. Forse i media. Oppure il governo. Ma chiunque sia stato, ha avuto successo. Alla gente piace più che Glaciazione (troppo tecnico) o Era glaciale (troppo duraturo). Lungo Inverno suona come se la primavera fosse dietro l'angolo – è soltanto una stagione abnormemente lunga. Spero davvero che sia così. Sono certo che a questo punto la NOAA e le sue agenzie sparse nel mondo sappiano la verità. Ma non ce l'hanno ancora detta, ed è per questo che gli indici di ascolto dei notiziari sono i più alti del secolo.

Un campanello si mette a suonare.

Lo ignoro.

Inizia un nuovo servizio del notiziario. Distolgo gli occhi dal lavoro per seguirlo.

La didascalia sotto le immagini identifica il luogo come il porto di Rosyth, nei pressi di Edimburgo. Un giornalista con i capelli grigi tagliati corti è in piedi sul molo, all'ombra di un'enorme nave da crociera bianca sulla quale sta salendo una marea di gente. In lontananza, gli alberi sono completamente bianchi, come se fossero di ghiaccio. La neve continua a cadere copiosamente.

*Quelli che vedete alle mie spalle non sono vacanzieri in partenza per una crociera di piacere. Questa nave, nota come la* Principessa Smeraldo*, tre settimane fa è stata acquistata dal governo di Sua Maestà e ribattezzata* Sole Estivo*. Fa parte di una flotta di quaranta navi da crociera che evacueranno temporaneamente i cittadini del Regno Unito verso latitudini più calde.*

*La* Sole Estivo *farà rotta verso la Tunisia, dove i passeggeri saranno trasferiti in un campo di ricollocamento nei pressi di Kebili, la cui concessione è stata ottenuta grazie a un accordo a lungo termine tra Regno Unito e Tunisia. Iniziative analoghe sono state intraprese dai governi di Norvegia, Svezia, Finlandia, Russia e Giappone. Il programma ricorda l'evacuazione di massa del Regno Unito durante la Seconda guerra mondiale, quando l'Operazione Pied Piper sottrasse tre milioni e mezzo di civili alla minaccia nazista…*

I prezzi delle proprietà immobiliari vicino all'equatore sono saliti alle stelle. E così pure quelli di alcune località denominate "paradisi invernali" – luoghi sotto il livello del mare con temperature insolitamente alte: la Death Valley in California;

Al Aziziyah in Libia; Wadi Halfa in Sudan; Dasht-i Lut in Iran; Kebili in Tunisia. Due anni fa se in uno di quei posti lasciavate un barile di benzina aperto al sorgere del Sole, a mezzogiorno era tutta evaporata. Un tempo queste erano terre desolate, adesso sono invece fari di speranza, oasi nel Lungo Inverno. La gente spende milioni, vendendo tutto quello che ha, per assicurarsi una cuccetta in un campo. Mi chiedo se lì saranno davvero al sicuro.

Un altro campanello si mette a suonare. Ha lo stesso tono, ma viene da un punto diverso. Non è ancora quello che sto aspettando.

Quando sento il terzo campanello, raccolgo le lenzuola dalle asciugatrici e comincio a piegarle.

Lavoro nella lavanderia. Lo faccio da due anni, da quando sono arrivato all'Istituto correttivo federale di Edgefield. Come gli altri duemila detenuti rinchiusi tra queste mura, rivendico la mia innocenza. Ma a differenza della maggior parte di loro, io sono *davvero* innocente.

Il mio unico crimine è quello di avere inventato qualcosa per cui il mondo non era pronto. Un'innovazione che li ha terrorizzati. Il mio errore – o crimine, se volete – è stato di non tenere conto della natura umana. Gli uomini hanno paura di ciò che non conoscono, e soprattutto delle novità che possono cambiare le loro vite.

Il procuratore al quale era stato assegnato il mio caso rispolverò un'oscura legge e volle fare di me un esempio. Il messaggio agli altri inventori era chiaro: non vogliamo questo.

Fui condannato a trentun anni. Quando uscirò di qui ne avrò settanta. (Per i crimini federali non è prevista la libertà su cauzione. Se mi comporterò bene, sarò liberato dopo avere scontato l'85 percento della pena.)

Quando arrivai a Edgefield, individuai sei possibilità di fuga. Dopo un esame più attento ne rimasero soltanto tre. Due delle quali avevano forti probabilità di successo. Il problema era cosa avrei fatto dopo. Le mie proprietà erano state confiscate dopo il processo. Contattando gli amici e la famiglia, li avrei messi in pericolo. E il mondo intero mi avrebbe dato la caccia, uccidendomi se mi avessero preso.

Così sono rimasto. E lavoro in lavanderia, cercando di fare del mio meglio. È nella mia natura, e l'ho imparato a mie spese: la natura umana è forse l'unica cosa alla quale non si può sfuggire.

Ogni giorno si presentano al lavoro sempre meno guardie.

La cosa mi preoccupa.

So il perché: lo staff e le guardie si stanno trasferendo a sud, verso le zone abitabili. Non so però se è il governo federale a spostarli o se lo fanno di propria iniziativa.

Sta per iniziare una guerra: una guerra per le ultime zone abitabili sulla Terra. Presto ci sarà una forte richiesta di personale con formazione militare o poliziesca. Anche le guardie carcerarie saranno molto ricercate. I campi assomiglieranno sempre più a prigioni. Al governo serviranno uomini e donne capaci di mantenere l'ordine e confinare intere popolazioni. La sopravvivenza sulla Terra dipenderà da questo.

E questo è anche il mio problema. Edgefield, nel South Carolina, è a circa metà strada tra Atlanta e Charleston. Qui sta nevicando (in agosto), ma i ghiacciai non ci hanno ancora raggiunto. Il ghiaccio arriverà presto, e tutta l'area sarà evacuata. Un'evacuazione che non includerà i prigionieri. Il governo dovrà fare il possibile per salvare in primo luogo i bambini e poi gli adulti. Non si prenderanno certo la briga di trascinarsi dietro i prigionieri attraverso l'Atlantico fino alle zone abitabili dell'Africa settentrionale. La loro priorità sarà fare in modo che i prigionieri non fuggano per seguirli a sud, creando ancora più problemi a un governo già in difficoltà. Ci rinchiuderanno qui. Se non peggio.

Questo mi ha indotto a resuscitare i miei piani di fuga. E

sembra che anche i miei compagni di detenzione abbiano fatto lo stesso. L'impressione, qui, è quella di essere in attesa di uno spettacolo pirotecnico del 4 luglio. Aspettiamo tutti il primo botto. Poi si scatenerà l'inferno e dubito che qualcuno di noi sopravvivrà.

Devo muovermi.

La porta della lavanderia si apre ed entra una guardia carceraria.

«Buongiorno Doc».

«Buongiorno», rispondo senza alzare lo sguardo dalle lenzuola.

Pedro Álvarez è una delle guardie migliori, giovane, onesto e trasparente.

In un certo senso, la prigione mi ha fatto bene. È stato un osservatorio privilegiato per lo studio della natura umana – che prima era il mio punto debole e che è stata il motivo per cui sono finito qui dentro.

Sono giunto a credere che la maggior parte delle guardie carcerarie scelgano quel mestiere per un'unica ragione: il potere. Vogliono esercitare potere sugli altri. Il motivo più comune è che qualcuno, a un certo punto, ha esercitato un potere su di loro. E da ciò scaturisce una verità fondamentale sulla natura umana: nella vita adulta desideriamo ciò di cui siamo stati privati durante l'infanzia.

Pedro rappresenta un'anomalia. È stato questo ad attrarmi in lui. Le sue motivazioni sono diverse. La sua famiglia – i genitori, i fratelli e le sorelle – vivono ancora in Messico. Ha una moglie di circa ventisette anni e due figli maschi, rispettivamente di cinque e tre anni. E sua moglie è l'unica ragione per cui lavora qui.

Pedro è cresciuto nel Michoacán, una regione montuosa del Messico dove i cartelli della droga dettano legge e gli omicidi sono più frequenti degli incidenti stradali. Si trasferì qui quando la moglie era incinta, perché non voleva che i figli crescessero come lui.

Cominciò a lavorare di giorno per una ditta di giardinaggio, mentre la notte e i finesettimana studiava diritto penale allo

Spartanburg Community College. Il giorno della laurea disse alla moglie che avrebbe prestato servizio per lo sceriffo della contea di Spartanburg perché non voleva che quel posto diventasse come Michoacán. Per il bene dei suoi figli voleva preservare l'ordine e la legge nel luogo dove aveva scelto di vivere.

Un'altra verità sulla natura umana: i genitori desiderano per i propri figli quello che loro non hanno mai avuto.

Dopo l'annuncio di Pedro la moglie andò su Internet per consultare i tassi di mortalità tra gli agenti di polizia e gli pose un ultimatum: cercati un altro lavoro o un'altra moglie.

Raggiunsero un compromesso. Pedro diventò una guardia carceraria, un mestiere i cui tassi di mortalità e orari di lavoro erano accettabili per María Alvarez. Senza contare gli altri benefici: straordinari pagati, maggiorazione del 25 percento le domeniche e la possibilità di andare in pensione con lo stipendio pieno dopo venticinque anni di servizio – subito prima del suo quarantanovesimo compleanno. Era una buona scelta. Almeno prima che cominciasse il Lungo Inverno.

Immaginavo che Pedro sarebbe stato una delle prime guardie a lasciare quel posto per tornare in Messico, dove vive la sua famiglia e dove stanno allestendo delle zone abitabili. È là che si dirigeranno presto le orde dal Canada e dagli Stati del Nord.

Invece, è uno degli ultimi rimasti. Lo scienziato che è in me vuole scoprire perché. E il sopravvissuto in me ha bisogno di saperlo.

«Hai pescato la pagliuzza più corta, Pedro?».

Lui mi guarda inarcando un sopracciglio.

Pedro è la cosa più vicina a un amico che abbia trovato a Edgefield e non posso impedirmi di aggiungere: «Non dovresti essere qui. Tu, María e i bambini dovreste già essere partiti per il Sud».

Lui abbassa lo sguardo sugli stivali. «Lo so, Doc».

«E allora perché non te ne sei andato?»

«Non ho abbastanza anzianità. O forse abbastanza amici. Oppure entrambe le cose».

Ha ragione, è per entrambi i motivi. E probabilmente perché i suoi superiori sanno che quando inizieranno le rivolte potranno contare su di lui. Nel mondo in cui viviamo i migliori portano sulle spalle il peso degli altri e sono quelli che vengono schiacciati per primi.

Pedro si stringe nelle spalle. «È al di là delle mie competenze».

Un detenuto si affaccia alla porta e si guarda attorno con gli occhi sgranati. Sembra drogato. Ha qualcosa in mano. Si chiama Marcel ed è meglio non averci a che fare.

Pedro si volta.

Marcel gli balza addosso, gli blocca la vita con un braccio e con l'altro gli punta alla gola un rudimentale coltello.

Il tempo sembra fermarsi. Sento vagamente il ronzio delle lavatrici e delle asciugatrici e la voce dello speaker del notiziario. Poi sento come un rombo lontano, sembra un tuono che si avvicina. Passi. Una folla che avanza lungo i corridoi della prigione. Urla di cui non riesco a distinguere le parole.

Pedro sta lottando per liberarsi dalla presa di Marcel.

Alla porta spunta un altro detenuto. È forzuto e molto agitato. Non so come si chiami. «L'hai preso, Cel?», urla a Marcel.

«L'ho preso».

L'altro corre via e Marcel mi guarda. «Ci lasceranno congelare qui, Doc. Lo sai?».

Aspetta la mia reazione.

Rimango in silenzio.

Pedro digrigna i denti cercando di liberare la mano destra.

«Sei con noi, Doc?».

Pedro libera la mano e la infila in tasca. Non l'ho mai visto usare un'arma. Non so nemmeno se ce l'ha.

Marcel non aspetta di scoprirlo e avvicina ancora di più il coltello alla gola di Pedro.

E io faccio la mia scelta.

# Capitolo 3
# Emma

Fluttuando nella cupola del modulo Tranquility, guardo la stazione spaziale inclinarsi e ruotare su se stessa come una fattoria del Midwest in mezzo a un tornado.

L'impianto fotovoltaico si disintegra e le celle volano via come tegole da un tetto. È solo questione di istanti prima che l'intera struttura collassi.

Nel mare di distruzione scorgo la speranza: le capsule Soyuz attraccate alla stazione. Non ce la farò mai ad arrivarci. E nemmeno Sergei o Stephen. E poi ogni Soyuz può ospitare al massimo tre persone.

«Pearson, Lewis, Bergin... andate alla Soyuz attraccata a Rassvet. Subito. È un ordine!».

Siamo stati addestrati per questa operazione. La Soyuz può staccarsi dalla stazione in tre minuti, mentre sulla Terra, in Kazakistan, ci volevano quattro ore.

Una voce gracchia nell'auricolare. Non riesco a distinguerla. Le comunicazioni interne sono compromesse. Mi hanno sentito? Lo spero.

Devo comunicarlo a Terra.

«Goddard, stiamo evacuando...».

La parete mi crolla addosso scagliandomi contro quella di fronte. Le tenebre cercano di inghiottirmi.

Mi stacco dalla parete e avanzo attraverso Tranquility, lottando contro l'incoscienza come un nuotatore che lotta contro la risacca per non annegare.

Sono intrappolata nella stazione, che tra pochi secondi esploderà e sarà risucchiata nello spazio profondo insieme a tutto il suo contenuto. Ho solo una probabilità di sopravvivenza: una tuta EVA.

Ne afferro una, me la infilo e la chiudo. Se funziona ancora, avrò ossigeno, elettricità e comunicazioni.

«Goddard, mi sentite?»

«La sentiamo, comandante Matthews. Dove si trova?».

Prima che possa rispondere il modulo attorno a me esplode e le tenebre mi inghiottono.

La consapevolezza arriva a ondate. E con essa le sensazioni, come quando si sbuccia una cipolla, all'inizio nulla e poi l'intensità, il dolore, la nausea e il silenzio assoluto.

Sono ancora bloccata nella stazione. Il modulo si è squarciato. Vedo la Terra sotto di me. Un blocco di ghiaccio copre la Siberia e scende verso la Cina, il contrasto tra il bianco e il verde delle foreste è splendido, se non fosse per la distruzione e la morte che porta.

Frammenti della stazione fluttuano intorno a me come mattoncini Lego lanciati nello spazio.

Non vedo nessuna delle due capsule Soyuz.

Chiamo al microfono il resto dell'equipaggio.

Nessuna risposta.

Poi la stazione a Terra.

Nessuna risposta nemmeno lì.

Cerco di stabilire se la Terra sta diventando più grande o più piccola.

Se è più grande, sono in un'orbita discendente. Prenderò fuoco.

Se è più piccola, mi sono liberata dalla gravità terrestre. Flutterò nello spazio e morirò soffocata quando finirà l'ossigeno. Oppure, se sulla stazione c'è abbastanza ossigeno, morirò di fame.

# Capitolo 4
# James

Faccio un balzo e afferro il braccio di Marcel. È troppo pesante perché lo trascini a terra, ma riesco ad allontanare il coltello dalla gola di Pedro.

La guardia si libera dalla presa di Marcel, tira fuori qualcosa dalla tasca e lo colpisce al fianco.

Una violenta scarica elettrica ci attraversa, Marcel lascia cadere il coltello sul pavimento di linoleum e crolliamo tutti e due a terra in preda alle convulsioni.

Quel manganello elettrico è di certo illegale, ma sono contento che Pedro ce l'abbia.

Pedro allunga una mano per raccogliere il coltello, ma Marcel gli afferra il braccio e lo colpisce alle costole con l'altra mano. Pedro si lascia sfuggire un grido di dolore.

Avanzo strisciando verso Marcel e gli blocco il braccio mentre sta per sferrargli un altro pugno.

Fuori dalla porta riecheggiano delle urla. Un gruppo di detenuti avanza verso di noi chiamando Marcel.

Pedro impugna il coltello e all'improvviso dal petto di Marcel sgorga un fiume di sangue che mi cola sul braccio.

Marcel gorgoglia e i suoi occhi diventano vitrei.

Pedro si alza, prende la radio e l'accosta alla bocca.

Sollevo una mano tremante. «Non farlo, Pedro!».

Lui si blocca.

«Le guardie sono in minoranza rispetto ai detenuti. Cento a uno», riesco a dire tra un ansito e l'altro.

Pedro riflette un istante e poi scuote la testa.

«Devo andare, Doc. È il mio lavoro».

«Quando è entrato, Marcel non ha cercato subito di tagliarti la gola. Perché?».

Pedro corruga la fronte.

Rispondo per lui.

«Perché ti voleva come ostaggio. Per usarti come merce di scambio se il loro piano fosse fallito. Uno scudo umano. Se andrai là fuori ti cattureranno e diventerai uno strumento nelle loro mani. Ti metteranno sul Web, legato e malmenato, per far vedere al mondo e ai tuoi figli di cosa sono capaci».

Pedro lancia un'occhiata alla porta della lavanderia. È l'unico modo per uscire da questa stanza.

Le urla si stanno avvicinando. Ci resta soltanto un minuto, forse anche meno.

«Non c'è nessuna via d'uscita, Doc. Resti qui».

Pedro si alza e io gli afferro il braccio con la mano insanguinata. «C'è un altro modo per uscire».

«Quale...?»

«Non c'è tempo per spiegare, Pedro. Ti fidi di me?».

Quando arrivano i prigionieri, mi sto contorcendo sul pavimento accanto a Marcel.

Sono in sei, armati di mazze e coltelli. Uno di loro ha una radio.

«Abbiamo trovato Marcel. È morto».

Mi circondano. Mi alzo a fatica, ancora scosso dalle convulsioni. Sono talmente debole che non ho nemmeno bisogno di fingere.

«Chi è stato?», urla il loro capo.

«Non... non l'ho visto».

Un tizio calvo, più o meno della mia età, con le braccia coperte di tatuaggi, mi punta un coltello contro il pomo d'Adamo.

Rimango immobile, fingendo di essere terrorizzato.

«È spuntato all'improvviso alle spalle di Marcel e me l'ha spinto contro. Non sono riuscito a vedere la sua faccia».

Alla radio risuonano raffiche di spari. Il capo si volta e abbaia ordini camminando su e giù per la lavanderia.

«Non riesco a muovermi», sussurro. «Ho bisogno che qualcuno mi aiuti a uscire di qui...».

La lama si stacca dal mio collo, mi spingono a terra ed escono di corsa.

Quando sono sicuro che se ne sono andati, mi tolgo i vestiti insanguinati e li infilo nel cesto della lavanderia. Poi avanzo carponi fino alla terza asciugatrice e sussurro: «Via libera».

Le lenzuola si sollevano e vedo gli occhi di Pedro, spaventato ma riconoscente.

«Resta qui finché non vengo a tirarti fuori».

Per fortuna Pedro non è grosso, ma quando uscirà di lì sarà tutto indolenzito.

Io sono un po' più alto di lui, quasi un metro e ottanta. Ci starò ancora più stretto, ma non ho scelta. Riesco a malapena a camminare, in questo stato non riuscirei né a correre né a lottare.

Sento ronzare la radio di Pedro, che l'ha accesa per controllare la situazione, e alzo il volume del televisore per coprire il rumore.

«Spegnila, Pedro», sussurro. «Se la sentono siamo morti».

Poi mi infilo in una grande asciugatrice, copro l'oblò con un mucchio di lenzuola e aspetto.

Mi sembra di essere qui dentro da ore.

Tendo l'orecchio per ascoltare le notizie e scoprire cosa sta succedendo là fuori.

Tutti i servizi del notiziario parlano del Lungo Inverno e di come le famiglie stanno cercando di sopravvivere.

Mi sforzo di non muovermi, ma tutte le giunture mi fanno male, sia per la posizione fetale che devo assumere sia per la scarica elettrica di poco fa.

Il notiziario sta trasmettendo un nuovo servizio. Le parole "rivolta carceraria" e "Guardia nazionale" attraggono la mia attenzione. Scosto le lenzuola quanto basta per vedere sullo schermo le immagini di elicotteri che atterrano davanti alla prigione. Non sono a più di duecento metri dal punto dove mi trovo.

La voce dello speaker mi conferma ciò che ho sospettato fin dall'inizio. «Con il Lungo Inverno che prosciuga le risorse delle forze federali e della polizia locale, le garanzie dei detenuti in caso di rivolte sono chiaramente sospese».

Immerso nei miei pensieri, non sento i passi che si avvicinano. Un prigioniero si affaccia alla porta, subito seguito da altri due. Stanno cercando Pedro per usarlo come merce di scambio. E quando scopriranno cosa ho fatto, vorranno vendicarsi. Nelle prigioni la vendetta è una questione d'onore. Nessuno cercherà di fermarli.

# Capitolo 5
# Emma

Ho perso completamente il senso del tempo. Potrebbero essere passate ore, oppure anche un giorno o due.

Di una cosa soltanto sono sicura: ho problemi di decompressione. Nulla di così grave da uccidermi, ma mi viene da vomitare, e questo non è certo il momento giusto per farlo.

La stazione e lo space shuttle sono pressurizzati a 14,7 psi – la stessa pressione atmosferica che c'è sulla Terra al livello del mare. Le tute EVA sono invece pressurizzate a 4,3 psi, la pressione atmosferica che c'è sulla cima dell'Everest. Nell'arco di pochi secondi sono così stata sbalzata dal livello del mare alla vetta dell'Everest. Perché mi sento così male? Un rapido calo della pressione provoca un accumulo di azoto con la formazione di bolle nel sangue o nei tessuti. È come quando si apre la lattina di una bibita gasata. Il contenuto della lattina, ad alta pressione, si trova improvvisamente esposto a una pressione molto più bassa e il risultato sono le bolle spumeggianti di anidride carbonica liberate dal liquido. È esattamente quello che mi sta succedendo: le bolle di azoto mi fanno spumeggiare il sangue. Sono come una lattina umana di soda che è appena stata aperta.

I sommozzatori conoscono da tempo la malattia da decompressione e prendono precauzioni per evitarla. Anche alla stazione spaziale solitamente lo facciamo: per evitare la decompressione, prima di indossare le tute EVA dobbiamo seguire un protocollo. Ma in questo caso non c'era tempo. La scelta era tra la decompressione e la morte.

A questo punto, però, mi sento così male da rimpiangere quasi la mia scelta.

Ho dolori dappertutto. Sono esausta, ma non oso addormentarmi perché ho paura di non risvegliarmi.

Mi aggrappo alla vita, rendendomi conto soltanto ora di quanto voglio vivere. La volontà di sopravvivenza è l'unica cosa che conta in situazioni come questa.

Adesso, però, non so che farmene di questa volontà. Mi limito a guardare i detriti della stazione fluttuare nello spazio e cerco altri sopravvissuti chiedendomi come potrò salvarmi.

Di tanto in tanto un frammento della stazione precipita nell'atmosfera e si incendia. Come scintillanti granelli di sabbia nella clessidra del tempo che mi resta.

Sono in un'orbita discendente. È solo questione di tempo prima che io e il pezzo di stazione al quale sono ancorata precipitiamo nell'atmosfera e prendiamo fuoco.

In lontananza scorgo un altro lampo di luce. Sembra un frammento della stazione spaziale, ma anziché spegnersi diventa più luminoso.

Qualcosa si sta avvicinando.

Un razzo che sta puntando verso di me.

Si stacca una capsula che accende i propulsori.

Sta venendo da me.

*Per* me.

La guardo estasiata. Le lacrime mi rigano le guance. Sto per essere salvata.

# Capitolo 6
# James

La cosa migliore delle prigioni federali è che in genere ti permettono di conoscere criminali di un livello superiore. Non i comuni ladri e assassini ospitati nelle carceri statali. I residenti di Edgefield e di altri istituti correzionali federali sono molto più evoluti. O perlomeno abbastanza ambiziosi da perpetrare crimini che superano i confini di stato o violano le leggi federali.

Lo svantaggio è che grazie alla loro astuzia non tarderanno a trovare Pedro e me. Il mio sospetto è confermato quando sento qualcuno aprire l'oblò della prima asciugatrice, poi della seconda…

In lontananza riecheggiano degli spari. La Guardia nazionale è entrata. A quanto pare non c'è stato nessun negoziato. Hanno cercato di sfruttare l'elemento sorpresa.

L'oblò della mia asciugatrice si apre e una mano carnosa scosta le lenzuola. L'uomo mi vede, si ritrae di scatto e mi punta contro una pistola. «Esci di lì!».

Alzo le mani ed esco lentamente dall'asciugatrice. Ho male dappertutto.

Fuori, gli spari riecheggiano sempre più forti. È come se fosse scoppiata la Terza guerra mondiale.

«Chiudi quella porta!», ordina a un altro prigioniero l'uomo con la pistola. «E mettici davanti quel tavolo».

Sono mezzo fuori dall'oblò e vorrei tornarci dentro. So cosa sta per succedere. Questi uomini hanno perso la testa.

«Ho detto fuori!».

Esco dall'asciugatrice e avanzo vacillando, come un cerbiatto che fa i primi passi.

Un istante più tardi scoprono Pedro. Anche lui esce dall'oblò, ma li fissa con aria di sfida, spingendo in fuori il petto. Quell'uomo mi piace sempre di più. Spero davvero che non moriremo in questa lavanderia. Lo perquisiscono e gli sequestrano la radio e il manganello elettrico che ha usato contro Marcel.

Mi appoggio all'asciugatrice. Stare in piedi mi fa male.

Gli spari sono cessati. La guerra in corso là fuori sembra finita.

Una radio si mette a gracchiare. Uno dei prigionieri deve averla sottratta a un'altra guardia.

«Uscite dalla lavanderia con le mani in alto. È finita. Non vogliamo altri spargimenti di sangue».

Il capo dei ribelli non è quello che avevo immaginato. Non è né muscoloso né tatuato, ma un bianco di mezza età con una calvizie incipiente e la barba di un giorno. Sembra uno di quei venditori che sulla CNBC cercano di convincerti a comprare azioni della loro compagnia nonostante l'andamento degli indici di Borsa sia molto preoccupante. Forse è proprio per questo che è finito qui.

Cammina su e giù per la stanza, scrutandola e constatando quello che io già so: non ci sono altre porte o finestre, nessuna uscita. Solo due bocchette dell'aria sul soffitto. E a differenza di quelle che si vedono al cinema, queste non sono abbastanza larghe per potercisi infilare dentro.

Quando risponde alla radio, la voce del capo dei ribelli è calma e pacata.

«Nemmeno noi vogliamo altri spargimenti di sangue. Vogliamo soltanto sopravvivere. Nel caso non l'abbiate notato, l'inverno sta arrivando. Non vogliamo andarcene. Vogliamo essere lasciati soli. Non siamo rimasti in molti. Ma siamo abbastanza per coltivare la terra qui attorno e provvedere ai nostri bisogni. Vi chiediamo solo di lasciarci qui dentro. Chiudete le porte e gettate le chiavi. Usate droni AI per uccidere chiunque esca dal perimetro del carcere. Non vogliamo fuggire. Vogliamo soltanto sopravvivere».

Quell'uomo deve essere il capo della rivolta. Ed è piuttosto astuto. Non è certo un bene per la mia aspettativa di vita.

I suoi occhi si posano su Pedro. «Abbiamo una delle vostre guardie». Porge la radio a Pedro. «Digli il tuo nome».

Pedro sputa nella radio.

Un prigioniero con il petto macchiato di sangue e una mazza in mano fa un passo indietro.

«Fa' quello che dice, Pedro!», urlo. Gli altri prigionieri si fermano e ci fissano. «Diglielo! Te lo caveranno fuori comunque. Andrà tutto bene».

Il capo annuisce e mi guarda. Poi, senza togliermi gli occhi di dosso, dice: «Sì, ha ragione lui, Pedro. Andrà tutto bene. Forza, digli come ti chiami!».

A denti stretti, Pedro dice il suo nome e il suo grado.

«Se ritirerete le vostre truppe dalla prigione e accoglierete le nostre richieste, vi restituiremo Pedro Álvarez sano e salvo. Uscirà di qui sulle sue gambe e vivremo tutti felici e contenti», dice il capo dei ribelli.

«Evacueremo la prigione, ma non sono autorizzato ad accettare le altre richieste. Devo consultare i miei superiori. Dateci un po' di tempo».

«Non ci sposteremo di qui. E nemmeno Pedro, se non soddisferete le nostre richieste».

Il capo dei ribelli spegne la radio e mi guarda. «Chi sei tu?»

«Quello che si occupa della lavanderia».

«E che si nasconde nelle asciugatrici».

«Quando non ho altra scelta».

Il capo abbozza un sorriso, ma i suoi compagni non sembrano contenti.

Uno di loro mi punta contro un rudimentale coltello. «È una spia, Carl. Sgozziamolo subito».

Tecnicamente non sono una spia, ho solo aiutato una guardia,

Pedro Álvarez, che ho scoperto essere una persona degna della mia fiducia. Non è il caso di spaccare il capello in quattro.

Il capo, Carl, sembra essere d'accordo.

«Appena avremo risolto questo problema, potrai sgozzarlo o fargli quello che ti pare, Finey».

# Capitolo 7
# Emma

Ci sono ricordi che non potrò mai cancellare. Come per esempio la mattina di Natale quando avevo sei anni e sotto l'albero c'era una bicicletta nuova fiammante con le rotelle. Oppure il giorno in cui è nata Adeline. E Owen. E il giorno in cui sono salita sulla capsula Soyuz che mi avrebbe portata nello spazio.

Lo spazio è sempre stato il mio sogno. E il motivo per cui ho rimandato così tante cose nella mia vita. Il matrimonio. I figli. La casa.

Adesso si è trasformato in un incubo.

Ma la vista della capsula che avanza verso di me è uno di quei momenti che ricorderò per sempre. Trabocco di gioia. Qualcuno, laggiù, l'ha mandata per me. Per salvarmi. In un mondo che sta lottando per la sopravvivenza, hanno lanciato una capsula nello spazio per salvare una vita.

Questo la dice lunga sulla natura umana.

La capsula dispiega il suo piccolo sistema fotovoltaico, come un uccello che distende le ali nere. I propulsori fanno manovra, sbuffando dai lati getti di aria bianca, mentre rallenta e si avvicina.

Riconosco il logo sulla fiancata. È una società spaziale privata. La capsula avrebbe dovuto essere lanciata fra tre settimane per trasportare tre astronauti che dovevano sostituire me e due dei miei compagni. L'hanno lanciata prima.

Conosco le specifiche, le ho studiate a fondo. È una capsula cargo e passeggeri che può ospitare sette persone. E tonnellate di rifornimenti. È dotata di un'ogiva (che ora si è staccata), un modulo pressurizzato per l'equipaggio e una sezione di servizio (non pressurizzata), uno scudo termico per il rientro e, in basso, un cargo non pressurizzato che si stacca prima del rientro. È fantastico, tranne per un particolare: sulla stazione non c'è più nessun punto d'attracco o meccanismo di ormeggio funzionante.

La capsula orienta l'oblò di prua verso di me, come se mi avesse letto nel pensiero. Il sistema di ormeggio si apre. Mi aspetto che la fuoriuscita della pressione interna la faccia schizzare indietro, ma lo sbuffo d'aria è contenuto. Prima del lancio hanno depressurizzato la cabina dell'equipaggio.

La bocca aperta della capsula sembra fissarmi mentre orbitiamo attorno alla Terra. La Stazione spaziale internazionale viaggiava a più di 27.000 chilometri all'ora, ma adesso stiamo andando più piano. La capsula sta seguendo la mia orbita discendente, ma per procedere alla mia stessa velocità deve accendere i propulsori, e anche così è una battaglia persa, come se un colibrì cercasse di rimanere immobile. È impossibile.

Qual è il loro piano? Mi aspetto che la capsula lanci qualcosa a cui possa agganciarmi. Un cavo, una cima, a questo punto mi andrebbe bene anche una stringa di liquirizia. Qualsiasi cosa mi permetta di entrare.

Ma non succede nulla.

La capsula mi fissa, aspettando. Le luci del cargo iniziano a lampeggiare. Mi rendo conto che è un messaggio in codice Morse, ma la malattia da decompressione mi impedisce di rispondere.

Il messaggio ricomincia di nuovo.

Punto linea linea linea.

J.

Punto.

Ho mancato la seconda lettera.

Fisso la capsula.

La terza lettera: linea linea.
O linea punto.
È una N o una M.
La lettera successiva: Punto linea linea punto.
P.
J, un'altra lettera che non ho capito, N o M e P.
Oh, non può essere vero!
Il messaggio riparte.
È proprio così! Dice JUMP, SALTA.

# Capitolo 8
# James

Mi aspetto gas lacrimogeni attraverso le bocchette dell'aria, un commando della Guardia nazionale in assetto antisommossa, spari, sangue e poi la morte o la prigione.

Ma non succede nulla di tutto ciò.

I detenuti rimasti, diciassette in tutto, si radunano nella lavanderia. Probabilmente pensano che Pedro, l'unica persona che potrà farli uscire, si trovi lì, e che quella stanza con un'unica porta sia più facile da difendere dell'intera prigione.

La radio nella mano di Carl si mette a gracchiare e la voce del comandante della Guardia nazionale riecheggia nella lavanderia.

«Abbiamo accettato le vostre condizioni. Vogliamo proporvi una tregua».

Nella stanza si leva un coro di evviva e alcuni detenuti si danno un cinque lanciandomi occhiate torve.

«Io non vengo», dice Pedro. Gli hanno legato le mani dietro la schiena con il nastro adesivo e si sta dibattendo per liberarsi.

«Certo che verrai», gli risponde Carl sorridendo. «Nel caso tu non l'abbia notato, negozieremo con gli sbirri fuori dalla prigione, non dentro». Fa un cenno a uno dei suoi compagni. «Imbavagliatelo», gli ordina.

L'uomo arrotola una federa e gliela ficca in bocca fissandola con altro nastro adesivo.

Carl accende di nuovo la radio. «Questa sì che è una bella notizia! Ma adesso parliamo di cose serie. Vogliamo che ci assicuriate che il nostro piccolo stato libero di Edgefield non sarà invaso. E con questo intendo dire che vogliamo fucili e bombe. E una zona neutrale di un centinaio di metri attorno al perimetro del carcere».

«Le armi sono fuori discussione».

«Allora lo è anche il nostro accordo. Niente armi, niente Pedro Álvarez. Vivo, in ogni caso».

Una lunga pausa. E poi: «Restate in attesa».

L'attesa sembra durare un'ora. «Okay, potete prendere le vostre armi», risponde finalmente il comandante della Guardia nazionale.

«Bene. Ma non vogliamo vecchi sparafagioli arrugginiti. Sto parlando di armi semiautomatiche. E ci servono anche molte munizioni. Una per ognuno dei miei...». Si ferma per contarli. «Diciassette uomini. E vogliamo che ci restituiate tutti i prigionieri che avete catturato durante il blitz. Con armi anche per loro». Alza la voce, spazientito, e aggiunge: «E un fucile di riserva per ognuno, due bombe a mano a testa e sette lanciagranate».

Il negoziatore della Guardia nazionale accetta a denti stretti. Alcuni detenuti si avventurano fuori dalla lavanderia per controllare se ci sono uomini appostati o trappole esplosive. Dopo che hanno verificato che la prigione è vuota, usciamo tutti, con Pedro e io che facciamo da scudo agli altri.

Nel cortile le guardie stazionano dietro una barricata. Alle loro spalle ci sono gli altri detenuti. Davanti alla barricata hanno lasciato per noi una mezza dozzina di casse.

«Voglio una dimostrazione delle armi!», grida Carl.

Un uomo della Guardia nazionale con una mostrina sulla spalla si stacca dagli altri, apre una cassa, tira fuori un fucile dall'aria antiquata e spara un colpo in aria.

«Svuota quella cassa. Prendi un fucile. Anzi, due», urla Carl. «E fammi vedere di nuovo».

Carl è furbo, non c'è che dire.

La guardia si volta per avere conferma. Un uomo con un'aquila d'argento sul casco gli fa un cenno d'assenso. La guardia avanza e prende un fucile. Carl gli urla di usare quello accanto. Sì, Carl è decisamente furbo. La guardia spara in aria. Il fucile funziona. E così anche il successivo.

Hanno deciso di armare tutta la prigione? È un incubo.

Lo scambio inizia e io li guardo attonito. Un detenuto fa avanzare Pedro puntandogli un coltello alla schiena e poi si ferma per aspettare che la Guardia nazionale liberi gli altri prigionieri. I loro compagni si precipitano a prendere le casse e ritornano da Carl. Ma il tipo che trattiene Pedro non lo libera.

«Lasciatelo andare!», urla alla radio il comandante della Guardia nazionale.

«Lo faremo», risponde Carl. Ma non dà l'ordine.

Il sudore mi bagna i palmi delle mani. *Lasciatelo andare.*

Non vorranno mica…

Quando i prigionieri liberati si uniscono al gruppo di Carl, rovesciano le casse e distribuiscono le armi, sollevandole sopra le teste e urlando come se avessero appena vinto il Super Bowl. Poi puntano i fucili contro la Guardia nazionale schierata davanti a loro.

Carl accosta la radio alla bocca. «Va bene, liberate il nostro ospite».

Quando vedo Pedro avanzare, mi lascio sfuggire un sospiro di sollievo. Prima di arrivare alla barricata, si ferma e si volta. Scruta la folla dei prigionieri finché non incrocia i miei occhi. Immagino cosa sta pensando: se in questo momento si farà valere e chiederà la mia liberazione, forse potrà farcela.

Scuoto la testa. Sono armati, adesso. Sarebbe un bagno di sangue.

Prima che Pedro possa aprire bocca, le guardie lo circondano e lo trascinano dietro la loro linea. Con la stessa rapidità, i prigionieri indietreggiano con le armi puntate contro la Guardia nazionale. Mi spingono indietro con loro verso il cancello e io penso che a questo punto il mio destino è segnato.

Quando rientriamo nella prigione, mi chiudono in una cella. È un passo indietro in termini di sistemazione; prima stavo in un cubicolo a bassa sicurezza, una sorta di dormitorio, insieme ad altri due detenuti. Ma per il momento sono ancora vivo. È questo che conta.

Mi sdraio sulla branda di sotto. Il tipo con il coltello che mi aveva minacciato nella lavanderia esce dalla cella impugnando in una mano una pistola e nell'altra una tazza di vino fatto in casa. Mi fissa senza dire nulla, come se fossi un animale in uno zoo.

Sono tentato di ringraziarlo per essere passato a trovarmi, ma dubito che coglierebbe l'ironia. Meglio non stuzzicare i miei carcerieri.

Fisso la branda sopra di me. Per uno strano scherzo del destino sono l'ultimo prigioniero dell'Istituto correttivo federale di Edgefield, un posto dal quale avrei potuto facilmente evadere. I miei compagni mi uccideranno, e se non lo faranno loro, ci penserà il Lungo Inverno.

Ma forse ci sono lati della natura umana che mi sono ancora oscuri.

# Capitolo 9
# Emma

Immaginate di giocare una partita di freccette in cui la posta in gioco è la vostra vita.

L'impressione è esattamente la stessa.

La capsula mi fluttua accanto, con i propulsori che correggono costantemente la posizione.

Salta, diceva il messaggio.

Vogliono che mi sganci dalla stazione spaziale e salti nella capsula. Capisco la loro logica. Non vogliono avvicinarsi troppo; se la capsula entra in collisione con il relitto della stazione spaziale, potrei restare intrappolata. Mi taglierebbero in due oppure rimarrei paralizzata.

Un'opzione è quella di sganciarmi dalla stazione e allontanarmi subito. Chiamiamola "opzione freccetta". Se fallirò, mi ritroverò semplicemente a fluttuare nello spazio. I miei compatrioti sulla Terra hanno posizionato la capsula in modo che io mi trovi tra essa e il nostro pianeta, così se la mancherò, almeno non mi incendierò nell'atmosfera. Ma è un'opzione che non mi convince.

Scelgo l'alternativa. L'opzione non-freccetta. Chiamiamola l'"opzione smart", ovvero raggiungere la capsula a metà strada anziché volare là fuori.

Mi libero dal relitto della stazione spaziale spingendomi piano con le gambe, fluttuo nello spazio avanzando lentamente verso la capsula. Provo una fastidiosa sensazione d'impotenza, come se camminassi su una corda senza la rete sotto.

La capsula si avvicina ancora un po', sbuffando pennacchi bianchi, come un drago che avanza verso di me. Il rombo dei propulsori aumenta. Immagino l'operatore a Terra che sta cercando di allinearla, con il sudore che gli imperla la fronte.

Sono a sei metri dall'obiettivo.

Quattro metri.

Sto deviando a sinistra.

Tre metri.

L'ho presa troppo larga. Forse posso aggrapparmi al bordo e issarmi dentro.

La distanza sta aumentando.

I propulsori ora vanno al massimo e la capsula punta dritto verso di me.

Succede tutto in un attimo. Il connettore di attracco mi risucchia e mi ritrovo dentro la capsula.

Sono nello scompartimento dell'equipaggio e fisso le pareti bianche tappezzate di strumenti dove campeggia un grande cartello con la scritta in lettere maiuscole:

DAI TUOI AMICI
SULLA TERRA
CON AMORE

La guardo per un istante e poi scoppio a piangere, scossa dai singhiozzi. Per la prima volta da quando la stazione spaziale è andata distrutta, penso che sopravvivrò.

# Capitolo 10
# James

Ieri notte hanno festeggiato. La prigione federale di Edgefield era irriconoscibile. Musica a tutto volume. Detenuti armati che bevevano e cantavano. Alcuni litigavano, altri giocavano a carte o a dadi.

La mensa è stata saccheggiata. Il pavimento era coperto di spazzatura. Quegli uomini, alcuni dei quali avevano trascorso la maggior parte delle loro vite in carcere, erano finalmente liberi.

Stamattina sono tutti morti.

L'ho capito perché nel carcere è calato il silenzio. È cominciato verso l'alba. Sono rimasto sveglio perché ero convinto che questa fosse la mia ultima notte sulla Terra e volevo morire in piedi. Ma nessuno è venuto a occuparsi di me. Immagino pensassero che avevano tempo per farlo. Ma per fortuna si sbagliavano.

Adesso il Sole è alto e dalla mia branda vedo dei cadaveri nell'area comune più in basso. Non gli hanno sparato, si sono semplicemente accasciati a terra. Qualsiasi cosa li abbia uccisi, io sono stato risparmiato.

Almeno per ora.

Sento dei passi riecheggiare in lontananza, il rumore si avvicina e un coro di voci aspre urla: «Via libera!».

La Guardia nazionale arriva nella mia cella. Indossano guanti di gomma e tute di protezione. Mi torna in mente che anche quello che aveva fatto la dimostrazione con il fucile per Carl aveva i guanti.

Questo conferma la mia ipotesi: hanno cosparso le armi di veleno.

I soldati si spostano di lato per far passare un tizio alto con i capelli tagliati corti e un completo blu navy. Un agente federale, penso.

«Dottor Sinclair, vorremmo parlare con lei».

Mi alzo e mi stringo nelle spalle. «Siete fortunati. Ho appena iniziato il mio orario di ufficio».

«Portatelo fuori», ordina lui alle guardie, che lanciano una tuta di protezione e un paio di guanti nella cella.

Sì, hanno decisamente cosparso di veleno i fucili e hanno paura che si sia diffuso nella prigione e che io possa esserne contaminato.

Quindi mi vogliono vivo. Almeno adesso lo so.

La mattina seguente, dopo essere stato l'ultimo prigioniero a Edgefield, sono anche l'unico a uscirne vivo.

Mi guardo attorno in cerca di Pedro, ma non lo trovo.

Mi scortano verso un furgone, dove l'agente federale mi sta aspettando insieme a un uomo con la barba, i capelli grigi tagliati corti e uno sguardo gentile. È una persona che conosco e rispetto, ma che non ho mai incontrato. Non riesco a immaginare perché sia qui, e la mia immaginazione è vasta.

«Togliti i guanti e la tuta», mi dice l'agente federale.

Quando me li sono tolti, una guardia chiede: «Vuole che lo ammanettiamo?».

L'agente fa un sorriso ironico. «Nah, non è quel tipo di criminale. Vero, Doc?»

«Molti non mi considerano affatto un criminale, ma soltanto un uomo in anticipo sui suoi tempi».

«Io invece sono uno che di tempo ne ha poco, quindi salga».

L'agente fa scendere tutti dal furgone tranne me e l'altro uomo. Poi si presenta. «Dottor Sinclair, io sono il viceprocuratore generale Raymond Larson».

Lo promuovo mentalmente ad agente boss.

Indica quindi l'altro uomo. «E questo è il dottor Lawrence Fowler...».

«Direttore della NASA. Lo so». Guardo Fowler negli occhi. «Sono felice di incontrarla... a dispetto delle circostanze. Seguo il suo lavoro fin da quando era al Caltech».

I suoi occhi si illuminano. «Davvero?».

La sua voce è più sommessa che nell'ultimo video in cui lo vidi fare una presentazione a una conferenza. Era quattro anni fa, e il tempo ha visibilmente lasciato il segno. Lo stress e il tempo hanno logorato il dottor Lawrence Fowler.

«Sì, la sua ricerca sulle fonti energetiche alternative per la propulsione dei jet era particolarmente...».

Larson solleva una mano. «Okay, può bastare. Veniamo al punto». Mi fa un sorrisetto. «Se è intelligente come dicono, mi spieghi perché siamo qui».

Mi stringo nelle spalle. «Perché avete bisogno di qualcosa da me. Nella fattispecie, mi offrirete un condono o un permesso di lavoro in cambio della mia collaborazione, e se non lo farò, molto probabilmente minaccerete di trasferirmi in un'altra prigione dove gli altri detenuti sapranno che io sono l'unico sopravvissuto della rivolta di Edgefield. Penseranno tutti che sono una spia, uno che ha venduto i suoi compagni.

«Per evitare complicazioni il direttore del carcere mi metterà in isolamento, finché non ce la farò più. Poi chiederò di essere rilasciato e nel giro di pochi giorni sarò un uomo morto».

Larson sembra sinceramente colpito. Tira fuori un foglio dalla tasca della giacca e guarda Fowler, che annuisce. Poi spiega il foglio e me lo posa davanti.

Mi aspettavo che il testo fosse più lungo. Mi saltano agli occhi due parole.

*Grazia presidenziale.*

*Previa approvazione da parte del dipartimento di Giustizia, della NASA e di ogni altra agenzia governativa ed entità privata.*

*La durata del periodo di lavoro è indeterminata.*
*Non verrà conferito alcun compenso o beneficio.*

Mi porge una penna e io firmo. Poi ripiega il foglio e lo infila di nuovo in tasca.

«Posso avere una ricevuta o una copia?»

«No, non può».

«Allora... quando comincerò?».

Come sospettavo, ora è il turno di Fowler, che apre il laptop e mi risponde: «Temo che dovrà cominciare subito. Il tempo è prezioso, dottor Sinclair».

«Mi chiami pure James».

«D'accordo, James. Quello che sto per mostrarle è il segreto più gelosamente custodito del mondo».

Mi sforzo di trovare una battuta. Da quando ero bambino, il sarcasmo è sempre stato la mia difesa contro un mondo che non sembrava capirmi – o apprezzarmi. E a un certo punto il sarcasmo è diventato il mio modo di comunicare. Mi impediva di avvicinarmi troppo a qualcuno e di farmi male. Ma adesso, non so perché, tengo a freno la lingua. Forse perché, nonostante la melodrammatica premessa, sento che quello che sto per udire è davvero importante. O forse è soltanto perché so che Lawrence Fowler non se lo merita. L'ho incontrato soltanto da cinque minuti ed è come se lo conoscessi già bene e indovinassi le sue intenzioni. Se è venuto dev'esserci un buon motivo, non è certo per qualche gioco politico. In qualche modo, mi ricorda mio nonno».

«Come ben sa», dice Fowler digitando sul laptop, «il Lungo Inverno è la più grande minaccia alla sopravvivenza dell'umanità nella nostra storia. Tutte le previsioni climatiche si sono rivelate sbagliate. Alla NOAA si stanno strappando i capelli cercando di capire come sia possibile. In breve, i conti non tornano. E lo sa perché?»

«Perché c'è una variabile di cui non si è tenuto conto».

Lui annuisce. «Proprio così. E alla NASA è stato affidato il compito di scoprire quella variabile. Un anno fa abbiamo lanciato delle sonde nello spazio. Il nostro scopo era misurare l'energia solare all'esterno della Terra. Quello che abbiamo scoperto ci ha scioccati».

Lo schermo del suo laptop mostra ora una simulazione interattiva 3D della Terra circondata da una serie di sonde, ognuna delle quali è contrassegnata da un numero. Ipotizzo che quei numeri siano gli indici delle radiazioni solari. Quello che mi colpisce è la varietà dei valori. Le emissioni solari non sono uniformi come, per esempio, quelle di una lampadina, ma molto più omogenee di quanto risulti da queste sonde. La Terra sta ricevendo molte meno radiazioni solari delle regioni dello spazio che la circondano.

L'implicazione è chiara.

Mi si secca la bocca. È impossibile, ma i dati sono chiari. Mi viene da vomitare. È troppo strano per essere un fenomeno naturale. L'origine è probabilmente un'entità extraterrestre. Se ho ragione, questa è davvero la fine della razza umana. Non ci sono dubbi in proposito. Qualsiasi specie o forza così avanzata da produrre tutto ciò potrebbe spazzarci via in un miliardo di modi diversi – modi che noi non siamo abbastanza evoluti nemmeno per immaginare.

Fowler legge la mia espressione. «Suppongo abbia capito cosa significano questi valori». Fa una pausa, come se volesse adeguare le sue parole alla mia reazione. «Prima che ci arrivassero questi dati, una coalizione di governi stava valutando le possibili… soluzioni al Lungo Inverno. La più pratica, o forse meglio "popolare", sarebbe accelerare l'effetto serra. Surriscaldando il pianeta si compenserebbe la riduzione delle radiazioni solari. Sono state presentate molte opzioni, alcune più praticabili di altre. Insediamenti sotterranei dipendenti dall'energia geotermica. Alterazioni dell'orbita terrestre».

Si accorge della mia sorpresa.

«Come le ho detto, alcune proposte erano più realizzabili

di altre». Indica lo schermo. «I dati delle sonde hanno però cambiato tutto. Li abbiamo tenuti segreti, e quattro mesi fa abbiamo lanciato una seconda serie di sonde. Oltre a essere più numerose, erano dotate di strumenti più sofisticati per verificare i dati di quelle che le avevano precedute. Si sono spinte oltre nel sistema solare interno». Fowler guarda Larson e me, come se stesse valutando se siamo pronti a incassare la notizia, e poi dice: «E questo è quello che hanno scoperto».

Sullo schermo appare il video di un punto nero sullo sfondo del Sole. Per un istante si intravede un oggetto oblungo e poi il video finisce.

Larson rimane a bocca aperta. Evidentemente l'ha appena appreso insieme a me. Non ha bisogno di sapere altro.

Non ero sicuro di quale forma avrebbe assunto, ma dopo avere visto i dati delle sonde sulle radiazioni solari mi aspettavo qualcosa del genere. Le domande si affollano nella mia mente. Ho bisogno di informazioni. Fowler è preparato. Lo tempesto di domande.

«Quanti oggetti non identificati avete localizzato?»

«Uno».

«Ha individuato la sonda spedita dalla NASA?!»

«Sì».

«Reazione?»

«Distrutta».

Mi sento mancare le gambe. Nella mente mi si affollano le possibili implicazioni.

«Ehi, cosa diavolo è quella cosa?», riesce a dire alla fine Larson.

«Per favore, resti tranquillo, signor Larson», gli risponde Fowler senza staccare gli occhi da me.

«Dopo avere distrutto la sonda ha commesso qualche altra azione?», chiedo.

«È possibile. Non ne siamo certi».

«Si spieghi meglio».

«La sonda trasmetteva i dati alla stazione spaziale. Qualche minuto più tardi la stazione è stata distrutta da… un evento solare, insieme a tutti i satelliti in orbita».

«Pensa che stesse cercando di impedire la trasmissione dei dati?»

«È una teoria credibile».

«Che fine ha fatto l'equipaggio della stazione spaziale?».

Fowler distoglie lo sguardo. Ho toccato un punto dolente. «Sono rimasti uccisi durante l'attacco. Tranne una che è ancora lassù. Stiamo cercando di riportarla a casa, ma non siamo sicuri di riuscirci».

Annuisco, accorgendomi che vuole passare ad altro. «Che cos'altro sa?»

«È tutto, per il momento».

Comincio a immaginare possibili scenari, tentativi disperati per far sopravvivere la nostra specie. Tutti però falliscono per lo stesso motivo: insufficienza di dati. Dobbiamo scoprire con cosa abbiamo a che fare.

Larson scuote la testa, frustrato. «Qualcuno può dirmi cosa sta succedendo?».

Lancio un'occhiata a Fowler per dirgli: *Vuoi spiegarglielo tu?*

Lui mi risponde con uno sguardo che significa: *Diglielo tu a modo tuo. Se lo merita.*

«Signor Larson, non siamo soli nell'universo. Questa è la parte inquietante: chiunque ci sia là fuori, o non è interessato a contattarci oppure sta cercando di ucciderci».

# Capitolo 11
# Emma

Quando alla fine smetto di piangere, faccio l'inventario di quello che c'è nella capsula. Negli armadietti sono stivate riserve di cibo e acqua, e c'è anche un kit di pronto soccorso. In un angolo c'è un grosso pacco. Quando scopro che cos'è per poco non mi rimetto a piangere: un modulo SAFER per la mia tuta spaziale (tecnicamente si chiama EMU, Extravehicular Mobility Unity, ovvero Unità per la mobilità extraveicolare), un'insieme di piccoli propulsori jet che si indossano come uno zaino sopra la tuta e che sono utili soprattutto per evitare di fluttuare lontano dalla stazione – o per le situazioni "freccetta umana", come quella in cui mi sono trovata poco prima.

Dietro il primo biglietto, sulla parete ce n'è un secondo con scritto:

> Non togliere la tuta.
> Usare il terminale per comunicare.

Perché vogliono che tenga addosso la tuta? Posso pressurizzare la cabina. Forse l'evento che ha distrutto la stazione spaziale non è ancora terminato. Forse la capsula è vulnerabile.

Tolgo il pannello che copre il terminale e lo schermo si accende. La tastiera non è utilizzabile con gli spessi guanti della tuta, ma hanno pensato anche a questo. Una stilo fissata alla parete fluttua nell'aria, come il dito alieno di ET. L'afferro mentre sul monitor appare il primo messaggio in lettere bianche su sfondo nero.

Sono felice di vederla, comandante Matthews.

Mi guardo attorno nella capsula e in un angolo vedo una videocamera.

Sorrido e saluto con la mano.

Stato di salute?

Usare la stilo non è facile, ma a ogni lettera acquisto più dimestichezza.

Nulla da segnalare.

Sia onesta.

Mi chiedo chi ci sia dall'altra parte. Deve essere qualcuno che mi conosce. Incomincio con il problema principale: la malattia da decompressione.

Sintomi da decompressione. Tumefazioni.

E poi chiedo quello che mi sta realmente a cuore.

L'equipaggio?

Nessuna risposta. Non è un buon segno. Sono troppo nervosa per aspettare.

Capsule Soyuz?

Mi dispiace. Nessuna è stata recuperata.

Quelle parole sono come un pugno allo stomaco. Per un istante non riesco a pensare a nient'altro. Il dolore svanisce. Le lacrime mi rigano di nuovo le guance. Fluttuo lontano dallo schermo, soltanto la stilo mi tiene ancorata alla parete. Fisso le parole: *Nessuna è stata recuperata*. Sono tutti morti. Tranne me. Avrei dovuto…

Non avrebbe potuto fare nulla, comandante. Nulla. La stazione si è disintegrata in pochi secondi. Non c'era alcuna possibilità di salvezza. Siamo fieri che lei sia viva.

Non so cosa rispondere alle sue parole. Non ci riesco proprio. Passo così alla domanda successiva.

L'immagine dalla sonda, l'avete ricevuta?

Sì.

Che cos'è?

Un'altra lunga pausa. Perché? Digito sei lettere che ieri mi sembravano inimmaginabili.

Alieni?

Non lo sappiamo ancora. Ne parleremo quando avremo più elementi.

Cosa vuol dire?
Avete un piano?

Ci stiamo ancora lavorando. Per il momento deve restare in orbita.

Perché?

Per assicurarle un ritorno più sicuro.

Un altro mistero. Se temessero che la capsula andasse distrutta – come la stazione spaziale – dovrebbero riportarla indietro il più presto possibile. *Cosa sta succedendo laggiù?*

I sintomi della malattia da decompressione stanno cominciando a svanire, ma mi gira ancora la testa. Cerco di mettere ordine nei miei pensieri. Quale sarà il prossimo passo? Non posso tornare a casa. La stazione non c'è più. Le capsule Soyuz non sono state utilizzate per l'evacuazione. Cosa succederà adesso?

*Altri sopravvissuti*. Devo verificare se ce ne sono. Ritorno alla tastiera e digito freneticamente.

Avete scansionato il relitto per controllare se ci sono altri sopravvissuti?

Sì. Non ne abbiamo ancora trovato nessuno.

Voglio che li cerchiate.

Un'altra lunga pausa. Aggiungo:

Per favore.

A Terra, qualcuno sta valutando i rischi e i vantaggi della manovra.

Non è possibile.

Perché?

L'evento solare ha compromesso i satelliti.

Senza i satelliti, possono controllare la capsula solo quando è allineata con le stazioni terrestri. Devono avere programmato la sua orbita in modo che sia geosincrona con quella della stazione terrestre, che, stando a quello che si vede dall'oblò, si trova in Nordamerica.

Vi guiderò io. Per favore. Devo farlo.

Rimanga in attesa, comandante.

L'attesa è ancora più lunga delle precedenti. Mi preparo mentalmente a controbattere se la risposta sarà negativa. Ho già preparato una serie di argomenti quando sullo schermo appare la risposta.

Via libera per la perlustrazione del relitto della stazione spaziale.
Inviamo pianta del relitto e programma per il controllo locale e a distanza.

Sullo schermo appare un'immagine della Terra circondata dai vari strati di atmosfera in cui sono evidenziati piccoli oggetti in orbita: i frammenti della stazione spaziale. Sono sparsi su metà del globo. Alcuni sono più vicini all'atmosfera, altri più lontani. Chi ha preparato il piano di ricerca ha fatto un buon lavoro: la capsula recupererà prima i frammenti nell'orbita più bassa, che tra poco si incendieranno.

Sullo schermo inizia un conto alla rovescia:

INSERIMENTO CONTROLLO MANUALE:
15:28

15:27
15:26

E sotto appare la scritta:

Buona fortuna, comandante.

Fluttuo fino all'oblò e guardo la capsula manovrare verso il primo frammento della stazione spaziale.

Abbiamo perlustrato i tre quarti dei relitti. Ho cercato in tutti i frammenti in un'orbita discendente.

Niente.

La capsula ha perso il contatto con la Terra e la sto manovrando io, anche se con i guanti non è facile perché i movimenti devono essere molto precisi.

Il prossimo frammento è il più grande di tutti. Lo guardo avvicinarsi. Riesco a vedere il braccio robotico europeo ancora attaccato al modulo del Multilaboratorio Nauka. Poco più lontano fluttuano i moduli di servizio Zvezda e Poisk. Erano collegati al Nauka da Pirs, di cui però non c'è più traccia.

Faccio descrivere un lungo arco alla capsula e scruto i detriti, che sembrano lattine di soda sparate da un fucile ad aria compressa. Attraverso uno squarcio scorgo quello che mi sembra un braccio umano.

Mi fermo di scatto, chiedendomi se ho dormito troppo poco e ho le allucinazioni, oppure se non era semplicemente un detrito con la forma di un braccio.

Riporto indietro la capsula e allineo l'oblò con lo squarcio del relitto.

Non so se sto ridendo o piangendo, o forse tutt'e due le cose insieme, ma so cosa sto vedendo: non è soltanto un braccio, ma un corpo intero, in una tuta spaziale russa Orlan, che mi fissa dicendomi con gli occhi: *Sono pronto per essere salvato.*

Ed è esattamente quello che farò.

# Capitolo 12
# James

Per un lungo istante mi aspetto che Larson svenga. Sbianca in viso, barcolla, si appoggia con un braccio alla parete del furgone e si guarda attorno come se sentisse delle voci.

Mentre lui cerca di raccapezzarsi io mi interrogo su un altro mistero: perché sono qui?

Al college ho studiato biologia e ingegneria meccanica. E lo stesso giorno in cui mi sono laureato in medicina ho ottenuto un dottorato di ricerca in ingegneria biomedica. Ma non ho mai fatto un internato e non ho mai praticato la professione medica. Mi sono messo a costruire cose. Qualche anno fa ho costruito qualcosa che mi ha fatto finire qui, in prigione, deprecato dall'intera razza umana. E per uno strano scherzo del destino, adesso che l'umanità sta rischiando l'estinzione, mi hanno convocato. Probabilmente perché vogliono farmi costruire qualcosa.

Fowler mi sta fissando. Dopo il mio scambio di battute con Larson, il direttore della NASA è rimasto in silenzio.

«Volete che costruisca qualcosa?»

«Forse», risponde quasi con un sussurro.

«Ma prima di decidere cosa fare vi servono più dati».

«Per l'appunto».

«Volete andare lassù, vero?»

«Ci andrà lei, James. Lei insieme ai nostri uomini migliori».

«Volete che scopra di cosa si tratta, di cosa è fatto, quali sono le sue capacità e i suoi punti deboli, volete sapere come fermarlo».

«È questa la missione».

Mi gira la testa. «Quando? Qual è il piano?»

«Il lancio è tra meno di trenta ore».

«State scherzando? Aspettate. Dite sul serio? Volete lanciarmi nello spazio tra trenta ore?»

«Sì. Sarà rapidamente istruito su tutti gli aspetti della missione. Dovrà concentrarsi su quell'oggetto non identificato. Stiamo pianificando questa missione da tempo. Ma non sapevamo dove andare né cosa cercare».

Mi sforzo di immaginare i particolari, le infinite domande che voglio fare.

La prima è la più urgente. «E se quella cosa che ha messo fuori uso la stazione spaziale farà lo stesso con noi appena lasciamo l'atmosfera?»

«È un'ipotesi che abbiamo preso in considerazione». Fowler preme un tasto e sullo schermo del suo computer appare una simulazione che mostra dei razzi lanciati da quattro punti diversi della Terra. Poi un secondo gruppo di razzi. Un terzo, un quarto, un quinto. Conto sette lanci in tutto, ventotto cariche. La simulazione mostra le testate che si staccano dai razzi e cercano di manovrare a varie altitudini dell'orbita terrestre, ma una forza invisibile le spazza via come polvere al vento e vanno alla deriva nello spazio mentre la Terra continua a orbitare attorno al Sole.

La Terra diventa sempre più piccola e la simulazione si focalizza sulle testate, che si avvicinano e si collegano l'una all'altra formando due navi spaziali. Ognuna è costituita da un lungo cilindro centrale da cui spuntano dei moduli, come una mazza chiodata medievale.

Le due mazze si muovono verso il Sole e l'incontro con l'oggetto sconosciuto.

La simulazione è più esplicita di migliaia di parole, ma voglio essere sicuro di avere capito bene. La mia vita dipende da questo.

«Quindi lancerete quei razzi come se voleste ristabilire una rete di satelliti orbitali».

Fowler annuisce.

«Lasciate che l'oggetto sconosciuto… è così che lo chiamate, giusto?»

«Giusto».

«Lasciate che spazzi via i satelliti, presumendo che poi se ne dimenticherà. Ma le testate poi si ricomporranno come un Transformer, dando vita a due navi spaziali che gli daranno la caccia».

«A parte il riferimento ai Tranformer, è esatto».

È un piano interessante, ma c'è un grosso problema.

«L'oggetto sconosciuto ha neutralizzato a vista la sonda. Cosa vi induce a pensare che non farà lo stesso con queste due navi?».

Fowler si appoggia allo schienale come un insegnante che scruta uno studente. «Ha neutralizzato a vista la sonda?».

Scuoto la testa. «No. Ha ragione. L'ha fatto quando ha cominciato a trasmettere dati. È come se prima di allora non l'avesse vista. Un predatore spaziale che vede soltanto di notte. Oppure, in questo caso, quando la sua preda emette qualche forma di radiazione o trasmissione. Luce. Energia». L'implicazione è chiara. «Le navi dovranno essere silenti».

«Sì».

«E la trasmissione dei dati?».

Fowler mi porge un apparecchio grande più o meno come la mia mano. È nero opaco e non ha nessuna presa o porta USB.

«Li chiamiamo "mattoni informatici". Possono immagazzinare informazioni e hanno un trasmettitore wireless. Le due navi spaziali, la *Fornax* e la *Pax*, li lanceranno verso la Terra», spiega Fowler riprendendo il mattone. «Non cominciano a trasmettere finché non toccano Terra. Li monitoreremo con stazioni terrestri, navi e droni».

È un buon piano per recuperare i dati.

Ma a mio avviso ci sono ancora alcuni problemi e questioni aperte.

Innanzi tutto, l'oggetto non è grande a sufficienza da bloccare abbastanza radiazioni solari per provocare il Lungo Inverno. L'implicazione è che faccia parte di un'entità più grande o stia sottraendo energia solare in un modo che ignoriamo. O forse non c'entra addirittura nulla con il Lungo Inverno. In ogni caso, sono d'accordo che si debba indagare più a fondo. Al momento è l'unica traccia che abbiamo.

Dalla sequenza temporale e dalla simulazione appare chiaro che il lancio deve avvenire subito – finché la Terra è ancora vicina all'oggetto. Questo ridurrà la distanza che le due navi dovranno percorrere e il fabbisogno di combustibile.

«E come rientrerà l'equipaggio?».

Fowler distoglie lo sguardo. «Stiamo ancora facendo delle simulazioni». Preme un tasto sul laptop. «Questa è l'idea migliore».

La simulazione mostra le navi che fluttuano oltre l'oggetto sconosciuto e poi si dividono di nuovo. Due piccoli moduli si sganciano dalla base di ogni nave. Sembrano capsule di salvataggio. La simulazione mostra l'interno di una capsula con tre passeggeri. Quindi su ogni nave c'è un equipaggio di sei persone. Dividerle durante il viaggio di ritorno ha il vantaggio di aumentare le probabilità di sopravvivenza.

All'inizio le capsule non si muovono e poi, lentamente, cominciano ad allontanarsi dall'oggetto. Devono essere alimentate a energia solare.

Studio le due navi, la *Fornax* e la *Pax*. *Fornax* era la divinità romana del fuoco (più specificatamente del forno, ma il fuoco funziona meglio come analogia). Scommetto che la nave ha una testata nucleare o un cannone elettromagnetico. Forse entrambi. *Pax* era la divinità romana della pace. Cercheranno prima di comunicare. Se la sua modalità di azione è quella usata con la sonda, l'oggetto spazzerà via la *Pax*. A quel punto la *Fornax* spedirà un mattone sulla Terra con la registrazione dell'accaduto prima di passare all'azione. I membri dell'equipaggio vedranno l'esito dalle capsule di salvataggio e faranno rapporto.

Sono quasi certo che l'oggetto distruggerà anche la *Fornax*.

È un buon piano, che potrebbe persino permettermi di tornare a casa vivo. Per quanto ne sappia, è la mossa migliore che possiamo fare.

La voce di Fowler è cupa. «Quello che ha visto è come noi prevediamo che si svolgerà la missione. Ma non è certo che le cose andranno così. I rischi sono...».

«So quali sono i rischi. L'ho saputo fin dal momento in cui ho visto quell'oggetto. E so cosa mi state chiedendo. Ci sto».

Fowler annuisce, fissa il pavimento del furgone e poi si alza.

«Bene, dobbiamo scendere al Kennedy Space Center, è da lì che verrà lanciato il suo modulo».

«Una domanda».

Fowler inarca un sopracciglio.

«Perché io?».

Fowler mi guarda negli occhi. «In verità lei non era la nostra prima scelta. E nemmeno la seconda, la terza, la quarta o la quinta».

Le sue parole mi feriscono un po', ma non reagisco.

«Quando abbiamo presentato quello che ha appena visto ai candidati prescelti, tre di loro hanno declinato l'offerta. Volevano che ci andasse lei. Hanno detto che avrebbero sostenuto la missione soltanto se ne faceva parte».

«Perché?»

«Pensano che lei abbia più immaginazione e competenze tecniche di chiunque altro. Dicono che lei pensa e agisce in fretta – a volte anche troppo – e che se c'è qualcuno che può portare a termine questa missione, quello è lei. Quando hanno capito che le loro vite e quelle delle loro famiglie erano in pericolo, hanno richiesto la sua presenza».

«E gli altri due?»

«Il candidato di seconda scelta ha accettato. Lui sarà su una delle due navi e tu sull'altra».

«E l'ultimo candidato?».

Fowler lancia un'occhiata a Larson, che ha assunto un'aria assente, come se avesse appena subito una lobotomia. «Non era in grado di processare adeguatamente le informazioni che gli abbiamo fornito».

«Non mi sorprende. È una reazione assolutamente normale». Adesso è il mio turno di fissare Larson. Attraverso di lui posso vedere come reagirà l'intera razza umana quando la notizia trapelerà. «Questo segreto… è troppo grande. Non riusciremo a conservarlo a lungo».

«Sono d'accordo con lei. È l'altro motivo per cui dobbiamo muoverci in fretta».

L'elicottero che ci porta via da Edgefield è pieno di militari, ma non sono uomini della Guardia nazionale. Hanno tutta l'aria di essere agenti speciali. Sono molto professionali, e quando mi guardano non battono le ciglia né distolgono gli occhi. Mi fa piacere che siano dalla nostra parte.

Mentre ci dirigiamo a sud, con i rotori dell'elicottero che rombano sopra le nostre teste, sollevo lo sguardo verso il Sole. Non lo vedrò mai più nello stesso modo. Non vedrò mai più il mondo nello stesso modo. La vita. Il sistema solare, l'universo. Sento di avere passato il Rubicone. Nulla sarà più uguale.

E per motivi che non riesco a spiegare, voglio soltanto una cosa: rappacificarmi con l'unica persona che conta per me in questo mondo. Mio fratello.

Accendo l'auricolare. «Fowler, ho una richiesta».

Larson si gira e si sistema il microfono. Da quando è uscito dal furgone è tornato in sé, riacquistando il suo atteggiamento da pitbull. «Non puoi fare richieste. Fa parte del con…».

«Cosa vuole, James?»

«Ho un fratello, che ha una moglie e un figlio».

Fowler annuisce e solleva lo sguardo. «E adesso anche una figlia. Di dieci mesi».

«Giusto. Vorrei che gli trovaste un posto in una delle zone abitabili».

«Impossibile», ringhia Larson.

«Fatto», dice pacatamente Fowler.

«Vive ad Atlanta».

«Sei mesi fa si sono trasferiti in un sobborgo di Charleston, Mount Pleasant». Il direttore della NASA sembra avere memorizzato il mio dossier. Sono molto colpito.

«Che è sulla strada per Cape Canaveral».

Fowler annuisce.

Larson mi lancia un'occhiata. «Mi sta prendendo in giro?».

Ricambio il suo sguardo. «Ehi, lo so che sono la vostra ultima scelta, ma domani notte mi spedirete in un viaggio di sola andata e lui è l'unica famiglia che mi resta. Voglio soltanto vederlo due minuti. Per dirgli che mi dispiace. Tutto qui».

Fowler ci interrompe. «Si metta d'accordo con lui, Larson». Poi, rivolto a me, aggiunge: «Faccia in fretta, James. Abbiamo poco tempo».

So che questo è il quartiere di Alex prima ancora che l'elicottero atterri. È stato costruito di recente, con le strade che formano una griglia perfetta su cui sono allineate case con microscopici giardini immacolati dove nulla è fuori posto e non c'è nulla di inatteso. L'ordine e la pulizia del quartiere rispecchiano quelli di mio fratello.

Alex e io siamo sempre stati agli antipodi. Ognuno dei due eccelleva nei rispettivi campi e abbiamo sempre preso strade diverse, se non altro per contrapporci l'un l'altro.

L'enorme elicottero si posa sul prato perfettamente curato dell'area comune. Non riesco a impedirmi di pensare con una certa soddisfazione che il segno che lascerà solleverà più di qualche protesta al prossimo comitato di quartiere.

Davanti alla porta di Alex sento il cuore accelerare. Non vedo mio fratello da prima del processo. Anziché suonare il campanello, busso piano. Ho poco tempo a disposizione e non voglio svegliare la piccola.

Sua moglie, Abby, apre la porta senza nemmeno chiedere chi è. È un quartiere molto aperto, e la cosa mi rende felice. Lei, però, non sembra felice di vedermi. Il sorriso le svanisce dal volto e per poco non lascia cadere dalle braccia la bambina, che capisce che c'è qualcosa che non va e comincia ad agitarsi.

«Cosa ci fai qui?», chiede, guardando l'elicottero. «È tuo quell'elicottero? Ti ha dato di volta il cervello? Sei evaso? Chiamerò la...».

«Mi hanno rilasciato, Abby. Per... un... permesso di lavoro».

Lei mi fissa stupefatta.

«E quello è il mio elicottero. Mi dispiace per l'erba. La patente mi è scaduta mentre ero in prigione. E poi, ormai, chi guida più un'auto...».

«Cosa vuoi, James? Perché sei qui?».

Prima che possa risponderle, un bambino di circa sei anni scende di corsa dalle scale seguito da due amichetti. A metà strada si ferma e chiede: «Mamma, posso andare da Nathan?». E anticipando un diniego, aggiunge: «Per favore».

Poi si accorge della mia presenza e mi fissa, cercando di ricordare chi sono. «Zio James!», esclama quando mi riconosce.

«Ciao, tigrotto».

«Papà ha detto che eri in prigione».

«Sì. Sono uscito apposta per salutarti».

«Davvero?», chiede il bambino sgranando gli occhi.

«Nah».

La madre si volta verso di lui e gli intima: «Vai subito di sopra, Jack».

«Mamma!».

«Subito, ho detto!».

Poi si volta verso di me e mi dice: «Non tornare mai più», allungando una mano verso la porta.

«Voglio vederlo, Abby. Voglio soltanto parlargli», rispondo bloccando la porta con il piede prima che la chiuda.

«Pensi davvero che lui voglia parlarti? Che bastino due parole per rimettere tutto a posto? Ti rendi conto di cosa gli hai fatto? Riesci a immaginarlo?»

«Non c'è bisogno che mi parli. Voglio solo che mi ascolti. Ci sono alcune cose che voglio dirgli».

Lei scuote la testa e la rabbia cede il posto al fastidio. «Non è nemmeno in casa».

«Dov'è?»

«Al lavoro».

«In città?»

«A un congresso».

«Dove?».

Abby strizza gli occhi riducendoli a due fessure. «Non te lo direi per nulla al mondo».

Non riesco a trattenere una risata.

«Dottor Sinclair, siamo in ritardo per la riunione», mi chiama Larson.

«Gli dirai che sono passato, Abby?»

«Se ti farai vedere di nuovo, chiamerò la polizia», risponde lei sbattendo la porta.

«Vuoi ancora farli trasferire in una zona abitabile?», mi chiede Larson mentre ci allontaniamo.

«Sì. Sono la mia famiglia».

# Capitolo 13
# Emma

Nonostante abbia perso i contatti con la Terra, scrivo un messaggio per comunicare che ho identificato un potenziale sopravvissuto e che mi sto apprestando a soccorrerlo. Il messaggio partirà quando la capsula ristabilirà i contatti con la stazione terrestre. A quel punto io potrei essere troppo impegnata.

Accostare la capsula al relitto non è facile. Per fortuna il connettore della stazione spaziale è ancora intatto. Ma il problema è che io sono una genetista e non un pilota. Tuttavia sono stata addestrata anche per questo, e dopo tre tentativi ci riesco.

Durante la più maldestra operazione di attracco nella storia della stazione spaziale, sbircio attraverso il portellone del relitto dell'astronave, ma non vedo nessuno. La persona con la tuta spaziale – se nella tuta c'è realmente qualcuno – non può non avere sentito l'impatto della mia capsula. Eppure nessuno si affaccia al connettore per controllare cosa sta succedendo o farmi un cenno di saluto.

Apro il portello della capsula e fluttuo verso il modulo della stazione spaziale, dicendomi che forse è rimasto bloccato oppure ha perso conoscenza.

La tuta spaziale russa Orlan non si muove mentre mi avvicino. Il visore del casco riflette come uno specchio l'immagine di me che avanzo fluttuando nell'aria. Le mie speranze svaniscono quando tocco la manica della tuta e le mie dita affondano al centro. Non c'è pressione all'interno. Il braccio è scheletrico e senza vita.

Esamino la tuta e individuo uno strappo sul fianco destro. Sulla parete di fondo c'è un buco oltre il quale scorgo il nero infinito dello spazio. Un frammento della stazione ha sfondato la parete e si è conficcato nella tuta. L'ossigeno è fuoriuscito, risucchiando ogni molecola d'acqua dal corpo del mio compagno di equipaggio. Sono stata fortunata a non subire la stessa sorte. Io ero sopravvento, per così dire, mentre tutti quelli che si trovavano all'altra estremità della stazione sono stati investiti dai proiettili.

Fluttuo nell'aria stringendo la manica della tuta. È come se la mia mente non potesse accettarlo. Quando avevo visto la tuta, mi ero convinta che avrei salvato quella persona. Che avrei condiviso con lui la capsula e la gioia del ritorno sulla Terra.

Ma non è andata così.

È come se fossi entrata in una nuova realtà e non potessi tollerarla.

Uno scossone del modulo mi strappa ai miei pensieri. Poi un altro, e un altro ancora, come grandine su un tetto metallico. Un frammento della stazione è entrato in collisione con quello su cui mi trovo.

Fisso lo squarcio nella tuta del mio compagno di equipaggio. Devo andarmene da qui. Al più presto.

So che devo tornare nella capsula e lasciare al suo destino la tuta russa e chiunque ci sia lì dentro, ma non ci riesco.

Sgancio la tuta e la trascino verso la capsula. La pioggia di detriti si è intensificata, ora sembra una tempesta.

In rapida sequenza, mi stacco dal modulo della stazione spaziale, chiudo il portello della capsula e aumento la potenza dei propulsori per sottrarmi alla caduta dei detriti.

Mentre mi allontano, i tonfi sul tetto si attutiscono. Adesso sembrano gocce di pioggia, poi una tempesta di sabbia e infine cessano del tutto. Dall'oblò guardo i detriti schiantarsi contro i resti della stazione.

Se fossi stata in contatto con la base terrestre, mi avrebbero avvisata del campo di detriti e me la sarei cavata più in fretta. Ho bisogno di ristabilire i contatti.

*Concentrati, Emma.*

Lo sguardo mi cade sulla tuta Orlan. La pressione qui nella capsula è la stessa che c'è là fuori. Non rischierò nulla scoprendo chi c'è dentro.

Sfilo il casco.

Sergei.

Deve essersi infilato la tuta quando il sistema fotovoltaico è andato in panne. In quel momento avrei dovuto ordinare a tutti di mettersi le tute ed evacuare la stazione sulle Soyuz. È un pensiero che non mi dà pace. So che se non me ne libererò, finirà per distruggermi, come un cancro.

Non devo farmi divorare dal senso di colpa, ma concentrarmi sulle prossime mosse. Un passo alla volta. La lucidità è l'unica cosa che potrà tenermi in vita quassù.

Impugno la stilo e scrivo un messaggio alla base.

Qualche ora più tardi termino la ricerca.

Non ho trovato nessun sopravvissuto. Nessun'altra tuta spaziale. Nessun resto.

A quanto pare sono l'unica sopravvissuta alla catastrofe della Stazione spaziale internazionale.

Invio il mio rapporto. Sto sorvolando di nuovo il Nordamerica, dove ci sono parecchie stazioni terrestri allineate con la mia capsula. Come mi aspettavo, la risposta arriva subito.

Ricevuto. Stiamo pressurizzando la capsula. Rimanga in attesa.

Perché la stanno pressurizzando? A questo punto dovrebbero avere iniziato la sequenza di rientro per riportarmi a casa. Pensano forse che la mia malattia da decompressione sia così grave da richiedere urgenti attenzioni? Preferirei essere a Terra. Sto per scrivere un messaggio quando sullo schermo ne appare un altro.

La capsula è pressurizzata. Tolga il casco e inizieremo la procedura DCI.

Slaccio il casco e respiro a pieni polmoni l'aria, che è puro ossigeno (sulla Terra, per intenderci, contiene soltanto il 21 percento di ossigeno). Togliere l'azoto all'aria aiuta la terapia della malattia da decompressione. Poi alzeranno gradualmente la pressione per dissolvere le bolle d'aria nel sangue.

All'improvviso sento una gran fame e una gran sete. Da quando la stazione è collassata, sono stata così spaventata da non rendermi conto di quanto ero affamata. La costante paura della morte è la migliore cura dimagrante che esista.

Mangio e trangugio un lungo sorso d'acqua. È meglio che non beva troppo. Nella capsula non c'è un bagno. C'è però una confezione di pannolini e mi abbasso la tuta per infilarmene uno a scopo preventivo.

Respiro a fondo. La pressione sta salendo e respirare è diventato più facile. Sono esausta.

L'unica cosa che voglio è tornare a casa. Quando sono partita per lo spazio, traboccavo di gioia, ma adesso non vedo l'ora di rimettere i piedi sulla Terra e respirare aria vera, non questa sterile aria riciclata.

Nel minuscolo spazio della capsula riecheggia una voce maschile con un accento del Massachusetts che mi ricorda sempre JFK.

«Capsula Phoenix, qui è Goddard, mi sente?»

«Ricevuto, Goddard. È bello sentire la tua voce».

«Anche per me, comandante».

Finisco la bottiglia d'acqua e poi gli faccio la domanda che più mi preme. «Qual è il piano, Goddard?»

«Ci stiamo lavorando. Per il momento deve agganciare la tuta alla capsula. L'ossigeno e la pressione sono compatibili con quelli della stazione spaziale. C'è anche un serbatoio di riserva. Si ricordi di cambiarlo quando è vuoto».

*Perché?* È come se pensassero che non tornerò subito a casa.

«Non me ne dimenticherò. Quando è previsto il rientro?»

«Non lo sappiamo ancora».

«Perché? Cosa sta succedendo? La tempesta che ha colpito la stazione spaziale ha investito anche la Terra?»

«No».

«C'è qualcosa che non va nella capsula?»

«No, comandante. Nulla del genere. È che quaggiù siamo molto presi».

*Presi da cosa?* Stanno facendo altri lanci? Dev'essere così. Sono sicura che non vogliono riportarmi indietro finché non hanno monitorato la capsula per controllare che tutto sia a posto. Se stanno preparando un altro lancio, ritarderanno il mio rientro. E in ogni caso, qui o a Terra, la malattia da decompressione doveva essere trattata – ed è meglio farlo prima per evitare danni permanenti. Se la mia teoria è corretta, tutto comincia ad avere un senso.

«La riporteremo a casa, comandante. Stiamo facendo del nostro meglio».

«Lo so e vi ringrazio. Avrei dovuto farlo prima. Grazie di tutto. Prima di vedere la capsula pensavo di essere spacciata».

«Stiamo solo facendo il nostro lavoro».

C'è una lunga pausa. Il cibo mi ha fatto venire sonno. Oppure è l'aria più spessa. Ho la bocca impastata.

«Cosa posso fare?»

«Si riposi, comandante Matthews. Le daremo notizie al più presto».

Fluttuo accanto a Sergei e chiudo gli occhi.

Il sonno arriva subito.

# Capitolo 14
# James

Le dimensioni del Kennedy Space Center superano la mia immaginazione. Il complesso conta oltre settecento edifici sparsi su una superficie di quasi sessantamila ettari. È come una città del futuro, un'oasi di meraviglie tecnologiche sulla costa della Florida. Il campus brulica di gente: militari, personale della NASA e appaltatori privati. Tutti hanno contribuito a questo lancio e vogliono presenziare all'evento.

Fowler mi affida a un gruppo di supervisori per un rapido corso di addestramento. Un altro gruppo di tecnici mi sottopone a una serie di test che comprendono le analisi del sangue e delle urine e un esame della vista. I risultati devono essere soddisfacenti, visto che nessuno li menziona.

L'intero equipaggio di dodici persone viene fatto accomodare in quella che sembra l'aula di un college, un anfiteatro con sette file di banchi disposti a semicerchio attorno a una cattedra dietro alla quale c'è un grande schermo. Alcuni membri dell'equipaggio si conoscono già. Si stringono la mano e chiacchierano tra loro.

Riconosco soltanto uno dei miei compagni, il dottor Richard Chandler. Ha vent'anni più di me e ci siamo conosciuti a Stanford, quando stavo ottenendo il dottorato in bioingegneria. Era uno dei miei professori. Ed era molto bravo. Al suo corso io ero uno dei migliori. E lui mi apprezzava... per un po', almeno. Non so esattamente quando ho smesso di piacergli, né perché. Abbiamo perso i contatti. Ma quando ho avuto i miei problemi legali e sono finito sulle prime pagine dei giornali, lui è stato il primo a denunciarmi. Questo l'ha fatto diventare una star della TV e gli ha permesso di pubblicare un libro. Demolirmi è diventata così una parte integrante della sua identità.

Adesso ho capito il perché: prima che arrivassi io, lui era il più grande esperto in bioingegneria. All'inizio aveva visto in me un allievo promettente, forse un collaboratore, ma poi sono diventato un rivale le cui idee hanno presto superato le sue. Ha smesso così di sostenermi e si è impegnato a distruggermi per riconquistare la propria gloria.

Il modo in cui reagisce quando il suo primato è minacciato può dirci molto su una persona. C'è chi cerca di migliorarsi e chi invece attacca chi l'ha superato.

Una cosa è certa, il tempo non ha cambiato l'opinione di Chandler nei miei confronti. Ha perso un po' di capelli, le zampe di gallina attorno agli occhi sono più lunghe e profonde, ma è sempre lo stesso Richard Chandler che ho imparato a conoscere… dopo che il mondo mi si è rivoltato contro.

«Salve».

Mi volto e vedo un asiatico che mi porge la mano. Sembra un po' più giovane di me, sulla trentina, con intensi e sereni occhi verdi.

«Salve. Io sono James Sinclair».

L'asiatico annuisce, come se avesse già letto o sentito quel nome.

«Io sono Min Zhao. Pilota con grande esperienza in navigazione e riparazioni di veicoli spaziali. Due viaggi sulla Stazione spaziale internazionale. Quarantaquattro EVA», risponde.

«Complimenti. È un piacere conoscerla».

Lui non mi chiede nulla, evidentemente mi conosce.

Un uomo si avvicina e porge la mano prima a me e poi a Min. «Grigorij Sokolov. Ingegnere astronautico. Specialista in propulsione solare».

Mi fissa, spronandomi in silenzio a presentarmi.

«James Sinclair, medico e bioingegnere».

«Robotica?», chiede strizzando gli occhi.

«Tra le altre cose. Sto indagando sull'oggetto sconosciuto».

«Per capire come distruggerlo?»

«Se sarà necessario».

«Non c'è nessun se. Quella cosa deve essere distrutta».

Min si presenta a Grigorij, questa volta scendendo più in dettaglio. Attorno a me tutti si stanno presentando. Molti sono specializzati in due campi, solitamente adiacenti. C'è un'esperta di computer specializzata in ingegneria elettronica e progettazione di hardware con la quale dovrò presumibilmente lavorare. Una linguista con un master in archeologia. Una fisica specializzata in traumi psicologici.

Alcuni ruoli sono doppi: due piloti, due ingegneri aeronautici, due fisici, due esperti in computer e due in robotica. Ma i membri dell'equipaggio di ogni nave sembrano molto diversi l'uno dall'altro, almeno nell'aspetto. L'archeologa con un background linguistico è un'australiana di nome Charlotte Lewis. Scommetto che salirà a bordo della *Pax*. La sua controparte non si è ancora presentata. È accanto a Chandler e ci sta fissando con occhi di ghiaccio. Ha il viso scavato e segnato dal Sole, i capelli corti e ingrigiti sulle tempie. È difficile dargli un'età. Indossa un completo blu navy che lo veste male, come se gli fosse stato prestato per questa occasione. Suppongo sia un militare.

La fisica psicologa asiatica gli si avvicina e si presenta in un inglese impeccabile.

«Salve, io sono Izumi Tanaka».

«Dan Hampstead. È un piacere conoscerla, signora», risponde lui con un inconfondibile accento texano.

«Sono una fisica con una specializzazione in danni cerebrali e altri traumi acuti. Ho anche un dottorato in psicologia. Il mio lavoro è focalizzato sulle dinamiche dei piccoli gruppi, specialmente in situazioni di stress post-traumatico».

Hampstead annuisce e distoglie lo sguardo. «Bene. Potrebbe esserci utile in questo viaggio».

«E lei di cosa si occupa?»

«Sono un ufficiale dell'aviazione americana».

Le altre conversazioni si stanno spegnendo, tutti ci stanno origliando chiedendosi chi sia il riservato dodicesimo membro dell'equipaggio.

«Ci aiuterà a controllare la navigazione?»

«Farò tutto ciò che sarà necessario, signora».

Le mie parole rimangono per un istante sospese nell'aria come una sorta di dichiarazione improvvisata.

La dottoressa Tanaka non perde un colpo. «È quello che faremo tutti. È stato un piacere conoscerla, signor Hampstead».

È chiaro che Hampstead salirà sulla *Fornax*. È l'estremità appuntita del bastone.

Mi chiedo su quale nave salirò io. Spero sia la *Pax*. Sarà lei a stabilire il primo contatto. Anche se so che sarà più pericoloso, è lì che voglio essere. Metterò le mie conoscenze al servizio della *Pax*, e la mia presenza sarà determinante.

Fowler entra nella stanza accompagnato da un gruppo di supervisori della missione e assistenti che si radunano attorno a due lunghi tavoli. Ci servono il pranzo. Io prendo un'insalata Waldorf. È la cosa migliore che abbia mangiato negli ultimi anni. Mi sforzo di ricordare le buone maniere e di mangiare lentamente.

Poi danno a ogni membro dell'equipaggio una cartella. Sulla copertina c'è scritto: PRIMO CONTATTO – BRIEFING SULLA MISSIONE – CONFIDENZIALE, e sotto «James Sinclair, dottore in medicina». Apro la cartella e scorro le pagine mangiando l'insalata. All'inizio ci sono le biografie dei membri dell'equipaggio. Tutti hanno un dottorato, tranne due.

Lina Vogel, l'informatica della *Pax*, non ha conseguito una laurea ma ha registrato decine di brevetti e creato un programma software che qualche anno fa è diventato virale. Lo considero un buon segno. Chi ha messo insieme l'equipaggio ha scelto persone con competenze specifiche per la missione – non solo con pedigree altisonanti che interagirebbero bene con un comitato o con la stampa.

L'altro non laureato è Dan Hampstead, un maggiore dell'aviazione americana con vent'anni di servizio e seicento ore di combattimenti nelle oltre 108 missioni alle quali ha preso parte. Non elenca le sue vittime, ma soltanto le sue medaglie: quattro Croci al valore, cinque medaglie per meriti di servizio, due Purple Heart. È cresciuto in un sobborgo di El Paso e si è diplomato alla Texas A&M e all'USAF Fighter Weapons School. Non è sposato e non ha figli, come tutti gli altri.

Trattengo il respiro e controllo la lista degli equipaggi, constatando con piacere che sono stato assegnato alla *Pax*. Sollevo lo sguardo e mi accorgo che Chandler mi sta fissando. Lui sarà sulla *Fornax*, e la cosa non gli piace affatto.

Scorro il resto della cartella. Ci sono schemi di tutti i moduli delle due navi. Sono stati costruiti in tempi e cantieri diversi. Alcuni risalgono a qualche mese fa, altri sono ancora più vecchi. Fowler mi ha detto che hanno dovuto accelerare i lavori per finirli in tempo. Alcune pagine della cartella sono fuori posto e qualche sezione è ancora bianca.

Come i membri dell'equipaggio, anche i moduli delle navi provengono da tutto il mondo, frutto di una collaborazione nata nel disperato tentativo di salvare l'umanità. E come l'equipaggio, sono frutto del lavoro dei migliori specialisti.

Quando ho sentito la presentazione iniziale di Fowler, la mia mente si è affollata di domande. Sul momento gli ho chiesto le cose più importanti, ma ci sono ancora alcune piccole questioni che potrebbero compromettere l'esito della missione. Nella cartella trovo le risposte ad alcune di esse, ma non a tutte. Forse, certe domande sono destinate a rimanere senza risposta.

Cerco comunque di documentarmi il più possibile. Questa è l'ultima carta che l'umanità può giocare e non voglio correre il rischio di sbagliare qualcosa.

Fowler accende lo schermo e appare la scritta OPERAZIONE PRIMO CONTATTO.

«Benvenuti al Kennedy Space Center. Sono Lawrence Fowler, direttore della NASA. Questa è l'ultima occasione in cui sarete tutti insieme prima del lancio. Ci sono un sacco di cose di cui dobbiamo parlare e abbiamo poco tempo. Tra qualche ora la maggior parte di voi sarà a bordo di jet ad alta velocità diretti verso le basi di lancio in Russia, Guyana, Giappone e Cina. I quattro membri dell'equipaggio di nazionalità americana – i dottori Chandler e Sinclair, il signor Watts e il maggiore Hampstead – resteranno qui.

«Tra sedici ore cominceremo a lanciare i componenti della *Pax* e della *Fornax*. I primi moduli saranno senza equipaggio. Trasporteranno cibo e attrezzature. Vogliamo vedere come l'oggetto sconosciuto reagirà ai lanci. A seconda di quello che accadrà, aggiusteremo il nostro piano.

«In questo briefing non vi illustrerò tutta la missione. Conoscete già tutti il piano e i rischi che correrete. Parleremo delle possibili incognite e di come affrontarle».

Fowler preme un tasto e sullo schermo appare la stessa simulazione che mi ha mostrato a Edgefield: le navi che si assemblano e iniziano il viaggio verso l'oggetto alieno.

«Da quando la sonda ha identificato l'oggetto misterioso, lo stiamo monitorando con potenti telescopi. Al momento si trova a metà strada tra l'orbita di Venere e quella della Terra, a circa venti milioni di miglia dal nostro pianeta».

Fowler passa all'animazione successiva, che mostra l'incontro delle due navi con l'oggetto alieno.

«Secondo le nostre previsioni, ci vorranno circa quattro mesi per raggiungere l'oggetto, che chiameremo *Alpha*. Quando l'avrete avvistato…».

Ha saltato molte delle mie domande. Alzo la mano come uno scolaretto il primo giorno di lezione.

«Dottor Sinclair?»

«Soltanto una curiosità. L'oggetto Alpha si muove?»

«Sì».

«Vettore?»

«Stiamo registrando i suoi spostamenti soltanto da ventiquattro ore, ma sembra si stia muovendo verso il Sole».

«La sua velocità sta aumentando?».

Fowler annuisce. «Leggermente. Ma non abbiamo ancora dati sufficienti per stabilirlo».

«Capisco. Su quale rotta viaggiava la sonda quando l'ha incrociato? Era diretta verso Venere? Mercurio?»

«No. Secondo le nostre stime doveva raggiungere il Sole, ma non sappiamo quando».

Nella stanza è calato il silenzio più totale. Min mi fissa. Sono sicuro che ha capito dove voglio andare a parare.

«Poiché non sapete la sua velocità, non avete abbastanza dati».

«Esatto», dice Fowler. I suoi occhi mi dicono che anche lui sa dove voglio arrivare, ma mi lascia finire di esporre la mia tesi.

«Il punto d'incontro con l'oggetto alieno è stato stabilito dopo ventiquattro ore di osservazione della sua velocità. La mia domanda è: e se ci fossimo sbagliati? Potremmo mancarlo di sette milioni di miglia».

Grigorij scuote la testa. «La nave ha dei propulsori e potremmo correggere la rotta in qualsiasi momento». Indica la cartella. «E abbiamo dei telescopi per monitorarlo».

Min, che è seduto tra Grigorij e me, alza la mano. «Sì, ma i telescopi della nave non sono potenti come quelli a Terra. In realtà avete ragione entrambi. Possiamo fare delle correzioni di rotta, ma Sinclair sta dicendo che se abbiamo calcolato male la capacità di accelerazione di Alpha, lo perderemo comunque».

Annuisco.

«Penso sia azionato a energia solare», dice Grigorij.

«Lo penso anch'io. E se è così, dobbiamo presumere che la sua accelerazione aumenti mentre si avvicina al Sole. Ma in mancanza di dati è impossibile tracciare un grafico. E potrebbe essere dotato anche di un sistema di propulsione alternativo di cui servirsi in caso di bisogno».

Chandler è come un vulcano in ebollizione che finalmente esplode. «Comunque sono soltanto ipotesi. Domande a cui non possiamo rispondere. Non siamo in grado di ridurre l'energia solare, se è da questa che è alimentato, e nemmeno di aumentare la nostra capacità di accelerazione».

«Certo che possiamo farlo», risponde Grigorij in tono quasi offeso.

«E come, dottor Sokolov?»

«Con un motore più grande e più carburante».

«Questo ritarderà il lancio?», chiede Chandler. «Può aumentare la velocità di dieci, venti volte?»

«Posso triplicarla senza problemi».

«Bene», dice Chandler. «Ritorno alla mia tesi: queste sono soltanto teorie. Il dottor Sinclair sta sollevando delle questioni per il puro gusto di sentirsi parlare». Indica con un cenno del capo il gruppo dei tecnici. «Questi uomini hanno trascorso le loro carriere programmando missioni spaziali. Lei l'ha fatto per quindici minuti. E prima di venire qui il dottore era in prigione, dove recentemente è stato coinvolto in una rivolta di cui è l'unico superstite. Speriamo di non fare la stessa fine dei suoi compagni di prigionia e lasciamo che siano i tecnici a programmare la missione. Il nostro compito è capire cosa sta succedendo lassù».

Faccio un sospiro mentre tutti gli sguardi si puntano su di me, come in una partita di tennis al rallentatore. Non cederò. Quell'uomo mi ha attaccato per anni in televisione. All'epoca non potevo difendermi – gli avvocati me l'avevano proibito – e dopo la condanna nessuno si è preoccupato di intervistarmi. Ma adesso posso ribattere e non gliela darò vinta.

«È vero», comincio. «Ero in prigione fino a questa mattina e faccio parte della missione soltanto da poche ore. Oltretutto, questo non è il mio campo. Ma ciò non significa che mi sbaglio.

E il fatto che voi abbiate anni di esperienza non implica automaticamente che abbiate ragione. A volte questo può precludervi altre possibilità, oppure ostacolare la vostra immaginazione. Vedete schemi che già conoscete e scegliete una soluzione senza esplorare tutte le possibilità».

Chandler mi trafigge con lo sguardo.

«È dove l'ha portata la sua immaginazione? Come ha reagito il mondo a queste possibilità?».

Mi stringo nelle spalle. «Che importanza ha? Non è una cosa che riguardi me o lei, stiamo parlando di come portare a termine questa missione. Se quando saremo lassù scopriremo che non possiamo raggiungere Alpha, non potremo ordinare altri motori o più carburante, e l'intera missione sarà fallita».

Mi volto verso Grigorij e Min. «Sto solo dicendo che dovremmo fare altre simulazioni della curva di accelerazione dell'oggetto alieno per calcolare con una migliore approssimazione il punto d'incontro. Oltre a considerare la possibilità di potenziare i propulsori».

Grigorij annuisce vigorosamente. «Sono perfettamente d'accordo».

«Anche io», dice Min.

Chandler mi lancia un'altra occhiata.

Mi rivolgo quindi a Fowler e gli dico quello che volevo dirgli da quando ho visto la prima foto dell'oggetto alieno. «E dobbiamo sapere cos'altro sta succedendo lassù».

Lui mi fa un cenno con la testa.

«Quello che sappiamo per certo è che l'energia solare sta diminuendo e che questo non interessa però l'intero sistema solare, ma soprattutto la Terra. Sappiamo inoltre che un vascello alieno è in rotta per il Sole. Le possibili conclusioni sono molte e non abbiamo il tempo per analizzarle tutte. Voglio soltanto sapere se avete individuato altri oggetti alieni».

Fowler si volta verso un uomo di mezza età con i capelli corti e gli occhiali con la montatura di metallo, seduto a un'estremità del tavolo. Finora non ha aperto bocca e non lo fa nemmeno adesso. Mi studia con i suoi freddi occhi grigi e poi fa un cenno a Fowler.

«Sì», dice Fowler. «Quindici minuti fa ne abbiamo scoperto un altro».

# Capitolo 15
# Emma

L'allarme mi sveglia. Per un istante penso di essere ancora sulla stazione spaziale. Mi sembra già un'altra vita e un altro tempo. Un tempo in cui avevo un equipaggio. E…

Sullo schermo appare un messaggio.

Pericolo di collisione.

Una pioggia di detriti investe la capsula come una raffica di fuochi d'artificio.

«Infili il casco, comandante. Stiamo partendo», dice la voce dal Goddard nell'auricolare.

La capsula sobbalza bruscamente mentre mi metto il casco. Barcollo attraverso l'esiguo spazio e inciampo nel corpo di Sergei.

Attraverso l'oblò guardo fluttuare nello spazio un modulo della stazione spaziale. Doveva essere vicino alla mia capsula quando si è staccato. La stazione di controllo avrebbe dovuto allertarmi e modificare la rotta. Ma deve trattarsi di un evento recente, e non c'è modo di prevedere gli spostamenti dei campi di detriti.

La pioggia di detriti continua, seguita da una forte collisione contro la fiancata della capsula. Trattengo il fiato e tendo le orecchie. L'involucro di un pasto preconfezionato mi fluttua accanto. È una visione consolante perché significa che l'impatto non ha compromesso la tenuta della capsula.

Un nuovo messaggio lampeggia sullo schermo.

Mi chino per leggerlo, ma la capsula comincia a sobbalzare

violentemente, sbattendomi da una parte all'altra, come un topo in una lattina agitata da un bambino. Vomito e mi aggrappo alla parete, ma il corpo di Sergei mi piomba addosso, facendomi perdere la presa. Sento un altro tonfo. Più forte, questa volta. L'impatto mi scaraventa contro una parete e la vista mi si appanna.

La pressione sta uscendo dalla capsula, come un palloncino che si sgonfia. Vedo il foro. È grande come un pugno. Il corpo di Sergei atterra sullo squarcio, chiudendolo e salvandomi.

Fluttuo in silenzio al centro della capsula alla deriva, cercando di non perdere coscienza.

Un nuovo messaggio appare sullo schermo. I collegamenti non si sono interrotti.

Cerco di leggerlo, ma ho la vista ancora appannata e le lettere si dissolvono come una pagina stampata sotto la pioggia. Vedo soltanto macchie nere.

# Capitolo 16
# James

Nella sala riunioni l'equipaggio smette di mangiare. Quelli che stavano sfogliando le cartelle le richiudono. Nessuno parla. Siamo tutti scioccati dalla notizia: c'è un altro oggetto alieno lassù.

Lo staff di Fowler smette di digitare. Tutti gli occhi sono puntati su di lui. E su di me. Stanno aspettando la mia prossima domanda.

È come se nella stanza ci fossimo soltanto Fowler e io, che ci scambiamo in rapida successione domande e risposte, due menti che si sono collegate per scambiare dati.

«Localizzazione?»

«Dieci milioni di miglia oltre Marte».

«Dimensioni? Composizione?»

«Apparentemente è identico all'altro oggetto o vascello alieno».

«Vettore? Velocità?»

«Ignoti».

«Come l'avete scoperto? Con una sonda?»

«Con un telescopio in una base terrestre».

«In che modo ci siete riusciti?», chiedo, rispondendomi poi subito da solo. «Avete tracciato la rotta del primo oggetto, Alpha, e poi l'avete invertita?»

«Sì».

«Questo implica che entrambi gli oggetti siano stati lanciati dalla stessa base».

«È molto probabile. Il secondo oggetto è stato denominato Beta e il loro presunto punto di origine Omega».

Molto interessante. Nel punto Omega deve esserci una nave più grande o una base di qualche tipo. Nella mia mente si affollano le possibili spiegazioni. Questa storia sta diventando sempre più complicata.

Lina Vogel, l'informatica tedesca assegnata alla *Pax*, si schiarisce la gola. «Mi dispiace, ma le mie conoscenze in questo campo sono piuttosto limitate. Qualche informazione in più sul contesto potrebbe aiutarmi».

Fowler solleva lo sguardo, come se soltanto ora si fosse ricordato che non ci siamo solo io e lui. «Cosa vorrebbe sapere?»

«Be'... potrebbe chiarirmi di che ordine di distanze stiamo parlando, per esempio?»

«Certo», risponde Fowler prendendo un foglio dal tavolo. «Immagini che questo foglio è il sistema solare, con al centro il Sole. I pianeti e gli asteroidi orbitano sullo stesso piano perché si sono originati da una nuvola di polvere a forma di disco per la conservazione del momento angolare».

Lina strizza gli occhi, perplessa.

«Mi scusi», dice Fowler, «questo non è pertinente alla missione. Il punto è che tutti i pianeti ruotano in un'orbita attorno al Sole. Le orbite sono in genere circolari, ma non si tratta di cerchi perfetti. Alcuni sono più irregolari di altri. E la maggior parte delle comete non seguono il piano orbitale. L'orbita di Plutone, per esempio, ha questo andamento», spiega tracciando sul foglio un ellisse molto inclinato rispetto al piano di rotazione della Terra.

«Immaginate lo spazio come un tessuto, un lenzuolo o un foglio sul quale sono posati tutti questi pianeti, lune, asteroidi. Quanto maggiore è la massa di un oggetto, tanto più comprimerà il tessuto». Preme un dito sul foglio. «Affondando nel tessuto, gli oggetti pesanti trascinano con sé altri oggetti. Questo fenomeno è chiamato "effetto gravitazionale"».

Nella stanza si leva qualche risata soffocata.

«Prendete la nostra Luna, per esempio. Secondo una delle teorie più accreditate, circa cinquanta milioni di anni dopo la formazione del nostro sistema solare un pianeta delle dimensioni di Marte si è schiantato sulla Terra. La Luna è quello che è rimasto dopo la collisione. La Terra ha più massa – il suo diametro è quasi quattro volte quello della Luna – ed è due volte più densa. Il risultato è che la Terra ha ottantuno volte più massa. La minore massa della Luna spiega la minore forza di gravità sulla sua superficie, perché la sua massa esercita un'attrazione inferiore sugli altri oggetti».

Fowler fa cenno a uno dei suoi assistenti di tenere il foglio per lui.

«Quindi i pianeti orbitano attorno al Sole perché è l'oggetto con più massa nel sistema solare. Il Sole rappresenta infatti quasi il 99,9 percento di tutta la massa del sistema solare. Il suo diametro di 864.400 miglia è 109 volte quello della Terra. E la sua massa mantiene in linea tutti i pianeti, facendoli orbitare su un piano». Preme un dito sul foglio. «E qui c'è la Terra, con la sua massa. Non può sfuggire alla gravità del Sole perché il Sole pesa 333.000 volte più della Terra. Non possiamo andare da nessun'altra parte, ma abbiamo abbastanza massa per tenere allineata la Luna».

Preme un altro dito sul foglio. «Perché la Luna subisce la gravità della Terra e non può quindi andare da nessun'altra parte. Immaginate le forze di gravità dei pianeti come colline che un oggetto deve superare per sottrarsi al potere di attrazione».

Fowler indica Grigorij, Min, gli altri ingegneri aeronautici e il navigatore. «Quando parliamo di distanze, e nella cartella potete vedere la posizione di Alpha rispetto alle orbite planetarie, lo staff tecnico ha tenuto conto dell'energia e della velocità di cui abbiamo bisogno, ovvero della potenza dei propulsori e della quantità di carburante richiesta».

Preme più forte un dito sul foglio. «Poiché la Terra ha una

massa maggiore e una gravità più forte, ci vuole più energia per sottrarsi alla sua orbita che a quella della Luna. Abbiamo ridotto il fabbisogno energetico in due modi: tenendo bassa l'orbita attorno alla Terra e usando la velocità orbitale per sottrarre l'oggetto al campo gravitazionale».

Fowler respira a fondo. «Per farvi un esempio, ecco come viaggeremo fino a Marte. Abbiamo programmato il lancio in modo che le nostre navi possano sottrarsi alla forza di gravità terrestre in varie fasi. Immaginate di nuovo che sia come arrampicarsi su una collina. Usciamo dall'atmosfera e usiamo la velocità orbitale della Terra attorno al Sole per catapultarci verso Marte. All'inizio del viaggio siamo ancora sotto l'influsso della gravità terrestre, che ci attira verso di sé, ma noi sfruttiamo tutta l'energia per liberarcene. Più ci allontaniamo, più debole sarà la forza di attrazione della Terra e minore la quantità di energia richiesta. A un certo punto raggiungiamo la cima della collina – un punto dello spazio dove la forza gravitazionale terrestre è pari a quella esercitata da Marte. Alle nostre spalle c'è una collina che scende verso la Terra e davanti a noi un'altra collina che scende verso Marte. Da quel punto in poi l'attrazione esercitata da Marte è più forte di quella della Terra, e scendiamo verso la nostra destinazione. La quantità di carburante e i requisiti di accelerazione richiesti sono fondamentali per il buon esito del viaggio».

Fowler lancia un'occhiata agli altri. Grigorij e Min sembrano annoiati. Lina annuisce.

«Questo è davvero importante, perché i navigatori e gli ingegneri devono capire quale velocità orbitale raggiungere e a quali forze gravitazionali sarà soggetta la nave. Due fattori decisivi per stabilire la quantità di energia richiesta», spiega Fowler.

«E questo ci riporta ai propulsori: quanta potenza e quanto carburante? Francamente, non lo sappiamo per certo».

Fowler fa un cenno a un'assistente. «Può alzarsi, per favore? Questa giovane signora è il Sole», dice all'equipaggio.

La donna sorride, un po' imbarazzata dall'attenzione.

Fowler dà istruzione ad altri quattro assistenti di posizionarsi in alcuni punti specifici della stanza, che misura con i passi. «E loro sono i pianeti», continua. «I pianeti interni, quelli dentro la fascia degli asteroidi, che orbitano tutti attorno al Sole a velocità e distanze diverse. Mercurio è a circa trentasei milioni di miglia dal Sole. Venere si trova circa trenta milioni di miglia oltre Mercurio. La Terra ventisei milioni di miglia oltre Venere. E Marte ad altre cinquanta milioni di miglia da noi – nel nostro punto orbitale più vicino».

Fowler posa una pinzatrice tra i due assistenti che rappresentano la Terra e Venere. «E questa è la posizione di Alpha».

Poi sfila una penna dal taschino e la posa a un passo da Marte. «E questo è Beta».

«Il nostro piano era usare la velocità orbitale della Terra per catapultarci verso Alpha. E poi sfruttare la gravità di Venere per avvicinarci ancora di più».

Lina piega la testa di lato.

«Non dimenticate che i pianeti sono sullo stesso piano e orbitano a distanze e velocità diverse. Mercurio compie una rivoluzione attorno al Sole ogni 88 giorni, Venere ogni 224, mentre Marte ce ne mette quasi 700».

Indica la pinzatrice. «L'oggetto sta orbitando anch'esso attorno al Sole, con un'orbita discendente, come una pallina da flipper che si infila nell'imbuto prima di cadere».

Fowler si avvicina all'assistente che rappresenta la Terra. «La velocità orbitale della Terra impartirà alla nave una spinta verso Alpha». Fa un passo verso la pinzatrice. «In questo momento Venere è dietro la Terra. Ma fra trenta giorni le passerà davanti. Tra altri dieci supererà le navi e sette giorni più tardi Alpha. Le navi useranno la spinta della gravità venusiana per avvicinarsi all'oggetto alieno».

Fowler fa cenno agli assistenti di tornare ai loro posti e si avvicina di nuovo al tavolo. «Non sappiamo esattamente quale velocità orbitale ci imprimerà la Terra perché ignoriamo a quali forze saranno soggetti i moduli della nave quando orbiteranno attorno alla Terra. Ci sarà un evento solare simile a quello che ha colpito la stazione spaziale? Sarà ancora più potente? Oppure non accadrà nulla? Non lo sappiamo. Sappiamo però con precisione quando avrà luogo il trasferimento orbitale dalla Terra a Venere. La finestra di lancio ottimale per sfruttarlo si chiude tra ventiquattro ore. Se la manchiamo, difficilmente riusciremo a raggiungere Alpha. Al momento non abbiamo abbastanza dati per sapere se potremo raggiungere Beta».

Un ufficiale della NASA irrompe con aria sbigottita nella stanza e tira da parte Fowler per sussurrargli qualcosa. Riesco a cogliere solo qualche brandello di conversazione.

«Il relitto è andato in pezzi».

«Una falla».

«Scudo termico compromesso».

Mostra a Fowler qualcosa sul suo laptop. Il direttore della NASA strabuzza gli occhi. Si volta e si allontana di qualche passo pizzicandosi il labbro inferiore. Poi ritorna, scuote la testa e parla in un tono così basso che faccio fatica a capire le parole.

«Non possiamo fare nulla. Almeno adesso. Cercate soltanto di tenerla in vita più a lungo che potete».

# Capitolo 17
# Emma

Quando mi sveglio mi sento debole e tutta ammaccata. Ho la testa pesante, come se fossi stata rapita, picchiata e abbandonata sul ciglio della strada.

Mi stropiccio gli occhi e cerco di mettere a fuoco lo schermo del terminale. Ci sono molti messaggi dalla Terra, ma non riesco a leggerli. Voglio tornare a dormire.

Scuoto la testa e muovo le braccia, sforzandomi di svegliarmi. Il sonno è come la morte.

L'ultimo messaggio dice:

Comandante Matthews? Per favore, risponda.

Con mani tremanti, afferro la stilo e rispondo.

Sono qui.

Aspettando la risposta, leggo i messaggi precedenti. Mi chiedevano come stavo. Mi informavano che la capsula era stata investita da un detrito (l'avevo già capito da sola quando ero stata sbattuta di qua e di là come una pallina da flipper). E poi mi dicevano che stavano manovrandola, invitandomi a restare in attesa (troppo tardi).

Bene! Ci ha fatto prendere un bello spavento quaggiù.

Mi dispiace. Anche quassù non è stato facile :)

Non riesco a immaginarlo.

Avete un piano?

Ci stiamo lavorando.

La capsula ha subito danni?

La risposta arriva dopo una lunga pausa.

La capsula è compromessa, ma ci stiamo lavorando. Non si preoccupi.

Nulla mi fa preoccupare come qualcuno che mi dice di non preoccuparmi. Ma in realtà c'è una cosa che mi preoccupa di più: sentire che la capsula nella quale fluttuo duecento miglia sopra la Terra è compromessa. Nella mia limitata esperienza romantica ho imparato che il compromesso è la chiave delle relazioni di successo. Ma quando si tratta di rientrare nell'atmosfera a una velocità di circa ventottomila chilometri all'ora, il compromesso non è la chiave del successo ma il modo più semplice per morire.

Il problema è il calore. Sul fondo della Soyuz c'è uno scudo termico di ceramica ablativo, che brucia quando la capsula cade sulla Terra. Le temperature sono dell'ordine di migliaia di gradi Celsius, sufficienti a fondere gli strati di ceramica. Non so come è stata costruita questa capsula, ma so che se c'è una falla, brucerò viva qui dentro.

E non è il solo modo in cui potrò morire. Le riserve di ossigeno, cibo, acqua e carburante sono limitate. Anche se riuscirò a sostentarmi per un po', avrò bisogno di carburante per restare in orbita e non bruciare nell'atmosfera.

Scrivo l'unica cosa che mi viene in mente.

Cosa posso fare?

Si riposi, Emma. Lei ha già fatto la sua parte. Ci lasci fare la nostra.

Devo fare qualcosa. Ispeziono lo squarcio che Sergei ha tappato. Non c'è nessuna perdita di pressione. Per ripararlo dovrei fare un'EVA e rattopparla. Ma se lo scudo termico è compromesso non servirebbe a nulla. Non voglio pensarci, non posso permettere alla mia mente di girare a vuoto.

Per tenermi impegnata (e sveglia) controllo il cibo e l'acqua – due volte. Poi passo in rassegna il contenuto dei tre kit medici. Mi affaccio all'oblò e guardo per un istante il Nordamerica scorrere sotto di me, afferro la stilo e comincio a scrivere una lettera a mia sorella. Scrivere in queste condizioni non è facile, ma la cosa più difficile è trovare le parole. Ci sono così tante cose che voglio dirle. E altrettante che non posso menzionare.

Al controllo missione:

Quando avrete tempo, per favore, trasmettete questa lettera a mia sorella.

Grazie.

Cara Madison,
c'è stato un incidente sulla stazione spaziale. Non è stata colpa di nessuno, ma un evento solare inatteso. La cattiva sorte. Io sono sopravvissuta, ma il mio equipaggio no. Ho cercato di salvarli.

Una lacrima mi sgorga dall'occhio e fluttua nell'aria. Lascio la stilo che galleggia nella capsula tendendo il filo che la trattiene, come un cane al guinzaglio.

Continuo a piangere, sfogando l'emozione accumulata nelle ultime ventiquattro ore. Sono naufragata su un'isola nel cielo e non ho alcuna possibilità di tornare a casa. Questo è il mio messaggio in una bottiglia, la mia ultima lettera alla mia unica sorella e migliore amica. Devo scriverla bene.

Cancello l'ultima riga e continuo.

Il mio equipaggio non ce l'ha fatta. Era un buon equipaggio. Il migliore (ma sono faziosa).

Non essere triste per me. Quando sono partita per la stazione spaziale, sapevo a quali rischi sarei andata incontro. Lo spazio era il mio sogno. Sapevo che sarebbe potuta finire in questo modo, ma sono contenta di avere vissuto il mio sogno così a lungo.

Ci sono alcune cose che voglio dirti.

Vorrei che Adeline avesse la collana di Tiffany che ho ereditato dalla mamma. Non riesco a pensare a come potrebbero essere usati gli altri miei beni terrestri. Nel Lungo Inverno non credo che varranno molto. Non perdere tempo. Devi trasferirti subito in una delle zone abitabili insieme a David e ai bambini. Oppure sottoterra, se stanno costruendo delle colonie. Lo so che ti sembrerà eccessivo, ma ti prego di credermi. Vendi tutto quello che puoi e parti. Non guardarti indietro, per favore. Se mi sbaglio, potrai ricominciare tutto daccapo. Ma se ho ragione, non sopravvivrai.

Ti voglio tanto bene.

Emma

La risposta arriva subito.

Gliela inoltreremo, comandante.

Ho una richiesta.

Dica pure.

Mia sorella è l'unica famiglia che mi rimane. Il governo le offrirà un rifugio per il Lungo Inverno? Se è così, chiedo un posto per lei e i suoi familiari. Potete darle quello che presumo abbiate riservato per me.

Sta parlando come se non tornasse a casa. Abbia fiducia. Abbiamo solo bisogno di un po' di tempo.

Anche se tornassi sulla Terra, le darei il mio posto.

Ricevuto, inoltrerò la sua richiesta appena possibile.

Fluttuo lontano dallo schermo. Sopravvivere è valso la pena, adesso almeno potrò salvarla. All'improvviso mi sento molto meglio, pur sapendo che non uscirò viva da questa capsula.

# Capitolo 18
# James

Fowler guarda l'equipaggio come se all'improvviso si rendesse conto che siamo ancora lì.

«Giusto. Tutto questo per dire che ci sono molte variabili da verificare per essere sicuri di raggiungere l'oggetto Alpha. Per esempio, dobbiamo rifornirvi di abbastanza carburante per alimentare le attrezzature scientifiche necessarie per identificare la natura di quella cosa».

«Esatto», interviene Chandler. «È questo il nostro obiettivo. Una volta stabilito quanto carburante ci servirà, dobbiamo pensare alle riserve alimentari e alle esigenze dell'equipaggio».

Sono d'accordo con lui e anche gli altri annuiscono.

Chandler si avvicina a una giovane donna in fondo alla stanza che sembra una zelante neolaureata. Poi passa dei fogli all'equipaggio e allo staff della NASA. È un elenco delle attrezzature che Chandler vuole – dai droni ai laser, alle armi robotiche delle navi. Queste cose peseranno parecchie tonnellate, tecnicamente. Senza contare il carburante supplementare.

Mentre lui parla (cosa che gli piace molto fare), io scorro la lista. Finisco quando lui è ancora a metà del suo monologo e, come ero solito fare ai suoi corsi, mi chiedo: *Non c'è un modo migliore?* La risposta è sì.

Quando Chandler conclude il suo discorso, alzo una mano, come ai suoi corsi. Per un istante lui e Fowler si chiedono chi dei due debba rispondermi.

«È un buon elenco», dico. «Ci sono cose molto utili. Penso

che alcune dovremo portarle. Il braccio robotico, per esempio. Vorrei tuttavia proporre un'alternativa per ridurre la mole delle apparecchiature».

Chandler si appoggia allo schienale e fa un sospiro.

«Non sono favorevole alle attrezzature preconfezionate che non sono state concepite appositamente per la nostra missione. I droni, per esempio. Potrebbero esserci utili, ma è una possibilità remota. E non avremo alcun sostegno, perché i loro creatori saranno a venti milioni di miglia di distanza. Non potremo chiedere loro istruzioni e non saremo nemmeno in grado di ripararli se sarà necessario. Se non avessimo una capacità di carico limitata, potremmo anche portarli, ma non è così e dobbiamo togliere da questa lista ogni peso che non sia assolutamente necessario».

Fowler piega la testa di lato. Penso sappia dove voglio andare a parare.

Chandler, invece, non lo sa. «Il lancio è tra ventiquattro ore e non possiamo aspettare nuove attrezzature. Questa lista è la migliore che potevamo stilare».

«Non necessariamente».

«Sì, necessariamente lo è». Chandler fa un cenno al suo assistente. «Abbiamo fatto ricerche».

«Ma non avete considerato l'alternativa».

Mi fissa come una belva pronta a balzare. Vorrebbe farmi a pezzi. Io non reagisco. Sono sicuro che questo lo farà arrabbiare ancora di più.

«Dopo il lancio», dico con noncuranza, «abbiamo quattro mesi di viaggio fino all'oggetto Alpha. Su ogni nave ci sarà un ingegnere robotico e uno informatico. Se carichiamo i componenti giusti, possiamo costruire quello che ci serve mentre siamo in viaggio. Possiamo trasformare ogni nave in un laboratorio robotico».

«È ridicolo», commenta Chandler con un sorriso.

«In questo modo potremo dimezzare il peso. E quando arriveremo, avremo strumenti migliori... che conosciamo alla perfezione. E che possiamo riparare. E riutilizzare, se necessario».

«L'idea mi piace», dice Grigorij.

Lina annuisce. «Anche a me. Posso portare qualche codice di base e framework e scrivere il software. Non c'è problema».

Adesso Chandler sembra spaventato. «È... be', francamente...», balbetta. «E se prendete i componenti sbagliati? O se dimenticate un pezzo?», chiede, riacquistando il piglio che sfoggiava nei dibattiti televisivi. «Come lei ci ha eloquentemente ricordato, dottor Sinclair, la Terra sarà a venti milioni di miglia di distanza e non potrete ordinare quello che non avrete. Oltre a non poter contare su alcun supporto tecnico».

«Perché mai dovremmo avere bisogno di supporto tecnico per qualcosa che abbiamo costruito noi stessi? E anche se ci mancasse qualcosa, potremmo sempre fabbricarla con quello che abbiamo».

Chandler lancia un'occhiata a Fowler. «Non posso più tollerare tutto questo. Chiedo formalmente che James Sinclair sia escluso dalla missione. È sconsiderato e superficiale. È privo di qualsiasi capacità di giudizio, ed è per questo che è finito in prigione». Si guarda attorno per controllare la reazione degli altri e poi prosegue: «E in missione questo potrebbe farci morire tutti o, cosa ancora peggiore, impedirci di scoprire la natura dell'oggetto alieno».

Per un istante tutti mi fissano e poi distolgono subito lo sguardo, come se avessero appena visto un bambino che è stato picchiato sul campo da gioco della scuola e sapessero di non poter fare nulla per aiutarlo. È proprio così che mi sento, come se mi sanguinasse il naso. Mi sento a terra, ma non mi arrendo e ribollisco di rabbia.

«Il suo problema è molto semplice, dottor Chandler: lei non è adatto a questo lavoro», rispondo, sforzandomi di non alzare troppo la voce. «Costruiremo e ripareremo quello che ci serve mentre siamo in viaggio. Venti, o forse dieci anni fa lei avrebbe potuto farlo, ma da allora non ha fatto altro che concedere interviste televisive e tenere conferenze a pagamento. E dove stiamo andando, tutto questo non ci servirà a nulla».

Chandler si alza e mi punta contro un dito. «Brevettavo le mie invenzioni quando lei se la faceva ancora addosso…».

Fowler solleva le mani.

«Signori, vi prego. Non abbiamo tempo per questo», dice fissando Chandler per un lungo momento. «Dottor Chandler, la NASA non ha mai spedito qualcuno nello spazio contro la sua volontà». Indica la porta e un assistente la apre. «E non cominceremo a farlo adesso. Per favore, mi segua».

Quando la porta si chiude alle spalle di Fowler e Chandler, nella stanza cala il silenzio.

Il cuore mi batte come un tamburo all'idea che tra poco partirò per lo spazio. Mi tremano persino le mani.

Grigorij si appoggia allo schienale e mi guarda. «Quanto stima che peseranno i suoi componenti?», mi chiede con nonchalance, come se non fosse successo niente.

«Ancora non lo so», rispondo.

«Cosa le serve sapere per stabilirlo?», domanda senza staccarmi gli occhi di dosso.

«Ho bisogno di alcune risposte. Per esempio, quando raggiungeremo l'oggetto alieno, potremo cannibalizzare parti della nave senza compromettere la nostra capacità di portare a termine la missione o tornare a casa?»

«È possibile…», risponde guardando il soffitto, come se facesse mentalmente l'inventario delle navi. «Quali parti le interessano?».

Fowler ritorna con un altro ingegnere robotico, il dottor Harry Andrews. Qualche anno fa l'ho incontrato un paio di volte a delle conferenze. Ha una mente brillante e, soprattutto, è un esperto di robotica. Ho sentito che ultimamente opera nel settore privato, in una multinazionale che gli ha messo a disposizione un laboratorio evitandogli il fastidio di partecipare a riunioni e occuparsi di questioni amministrative. Un lavoro perfetto per lui.

Quando lo vedo, mi rendo conto che per ognuno c'è un sostituto pronto a prendere il nostro posto. Se qualcuno dovesse morire prima o durante il lancio, devono essere in grado di rimpiazzarlo al più presto.

Fowler conferma la mia supposizione quando presenta Andrews e dice: «Il dottor Andrews ha seguito la nostra riunione ed è informato su tutti gli aspetti della missione, possiamo quindi riprendere da dove ci siamo interrotti».

La conversazione procede come se non fosse successo nulla. Nessuna obiezione. Nessun commento. E questa volta il dibattito è diverso. Si parla di fatti concreti, senza attacchi personali, discutendo soltanto sui meriti di un'idea. Sappiamo tutti qual è la posta in gioco.

Approfitto di una pausa del dibattito per fare la domanda che mi assilla da quando ho visto la prima immagine dell'oggetto alieno.

«Prima di procedere, oltre credo che dovremmo cercare di capire cosa rappresenta quell'oggetto. Questo ci consentirà di stabilire delle priorità per le attrezzature che vogliamo portarci dietro».

«È ovvio», dice Grigorij. «È la causa del Lungo Inverno».

«È la spiegazione più plausibile», rispondo. «Ma non ne abbiamo la certezza. E se ci sbagliassimo?».

Nella stanza cala il silenzio.

È Min a parlare per primo. «Potrebbe esserci a bordo uno scienziato o un esploratore che non sta provocando quello che sta succedendo ma è soltanto lì per osservare».

Annuisco. «E che non è in grado di fermarlo», preciso. E poi, dopo una pausa, aggiungo: «Ma c'è anche un'altra possibilità».

Tutti gli sguardi si puntano su di me.

«E se fosse lì da eoni e noi ce ne fossimo accorti soltanto adesso? È abbastanza piccolo da poter essere passato inosservato ai nostri telescopi, soprattutto se non si è mosso molto. Per quanto ne sappiamo, potrebbe anche essere stato lanciato un miliardo di anni fa da un'antica civiltà venusiana che non si è preoccupata di recuperarlo».

«Ma ci sono anche altre possibilità», interviene Grigorij. «Non dimentichiamo che gli oggetti sono due. E se fossero in guerra tra loro, due caccia spaziali che si inseguono attraverso il sistema solare? E per loro noi fossimo soltanto una colonia di formiche che muore di freddo mentre sfrecciano nello spazio?».

Charlotte Lewis, la linguista e archeologa australiana cui è stato affidato il compito del primo contatto, si schiarisce la gola e dice in tono esitante: «Da quando ho visto la fotografia non ho smesso di chiedermi cosa possa essere quell'oggetto. La conclusione più ovvia è che si tratti di una nave spaziale. Ma se è così, chi c'è a bordo? Sono umanoidi? Assomigliano a insetti? Oppure è una forma di vita che non ha equivalenti sulla Terra? Sono macchine? O invece l'oggetto stesso è una macchina, un drone nello spazio? O forse si tratta di una specie nativa dello spazio? Nella cartella non ho trovato nessuna risposta a queste domande. La NASA ha qualche indizio?»

«No», risponde Fowler. «E penso che non l'avremo finché non avrete raggiunto l'oggetto alieno. L'unico indizio che abbiamo è la sua reazione alla sonda. Di qualunque cosa si tratti, sappiamo che è consapevole di ciò che lo circonda. Non dimentichiamo che l'evento che ha interessato la stazione spaziale e i satelliti terrestri si è verificato subito dopo la scoperta di Alpha. Quindi, anche se la questione sollevata da James è valida, è perfettamente plausibile che i due oggetti alieni non abbiano nulla a che vedere con il Lungo Inverno. Questa ipotesi non spiegherebbe tuttavia una serie di inquietanti coincidenze. Il fatto che l'oggetto sia stato scoperto proprio nel momento in cui il nostro pianeta ha registrato un inspiegabile calo delle radiazioni solari, la risposta apparentemente ostile alla nostra scoperta di Alpha, le loro rotte verso il Sole… tutto ciò sembra suggerire che gli oggetti alieni siano collegati con le anomalie solari che hanno provocato il Lungo Inverno. E, cosa più importante, noi speriamo che sia così. Perché se non lo è, la Terra sarà condannata e non avremo risposte né idee per far rinascere il nostro pianeta».

Ci volge le spalle e si mette a camminare avanti e indietro. «Abbiamo esplorato tutte le possibilità per garantire la sopravvivenza della specie umana. Ma se l'energia solare continuerà a diminuire, le nostre speranze di sopravvivenza caleranno ancora più in fretta. Al momento stiamo considerando un futuro in cui soltanto un numero estremamente ridotto di umani potrà sopravvivere. E la vita che li aspetta sarà buia, fredda e con poco cibo».

Fowler si guarda attorno nella stanza, fissando ogni membro dell'equipaggio. «Questa missione è la migliore possibilità che ci resta. Dobbiamo portarla a termine con successo. In un modo o nell'altro, quei due oggetti sono la chiave del nostro futuro. Se vogliamo sopravvivere, la missione deve concludersi in uno dei due modi possibili». Guarda me e poi il maggiore Hampstead. «Scegliete le vostre attrezzature a seconda di queste due possibilità».

Fowler non specifica quali siano le due possibilità, ma capiamo tutti a cosa si riferisce: o diventiamo amici, oppure distruggiamo l'oggetto alieno.

Il mio timore è che non riusciremo a fare né l'una né l'altra cosa.

# Capitolo 19
# Emma

Alla fine sono riuscita a dormire. Quando mi sveglio, mi giro bruscamente, temendo di essermi persa qualcosa – un allarme, un altro campo di detriti. Mi sento come un alpinista intrappolato su una cengia, sono bloccata quassù senza alcuna possibilità di scendere. Lo squarcio nella capsula mi impedisce di tornare a casa. Alla fine resterà senza combustibile e sarà inghiottita dalla forza di gravità della Terra. E io brucerò viva dentro questa piccola fornace.

Ma quando? Tra un'ora? Tra un giorno?

Vorrei saperlo. Non fosse altro per fare il conto alla rovescia del tempo che mi resta.

Ho fame, ma non oso togliermi il casco. Non so quanto sia stabile la capsula. Non ho cercato di ripressurizzarla. Il cibo può aspettare. L'acqua è un altro problema, ma può aspettare anch'essa.

L'orologio mi dice che sono sulla capsula da quattro ore. Incredibile. Sullo schermo c'è un lungo messaggio di mia sorella.

Cara Emma,

i rappresentanti del governo mi hanno dato la tua lettera, chiedendomi di risponderti. Mi hanno detto quello che è successo e della richiesta che hai fatto.

Non posso crederci. Ti prego, dimmi che è soltanto un equivoco. Che la capsula è integra. Dicono che una sorta di tempesta nella ionosfera ha interrotto i collegamenti con la stazione e con i satelliti, ma non li ha distrutti. Sono ancora sotto shock.

Non so a cosa credere.

Ci hanno detto di fare i bagagli e prepararci a partire per il campo nella Death Valley. Ho paura, Emma. E anche David. Lui pensa che il Lungo Inverno finirà presto e che se partiremo il governo sequestrerà tutti i nostri averi, costringendoci a ricominciare tutto daccapo quando ritorneremo. Ha protestato a gran voce, ma poi l'hanno portato nella stanza dei bambini e gli hanno mostrato o detto qualcosa, e adesso è lui a insistere per andarcene.

Ci sono tante altre cose che vorrei raccontarti, ma mi stanno dicendo che devo smettere di scrivere e consegnargli il laptop. Ti voglio bene. Ti voglio bene. Ti voglio bene.

# Capitolo 20
# James

Dopo una frenetica sessione di lavoro nella sala riunioni abbiamo un piano.

Il protocollo del primo contatto è talmente ingegnoso che non avrei potuto elaborarlo da solo. E lo stesso vale per il sistema di comunicazione tra le due navi e le sonde, che non richiede trasmissioni elettroniche e potrebbe quindi salvarci la vita.

Ho trascorso le ultime quattro ore stilando una lista dei componenti elettronici per la missione. La scelta non è stata facile e continuo a scorrere l'elenco chiedendomi se ho dimenticato qualcosa, come uno studente che si spreme il cervello su un test a risposta multipla mentre l'orologio avanza inesorabilmente. E questo *è* un test. La posta in gioco è enorme e non potremo tornare indietro sulle nostre decisioni.

Qualcuno bussa alla porta. È Harry, che entra con la sua lista. La posa sul tavolo e prende la mia. Ne abbiamo stilata una a testa per essere sicuri di non dimenticare qualcosa.

«Non so se lo ricorda, ma io e lei ci siamo già incontrati all'IROS», dice Harry.

«Lo ricordo bene e sono felice di poter finalmente lavorare con lei».

«Anche io», dice sedendosi. «Quando ho sentito cosa le era successo, ci sono rimasto davvero male. Ho pensato che fosse molto ingiusto».

«Grazie. Cosa ha messo nella sua lista?».

Lo staff della NASA incaricato di impartirmi il corso di formazione accelerato mi fa eseguire alcuni esercizi a gravità zero e poi mi illustra il funzionamento della capsula sulla quale sarò lanciato. È come bere da un idrante, ma cerco di memorizzare tutto. La base terrestre si occuperà del lancio e delle manovre della capsula, il mio lavoro inizierà soltanto quando sarò lassù e la nave sarà stata assemblata.

Mi restano otto ore per dormire prima del lancio. Le camere dell'equipaggio sono nel quartier generale della NASA, che in confronto alla mia ultima residenza è una reggia.

Mi sdraio sul letto con i vestiti addosso, sono troppo stanco per spogliarmi. Fisso il soffitto, cercando di addormentarmi. La mia mente è come un televisore che non riesco a spegnere e continuo a chiedermi se nella lista ho dimenticato qualcosa.

Ieri notte sono rimasto sveglio perché ero convinto che gli altri prigionieri mi avrebbero trascinato fuori dalla cella per uccidermi. Pensavo che quella sarebbe stata la mia ultima notte sulla Terra. Adesso, invece, sono ancora più sicuro che la mia ultima notte sulla Terra sarà questa.

Ieri notte ero pronto a lottare per la mia vita. Questa notte mi sto preparando a lottare per la vita di tutti gli altri.

E per farlo ho bisogno di dormire.

Mi concentro sul respiro e in pochi secondi mi addormento.

Oscillando tra il sonno e la veglia, sento un colpo alla porta.

Sono quasi paralizzato dalla fatica, è come se fossi sdraiato sotto il materasso e non riuscissi ad alzarmi per aprire.

«Avanti!», dico con un filo di voce.

«Scusi se la disturbo», dice Fowler entrando. «Stava dormendo?»

«Più o meno», rispondo girandomi e cercando di mettermi a sedere.

«Buon per lei. Ne ha bisogno. Sarò veloce», dice posando sul letto un raccoglitore.

È il dossier personale della dottoressa Emma Matthews, genetista e comandante dell'equipaggio della Stazione spaziale internazionale. Mi aspettavo una classica foto della NASA con un astronauta in tuta spaziale che fissa l'obiettivo con aria accigliata. Ma non è così. Dev'essere stata scattata prima del lancio, in questo stesso edificio. Emma Matthews è seduta a un tavolo e sorride, con le mani tese, come se stesse raccontando una barzelletta. La sua energia e la sua passione per la vita si irradiano dalla foto, sembra un bambino il primo giorno del campeggio estivo.

Scorro la biografia. La sua vita ha molti punti in comune con la mia. Non si è mai sposata e non ha avuto figli. Si è dedicata a un campo di ricerca che ha destato il suo interesse fin da piccola, concentrandosi sul proprio obiettivo. Le sue scelte l'hanno portata nello spazio. Le mie in prigione.

«Il comandante Matthews è la persona che ho menzionato la prima volta che ci siamo incontrati. Era a bordo della stazione spaziale quando si è verificato l'evento solare. La stazione è stata distrutta, ma lei è sopravvissuta».

«Come?»

«L'istinto. Un po' di coraggio e le mosse giuste. Oltre a una buona dose di fortuna».

«È ancora…».

«Sì, è ancora lassù».

«Come riuscirete a farla rientrare?»

«Il piano iniziale era di riportarla a casa dopo il suo lancio». Fowler scosta la sedia dal tavolo e si siede. «Ma c'è stato un contrattempo».

Mi porge un altro raccoglitore con delle foto. La prima mostra una capsula che perde atmosfera, nella seconda c'è la stessa capsula sullo sfondo nero dello spazio. Da un foro fuoriesce un lembo di rivestimento, come l'imbottitura di un cuscino squarciato.

«La sua capsula è stata colpita da un detrito».

Annuisco. So dove vuole andare a parare. Ma Emma Matthews non fa parte di questa missione e io non dovrei ascoltarlo – per il mio bene e per quello della missione. Per il bene dei miliardi di persone che vivono sulla Terra.

E invece aspetto, in silenzio. C'è qualcosa in lei che mi ha colpito. L'innocenza che traspare da quella foto. La sua energia.

«Non possiamo compromettere la nostra missione. Non c'è modo di riportarla indietro. Non prima che finiscano le sue scorte di ossigeno».

Fowler abbassa la testa e si guarda i piedi. «Abbiamo ordinato alla NASA, all'ESA, alla JAXA e alla Roscosmos altri motori, moduli e capsule. I governi stanno tirando fuori i libretti degli assegni, finché ci saranno ancora banche dove incassarli. Gli imprenditori privati si sono già mobilitati. Stiamo facendo tutto quanto è in nostro potere per organizzare altri lanci, indipendentemente da quello che scoprirete. Ma ci vorrà tempo, ed Emma Matthews non ha tempo. L'abbiamo spedita lassù ma non possiamo salvarla».

«Pensa che potrei farlo io?»

«Forse. Non sappiamo cosa succederà dopo i lanci. L'oggetto alieno potrebbe disintegrarci appena arriviamo lassù. Oppure potrebbe non fare nulla, come è successo con la capsula».

«E come funzionerebbe… in pratica?»

«In pratica, non cambieremmo nulla nei nostri piani di lancio. Spediamo in orbita i componenti della nave e aspettiamo».

«Aspettiamo che una delle nostre capsule si trovi vicino a lei?»

«Esatto».

«Ne ha messo al corrente anche gli altri membri della missione?»

«Sì. Ci sono molti fattori di rischio. L'ammaraggio, il trasbordo di un altro passeggero. E poi, naturalmente, il suo salvataggio non è lo scopo della nostra missione».

«Che cosa succederà se la recuperiamo?». Mi correggo prontamente. «Dopo che l'abbiamo recuperata. La carichiamo su una capsula di salvataggio e la spediamo a casa?»

«All'inizio ci avevamo pensato, ma il comitato si è opposto. Ci sono soltanto due capsule di salvataggio, ognuna delle quali può ospitare tre passeggeri, quattro al massimo. Perderne una significherebbe che almeno due persone non potrebbero tornare a casa».

«Verrà con noi fino all'oggetto alieno?»

«Sarà costretta a farlo. Sappiamo entrambi che è rischioso e che non è lo scopo della nostra missione, ma il mio compito qui alla NASA è quello di fare tutto il possibile per proteggere le persone che abbiamo mandato lassù. È per questo che gliel'ho chiesto».

Scorro di nuovo il dossier, come se contenesse la risposta al mio dilemma, cercando un motivo per salvarla o per declinare la richiesta di Fowler.

La ragione mi dice che non dovrei farlo. Il rischio non giustifica l'impresa. La missione in cui sono stato arruolato determinerà se la razza umana è destinata a sopravvivere o a scomparire, e non possiamo comprometterla per salvare una singola vita. Quello che parla è lo scienziato che c'è in me, ma come uomo non me la sento di abbandonare Emma Matthews al suo destino. Non è quello che si merita.

Restituisco il dossier a Fowler. «Ci sto», gli dico.

Mi sveglio sentendomi come se avessi dormito nell'asciugatrice della prigione: stanco, indolenzito e con la mente annebbiata.

Avanzo barcollando fino al bagno, mi rado accuratamente perché non so quando potrò farlo di nuovo, e fisso i miei occhi iniettati di sangue e il viso scavato. Negli ultimi due giorni sembro invecchiato di dieci anni.

Qualcuno bussa alla porta. Entrano due membri della NASA che mi illustrano gli ultimi particolari del lancio.

Mi pare quasi un sogno. Tra poche ore sarò nello spazio. Cerco di calmarmi ricorrendo a un vecchio trucco che con me ha sempre funzionato: mi dico che è soltanto un test e non il vero lancio. E questo mi aiuta a mettere una certa distanza tra la mia mente e quello che sta succedendo.

Gli uomini della NASA mi guidano in un grande auditorium. Sul palco ci sono la leadership dell'agenzia spaziale e alcuni dignitari. Il vicepresidente è accanto a un senatore che ho visto in tv. Mi fanno sedere in prima fila, dove mi raggiungono gli altri tre americani della missione: Dan Hampstead, Harry Andrews e Andy Watts.

Entra quindi il gruppo delle nostre riserve. Faccio un cenno di saluto alla specialista di robotica che avrebbe potuto prendere il mio posto e lei mi sorride. La conosco, o perlomeno conosco il suo lavoro. Sarebbe stata un'ottima scelta. Migliore di Chandler.

Prende la parola il vicepresidente. Poi il senatore. E alla fine Fowler. Riesco a malapena a seguire le loro parole. Nella mia mente sono già su quella nave, nel laboratorio, e sto costruendo quello che mi serve per la missione.

Sullo schermo dietro il podio appare la piattaforma di lancio con un razzo pronto per il decollo. Il conto alla rovescia, in basso a destra, arriva a zero e il razzo sputa una nuvola di fumo bianco, vibra e sale in cielo, scomparendo alla vista. Un'altra videocamera lo riprende mentre si libra nell'atmosfera e poi più nulla.

Sento dei mormorii alle mie spalle. Mi volto. Nell'auditorium ci sono almeno duecento persone e tutte continuano a guardare lo schermo con aria attonita. Il tacito assunto è che il razzo è stato distrutto prima di raggiungere l'orbita.

Lo schermo si accende di nuovo e appare la Terra vista dallo spazio. Il carico ce l'ha fatta. Il razzo si stacca e scende verso la Terra. La capsula fluttua libera con i propulsori che sbuffano fumo bianco.

Un coro di applausi si leva dall'auditorium. Tutti fissano lo schermo trattenendo il fiato... e qualche minuto più tardi la capsula è ancora lassù, intatta.

Uno speaker legge un annuncio in russo. Fowler sale sul podio e traduce.

«Signore e signori, la capsula I-P ha raggiunto cinque minuti fa l'orbita inferiore terrestre senza registrare alcuna anomalia solare».

Tutti balzano in piedi, applaudendo e urlando. Dan Hampstead si mette a fischiare. Poiché tra poco anch'io sarò lanciato nello spazio su una capsula simile, la notizia mi colma di gioia.

Sullo schermo appare ora un altro sito: il Centro satellitare di Jiuquan, la base di lanci spaziali più importante della Cina, nel Deserto del Gobi.

Il razzo si leva nel cielo e raggiunge l'orbita senza interferenze.

Segue un altro lancio riuscito dal centro spaziale giapponese di Tanegashima.

Poi ricomincia la rotazione: Baikonur, Jiuquan e Tanegashima.

È quindi la volta del primo lancio con equipaggio. Avverrà da Baikonur, e benché non dicano il nome del cosmonauta, so che è Grigorij, l'unico russo dell'equipaggio. All'improvviso mi sento sopraffare dal nervosismo. Un conto era vedere i lanci di materiali e attrezzature, un altro è assistere alla partenza per lo spazio di uno dei miei compagni di equipaggio sulla *Pax*. Lo conosco da meno di un giorno, eppure lo considero un amico. E sono preoccupato.

Il razzo sale nello spazio e scompare come i precedenti.

Un'altra salva di applausi si leva dagli astanti quando sullo schermo appare la Terra vista dalla capsula di Grigorij.

Il lancio successivo è da Jiuquan e nella capsula c'è Min. Segue Tanegashima con Izumi. Metà dell'equipaggio della mia nave mi sta già aspettando lassù.

Hanno lanciato i primi cargo sotto la copertura della notte, quando i siti di lancio e i razzi erano sul lato in ombra della Terra. Un'idea astuta che aumentava le possibilità di successo.

Ma i lanci dal Kennedy e dal Guyana Space Center avverranno quando le basi saranno allineate con il Sole. Se lassù c'è qualcuno che ci guarda, li vedrà. E quei lanci inizieranno tra poco.

Sullo schermo appaiono le rampe, dove i razzi sono pronti per il lancio. Decollano uno dopo l'altro, come in uno spettacolo di fuochi d'artificio – il crescendo del più strabiliante 4 Luglio della storia.

Nessuno di quei razzi senza equipaggio subisce danni, nessuna alterazione del vettore, nessun impatto con detriti.

Questo mi riporta alla mente Emma Matthews, che è ancora lassù, in orbita geosincrona con il Nordamerica. Se è sveglia, scommetto che ha visto i lanci. Lo spero proprio. Questo le ridarrà la speranza. Perché stiamo andando per lei.

# Capitolo 21
# Emma

Attraverso l'oblò della capsula guardo i razzi solcare i cielo e poi dividersi. Devono averne lanciate almeno due dozzine. È lo spettacolo più incredibile che abbia mai visto, ancora più emozionante della prima volta che ho visto la Terra dallo spazio.

Ma perché così tanti? Vogliono ricostruire la stazione spaziale?

Oppure stanno venendo per me?

È un pensiero pericoloso. Non ho la forza per affrontare una delusione. Conosco la realtà della mia situazione: sono sola e sto fluttuando in una capsula danneggiata. Qualunque sia lo scopo di questa operazione, non si tratta di una missione di salvataggio. Deve avere a che fare con quello che ha scoperto la sonda e con il Lungo Inverno. Spero abbiano trovato un modo per fermarlo. E se per farlo devono lasciarmi quassù, così sia.

Continuo comunque a guardare fuori dall'oblò le scie di fumo bianco che solcano il cielo, i razzi che si dividono e le capsule che fluttuano libere nello spazio.

E aspetto, preparandomi mentalmente.

Nel caso una di quelle navi sia venuta per me.

# Capitolo 22
# James

Quando ci fanno uscire dall'auditorium, metà dei lanci senza equipaggio si sono già conclusi. I miei ultimi minuti sulla Terra sono come un sogno sfocato.

Mi infilano in una tuta. La controllano una, due, tre volte prima di farmi uscire nell'aria del mattino e caricarmi su un furgone diretto verso la torre di lancio, che troneggia in lontananza come un grattacielo in una prateria, totalmente fuori posto nella piatta costa della Florida.

La sensazione è talmente surreale che non riesco a metabolizzarla. Riesco a malapena a prestare attenzione a quello che mi dicono.

Quando arriviamo alla rampa, prendiamo l'ascensore e saliamo a trenta metri dal suolo. Il cartello sulla porta del bagno recita: "Ultima toilette sulla Terra". L'adrenalina mi pulsa nelle vene e non riesco a trattenere una risata mentre tremando svuoto la vescica.

Quando saremo nello spazio, le navi saranno azionate dai nuovi motori XI della NASA, ma per arrivare lassù dobbiamo usare i razzi. Le procedure di lancio sono simili a quelle agli albori dei programmi spaziali, anche se adesso sono molto più sicure. Così almeno mi hanno garantito.

All'interno della capsula, mi allacciano le cinture e mi ripetono la procedura del lancio. Forse pensano che questo mi tranquillizzerà, ma non funziona.

Alla fine mi infilano il casco e chiudono il portello. Sono solo, tranne le voci che sento negli auricolari e i testi e i dati che scorrono sui monitor davanti a me.

La capsula è cilindrica, lunga circa cinque metri e mezzo e con un diametro di tre. Mi sento come un insetto in una lattina di soda piena di apparecchiature elettroniche.

Sullo schermo centrale scorrono le immagini del lancio di Dan Hampstead. Una nuvola si fumo di leva dalla base del razzo, che vibra e levita lentamente per poi schizzare verso il cielo. Ho la bocca secca. Non riesco a staccare gli occhi dallo schermo. Cerco di tranquillizzarmi con quello che so: la scienza. Il fumo bianco attorno al razzo. Al briefing nessuno ne ha parlato, ma immagino che il carburante sia una miscela di idrogeno e ossigeno liquidi. L'idrogeno liquido è il secondo liquido più freddo sulla Terra. Nel serbatoio è a meno 423 gradi Fahrenheit. Pronto a bruciare. E il gas di scarico bianco non è fumo, ma vapore acqueo, prodotto dalla combinazione di idrogeno e ossigeno. È soltanto scienza. Nulla di cui preoccuparsi. La scienza è ripetibile e prevedibile. Questi lanci li fanno da tempo. Cosa potrebbe andare storto?

Il razzo di Dan sfreccia nell'aria e s'infila nelle nuvole come un ago in un cuscino.

Un minuto più tardi sullo schermo appaiono le riprese delle videocamere sulla capsula di Hampstead, che si è liberata del razzo e fluttua libera nello spazio. La base operativa lo chiama e lui risponde con il suo inconfondibile accento texano: «Ricevuto, Goddard. Ancora tutto intero. C'è una vista incredibile da quassù».

Un altro scroscio di applausi. Sullo schermo appaiono le riprese delle videocamere installate su ogni capsula – per mostrarci cosa ci aspetta lassù e per convincerci che va tutto bene. Adesso ci sono decine di capsule che fluttuano nello spazio, cilindri bianchi su uno sfondo nero oltre il quale balugina qualche rara stella.

Il lancio successivo è quello di Harry Andrews, e mi sento

ancora più nervoso. L'ho incontrato soltanto poche ore fa, ma è come se lo conoscessi da anni.

Guardare il suo razzo librarsi nel cielo e scomparire tra le nuvole è come un déjà-vu. Poi dal microfono arriva la voce di Harry. «Tutto bene. Mi sento come una frittella. Ma tutta intera».

La mia risata è interrotta dalla stazione di controllo. «Pad 39C, pronto per il lancio».

Inizia il conto alla rovescia. Trenta minuti. Poi dieci. Un minuto.

«Dottor Sinclair, si prepari per il decollo».

Un brivido mi corre lungo la schiena, i palmi delle mani cominciano a sudare, mi guardo attorno nella capsula, confuso.

«Dottor Sinclair?»

«Ricevuto». Passa un secondo. «Sono pronto».

Pronto come lo sarò sempre.

Il razzo scricchiola, il metallo geme, sembra un robot che si sveglia dall'ibernazione.

10

9

8

7

La voce del conto alla rovescia risuona lontana.

Non sento il 6. La capsula si scuote come un palazzo sotto l'effetto di un terremoto.

All'improvviso il razzo si stacca da Terra. All'inizio lentamente, poi sempre più veloce, come se mi trovassi su una montagna russa deragliata. Dopo l'eccitazione dei primi secondi mi sento mancare il respiro, come se un elefante mi si fosse seduto sul petto, schiacciandomi contro il sedile. Non riesco a pensare, la vista mi si appanna.

A cosa è servito quel corso di addestramento accelerato? Anche se lo volessi, non potrei uscire da questa capsula, né tantomeno effettuare un atterraggio di emergenza.

Ma non importa. Fuori dall'oblò adesso c'è una luce bianca. Sono nell'atmosfera.

Sette minuti più tardi sono in orbita. Il caos e i rumori del lancio hanno ceduto il posto al silenzio. Sono leggero come una piuma.

Sento due colpi, come spari di arma da fuoco, nel retro della capsula. Il razzo si è staccato.

«Dottor Sinclair, mi sente?».

Vorrei dire qualcosa di intelligente per far sorridere i miei compagni di equipaggio – e Andy Watts, l'ultimo americano che sta ancora aspettando il lancio –, ma non ci riesco. Continuo a fissare la Terra fuori dall'oblò, sentendomi piccolo e insignificante come non mi era mai successo prima. Ho lasciato il mondo, mi dico, forse per l'ultima volta. Mi invade un profondo senso di calma e ritrovo la concentrazione.

«Dottor Sinclair».

«Sono qui. Mi sto godendo la vista».

Nell'auricolare risuonano delle risate, ma io le sento a malapena; riesco a pensare soltanto a quello che mi sono lasciato alle spalle. Una vita disordinata. Alcune decisioni difficili. Soprattutto una, che mi è costata tutto.

Ma quassù, l'unica cosa che conta è la mia missione. Nella vita tutto mi ha portato a questo momento. Il peso dell'accelerazione non mi grava più sul petto, al suo posto c'è ora il peso di quello che devo fare e la paura di fallire. Dipendono tutti da me. Alex con la moglie e i figli. Fowler. Tutte le persone che ho conosciuto sulla Terra.

«James», mi chiama Fowler all'auricolare.

Qualcosa nel suo tono mi dice che sta usando un canale privato. Un'occhiata allo schermo me lo conferma.

«Ho letto il suo messaggio».

«La sua capsula si trova in prossimità di quella del comandante Matthews».

Non mi chiede nulla. Non ha bisogno di farlo.

«Bene. Sono pronto». Indietreggio verso l'imbracatura e mi allaccio.

«Ridurremo gradualmente la pressione nella capsula. Quella del comandante Matthews è depressurizzata. Questo per evitare complicazioni quando attraccherà».

La capsula beccheggia. Lo schermo mostra la pressione che scende.

Il tecnico che mi segue da Terra si chiama Martinez, se ricordo bene. Il suo tono è più professionale di quello di Fowler.

«Dottor Sinclair, mi sente?»

«Ricevuto».

«L'ammaraggio avverrà tra sessanta secondi».

Guardo fuori dall'oblò e vedo un'altra capsula. È bianca e a forma di cilindro come la mia, ma punteggiata di nero come un cane dalmata. Quando mi avvicino, mi rendo conto che le macchie nere sono i segni dell'impatto dei detriti. Mi sporgo in avanti cercando di vedere Matthews attraverso l'altro oblò. Ma non la vedo.

«Si prepari all'impatto, dottor Sinclair».

Le parole che nessun astronauta vorrebbe sentire.

L'impatto è quasi impercettibile.

Attraverso il casco sento il tonfo dei portelloni che si agganciano.

«Ammaraggio eseguito, dottor Sinclair. Buona fortuna».

Mi libero dall'imbracatura e avanzo subito verso il portello. Devo fare in fretta, se un campo di detriti ci investirà proprio adesso, saremo entrambi spacciati.

Il cuore mi pulsa nelle orecchie mentre giro la maniglia. Mi sento come un uomo che dissotterra una tomba dove qualcuno è stato sepolto vivo.

Il portello si apre rivelando l'esterno ammaccato della capsula di Matthews. È il momento più rischioso. Fluttuo fuori e afferro la maniglia dell'altro portello. Se non girerà, non ci sarà modo di tirare fuori Emma Matthews da quella tomba senz'aria nel vuoto dello spazio.

Cerco di girarla, ma la maniglia non si muove. Ci riprovo, ma non c'è nulla da fare. Dev'essere stata colpita da un detrito.

«Come procede, dottore?»

«Mi richiami più tardi», rispondo ansimando.

Provo di nuovo a girare la maniglia.

«James». La voce di Fowler mi ferma. «È la maniglia?».

Guardo le videocamere. Avevano detto che le avrebbero disattivate per evitare che il trasferimento di dati tra le capsule e la base terrestre ci facesse fare la stessa fine della Stazione spaziale internazionale. Fowler deve avere deciso di correre il rischio.

«Sì, è bloccata».

«C'è un attrezzo che potrebbe aiutarla. Cerchi la cassetta con la scritta 1A. Quando lo vedrà, capirà di quale sto parlando».

Rientro nella capsula, apro la cassetta e vedo subito l'attrezzo. È come una chiave a croce per capsule spaziali, con un'estremità curvata ad angolo per infilarsi nella maniglia e un lungo manico con un lato piatto per appoggiarci sopra il piede. Non c'è un manuale di istruzioni, ma non ne ho bisogno. Il muscolo grande gluteo è il più voluminoso del corpo, e anche uno dei più forti, impegnato nell'estensione dell'anca ogni volta che corriamo, saltiamo o saliamo le scale.

Ritorno al portello, aggancio l'attrezzo alla maniglia, mi appoggio con le spalle alla parete e premo con tutte le mie forze con il piede.

Niente.

«James?»

«Ho trovato l'attrezzo. Ci sto provando».

«Ricevuto».

Faccio un bel respiro e poi premo di nuovo. Le gambe mi tremano per lo sforzo, ma alla fine sento uno scricchiolio metallico.

La maniglia cede all'improvviso, facendomi scivolare. Per un istante mi faccio prendere dal panico. Ho paura di avere strappato la tuta. Non c'è però nessuna fuga d'aria. Per sicurezza faccio una rapida ispezione. È tutto a posto.

Ci è mancato poco. Devo fare più attenzione.

Riprendo fiato e cerco di calmarmi. «La maniglia si è sbloccata».

Adesso posso girarla con le mani, anche se a ogni rotazione c'è un punto in cui è più dura.

Prima di aprire il portello mi sposto di lato, ma non c'è nessuna fuga di pressione.

Sbircio dentro. Due corpi. Entrambi immobili.

Non mi avevano detto che erano in due. Pensavo ci fosse soltanto Matthews.

«Sto entrando nell'altra capsula». Faccio una pausa. «Vedo due tute. Nessuna reazione».

«Ricevuto, dottor Sinclair. Non riusciamo a comunicare con il comandante Matthews da novanta minuti. L'altro membro dell'equipaggio è morto durante l'incidente alla stazione spaziale».

«Devo...».

Fowler mi risparmia la domanda. «No, James. Non c'è posto anche per lui».

«Ricevuto».

Guardo le due tute e mi accorgo che una in alcuni punti è affossata, come un pallone sgonfio.

Afferro Matthews e la giro verso di me. La sua tuta è a posto. Attraverso il visore vedo la sua faccia, gli occhi chiusi e i capelli biondi che la incorniciano. Nonostante sembri congelata, ha un'aura irresistibile, un fascino a cui è difficile sottrarsi.

La spingo davanti a me fino alla mia capsula e chiudo il portello.

«Siamo rientrati. Matthews è ancora incosciente. La tuta è pressurizzata. Cosa devo fare?»

«Resti in attesa, dottore. Stiamo ripressurizzando la sua capsula».

«Ricevuto».

Apro la cassetta del kit medico, sforzandomi di capire cosa

possa esserle successo. La pressione della tuta è normale. Non è asfissiata. Da quanto tempo non mangia? Da troppo, forse.

Faccio l'inventario del kit medico. Come al solito, hanno pensato a tutto.

«La capsula è pressurizzata, dottor Sinclair. Le tolga il casco e le pratichi i primi soccorsi».

Le sfilo il casco e le poso due dita sul collo.

Quando sento com'è fredda la sua pelle, mi si ferma il cuore.

# Capitolo 23
# Emma

Mi sveglio con una maschera sulla bocca e un uomo che preme una sacca di plastica pompandomi aria nei polmoni.

Il petto mi brucia. Ho la gola secca.

Mi toglie la maschera e mi fissa. «Comandante Matthews, mi sente?»

«Sì», rispondo con un filo di voce.

«Beva questo. L'aiuterà», dice accostando una bottiglia alle mie labbra.

Annuisco e lui mi spreme il liquido in bocca – un mix dolce-salato che deve contenere glucosio, sodio e altri elettroliti. È come un balsamo per la mia gola riarsa.

Si toglie il casco e distoglie lo sguardo. Mi accorgo che sta parlando al microfono. «Goddard, qui tutto bene. Penso fosse soltanto disidratata e denutrita. Forte ipotermia, basso livello di zuccheri e squilibri elettrolitici nel sangue».

Ascolta per qualche secondo la risposta dal Goddard e io lo guardo mentre finisco di bere. Deve avere all'incirca la mia età, trent'anni avanzati. Ha il viso scavato e i capelli corti color sabbia che gli spiovono sulla fronte. Gli occhi sono azzurri e attenti, ma gentili. Sembra preoccupato, e mi sento subito a mio agio con lui.

«Ricevuto, Goddard», dice al microfono. Poi si volta verso di me e mi chiede: «Si sente meglio?»

«Un po'».

«Bene». Prende la bottiglia e la fissa con il velcro alla parete per impedire che fluttui via. «Mi dispiace, ma devo visitarla».

Ci fissiamo in silenzio per un secondo, dopodiché annuisco.
Mi sfila il guanto destro e poi fa lo stesso con il sinistro.
Il mio corpo è così debole che quando cerco di sedermi mi metto a tremare. «Vuole farlo qui… adesso?»
«Sì».
«Perché non sulla Terra?»
«Ci vorrà un po' prima di rientrare».
«Un po' quanto?»
«All'incirca dieci mesi. Prendere o lasciare».
Mi lascio sfuggire una risata. Sta di certo scherzando. Ma la sua espressione è seria.
«Dice davvero?»
«Sì».
Mi guardo attorno nella capsula. Quassù non potremo resistere più di qualche settimana. Ma poi mi tornano in mente le altre capsule, i razzi che le portavano in orbita come lattine che fluttuavano nello spazio.
«Qual è il piano?»
«Non c'è tempo, comandante».
«Per favore. La versione corta. E mi chiami Emma».
«D'accordo, Emma», risponde annuendo. «Faccio parte di una squadra inviata a controllare l'oggetto alieno».
Inarco le sopracciglia e lui si accorge della mia confusione.
«La nave spaziale individuata dalla sonda, l'immagine che lei ha inviato alla Terra prima che la stazione spaziale fosse distrutta».
«Le altre capsule che sono state lanciate si assembleranno nello spazio?»
«Esatto. Formeranno due navi, la *Pax* e la *Fornax*».
«Non siete venuti qui per me».
«Lei non è l'obiettivo primario, ma il suo salvataggio fa parte della missione per la quale mi sono arruolato».
«Le hanno dato una scelta?»
«Sì», risponde lui dopo una pausa.

«E lei ha detto di sì».

«Ho detto che avrei fatto il possibile per riportarla a casa. Fowler e tutti gli altri giù al controllo missione ci tengono molto a lei. Si sono dati un gran daffare per organizzare in tempi brevi la missione».

Sono sopraffatta dall'emozione. Gratitudine. Umiltà. Sono così fortunata. Trattengo a stento le lacrime e inspiro a fondo sperando che non si accorga della mia commozione.

«Okay. E poi cosa succederà?»

«Tra dieci minuti il Guyana Space Center lancerà l'ultima capsula».

«E dopo?»

«Poi aspettiamo di vedere se l'oggetto alieno reagisce come ha fatto con la stazione spaziale».

«Intende dire se ci distruggerà?»

«Sì. O semplicemente se ci sbalzerà fuori dall'orbita della Terra e ci scaglierà addosso dei detriti. In ogni caso, le capsule superstiti poi si assembleranno. Sarà un momento difficile e dovremo tenerci pronti».

«È per questo che vuole visitarmi adesso?»

«Devo controllare se ha dei traumi che richiedono una terapia. Dopo l'assemblaggio delle navi saremo molto occupati».

Mi sforzo di assimilare l'informazione. Avrei dovuto lasciare la stazione spaziale tra un mese. Non riesco ad accettare l'idea di rimanere quassù altri dieci mesi. Ammesso che riuscirò mai a tornare a casa.

«Come si chiama?»

«James Sinclair».

Quel nome mi suona vagamente familiare.

«È un medico?»

«Sì», risponde lui dopo un attimo di esitazione.

«Stava per aggiungere un ma».

«Ma non ho mai praticato. Sono anche un ingegnere meccanico e robotico, e un designer di intelligenze artificiali».

Risponde alla domanda successiva prima ancora che gliela faccia.
«Costruirò i droni che controlleranno l'oggetto alieno».
«Li costruirà?»
«Sì, durante il viaggio».
«Interessante».
«Lo sarà di certo. Ma adesso deve togliersi la tuta».
Non riesco a trattenere un sorriso e inarco un sopracciglio.
«Per ragioni strettamente mediche», aggiunge lui prontamente.
«Dice il medico non praticante».
«Sono il miglior medico in questa capsula, posso assicurarglielo».
È una battuta mediocre, ma quando lui sorride non riesco a non fare altrettanto. Mi piace il suo sorriso. E mi piace anche lui. Mi fa sentire a mio agio.
«D'accordo, miglior medico nella capsula, proceda pure».
Lui si avvicina e mi slaccia la parte superiore della tuta. «È soltanto una visita medica», dice.
«Certo».
Sollevo le braccia e la parte superiore della tuta cade ai miei piedi. Il casco e gli auricolari me li aveva tolti prima, quando mi rianimava.
Sotto la tuta gli astronauti indossano una calzamaglia raffreddata da tubicini in cui scorre acqua fredda che disperde il calore generato all'interno della tuta.
Mi aiuta a togliere la calzamaglia e rimango con indosso soltanto l'ultimo strato, la maglietta a maniche lunghe e le mutande di cotone che assorbono il sudore. Nonostante quassù non ci sia molta gravità, alcune astronaute indossano il reggiseno. È una scelta personale. Alcune lo fanno per nascondere le forme del loro corpo, altre per abitudine. Quando mi allenavo indossavo un reggiseno sportivo, ma adesso non ce l'ho. L'unica cosa che indosso sotto la maglietta e le mutande lunghe è un pannolino, che a questo punto deve essere intriso di urina.

Lancio un'occhiata alla videocamera nell'angolo. Sto per fare uno strip per metà della NASA e per chissà chi altro. Nello spazio la sopravvivenza vince il pudore, ma mi sento come una bambina che se l'è fatta addosso davanti ai compagni di classe.

Lui si accorge che sto guardando la videocamera. «Non sono collegati. La trasmissione di dati potrebbe scatenare un altro evento solare».

«Ho capito», dico con un sospiro, ma il cuore mi batte ancora come un tamburo.

«Nessuno la vedrà. Voglio soltanto aiutarla».

«D'accordo», rispondo.

Lui non si muove. Aspetta che cominci io. Mi lascia la scelta se togliermi prima la maglietta o le mutande.

Mi tremano le mani. Infilo i pollici nell'elastico delle mutande e le abbasso. Lui mi aiuta a sfilarle e avvicina le mani al mio inguine.

«Eserciterò una pressione. Se le fa male, dica "Ahi", e poi un numero da uno a dieci, dove il dieci è il dolore più forte che abbia mai provato. Se l'intensità del dolore cambia, dica un altro numero».

«Okay».

Preme le mani contro il mio inguine, all'inizio piano e poi sempre più forte. La sua faccia è a pochi centimetri dalle mie cosce. Solleva lo sguardo e i suoi occhi incontrano i miei. Scuoto la testa per dirgli che non provo alcun dolore.

Scende con le mani lungo le mie gambe, con la testa china, scrutando ogni centimetro del mio corpo e continuando a tastarmi.

Una fitta di dolore mi attraversa la coscia sinistra.

«Ahi. Due».

Preme più forte. Il dolore si intensifica.

«Tre».

«Ne è sicura?»

«Sì. Non è così forte».

«È una contusione. Non c'è nessuna frattura».

Quando mi fa estendere la gamba e la muove di lato, sento un'altra fitta al ginocchio destro.

«Ahi. Tre».

«Un'altra contusione».

Ce ne sono una mezza dozzina, ma nessuna supera il due. Quella che è messa peggio è la caviglia destra.

«Ahi. Quattro», dico stringendo i denti.

Lui la tasta metodicamente.

«E adesso?»

«Cinque».

Solleva lo sguardo. «Una storta. Ma niente di grave. Nessun legamento rotto, nessuna frattura».

Prende un tubetto dal kit medico e mi spalma una pomata sulla caviglia.

«È un analgesico topico. Ridurrà l'infiammazione attenuando il dolore. Per un po' cerchi di non caricare troppo sul piede».

Mi benda la caviglia, assicurandosi che la fasciatura non sia troppo stretta, poi fluttua in alto verso il mio petto e, ancora una volta, aspetta.

Ho di nuovo i nervi tesi. Penso stia aspettando che mi tolga la maglietta.

Ma mi sbaglio. Se ne occupa direttamente lui. Allunga le mani, mi afferra le spalle e dice sottovoce: «La farò girare».

Mi giro fluttuando nell'aria e lui mi sfila la maglietta. Le sue mani si posano sul fondo della mia schiena e cominciano a salire.

«Due», sussurro.

Mi spalma la pomata anche sulla schiena, massaggiandola delicatamente.

Ci sono altri tre punti dolenti alle costole.

Il collo è indolenzito (due) e le spalle e le braccia hanno piccole contusioni che non richiedono alcun trattamento.

«Fowler mi ha raccontato cosa è successo a bordo della stazione spaziale». Mi stringe la mano e poi comincia a tastare ogni dito. «È stata molto coraggiosa. E brillante».

«Sono stata fortunata».

«Sì, ma anche coraggiosa e brillante».

Mi sento arrossire. Sono contenta che lui non possa vedermi. Una fitta di dolore al mignolo sinistro.

«Tre», dico, quasi felice di cambiare argomento.

Lui lo tasta e lo piega. «Un'altra storta. Non è rotto. Posso steccarlo, ma poi non potrà più infilarsi i guanti della tuta».

«Non importa. Lo lasci così».

Mi posa di nuovo le mani sulle spalle, mi aspetto che mi faccia girare, ma non lo fa.

«Immagino si sia fatta un autoesame del petto».

Il cuore mi batte all'impazzata. Se mi controlla il polso, mi darà qualche pillola contro l'ipertensione.

Ma poi mi ricordo che la sopravvivenza vince la modestia, mi aggrappo alla parete della capsula, mi volto e lo fisso dritto negli occhi.

«La prego. Finisca la visita».

Lui deglutisce rumorosamente e interrompe il contatto oculare. Poi allunga le mani e comincia a tastarmi le clavicole.

«Uno».

«Probabilmente è un'irradiazione del dolore al collo».

Mi accorgo che sto trattenendo il respiro. Cerco di espirare lentamente, ma sono sicura che lui si è accorto che il cuore mi batte come un tamburo.

Non mi tocca mai i seni, ma ci gira attorno e sotto.

«Quattro».

Preme più a fondo, muovendo le dita.

«Cinque».

«Una contusione a una costola. È improbabile che sia fratturata. Non c'è nulla da fare».

Anche gli addominali sono dolenti.

Le sue mani si fermano sul bordo del pannolino – l'ultima

cosa che indosso. Non lo toglie. «Dopo quello che ha passato è in forma perfetta», dice.

«Lo pensa davvero?».

Mi guarda negli occhi.

«Lo dico per certo».

Ci fissiamo per un tempo imprecisato, potrebbe essere un secondo, un minuto o un'ora. Il mondo si è come fermato... finché uno schianto non spezza il silenzio, scaraventandoci l'uno contro l'altra.

# Capitolo 24
# James

Emma e io rimbalziamo contro le pareti della capsula cercando qualcosa a cui aggrapparci. È come essere dentro un'asciugatrice... ma con un'altra persona. Che perdipiù è nuda. E che conosco a malapena. Ma che comunque mi sta a cuore.

Alla fine riesco ad aggrapparmi a una maniglia e aspetto che lei si avvicini. Con il braccio libero l'afferro e la spingo contro la parete.

Se la capsula viene investita da un detrito e si apre una falla, siamo finiti. Facciamo uno, forse due giri completi. In queste condizioni è impossibile infilarsi la tuta. Non riuscirei nemmeno a mettermi il casco.

Lo spazio è vuoto, o quasi, e quando un oggetto acquista velocità non c'è nulla che possa fermarlo.

Prima del lancio ci avevano preparati all'eventualità che un evento solare scaraventasse la capsula fuori dall'orbita terrestre. Il protocollo prevede l'assenza di ogni comunicazione mentre procediamo verso un punto d'incontro.

Spero soltanto che riusciremo ad arrivarci, e che anche le altre capsule ce la faranno. Devo capire dove ci troviamo e correggere la rotta.

«Dobbiamo spostarci dall'altra parte», sussurro a Emma.

«Guidami tu», risponde lei con le labbra incollate al mio orecchio.

Con la sinistra le afferro un braccio e lascio andare la maniglia che stringevo con la destra. Poi fluttuo attraverso la capsula, mi aggrappo a una maniglia sulla parete opposta e la trascino verso di me.

Lo schermo mostra la nostra velocità e la posizione, calcolata sulla base di dati raccolti dalle telecamere esterne in rapporto a quella delle altre stelle.

Aziono i propulsori e correggo la rotta.

«Aspetta».

Avvertiamo un colpo sul fianco destro della capsula, poi un altro sul tetto.

La capsula si capovolge e poi si raddrizza di nuovo.

«Cos'è stato?»

«Ho svoltato a sinistra».

Lei scoppia a ridere e sento il suo petto premere contro il mio.

«Tempo di arrivo previsto?», sussurra, afferrando un rotolo di garza che è volato fuori dal kit medico.

«Quindici minuti».

«Posizione delle altre capsule?»

«Sconosciuta. Stiamo viaggiando al buio e la capsula non è programmata per l'analisi della linea di vista, ma solo per la posizione relativa alle stelle».

Passano alcuni minuti di silenzio prima che si accendano i propulsori. Ci stiamo avvicinando.

«Da dove vieni?», mi chiede Emma.

Sto per risponderle «Edgefield», ma poi decido di aspettare ancora un po' prima di dirle che sono un detenuto in permesso di lavoro per partecipare a un programma astronautico.

«Sono cresciuto ad Asheville, nel North Carolina. E tu?»

«New York City», risponde lei rimettendosi le mutande. La capsula ha smesso di beccheggiare e in assenza di gravità i suoi movimenti sono molto più coordinati dei miei.

«Hai sempre voluto fare l'astronauta?», le chiedo.

«Più che altro volevo stare lontano dalla gente. Avevo bisogno di solitudine».

«E hai scelto di vivere per mesi isolata quassù?»

«Be', all'inizio la stazione spaziale non faceva parte dei miei piani».

«Cosa avresti voluto fare?»

«Quando ero giovane, i viaggi commerciali nello spazio erano in piena espansione. Sonde su Marte, droni che esploravano la cintura degli asteroidi in cerca di minerali. Volevo essere un membro di una delle prime colonie umane».

Interessante. Non c'era nulla di tutto questo nel suo dossier.

Cerco qualcosa di profondo da dirle, ma non riesco a trovare nulla di meglio di un ridicolo: «Fico!».

«Era il mio sogno. Sopravvivere in un nuovo mondo. Costruire un nuovo tipo di società».

«Che tipo di società vorrebbe Emma Matthews?»

«Una fondata sulla dignità, il rispetto e l'uguaglianza».

«Ci vivrei anch'io in una colonia così».

«Non ho rinunciato a questa idea».

«Sei stata solo un po' deviata dalla tua strada».

Lei fa un largo sorriso. «Come battuta non vale più di un tre».

«Ma di recente la tua rotta è stata corretta?»

«Quattro».

«Okay. Mi fermo».

Lei sorride e guarda fuori dall'oblò. «Sono viva. Per il momento mi basta».

«Sei viva, e stai fluttuando mezza nuda nello spazio con uno strano tipo. Cosa direbbero i tuoi?».

Il suo sorriso svanisce. I genitori sono morti. Non avrei dovuto dirlo.

«Non mi sembra così strano», dice.

«Sì, sono supernormale».

Lei strizza gli occhi. Sa cogliere il sarcasmo, il che è essenziale per comunicare con me.

«Hai sempre voluto diventare un designer di droni?»

«In realtà non sono un progettista di droni in senso stretto».

«Che cosa fai, *in senso stretto*?»

«Sono un ingegnere robotico impegnato nella progettazione di... dispositivi più complessi».

«Che genere di dispositivi *complessi*?».

Non sa cosa ho fatto, né quello che mi è costato – e neppure cosa pensa di me il mondo. Meglio dirglielo subito. «Il genere che mi ha cacciato nei guai».

Lei inarca un sopracciglio chiedendosi se sto scherzando. «Nei guai con chi?»

«Con quasi tutti».

«Mi stai dicendo che sei un ribelle?»

«Un combattente per la libertà».

«La libertà di chi?»

«Di tutti».

Il suo sorriso si spegne. «Stai parlando sul serio?»

«Di solito no, ma in questo caso sì. Ho creato qualcosa che doveva ristabilire il rispetto e la libertà sulla Terra».

«E sei finito nei guai per questo?»

«Sì, non avevo tenuto conto della natura umana. Di come la gente avrebbe accolto quello che avevo creato. Ma ho imparato una lezione importante».

«Quale?»

«Ogni cambiamento che sottrarrà potere a coloro che lo detengono incontrerà opposizione. Tanto maggiore sarà il cambiamento, tanto maggiore sarà la forza contro la quale dovrà scontrarsi».

«Un po' come il terzo principio della dinamica di Newton: a ogni azione corrisponde sempre una reazione uguale e contraria».

«Non l'avevo mai vista in questo modo, ma sì, è molto simile».

Anche io e lei siamo molto simili. Emma voleva allontanarsi dal mondo e dalla gente per iniziare una nuova vita. Anch'io non ero a mio agio nel mondo, ma volevo restarci e migliorarlo. E questo mi ha fatto finire in prigione.

I propulsori si accendono di nuovo. Siamo a meno di cinque

minuti dal punto d'incontro. La forza d'inerzia della capsula è ancora forte, ma gestibile.
«Meno cinque minuti. Meglio metterci le tute».

Quando raggiungiamo il punto d'incontro, ci sono soltanto tre capsule. Speravo ce ne fossero di più e mi auguro che stiano arrivando. Cerco di nascondere la mia preoccupazione a Emma, ma sento che se n'è accorta.
Fluttuiamo verso i due oblò opposti e sbirciamo fuori.
«Queste due sono senza equipaggio», le dico.
«Anche questa. E adesso cosa facciamo?»
«Aspettiamo».
«Queste quattro capsule non si assembleranno?»
«No. Be', potrebbero farlo, ma c'è una sequenza di assemblaggio preferenziale. Le capsule sono programmate per aspettare e vedere cosa succede. E senza i componenti dei propulsori non potremo andare da nessuna parte».
«Quanto dobbiamo aspettare?»
«Ci restano circa due ore».
«E cosa facciamo in queste due ore?»
«Per prima cosa ti reidrateremo e ti faremo mangiare qualcosa», rispondo.
«Non ci vorranno mica due ore».
«È vero. Ma devo anche aggiornarti sulla missione».
Mentre lei mangia, le racconto del secondo oggetto alieno, Beta. All'improvviso smette di masticare. È abbastanza intelligente da capire le implicazioni, ma gliele spiego comunque. E le chiarisco anche gli obiettivi della missione: stabilire il primo contatto, chiedere aiuto e, se non ci riusciamo, cercare di distruggerlo.
«Speriamo che siano amichevoli», risponde lei rimettendosi a mangiare.
«Lo spero anch'io».
Le parlo quindi dell'equipaggio, soprattutto di quello del-

la *Pax*, visto che sarà con noi, ma le menziono anche Dan Hampstead della *Fornax*.

«Sono un peso morto in questa missione», dice lei. «Tutti gli altri hanno un ruolo, mentre io sono qui soltanto perché mi ero persa per strada».

«Non puoi considerarti soltanto un peso morto perché sei un'autostoppista cosmica».

«No, è la mia mancanza di competenze specifiche a rendermi un peso morto».

«Fowler mi ha passato il tuo dossier. Tu non saresti un peso morto da nessuna parte, Emma. E di certo non quassù. Questa è la mia prima volta nello spazio. Costruire complessi robot sulla Terra è già abbastanza difficile, ma qui sarà un'autentica sfida. Tu hai gestito per mesi la stazione spaziale. Sei abituata a lavorare nello spazio. E io avrò bisogno di aiuto».

«Mi stai offrendo un lavoro?»

«Ti interessa?»

«Qual è il compenso?», chiede sorridendo.

«Potenzialmente… la tua vita, quella di tutte le persone che conosci e di tutti gli altri abitanti della Terra».

«Benefit?»

«Illimitati. Inclusa la copertura odontoiatrica».

«Ci penserò».

«Non metterci troppo, abbiamo altri candidati».

«D'accordo».

Qualcosa attira la sua attenzione nell'oblò alle mie spalle. C'è un'altra capsula.

Mi giro e vedo la faccia di Harry Andrews fluttuare dietro l'oblò. Si è tolto il casco e il visore.

C'è qualcosa che non va. Harry non dovrebbe essere qui. La sua capsula dovrebbe essere al punto d'incontro della *Fornax*. A meno che non fossero rimaste abbastanza capsule per assemblare la *Fornax*. Mi chiedo quanti membri dell'equipaggio della *Pax* siano sopravvissuti – e con quante capsule dovremo lavorare. La nostra missione potrebbe essere finita prima ancora di cominciare.

L'altra possibilità è che la base di controllo abbia dirottato la sua capsula. Perché? Forse hanno deciso che non potevo farcela da solo. O che due teste sono meglio di una. Su questo sono d'accordo, nel breve tempo trascorso insieme Harry e io siamo stati un ottimo team. Mi piace lavorare con lui.

Harry solleva una mano e mi saluta. Gli rispondo. Qualunque sia il motivo della sua presenza qui, sono felice di vederlo.

Due ore più tardi tutte le capsule tranne due sono arrivate. A parte quella di Harry, sono tutte componenti della *Pax*. È strano. Mi chiedo se le altre due capsule siano entrate in collisione tra di loro o con quelle della *Fornax*. Potrebbe essere andata peggio, trasportavano soltanto rifornimenti di cui possiamo fare a meno. La NASA ha sapientemente distribuito i carichi sulle capsule, ognuna delle quali ha più o meno le stesse cose. In totale, l'evento solare ci è costato circa il 7 percento delle forniture. Una percentuale assolutamente ragionevole.

Spero soltanto che con la *Fornax* sia andato tutto liscio. Senza trasmissioni elettroniche dei dati non lo saprò finché non ci incontreremo. E ci vorranno ancora mesi.

Prima del lancio la NASA ha ideato un ingegnoso sistema di comunicazione tra due capsule che non richiede alcuna trasmissione elettronica ma usa il campo visivo. Su ogni capsula ci sono dodici placche di comunicazione disposte in modo da essere visibili dalle videocamere delle altre capsule. Il pannelli utilizzano una tecnologia dell'inchiostro elettronico simile a quella dei vecchi lettori di ebook: un sottile strato di pellicola con microcapsule immerse in una soluzione liquida. Gli impulsi elettrici fanno salire in superficie le particelle bianche caricate positivamente, o quelle nere caricate negativamente. Ogni pannello mostra dei simboli senza emettere luce, microonde o altro, e tutte le cariche elettriche sono nascoste sotto la pellicola.

La NASA ha ideato un codice e una serie di simboli per comprimere e semplificare i messaggi. E ogni nave è dotata di un telescopio a lunga portata per vedere i punti di comunicazione. È così che comunicheremo... Sempre che la *Fornax* ce l'abbia fatta.

Attraverso l'oblò vedo le placche di comunicazione trasmettere in rapida successione una serie di simboli mentre le capsule si avvicinano per assemblarsi tra di loro. È probabilmente la più grande impresa di ingegneria spaziale della storia, il prodotto di mesi, forse anni di lavoro delle menti più brillanti del pianeta.

Sono sempre stati i periodi più bui e le grandi crisi a stimolare di più il genio umano. Le guerre, calde e fredde, hanno prodotto la bomba atomica e la corsa allo spazio. E il Lungo Inverno ci ha dato l'opportunità di spingerci così lontano nel sistema solare. Vorrei che il mondo potesse vedere come questa nave si sta assemblando nello spazio e conoscesse i nomi degli uomini e delle donne che l'hanno reso possibile.

Il portello si apre e Harry fluttua nella capsula. Solleva il visore, si toglie il casco e noi facciamo lo stesso. L'aria ha un odore metallico, artificiale, ma mi ci abituo. Sono felice di poterla respirare.

«Benvenuto sull'Espresso per l'oggetto alieno», dice Harry con un sorriso. «Posso vedere le vostre carte d'imbarco?»

«Chiudi il portello, già che ci sei», gli dico. Poi indico Emma. «Harry, questo è il comandante Emma Matthews».

«Felice di averla a bordo, signora».

# Capitolo 25
# Emma

È da un mese che siamo in viaggio verso l'oggetto Alpha ed è stato il mese più incredibile della mia vita.

La prima volta che la mia capsula si è accostata alla stazione spaziale e sono salita a bordo ho provato una sensazione di stupore e sbigottimento. La nave è un'autentica meraviglia, eclissata soltanto dal suo equipaggio, che trovo ancora più incredibile. Ognuno ha una propria specialità, un lavoro da fare, e ci si dedica con tutto il suo impegno.

Grigorij, l'ingegnere russo ossessionato dall'efficienza del motore, che borbotta tra sé fluttuando da una parte all'altra della nave.

Charlotte, una linguista e archeologa australiana, che ha trascorso tutte le sue ore di veglia scrivendo il primo protocollo di contatto, fermandosi soltanto per controllare con James e Harry se il drone poteva fare questo o quello, e per chiedere a Lina se le sue idee potevano essere programmate.

Min, il navigatore cinese, che è impegnato a tracciare rotte alternative per Alpha e per il ritorno a casa, basandosi su ogni scenario immaginabile.

Izumi, una dottoressa e psicologa giapponese, una decina d'anni più di me, che fluttua dentro e fuori dalle cabine per controllare il nostro stato di salute come una mamma chioccia che si prende cura dei suoi pulcini.

Ho trascorso il mio tempo con James e Harry, e ammetto di essermi divertita. Tra loro c'è una dinamica curiosa: un misto di competizione e di cameratismo. Il più delle volte lavorano separati, disegnando droni e poi mostrandoli all'altro. È una sorta di gioco per vedere chi riesce a ideare il modello più funzionale ed efficiente. Discutono poi i meriti di ogni idea, ma non sono bellicosi. Nessuna lotta di ego tra loro due. Si sostengono a vicenda e sono sempre gioviali.

E c'è anche qualcos'altro: una certa protettività di Harry nei confronti di James. Harry è di una quindicina d'anni più vecchio, ma il suo atteggiamento è dovuto anche a quello che è successo a James in passato, ai suoi guai con la giustizia di cui non mi ha mai voluto parlare. E nonostante mi roda dalla voglia di saperlo, non oso chiederlo a Harry.

Trascorro la maggior parte del tempo nel laboratorio di robotica, saldando e dissaldando. Tranne Min, che ha sempre le mani impegnate, sono il membro dell'equipaggio che si muove meglio nello spazio. Il mio lavoro mi piace, sono contenta di rendermi utile e di far parte di un equipaggio. Questo mi distoglie dal pensiero dell'equipaggio che ho perso. Mi ritornano spesso in mente, provocandomi una fitta di dolore. È come la storta alla caviglia, la costola dolente e le contusioni sparse in tutto il corpo: me ne dimentico finché il dolore non me le ricorda. Queste ferite ci metteranno molto a guarire. Ma ogni giorno, via via che ci allontaniamo dalla Terra, il dolore si attenua e mi sento un po' più viva.

All'inizio ho chiesto se a bordo c'erano abbastanza cibo e acqua per tutti, visto che la missione è stata programmata per un equipaggio di sei persone. Adesso che ci siamo anche Harry e io, il fabbisogno di cibo è aumentato del 33 percento – e abbiamo perso due capsule con il 7 percento delle provviste. James mi ha assicurato che siamo ben forniti. Spero che sia vero.

Di tanto in tanto Lina viene in laboratorio per parlare del software dei droni. Sta lavorando a un sistema operativo con driver per tutti i potenziali hardware: dai droni per le riprese a quelli con bracci robotici, a quelli che possono assemblarsi come una nave per colpire l'oggetto alieno. James ha progettato anche un sistema di comunicazione che può inviare dati alla *Pax* senza usare un segnale elettronico.

E adesso lui e Harry hanno una nuova idea che li mette in subbuglio. Hanno indetto una riunione per presentarla, perché la sua realizzazione richiederà il contributo di tutti e non sarà facile. Rischieremo anche di perdere un gran numero di droni, ma è un rischio che bisogna correre.

Dobbiamo soltanto convincere gli altri.

# Capitolo 26
# James

L'equipaggio si dà convegno nel locale più grande della nave, all'intersezione dei due bracci, uno spazio sferico che abbiamo soprannominato "la bolla". Ci sono finestre affacciate su varie direzioni e al centro un grande tavolo bianco rotondo con cinghie per allacciarsi.

Emma, Harry e io abbiamo indetto la riunione per presentare un piano che potrebbe aumentare drasticamente le nostre possibilità di successo. C'è tuttavia una percentuale di rischio, e la cosa mi rende un po' nervoso perché è la prima decisione importante che l'equipaggio deve affrontare.

Quando siamo tutti riuniti e fluttuiamo attorno al tavolo, Harry inizia a parlare.

«Vogliamo inviare in avanscoperta una flotta di droni. La chiameremo flotta Giano».

«Qual è l'obiettivo?», chiede Grigorij.

«La raccolta di dati», risponde prontamente Harry.

Charlotte aggrotta le sopracciglia. «Stiamo parlando soltanto di osservazione oppure di un vero e proprio contatto con l'oggetto alieno?»

«Entrambe le cose», rispondo.

Charlotte scuote la testa. «Sono contraria. Quando effettueremo il primo contatto, dovremo essere in grado di reagire e adattare il nostro approccio. È troppo importante per poterci affidare a un algoritmo o a un'intelligenza artificiale».

Mi aspettavo che reagisse così. «Tecnicamente, abbiamo già

stabilito il primo contatto», le rispondo in tono pacato. «La prima sonda ha inviato dati dopo avere avvicinato l'oggetto alieno ed è stata distrutta».

«Questo avvalora il mio argomento», dice Charlotte. «In situazioni incerte come questa, con un range di variabili così ampio, inviare delle sonde può essere troppo rischioso».

«È proprio per ridurre i rischi che vogliamo mandare in avanscoperta una flotta di sonde», le rispondo indicando Harry e me. «Certo, non avranno molte possibilità di adattamento, ma ogni sonda avrà uno scopo specifico, e potranno rivelarci parecchie cose senza mettere a repentaglio la *Pax* e il suo equipaggio.

«Sapevamo fin dall'inizio di rischiare la vita», risponde Charlotte.

«Non è una questione di coraggio, ma di garantire il successo della missione», ribatto. «Se moriremo senza avere scoperto nulla, sarà un fallimento».

Min alza una mano. «Non sarà facile per me programmare le rotte dei droni. Tecnicamente, non siamo nemmeno sicuri di dove si trovi l'oggetto alieno. Abbiamo estrapolato una posizione basandoci sull'ultima localizzazione e sulla traiettoria, ma potrebbe essere ovunque. Se inviamo i droni nella direzione sbagliata, non potrebbero mai correggere la rotta e Grigorij dovrebbe trovare il modo per soddisfare il loro fabbisogno energetico. Detto questo, vorrei saperne di più prima di prendere una decisione».

Prima del lancio non era stato formalmente designato un comandante della missione, ma dopo l'assemblaggio della *Pax* Min ne ha assunto il ruolo. Forse perché è lui a stabilire la rotta della nave. O forse soltanto perché è un leader naturale. In ogni caso, sta facendo un ottimo lavoro e al momento ci è molto utile.

Faccio un cenno di assenso a Harry, che continua: «La flotta Giano includerà due droni esploratori e tre droni specializzati: osservazione, comunicazioni e intervento. Cinque droni in totale».

«Dimensioni?», chiede Grigorij.

«Molto piccole», risponde Harry. «La maggior parte non saranno più grandi di un booster e avranno tutti delle placche di comunicazione».

«E il fabbisogno energetico?»

«Minimo. Tranne per gli esploratori, che saranno più grandi e con maggiore capacità di accelerazione, si tratterà di un viaggio di sola andata. Il piano prevede che uno degli esploratori precederà la flotta e raggiungerà per primo l'oggetto alieno. Sarà dotato di un telescopio a lunga portata per verificare che l'oggetto si trovi nella posizione prevista. L'obiettivo è che il drone veda l'oggetto senza essere visto. Se l'oggetto non sarà in quella posizione, effettuerà una ricerca per localizzarlo e avrà a disposizione una settimana. Poi si riunirà alla flotta e comunicherà i risultati all'altro drone esploratore appena sarà allineato con il suo telescopio. E il drone invertirà la rotta per tornare da noi e riferirci i risultati».

«L'idea mi piace», dice Grigorij. «Il resto del piano è discutibile, ma verificare la posizione dell'oggetto alieno è fondamentale».

«Grazie per la fiducia, Grigorij», rispondo con un largo sorriso.

«Te la sei meritata».

«Riconosco che è una buona mossa», dice Min.

Tutti gli occhi si puntano su Lina. «Ci sto anch'io».

Charlotte si limita ad annuire. Lo stesso fa Izumi, che finora è rimasta in silenzio.

«Quale sarà il prossimo passo?», chiede Min.

Harry congiunge le mani. «Lanceremo dalla *Pax* un piccolo drone che intercetterà la *Fornax* e comunicherà al suo equipaggio quello che abbiamo scoperto: la posizione dell'oggetto e le sue caratteristiche. Questo permetterà loro di fare eventuali aggiustamenti di rotta».

Dopo un lungo silenzio Grigorij dice quello che stiamo pensando tutti: «Ammesso che la *Fornax* ci sia ancora».

«Questo ci permetterà anche di capire cos'è successo alla *Fornax*».

«E se dobbiamo modificare gli obiettivi dei nostri droni», aggiungo io.

«E costruire altre bombe», dice Min, «se la *Fornax* non è più lì o se ha perso il suo carico offensivo».

«Sì», rispondo.

Charlotte sgrana gli occhi. «Stai costruendo droni con capacità offensive?», chiede.

Annuisco. «Dobbiamo farlo», rispondo. «Senza Harry, è improbabile che la *Fornax* possa produrre droni. Inoltre, come ha notato Min, non sappiamo se la nave ce l'ha fatta, e determinare la vulnerabilità dell'oggetto potrebbe essere compito nostro. Non abbiamo scelta».

Charlotte inspira a fondo. «Hai già costruito le bombe?»

«No, le stiamo ancora progettando».

«Che tipo di carica avranno?»

«Nulla di nucleare. E alcune non saranno nemmeno incendiarie. Testeremo una vasta gamma di modalità offensive. Cinetiche, elettriche, laser e naturalmente artiglieria convenzionale adattata allo spazio».

Le risposte di Grigorij sono insolitamente caute. «Se necessario, posso riconvertire il reattore. Se me ne darete il tempo, potrei costruirgli un involucro e programmare un sovraccarico».

Il reattore è composto di due camere che, quando vengono attivate, si collegano ciascuna a una scialuppa di salvataggio. Lo svantaggio del piano di Grigorij è che le scialuppe di salvataggio sarebbero disattivate, precludendoci ogni possibilità di tornare sulla Terra.

«Questa è una questione che affronteremo in seguito», dice Min. «Per il momento concentriamoci sulla flotta dei droni. Qual è il piano dopo la localizzazione dell'oggetto alieno?»

«È a questo punto che diventa interessante», dice Harry. «I due droni esploratori monitoreranno gli altri tre mentre si avvicinano all'oggetto. Il drone di osservazione sarà il primo. Ha l'aspetto di un asteroide e passerà accanto all'oggetto senza stabilire alcun contatto. Raccoglierà informazioni – visive, elettroniche, onde elettromagnetiche e quant'altro ci potrà essere utile. Potremo così dare una prima occhiata ravvicinata all'involucro esterno dell'oggetto e magari capire di cosa è fatto. E potremo vedere l'altro lato».

«Scoprire se ha un ventre molle», borbotta Grigorij.

«Esatto», conferma Harry, mostrando un'immagine di vettori di volo. «Dopo avere effettuato le scansioni, il drone esploratore ci trasmetterà i risultati quando il suo telescopio sarà allineato con la *Pax*. Dopo il suo passaggio accanto all'oggetto, il drone trasmetterà le coordinate della *Pax* al drone esploratore e poi tornerà da noi con i dati».

Lancio un'occhiata a Charlotte. «Poi si avvicinerà il drone di comunicazione e inizierà il contatto».

«E come lo farà esattamente?», chiede in tono secco Charlotte. Penso sia convinta che il primo contatto spetti a lei e si senta espropriata da Harry e da me perché controlliamo i droni e possiamo arrivare lassù prima di lei.

«Non è compito nostro», rispondo con voce pacata, contrariamente a Charlotte.

Harry si stringe nelle spalle. «Noi ci occupiamo soltanto di droni».

«Hai finito il primo protocollo di contatto?», le chiedo.

Charlotte si mette subito sulle difensive. «Be', no, non proprio. Questo tipo di lavoro richiede tempo. Non è come assemblare un robot. Dobbiamo procedere con grande attenzione. È la nostra sola possibilità».

«Come pensi di procedere?», chiede Min.

«Penso che dovremo stabilire delle comunicazioni e poi ideare un lessico».

È chiaro che non tutti comprendono il significato della parola "lessico". A volte dimentico che per alcuni membri dell'equipaggio l'inglese è una seconda lingua. Grigorij strizza gli occhi. Izumi corruga la fronte. Izumi fissa Charlotte. Lina non reagisce.

«Dobbiamo creare un vocabolario per comunicare con l'oggetto», spiega Charlotte.

«Assumendo che voglia comunicare con noi», osserva Grigorij facendo roteare gli occhi.

«Sì, io parto da questo presupposto. Tu invece vorresti prima spararagli?»

«Nessuno sta dicendo questo», rispondo alzando una mano.

«Cosa stai dicendo, allora?», mi chiede Charlotte.

«Che la nostra missione non si limiterà a comunicare con l'oggetto alieno. Dobbiamo capire con cosa abbiamo a che fare e notificarlo alla Terra». Aspetto, ma nessuno fa domande. «Lo scenario migliore è quello in cui l'oggetto vuole comunicare. Ma se così non fosse, la Terra deve saperlo e sapere come combatterlo. Avremo una sola possibilità di stabilire un primo contatto. Quando avremo avviato le comunicazioni, si accorgerà dei nostri droni e perderemo il fattore sorpresa».

«Ed è per questo che prima volete studiarlo con il drone esploratore?», chiede Min.

«Sì. Prima lo osserviamo. Poi cerchiamo di comunicare. E se non ci riusciremo, il drone di intervento testerà le sue difese. Ci sembra l'unico approccio logico».

Charlotte si morde il labbro. «Sì, d'accordo, è una buona idea. Quando inizieremo le comunicazioni, l'oggetto probabilmente identificherà i droni. Potrebbe essere la nostra unica possibilità di avvicinarlo, il drone esploratore deve andare per primo».

«È quello che pensiamo anche noi», dico. «Ma spetta a te redigere il protocollo del primo contatto. A questo punto, ogni informazione potrà essere utile».

Charlotte intreccia le dita e posa le mani sul tavolo. «D'accordo. Il mio protocollo prevede che proviamo una serie di modalità di trasmissione – microonde, onde radio, onde luminose, radiazioni – finché non otteniamo una risposta».

«Qual è il messaggio iniziale?», chiedo.

«Una sequenza numerica non casuale. I numeri di Fibonacci. Numeri figurativi: triangolari, quadrati, pentagonali. L'idea è quella di dare una sequenza logica di numeri e vedere se rispondono con il numero successivo della sequenza. Se lo faranno, significa che sono disposti a comunicare. Il seguito è la parte più difficile».

«*Come* comunicare», dico.

«Esatto. Ci sto ancora lavorando».

«La mia sensazione…». Faccio un cenno a Harry ed Emma. «La *nostra* sensazione è che stabilire un rudimentale contatto iniziale come primo passo è sufficiente. Ci fornirà elementi per creare un lessico più complesso con l'oggetto alieno».

Charlotte riflette un istante e poi annuisce. «Sì. Sono d'accordo. Per me sarebbe un ottimo inizio, che ci consentirebbe di instaurare un dialogo produttivo».

«O di prepararci a distruggerlo», dice Grigorij. «È questo il compito del terzo drone, giusto?».

Tutti gli occhi si puntano su di me. «Giusto. Il primo drone osserverà. Il secondo comunicherà. E se non ci riusciremo, testeremo le sue difese. Quando raggiungeremo l'oggetto alieno, dovremo essere pronti a comunicare o a combattere. Inoltre, questo ci consentirà di sapere fin da ora con cosa abbiamo a che fare e potremo informarne la Terra prima del previsto. Siamo ancora più vicini alla Terra di quanto lo saremo quando raggiungeremo l'oggetto alieno».

Tutti restano in silenzio. Penso si siano resi conto della genialità del piano che Harry, Emma e io abbiamo concepito. La flotta Giano ci farà risparmiare mesi di viaggio, consentendoci di stabilire con grande anticipo la natura dell'oggetto. Ora capisco perché la NASA non ha designato un comandante della missione, non volevano creare frizioni nell'equipaggio. Volevano che tutte queste menti brillanti si sedessero attorno a un tavolo e discutessero senza che nessun leader decidesse per loro. Lo scopo di questa missione è identificare l'oggetto, e per ottenerlo non servono decisioni affrettate. Volevano che ognuno avesse una specialità e potesse dare voce alle sue idee e alle sue opinioni. È questo il presupposto di ogni buon piano.

«Di quali armi saranno dotati i droni?», chiede Min.

«Stiamo progettando un cannone elettromagnetico», risponde Harry.

«Pensavo che nello spazio non funzionassero», obietta Charlotte.

«Funzionerà», risponde seccamente Grigorij.

«Senza ossigeno?», chiede Charlotte.

«Sì», dice Grigorij. «Un cannone elettromagnetico non ha nulla a che vedere con un normale cannone».

Il tono di Harry è pacato e pragmatico. «Un cannone convenzionale, con un proiettile e la polvere da sparo come propulsore, può sparare anche nello spazio. Le munizioni contengono un ossidante chimico che scatena l'esplosione della polvere, sparando il proiettile. Ma nel nostro caso non ci sarà bisogno di polvere da sparo o di ossidanti, perché un cannone elettromagnetico è dotato di due guide che vengono magnetizzate usando cariche elettriche ad alto voltaggio. La corrente elettromagnetica lancia il proiettile a una velocità molto più alta di quella di un cannone tradizionale».

«Qual è l'obiettivo?», chiede Grigorij.

«Spareremo sei proiettili a distanza ravvicinata», rispondo.

«Mirerete al centro dell'oggetto?», domanda Grigorij.

«No, al bordo esterno».

L'ingegnere russo sorride. «Volete prelevarne un pezzo?»

«Sì, per studiarlo. Pensiamo che la prima cosa da scoprire sia di quale materiale è fatto. Questo ci aiuterà a capire come neutralizzarlo».

«C'è altro da sapere?», chiede Min dopo un lungo silenzio.

«No, per il momento è tutto», rispondo.

«L'idea mi piace», dice Min.

«Anche a me», annuisce Grigorij.

«Sono d'accordo», dice Charlotte.

«Io pure», dichiara Lina.

Tutti si voltano verso Izumi. «Tutto ciò esula dal mio campo. Sono qui per mantenervi sani ed efficienti, e questo piano sembra andare nella direzione giusta. Ci sto anch'io».

«Abbiamo ancora molto lavoro da fare, e quando i progetti saranno ultimati, dovremo affrontare le sfide della costruzione», dico indicando Harry ed Emma. «Penso che potremo essere pronti tra un paio di settimane», aggiungo guardando Emma per chiederle conferma.

Emma è rimasta in silenzio durante tutta la riunione perché sapeva cosa stavamo presentando Harry e io. Ci ha aiutati a formulare il piano e la sua presenza è fondamentale per metterlo in atto. Harry e io siamo bravi nella progettazione, ma quando si tratterà di costruire i droni, dovremo affidarci a lei.

«Due settimane dovrebbero bastare», conferma Emma.

Mi rivolgo quindi a Lina. «Avremo bisogno del tuo aiuto per il software», le dico.

«Nessun problema. Ho già elaborato dei sistemi autonomi per i droni, ma mi servono le loro caratteristiche specifiche». Si volta verso Charlotte. «I protocolli delle comunicazioni, tanto per cominciare».

«Ho le specifiche di base, te le invierò nei prossimi giorni».

«Bene. E mi serviranno al più presto anche i parametri di navigazione elaborati da Min».

«La navigazione è la parte più facile», dice Min. «Quello che ci serve sapere è di quanta energia propulsiva avremo bisogno».

«Sono d'accordo», dico. «Formeremo un gruppo di lavoro con Grigorij e Min per decidere cosa utilizzeremo per il primo lancio di droni».

Tutti annuiscono.

Inspiro a fondo e dico: «Le prossime due settimane saranno decisive. Sarà un'autentica lotta contro il tempo e non mancheremo di scontrarci. Ma ne varrà la pena. Scopriremo dove si trova l'oggetto alieno, che fine ha fatto la *Fornax* e, soprattutto, potremo raggiungere l'obiettivo della nostra missione con mesi di anticipo rispetto a quanto avevamo programmato. Non ci resta che rimboccarci le maniche».

# Capitolo 27
# Emma

James aveva ragione, le due settimane successive sono le più dure della mia vita. L'addestramento per la stazione spaziale era un gioco da ragazzi in confronto alla costruzione della flotta Giano.

L'equipaggio è sotto pressione, tutti si scontrano di continuo sul modo migliore di procedere. Mi rendo conto che se prima non ci sono stati attriti è perché ognuno viveva nella propria sfera e raramente entravano in contatto, mentre adesso che la scadenza è sempre più vicina sono diventati molto esigenti l'uno con l'altro.

Il più stressato è James, al quale spetta la maggior parte del coordinamento. È lui a stabilire le priorità e a istruirci su come procedere. Il tempo dei dibattiti è finito, dobbiamo portare a termine i nostri compiti il più in fretta possibile e abbiamo tutti cominciato a considerarlo come il vero comandante della missione.

Ma ultimamente tra noi si è creata una frattura. Una settimana fa James mi ha prelevato dei campioni di sangue e iniettato un farmaco per la densità ossea. Ha anche aumentato a tre ore al giorno il mio programma di esercizi fisici, ma io ne ho fatte solo la metà per non sottrarre tempo al lavoro. Dobbiamo finire i droni. Lui però non è contento che abbia ridotto le ore di esercizio. Siamo come una vecchia coppia sposata che litiga su un compromesso che nessuno dei due vuole accettare.

James fluttua nel laboratorio mentre sto saldando un circuito e si allaccia al tavolo.

«Dobbiamo parlare».

So per esperienza che quelle due parole non annunciano mai una conversazione piacevole. Uno sbuffo di fumo si solleva dal circuito e volteggia tra di noi come se qualcuno avesse appena sparato un colpo di pistola.

«D'accordo».

«La densità ossea è cruciale, Emma. Devi fare più esercizio».

«Dobbiamo finire i droni».

«Li finiremo».

«Rischiamo di non essere pronti per la data del lancio».

James scuote la testa, frustrato. «È una data ipotetica. Possiamo spostarla in avanti».

«Di quanto? Un giorno? Una settimana?»

«Se necessario».

«E se un giorno in più facesse la differenza tra la vita e la morte per un milione di persone sulla Terra?»

«E se invece non fosse così?»

«Nello spazio, ogni secondo è importante, e non è la mia morte a preoccuparmi».

«Ti sbagli. Se ti facessi male, metteresti a repentaglio tutti noi».

«Mi sento in forma».

«Non lo sei. Non ti fidi forse del mio parere di medico?»

«Sì. E tu rispetti la mia decisione di fare quello che penso sia giusto per la missione e per la gente sulla Terra?»

«Non è la stessa cosa».

«Non è necessario che lo sia. Questa è la migliore occasione che avremo, James. Non alzerò la testa dal lavoro finché quei droni non saranno pronti per il lancio».

«Come sei testarda», risponde lui con un sospiro.

«Ha parlato l'uomo che non scende mai a compromessi».

Ci fissiamo. Io sono arrabbiata, e so che lo è anche lui. Non lo conosco da molto, ma intuisco già le sue reazioni.

Harry si affaccia al portello con aria interrogativa. Pezzi di droni fluttuano in tutto il laboratorio: fili, circuiti, condensatori, come se fosse appena esplosa una bomba e i detriti galleggiassero in aria.

«Ehi… James… puoi aiutarmi a fare una cosa?», chiede.

Ogni volta che fluttuo nella palestra e c'è qualcuno impegnato a fare esercizi, mi cede subito il posto annunciandomi che ha finito, benché di solito non sia neppure sudato.

Sospetto che James ne abbia parlato agli altri. Sulla nave è in atto una cospirazione per farmi fare esercizio. Ma non funziona. Con l'avvicinarsi della data del lancio non ho tempo da dedicare a queste cose. E dormo anche di meno per non sottrarre ore al lavoro.

Manchiamo la data di quarantotto ore. Ma il lancio della flotta Giano è un'impresa di cui siamo incredibilmente fieri. Il giorno del lancio c'è una strana elettricità nell'aria. Tutti sono stanchi e stressati, ma riusciamo a stento a trattenere l'eccitazione quando ci allacciamo al tavolo nella bolla e fissiamo il grande schermo sul quale appare il tubo di lancio. Il meccanismo è lo stesso di quello del cannone elettromagnetico. Grigorij fissa il suo tablet per monitorare il reattore e assicurarsi che compensi il contraccolpo.

La nave ronza mentre i motori accumulano elettricità, e poi *boom*! Il primo drone è così piccolo e veloce che riusciamo a malapena a vederlo. Un altro colpo e parte il secondo. E così via, uno dopo l'altro, finché sulla nave non ripiomba il silenzio.

Tutti gli sguardi si puntano su Harry, che sta fissando il tablet. Lui solleva gli occhi e sorride. «La prima placca di comunicazione è attiva. Tutti i lanci sono riusciti».

In quello spazio confinato, le grida sono assordanti. Tutti esultano, ridendo e dandosi cinque e pacche sulle spalle. James si volta verso di me e mi fa un sorriso. Lo raggiungo per abbracciarlo e lui mi stringe a sé più a lungo di quanto mi sarei aspettata.

«E adesso?», chiede Charlotte.

«Adesso, signore e signori, festeggiamo», risponde James continuando ad abbracciarmi.

Harry apre un armadietto e comincia a distribuire pasti sottovuoto.

«La cucina è aperta! Fate le vostre ordinazioni. Bistecca. Pollo. Purè. Cocktail di gamberi. Fagiolini. E, come dolce, gelato o torta al cioccolato».

James apre un altro armadietto. «E per intrattenerci durante la serata abbiamo anche dei giochi da tavolo. Voteremo per decidere con quale iniziare».

È una notte perfetta sotto tutti i punti di vista. Nessuno schermo. Nessuna scadenza. Nessuna discussione. Mangiamo insieme e facciamo qualcosa che non abbiamo mai fatto prima: giochiamo.

Quando finiamo, siamo sazi e stanchi, ma so che tutti vorrebbero farsi una doccia. Nello spazio l'aria è secca. Ci sentiamo come se avessimo camminato nel deserto, sudando e accumulando sporcizia, ma da più di una settimana nessuno si è preoccupato di farsi una doccia. Ci siamo coperti di deodorante e abbiamo continuato a lavorare a testa china.

James allunga un braccio stringendo nel pugno otto pezzi di filo e ce ne fa prendere uno a testa. Charlotte, Lina, Izumi e io sfiliamo i più lunghi – faremo la doccia per prime. Poi toccherà ai quattro maschi, con James e Harry per ultimi. Evidentemente hanno barato, ma nessuno protesta. Siamo troppo stanchi.

La doccia è un minuscolo spazio cilindrico con una porta. Non c'è un tubo di scolo, ma l'acqua viene aspirata fuori. Mi sento la pelle come se l'avessero strofinata con la carta vetrata. Il getto è come una dolce pioggia che mi lava e spazza via la stanchezza.

Nelle ultime settimane ho dormito in laboratorio, ma questa notte entro in una delle cabine imbottite e insonorizzate, confortevoli e rassicuranti come le suite di un albergo di lusso, e mi allungo su una cuccetta.

Sulla nave ci sono soltanto sei cabine, e non sono destinate a ospitare più di una persona. Ma Grigorij si è già sistemato nel modulo del motore e Min si è preparato un'alcova nella stanza della navigazione.

Quando James scosta la tenda nera, sto quasi per dormire. «Buonanotte», mi dice con un largo sorriso.

È la migliore dormita che abbia fatto dopo il disastro della stazione spaziale.

Mi alzo, mi lavo viso e denti, e fluttuo giù nella bolla per la colazione. James è già lì, sta digitando su un tablet.

«Buongiorno».

«Buongiorno», risponde porgendomi una bottiglia d'acqua e un tablet con il mio programma di esercizi.

«Te lo chiedo per favore, Emma, segui questo programma».

Guardo lo schermo: quattro ore al giorno.

«È importante per la missione», dice lui. «E per me», aggiunge.

«D'accordo».

I giorni prima del lancio sembravano volare. Quelli successivi si trascinano senza fine.

Quando finalmente arriva il momento del contatto con il drone esploratore, siamo tutti nervosi, anche se non vogliamo ammetterlo. All'ora stabilita non ci ritroviamo nella bolla. Non siamo poi così sicuri della posizione dell'oggetto alieno né del momento preciso in cui avverrà il contatto. Ma io, e di certo anche gli altri, mi sono resa conto che quel momento è già passato da un pezzo senza che arrivasse alcun messaggio.

Un altro giorno trascorre senza notizie. Ci sforziamo di concentrarci sul lavoro per non pensare al peggio.

Il terzo giorno James ci convoca nella bolla. «Cominciamo con l'ovvio: i droni esploratori non hanno stabilito alcun contatto.

La spiegazione più logica è che l'oggetto non si trovava nella posizione indicata dalla NASA».

«Oppure che ha neutralizzato i droni», dice Grigorij.

«Potrebbe anche trattarsi di un malfunzionamento», suggerisce Min.

«Tutto è possibile», dichiara James.

«Qual è il piano?», chiede Lina.

«Cercheremo di scoprire cosa non ha funzionato e di porvi rimedio».

# Capitolo 28
# James

Abbiamo dei problemi. Ogni giorno ne spunta uno nuovo.

Sono stressato e Izumi è preoccupata per i livelli di stress dell'equipaggio. Ci ha imposto di concederci almeno un'ora di riposo al giorno lontano dai laboratori e dalle postazioni di lavoro. Mi nascondo quindi nella mia cabina per rivedere i progetti e prendere appunti.

Trascorriamo anche un'ora al giorno nella bolla, tutti gli otto membri dell'equipaggio, per fare esercizi designati a rafforzare lo spirito di squadra. Seguendo i suggerimenti di Izumi, facciamo giochi da tavolo e parliamo di noi (il che per me è straziante), dei nostri sentimenti (un'autentica tortura) e di come pensiamo stia andando la missione (un argomento su cui tutti mentono).

Il cameratismo che regnava dopo il lancio della flotta Giano, la notte in cui abbiamo mangiato e scherzato insieme come una grande famiglia, è scomparso.

Tutti sembrano aspettarsi da me un piano. I droni sono al momento il nostro strumento più importante per portare a termine la missione, e il responsabile dei droni sono io.

Sento il peso della prossima decisione come un intero pianeta che mi grava sulle spalle. Se sbaglierò, tutti gli abitanti della Terra moriranno. Se non sono già morti.

In prigione mi sentivo tagliato fuori dal mondo. E visto come il mondo mi aveva trattato, mi andava bene così. Ma qui è completamente diverso. Non sapere cosa sta succedendo sulla Terra mi sta logorando. E sono convinto che anche per gli altri è lo stesso. È una grande fonte di tensione, soprattutto per i membri dell'equipaggio che hanno lasciato sulla Terra familiari e amici. Vogliono sapere se i loro cari sono vivi e stanno bene, se sono al sicuro o se si stanno congelando in un campo di rifugiati. Continuiamo a ripeterci che stiamo facendo del nostro meglio, ma finora i nostri sforzi non sono stati premiati.

Dobbiamo affrontare tre costrizioni principali: il materiale, l'energia e il tempo. Per quanto concerne la prima, i motori dei droni sono l'aspetto più critico. Abbiamo usato metà dei materiali per la flotta Giano. Quanto all'energia, il reattore della *Pax* può fornirne una quantità ridotta e dobbiamo usarla sia per i droni sia per raggiungere in fretta la nostra destinazione. E poi c'è il tempo. Le ore di lavoro sono limitate e dobbiamo cavarne il massimo. La sensazione dominante sulla *Pax* è che la nostra prossima mossa sarà anche l'ultima.

Ma ho un piano, e ho convocato tutti nella bolla per discuterne. «Innanzi tutto, abbiamo deciso di inviare un piccolo drone per intercettare la *Fornax* e informare l'equipaggio che l'oggetto alieno non si trova nel luogo previsto. E naturalmente aggiornarci sulle condizioni dell'altra nave».

«Siamo sicuri che sia una buona idea?», chiede Charlotte con aria infastidita.

Anche Grigorij sembra irritato. «Sì, siamo convinti che lo sia», le rispondo.

«Lo eravate quando pensavamo di avere delle informazioni da condividere», ribatte Charlotte.

«Queste sono informazioni!», sbotta Grigorij.

Izumi solleva le mani. «Conoscete tutti le regole. Niente urla qui dentro. Niente attacchi personali, soltanto dibattiti di idee. Prendiamo una pausa di dieci minuti e poi ci ritroviamo per cominciare daccapo».

Si leva qualche sospiro, qualcuno rotea gli occhi, ma poi tutti obbediscono, si slacciano dal tavolo e fluttuano via.

Harry, Emma e io ci ritroviamo nel laboratorio di robotica.

«È andata bene», dice Harry.

Emma sta pedalando sulla cyclette da scrivania che ho costruito per lei con pezzi di ricambio. «Direi che incontreremo più resistenza che con il nostro primo piano».

Quando ritorniamo nella bolla, Izumi assume il controllo della riunione e ci passa dei foglietti.

«Voteremo se spedire o meno un drone alla *Fornax*. Scrivete semplicemente sì o no e il motivo principale della vostra risposta. Poi raccoglierò i foglietti e vedremo cosa avete scritto».

Grigorij solleva le mani. «Riesco a malapena a leggere la mia scrittura».

«Allora scrivi zero o uno, dove l'uno sta per sì. Sempre che tu riesca a leggere almeno i numeri».

Lui sbuffa ma rimane in silenzio.

Izumi raccoglie i foglietti e annuncia: «Sei a favore e due contrari».

Min scuote la testa. «Quando mai abbiamo deciso che questa è una democrazia. Anche se il piano ha avuto più voti, ciò non significa che dobbiamo metterlo comunque in atto. Potrebbe esserci una ragione che nega tutte le altre».

«Alla faccia dell'anonimato», borbotta Lina.

Izumi sospira. «Lo scopo di questo esercizio era che ognuno esponesse agli altri la sua reazione e i suoi pensieri immediati, per poi analizzarli senza litigare e votare di nuovo».

«Possiamo discuterne civilmente, da adulti?», dice Min.

Izumi alza una mano, ma Min continua.

«Abbiamo un numero limitato di motori per i droni, giusto?».

Annuisco.

«E una volta che li avremo lanciati e avranno esaurito la loro energia saranno perduti».

«Non necessariamente», interviene Harry. «Stiamo studiando dei modi per riutilizzarli. Ricaricarli e impartire loro nuove istruzioni».

Min strizza gli occhi. «Una sorta di ponte di atterraggio? Aprire un portello in una delle capsule e riportare i droni in laboratorio?»

«No, nulla del genere», risponde Harry. «Stiamo progettando un drone madre che può ricaricare gli altri e trasmettergli nuovi software».

«Idea brillante», commenta Lina.

«Molto brillante», aggiunge Grigorij.

«Dobbiamo ancora mettere a punto molti particolari», dico indicando Harry ed Emma. «Ma è perfettamente realizzabile. Saremo anche in grado di lanciare mattoni di energia dalla nave al drone madre per rifornire gli altri».

Min tamburella le dita sul tavolo. «Interessante. I droni sono la nostra risorsa più preziosa. Il loro sviluppo dovrebbe essere prioritario». Lancia un'occhiata a Izumi. «È per questo che non sono d'accordo di votare sull'impiego di ogni drone. Dovremmo prima decidere le nostre priorità e quali droni usare per affrontarle».

Fa una pausa, aspettando forse qualche obiezione, ma nessuno interviene. Personalmente, io sono d'accordo con quello che ha detto.

«La priorità è localizzare uno degli oggetti alieni», continua.

«Lo stiamo già facendo», interviene Grigorij.

«Per *uno* di loro», ribatte Min. «Stiamo cercando Alpha. Ma se non si trovasse dove ci aspettiamo che sia? Se si fosse autodistrutto quando ha visto la sonda? Se l'esplosione avesse interrotto l'alimentazione della sonda? Forse la flotta Giano sta inseguendo un'ombra. E la sua posizione è soltanto ipotetica. Non conosciamo le sue capacità di volo. Sappiamo soltanto che l'oggetto ha portato a termine la sua missione qualche settimana fa e non si trova più nemmeno nel nostro sistema solare».

«Dove vuoi arrivare?», chiede Harry.

«Il mio punto è sempre lo stesso: al momento la nostra priorità è trovare l'oggetto alieno. Lo stiamo facendo per Alpha, ma è arrivato il momento di lanciare un drone – o una flotta di droni – per cercare anche il secondo. Beta potrebbe essere l'unico oggetto alieno che riusciremo a raggiungere».

Min posa sul tavolo un tablet.

«Ho elaborato una rotta che ci consentirà di intercettare Beta, estrapolandola dalla sua ultima posizione nota e da quello che sappiamo sulla velocità di Alpha».

«Possiamo davvero intercettare Beta?», chiede Charlotte. «E se anche lo troveremo, la nave avrà abbastanza carburante o energia per raggiungerlo e tornare a casa?».

Grigorij si stringe nelle spalle. «Dipende da dov'è e dalla velocità a cui viaggia».

Non fa cenno alla mia sensazione che nessuno di noi tornerà a casa.

«Quando avremo quell'informazione, potremo elaborare un piano», dice Min. «Ma vorrei chiarire a Charlotte che la *Pax* non ha bisogno di raggiungere l'oggetto alieno, basta che sia alla portata dei nostri droni per monitorarlo e attaccarlo se necessario».

Nella stanza cala il silenzio. Alla fine Min dice: «Voglio anche sapere che fine ha fatto la *Fornax*. Ma questa curiosità non giustifica l'invio di un altro drone. Dobbiamo trovare uno di quei due oggetti».

Gli argomenti di Min sono validi, ma la sua visione è troppo ristretta.

Gli porgo il mio tablet. Sullo schermo c'è un'immagine della *Pax* e della *Fornax* che viaggiano insieme nello spazio.

«Dobbiamo contattare la *Fornax* non soltanto per risolvere il mistero di cosa le sia successo, ma anche per risolvere i nostri problemi con i droni», dico, indicando di nuovo Harry ed Emma. «A bordo della *Fornax* ci sono componenti di droni che potremo trasferire qui. Senza Harry, loro non possono costruirli da soli».

Min passa il mio tablet a Grigorij, che lo guarda sorridendo. Lina, seduta accanto a lui, si china per guardare meglio lo schermo.

«È davvero fattibile?», chiede Lina.

«Sì, ci vorrà soltanto un po' di lavoro», risponde Grigorij.

Alla fine decidiamo di prepararci all'attracco con la *Fornax*. Grigorij e Min guideranno il progetto. E per il momento rimandiamo il lancio di un drone verso la *Formax*.

Il lancio successivo sarà una piccola flotta di droni ad alta velocità per localizzare il secondo oggetto alieno. Per un po' accarezziamo l'idea di inviare un altro drone ad alta velocità per cercare la prima flotta di droni, ma poi decidiamo di aspettare.

Alla fine della riunione non torno subito in laboratorio, ma mi dirigo verso l'infermeria, dove Izumi è china sul suo tablet.

«Iz».

Lei si volta verso di me.

«Interrompere la riunione e tirare a sorte per stabilire chi faceva prima la doccia è stata una buona idea. Siamo tutti stressati e abbiamo bisogno di discutere le possibili soluzioni. Soltanto così potremo aumentare le nostre possibilità di successo».

«Ma non ha funzionato».

«Il punto non è questo. L'importante è che ci hai provato. La prossima volta andrà sicuramente meglio». Indico l'oblò e aggiungo: «È per questo che siamo quassù, per fare del nostro meglio e imparare dai nostri errori».

«Forse dovresti essere tu il medico della nave. Sembri conoscere molto bene la natura umana».

«Credimi, Izumi, sono molto più bravo con i robot che con gli uomini», le rispondo, e poi, uscendo dall'infermeria, aggiungo: «Su con il morale! Te la stai cavando egregiamente».

Mentre fluttuo attraverso i moduli per tornare al laboratorio, penso a quanto deve essere duro il lavoro di Izumi. Ognuno di noi ha un compito specifico – droni, propulsione, navigazione, software e primo contatto –, quello di Izumi è invece secondario e molto più imprevedibile. Il suo lavoro siamo noi. Mantenerci funzionali e perfettamente efficienti. Non la invidio affatto.

In laboratorio, Emma è allacciata al tavolo da lavoro, con le gambe che pedalano sotto il ripiano e le mani che saldano un circuito.

«Mi sento come un criceto nello spazio», dice senza sollevare lo sguardo.

«Immagino non sia il momento per parlare di una bottiglia d'acqua con il beccuccio montata sul soffitto».

«Già, non è proprio il momento adatto», risponde lei con un sorriso.

Studia il circuito e sembra soddisfatta del suo lavoro. «Cosa ne pensi della riunione?», mi chiede.

«Penso sia andata bene».

«Davvero?», mi domanda inarcando le sopracciglia.

«Sì», rispondo. «Ognuno vede la missione in modo diverso, e questo è un bene. Min ha ragione. Dobbiamo trovare uno degli oggetti alieni, e quello che stiamo seguendo potrebbe essersene andato da tempo».

«E credi che riusciremo a trovare l'altro?»

«Penso che dovremmo provarci».

Sei giorni dopo lanciamo la flotta Icaro: tre piccoli droni ultraveloci il cui compito è trovare Beta. Alla fine abbiamo deciso che se volevamo davvero trovarlo, dovevamo fare le cose per bene: tre droni possono coprire un'area tre volte maggiore.

È un buon piano, e i droni Icaro sono stati progettati persino meglio di quelli della flotta Giano. Ma l'equipaggio non è particolarmente entusiasta, tutti sembrano convinti che stiamo perdendo tempo, e non siamo nemmeno sicuri di essere sulla strada giusta.

Alla riunione successiva discutiamo la proposta di inviare sulla Terra un drone con la notizia, che viene però respinta.

Harry, Emma e io continuiamo a lavorare sul drone madre,

che abbiamo soprannominato Madre de Dronay. Harry, che cerca sempre di spezzare la monotonia del lavoro in laboratorio con qualche battuta, oggi ha suggerito di ribattezzarlo "drone padre", o meglio ancora "il Padrino".

«Come il Padrino, un drone non lascia mai trapelare i suoi pensieri», dice imitando la voce di Marlon Brando. «Non trasmette dati e tiene la bocca chiusa. E comunica le proprie scoperte soltanto alla sua famiglia. La famiglia è tutto».

Più ridiamo, più Harry si lascia prendere la mano.

«Faremo all'oggetto alieno un'offerta che non potrà rifiutare», dichiara.

E poi continua citando altri film di Marlon Brando. «Questo drone potrebbe essere un contendente e dare una lezione all'oggetto alieno. Ma guardatelo! Sembra uno straccione, un detrito che fluttua nello spazio con la cellula dell'alimentazione spenta», dice, alludendo al ruolo dell'attore in *Fronte del porto*.

Passa poi ad *Apocalypse Now*: «Questo drone ha visto degli orrori, orrori che ha visto anche lei... Ma non ha il diritto di chiamarlo assassino».

È poi la volta dell'*Isola del dottor Moreau*: «Questo drone ha visto il diavolo nel suo telescopio e l'ha incatenato».

Per tornare infine al *Padrino*: «Guardate come l'oggetto alieno ha massacrato il mio piccolo drone. Voglio che lo ripuliate per bene. L'equipaggio non deve vederlo in queste condizioni».

Ma nessuna delle sue citazioni è più appropriata di: «Mai odiare i tuoi nemici. Influenzerà la tua capacità di giudizio».

È un buon consiglio. Ma se l'oggetto alieno è collegato al Lungo Inverno che sta minacciando la razza umana, non so come farò a non odiarlo.

Emma mi passa un circuito per farmelo controllare. È perfetto, come al solito. Sta diventando sempre più brava, e anche più veloce.

«Come fai a ricordarti tutte quelle citazioni, Harry?», chiede prendendo un altro circuito dalla pila.

«Non lo so proprio. Se la mia testa fosse piena di cose utili come quella di James, forse avremmo già trovato quell'oggetto».

«Non ne sarei così sicuro», borbotto.

Mi è sempre piaciuto lavorare insieme a persone con cui mi sento in sintonia. In prigione ho lavorato, certo, ma non usavo la testa. Il lavoro mentale è come una vitamina di cui abbiamo bisogno ogni giorno. Un muscolo che se non viene usato si atrofizza.

In verità, quando Fowler mi aveva convocato, non ero sicuro di essere all'altezza; era da undici mesi che non mettevo piede in un laboratorio. Ma ho ripreso subito la mano e Harry mi è stato di grande aiuto. Mi chiedo se è per questo che la NASA l'ha mandato sulla *Pax*, perché dubitavano delle mie capacità. Nonostante i nostri sforzi non abbiano ancora prodotto nulla, stiamo lavorando con grande efficienza. Costruire di nuovo qualcosa mi fa stare bene.

Dopo la perdita dei contatti con la flotta Icaro, diventiamo ogni giorno più consapevoli che il nostro tempo sta scadendo. È come se un vento sfavorevole ci avesse spinto fuori rotta.

Il drone madre è quasi pronto, ma non sappiamo dove mandarlo né quali droni fargli riprogrammare.

Sono sempre più preoccupato per la densità ossea di Emma. L'esercizio fisico semplicemente non può stare al passo con il deterioramento. L'evoluzione è progressiva: più massa ossea perde, più rapidamente perderà il resto. Anche Izumi è preoccupata. Ne abbiamo parlato più volte in privato, senza però trovare una soluzione. Nessuno dei due l'ha detto a Emma. Non so se sia consapevole della gravità della sua condizione. Spero di no.

Gli incontri segreti tra Izumi e me non sono gli unici sulla nave. Harry si eclissa sempre più spesso per incontrarsi con Grigorij e Min. Dice che è per discutere della propulsione del drone madre, ma le loro riunioni sono troppo lunghe e ogni volta che entro nel modulo della navigazione si zittiscono all'improvviso, come se fosse di me che stavano parlando. Harry mi piace, e mi fido di lui, ma sento che c'è sotto qualcosa. Non ho messo al corrente nessuno dei miei sospetti, tra poco ne parlerò direttamente con lui.

Sto dormendo nel laboratorio quando una mano mi scuote e mi sveglia.

La faccia sorridente di Emma è a pochi centimetri dalla mia.

«Vieni», mi dice.

Mano nella mano, fluttuiamo fuori dal laboratorio e attraversiamo una serie di moduli fino alla bolla. Metà dell'equipaggio è allacciato al tavolo. Grigorij sta sorridendo – un evento raro.

«L'abbiamo trovato, James», dice Harry, dandomi una pacca sulla spalla attutita dall'assenza di forza di gravità.

«Quale dei due?»

«Il secondo. Beta. Ce l'abbiamo fatta, James!».

# Capitolo 29
# Emma

La localizzazione di Beta ha risollevato il morale dell'equipaggio. Sentiamo di essere sulla strada giusta e che in un modo o nell'altro sveleremo il mistero. Nessun team può andare lontano senza una vittoria, e trovare l'oggetto è stata per noi una grande vittoria.

Ieri abbiamo lanciato il drone madre per trovare la flotta Giano. Ricaricherà le loro cellule energetiche e li indirizzerà verso Beta, che è molto più vicino al Sole di quanto pensassimo. Min è convinto che gli oggetti alieni siano alimentati dall'energia solare e che la loro accelerazione aumenti via via che si avvicinano al Sole.

Se è così, ci sono parecchie implicazioni. Una di esse è che il primo oggetto alieno si sia spinto oltre la nostra griglia di ricerca.

La scoperta ha messo a tacere ogni contrasto tra i membri dell'equipaggio. Ieri abbiamo lanciato sulla Terra e alla *Fornax* i droni con tutti i dati a nostra conoscenza sugli oggetti alieni. Abbiamo anche modificato la rotta per intercettare Beta.

Quando ho chiesto a Grigorij se potevamo raggiungere Beta, la sua risposta è stata evasiva. «È possibile». Ha lanciato un'occhiata a Harry e poi si è lanciato in una lunga diatriba sulla capacità di accelerazione dell'oggetto, che varia a seconda dell'energia solare, e sull'effetto della forza gravitazionale.

C'è sotto qualcosa. So che Harry, Min e Grigorij si incontrano in privato. Sospetto che parlino di me, perché ogni volta che mi avvicino cambiano argomento. E non sono gli unici a incontrarsi in privato. Ho sorpreso Izumi e James che sussurravano in infermeria. E *so* che è a proposito di me. Più precisamente della mia densità ossea, che è preoccupante. Le mie gengive si stanno ritraendo e la forza della mia stretta sta svanendo. Ho anche le unghie fragili e sempre più spesso mi vengono i crampi, soprattutto di notte. Mi sento come se stessi invecchiando a velocità accelerata, come se mi trovassi in una curvatura del tempo che si sta letteralmente disintegrando. Ma resta il fatto che a parte gli esercizi e gli integratori minerali non c'è nient'altro da fare.

Ed è comunque un destino migliore che morire sulla stazione spaziale o sulla capsula di salvataggio. Ho avuto la possibilità di partecipare a qualcosa – un'incredibile missione con alcune delle migliori menti e delle migliori persone che abbia mai conosciuto.

Nessuno di noi smetterà di lottare per questa missione.

Il drone madre ha rispedito alla *Pax* un drone esploratore per fare rapporto. Il drone madre ha trovato la flotta, l'ha ricaricata e inviata sulla rotta per Beta. Arriveranno tra due settimane. Sto facendo il conto alla rovescia dei giorni.

Poiché Beta è dietro di noi e si muove veloce, lo raggiungeremo molto prima di Alpha. È questa la buona notizia. Quella cattiva è che Beta potrebbe andare così veloce da superarci prima che riusciamo a intercettarlo.

Il tempo stringe. Presto lo sapremo.

Harry, James e io stiamo lavorando in laboratorio, quando entra Grigorij.

«Riunione nella bolla».

La sua espressione terrea mi fa presagire brutte notizie.

Quando tutti sono presenti e si sono allacciati al tavolo, Min dice: «Il drone di comunicazione è tornato dalla *Fornax*».

Il fatto che la *Fornax* non sia stata distrutta è un sollievo. Ma dalla faccia di Min intuisco che le buone notizie si fermano qui.

«Vi leggerò il loro messaggio», dice Min schiarendosi la gola e fissando il tablet. «Attenzione, la *Fornax* è compromessa. Sei capsule non hanno raggiunto il punto di assemblaggio». Min solleva il tablet. «C'è un elenco. Grigorij e io l'abbiamo già letto. Una era la capsula di Harry, naturalmente, e quattro trasportavano rifornimenti. La sesta è quella di Oliver Karnes, l'altro ingegnere aeronautico».

La controparte di Grigorij sulla *Fornax*. È grave.

Segue un lungo silenzio. Non avendo mai incontrato l'equipaggio originale, e avendo già perso qualcuno nello spazio, sono io a parlare per prima. «Immagino che questo spieghi perché la capsula di Harry sia stata inviata al punto d'incontro della *Pax*. La perdita di quella di Karnes implicava che non ci sarebbe stato nessun ingegnere aeronautico sulla *Fornax*, e la base operativa deve avere ritenuto che le competenze di Harry sarebbero state sottoutilizzate».

«Questo è un eufemismo», dice Harry. «Senza Grigorij saremmo stati persi».

Il russo si stringe nelle spalle. «La verità viene finalmente a galla».

Nella stanza si leva qualche risatina. È un debole tentativo di nascondere la delusione che proviamo tutti. E la responsabilità. Adesso la missione ricade interamente su di noi.

«Il messaggio continua», dice Min. «*L'equipaggio della* Fornax *è favorevole al trasferimento dei nostri droni alla Pax. Fate attenzione: il carico delta è intatto*».

«Carico delta?», chiedo.

James si sporge in avanti e risponde. «L'unica differenza nelle forniture delle due navi è che loro avevano una carica nucleare e noi componenti di droni».

«E un membro dell'equipaggio era diverso», dice Charlotte. «Io e Dan Hampstead».

«È vero», concorda James.

«Il messaggio si conclude così», annuncia Min: «*Stiamo modificando la rotta e preparandoci al rendez-vous e all'ammaraggio. Attendiamo ulteriori ordini dalla* Pax». Min solleva gli occhi. «Fine del messaggio».

Fa una pausa e dice: «Parliamo delle nostre opzioni».

«Concedetemi un minuto», dice James. «Devo pensarci. Dobbiamo farlo tutti prima di questa decisione».

In laboratorio James mi prende da parte.

«Stai peggiorando».

«Lo so».

«Ma non ti rendi conto quanto».

«Lo so, James».

«Izumi e io non possiamo curarti qui. Devi andare in un vero ospedale. Tornare sulla Terra».

«Quella nave è già salpata. Lo sappiamo entrambi».

«Stiamo per incontrarne un'altra, il cui unico scopo è quello di rilasciare una carica nucleare e poi tornare a tutta velocità sulla Terra».

«No».

«No cosa?»

«No, non ci vado. Non mi caricherai sulla *Fornax* per spedirmi a casa. Resto qui a lavorare. Sai che abbiamo bisogno della *Fornax* per la caccia all'oggetto alieno. Se non altro per osservare e trasmettere le nuove scoperte alla Terra nel caso che la *Pax* fosse compromessa. Non puoi usarla per il trasporto dei malati sulla Terra. Siamo tutti sacrificabili».

«No, non lo siamo».

«Sì. Fine della discussione».

«Hai idea dell'effetto che il tuo deterioramento e la tua morte produrranno sull'equipaggio?»

«Sono abbastanza forti per sopportarlo».

«Non esserne così sicura».

«Stai parlando per te o per loro?»

«Per entrambi. Ti prego, Emma, pensaci».

«Non ne ho bisogno».

Lui solleva in aria le braccia. «Sei fuori di testa, lo sai? E stai facendo impazzire anche me», dice, precipitandosi fuori dal laboratorio. Per fortuna nelle navi spaziali non c'è la forza di gravità o porte che sbattono, perché altrimenti uscendo avrebbe scardinato il portello.

Sono convinta di fare la cosa giusta per la missione e per tutti sulla Terra, compresa mia sorella e i suoi figli. Sono così in pena per loro.

Un'ora più tardi ci ritroviamo nella bolla e prendiamo la decisione: incontreremo la *Fornax* e trasferiremo tutti i componenti di droni sulla *Pax*. James è ancora accigliato, per la nostra conversazione o per il peso delle decisioni che deve prendere. Il suo piano non è elaborato e non prevede il mio passaggio sulla *Fornax* e il rientro della nave a Terra. Ma mi chiedo se ci stia pensando.

In laboratorio James, Harry e io discutiamo di cosa fare dei nuovi componenti. Potremo quasi triplicare il nostro stock. Ma soprattutto, avremo più motori.

Esprimo la mia prima reazione. A parte il diverbio che ho appena avuto con James, il laboratorio è una zona sicura, dove si può dare voce liberamente alle proprie idee e dibatterle in modo civile e produttivo. Mi ricorda molto la stazione spaziale.

«Potremmo fare altri test. Inviare una flotta davanti all'oggetto alieno per vedere come reagisce all'incontro».

«Giusto», dice James con lo sguardo fisso sul tavolo. «Ma dobbiamo considerare il quadro generale».

«Allora metterò il grandangolo», dice scherzando Harry.

James e io scoppiamo a ridere ma evitiamo di guardarci. Ce l'ha ancora con me. E questo mi spinge ad avercela a mia volta con lui.

«Non siamo quassù soltanto per quei due oggetti alieni», continua James. «La nostra missione è fornire alla Terra i dati di cui hanno bisogno per sopravvivere».

Scuoto la testa. «Non ti seguo».

«Pensaci: due oggetti sullo stesso vettore. Secondo te cosa implicano?».

All'improvviso ho una folgorazione. «Una nave madre».

Harry si pizzica il labbro inferiore. «Cosa proponi?»

«Una massiccia flotta di droni lungo la rotta del vettore degli oggetti, che lo seguono silenti raccogliendo dati. Un altro drone madre, più grande del precedente, per coordinare gli altri e inviare dati sulla Terra».

Harry sorride. «Un drone *madre* madre? Sembra una gara a chi ce l'ha più grosso».

«Sei così squallido, Harry».

«Le dimensioni sono importanti. $E=mc^2$».

È la battuta più nerd che abbia mai sentito, ma rido lo stesso. E anche James. Mi lancia un'occhiata e capisco che non è arrabbiato con me. E io non voglio esserlo con lui. Litighiamo soltanto perché lui è preoccupato per me e io sono più preoccupata per la missione.

Nella bolla presentiamo il nostro piano. Con mia sorpresa, l'equipaggio è pensieroso. Forse perché, tecnicamente, stiamo travalicando l'obiettivo della nostra missione, che è trovare ed esaminare gli oggetti alieni noti.

Non raggiungiamo il consenso. Sospendiamo la riunione e torniamo alle nostre occupazioni.

Poco dopo Grigorij entra nel laboratorio.

«Ho mandato gli altri droni in avanscoperta, dobbiamo essere pronti a sostenerli».

«Madre Due», fa Harry, ma Grigorij solleva una mano.

«Non sto parlando di un drone madre più grande, ma del fatto che adesso abbiamo due navi. Una ancora senza uno scopo».

Non dice altro, fa un cenno con il capo ed esce dal laboratorio. James, Harry e io capiamo cosa intende dire, ma non ne discutiamo e ci rimettiamo tutti al lavoro, senza riuscire a toglierci dalla testa quell'idea.

Il giorno seguente James, Harry e io elaboriamo un piano nel quale non è inclusa la *Fornax*. Non vogliamo assegnare alla nave missioni che potrebbero condannare a morte l'equipaggio.

Nella bolla le discussioni sull'utilizzo dei droni sono accese. Si tracciano piani di battaglia. Harry, James, Grigorij e io siamo dell'idea di mandare i droni rimasti lungo la rotta del vettore per cercare altri oggetti e una potenziale nave madre.

Il resto dell'equipaggio è contrario, alcuni più di altri.

Min punta un dito contro James. «Questa non è la nostra missione».

«Certo che lo è. La nostra missione è fare tutto il possibile per salvare la Terra».

Min picchietta sul suo tablet. «La missione…».

«È molto più di quello che c'è scritto in quel briefing, Min». James è furente. Sta cercando di nasconderlo, ma ha perso il controllo. «Perché pensi ci abbiano mandati quassù? Per seguire alla lettera quel documento? No. Siamo qui per usare le nostre teste e scoprire di cosa si tratta. Dobbiamo trovare la nave madre».

James guarda gli altri. «È probabile che sia da queste parti. E se questi oggetti sono responsabili del Lungo Inverno, dobbiamo combatterli alla fonte. Ci possono essere milioni, persino miliardi di Alfa e Beta».

Le voci si alzano, i toni si fanno accesi. La discussione rivela le personalità dei membri dell'equipaggio.

Min, ultimamente, vuole attenersi alle istruzioni. Era favorevole alla localizzazione del secondo oggetto. Ma soltanto perché sentiva che non esulava dai parametri della missione. Non può immaginare di tornare a casa e dire ai suoi superiori che ha condotto una missione completamente diversa da quella per cui era stato spedito nello spazio.

Izumi è d'accordo con lui. Forse la sua formazione medica la predispone al conservatorismo. O forse è contraria alla nostra idea perché la considera troppo radicale.

Per Charlotte il punto critico è la prospettiva di perdere i droni – di riuscire a stabilire un primo contatto e poi non poter adattare il suo approccio.

Lina è indecisa. La programmatrice tedesca è la meno loquace di tutto l'equipaggio. Chiede soltanto quali sono i pro e i contro, scatenando un altro confronto tra James e Min.

Penso che Harry sia favorevole al piano soprattutto perché gli piace costruire droni e credo che seguirebbe James ovunque. Anch'io lo farei, ma riconosco i meriti del piano. L'istinto mi dice che quegli oggetti alieni sono ostili. E non soltanto perché penso che abbiano distrutto la stazione spaziale e ucciso l'equipaggio. Le prove lo confermano.

Grigorij è convinto che siamo in guerra e parla sempre di «trovare il nostro nemico».

Alla fine Lina vota per noi e raggiungiamo un compromesso: i componenti di tre piccoli droni resteranno sulla *Pax*. Questo convince Charlotte a schierarsi dalla nostra parte. Min e Izumi non sono invece d'accordo con la nostra decisione ma ci assicurano il loro sostegno. E, in privato, James e Min si scusano l'uno con l'altro per avere alzato la voce.

Stiamo diventando più di un equipaggio, siamo ormai come una famiglia che combatte unita, accetta i compromessi e si preoccupa per il destino degli altri membri anche quando non la pensano allo stesso modo.

Gli ultimi giorni prima dell'incontro con la *Fornax* sono frenetici. Tutti ci chiediamo se la flotta Giano raggiungerà Beta prima dell'ammaraggio delle due navi.

James e Harry stanno progettando i droni della terza flotta, che hanno soprannominato "Midway", come la decisiva battaglia navale che ha mutato le sorti della Seconda guerra mondiale nel Pacifico. Oltre a essere una fonte inesauribile di citazioni cinematografiche, Harry è anche appassionato di storia.

«Senza la battaglia delle Midway, i giapponesi avrebbero vinto la guerra», dichiara Harry, allacciato al tavolo nel laboratorio dei droni. «È stato un autentico capolavoro di strategia navale».

Mi chiedo se pensa che quassù stiamo facendo un elaborato gioco di strategia contro un nemico che sembra avere tutte le carte vincenti e che vincerà.

«Nella battaglia delle Midway la flotta americana affondò quattro grandi portaerei giapponesi. Quattro delle sei che avevano attaccato a Pearl Harbor. I giapponesi non poterono sostituire né quelle navi né i piloti che avevano perso».

«Anche la battaglia di Guadalcanal è stata decisiva», dice James, impegnato a districare una matassa di fili.

«È vero», risponde Harry dopo una pausa. «Ma quella era una campagna terrestre, e noi combattiamo nell'aria», aggiunge con un sorriso.

Mi piace sentirli parlare di storia. La storia militare non mi ha mai particolarmente interessata, ma il loro entusiasmo è contagioso. Negli ultimi due giorni ho imparato di più sulla guerra nel Pacifico che in tutto il resto della mia vita.

Abbiamo battezzato i droni della flotta che rintraccerà gli oggetti alieni. Ci saranno tre droni portanti – Hornet, Yorktown ed Enterprise – e quasi un centinaio di piccoli esploratori contraddistinti dalla sigla PBY (come gli idrovolanti usati per operazioni di ricognizione, salvataggio e localizzazione dei sottomarini) seguita da un numero.

E infine tre droni con funzioni specifiche. Vestal è un grosso drone che si muove lentamente e trasporta componenti di ricambio che i droni portanti potranno utilizzare se necessario. Mighty Mo è un drone da combattimento con quattro cannoni elettromagnetici e un'enorme batteria per alimentarli. James e Harry l'hanno battezzato così ispirandosi al soprannome della USS *Missouri*, l'ultima corazzata costruita negli Stati Uniti, a bordo della quale i giapponesi firmarono la loro resa.

Ho scoperto così che James e Harry sono un po' superstiziosi. Per i droni hanno usato soltanto i nomi di navi "vittoriose". Harry mi ha detto che gli Stati Uniti non sono mai usciti sconfitti da una battaglia navale, nonostante la perdita di quattro corazzate durante l'attacco di Pearl Harbor.

La mia unica preoccupazione è che Izumi si possa offendere per i nomi che abbiamo scelto. Quando glielo chiedo, lei mi fissa con aria assente e risponde: «Perché mai dovrei offendermi?»

«Be', per via della guerra».

«No, non mi disturba affatto», risponde stringendosi nelle spalle.

Probabilmente mi convocherà per un consulto psichiatrico.

Sto dormendo nella mia cabina quando delle urla mi svegliano. Cerco di distinguere le parole ma non ci riesco. C'è qualcuno che parla in cinese e giapponese e Harry che urla: «ET telefono casa!».

La tenda si scosta e James si china su di me. «Ce l'abbiamo fatta, la flotta Giano ha raggiunto Beta», dice con le labbra a pochi centimetri dalle mie. «Abbiamo già raccolto dei dati e stabilito il primo contatto. Stanno comunicando con noi».

# Capitolo 30
# James

Mi sento come un marinaio naufragato su un'isola deserta che ha appena visto una vela all'orizzonte. Non so se ci salveranno, né se si tratta di un'imbarcazione amica, ma sento rinascere la speranza. La speranza di comunicare, negoziare e trovare un modo per sopravvivere.

Nella bolla, Charlotte non riesce a tenere a freno l'eccitazione. Siamo tutti attorno al tavolo. Emma ancora mezza addormentata. Min stoico come sempre. Grigorij con i capelli arruffati e un'espressione scettica. Lina e Izumi sono insolitamente animate, mentre Harry e io siamo sopraffatti dalla gioia.

Voglio che Emma senta tutto.

«Dobbiamo registrarlo per i posteri», dico alzando una mano.

Tutti si raddrizzano sulle sedie e Harry attiva la videocamera. Grigorij si passa persino una mano tra i capelli cercando invano di dargli una sistemata.

«L'equipaggio della *Pax* ha il piacere di comunicare che il novantaduesimo giorno della missione ha stabilito il contatto con Beta, il secondo oggetto alieno identificato nel nostro sistema solare. Beta sta attualmente transitando nel sistema con destinazione ignota. Abbiamo lanciato una flotta di droni, Giano, per localizzare il primo oggetto, Alpha, ma senza successo. Una seconda flotta di droni, Icaro, ha individuato Beta, verso il quale è stata dirottata anche la flotta Giano. Quest'ultima comprende due droni esploratori e tre specializzati rispettivamente nell'osservazione, la comunicazione e l'intervento».

Quando sento la parola "intervento", non riesco a trattenere un sorriso. Harry l'ha preferita a "drone da battaglia" perché suona più rassicurante.

«Il drone di osservazione ha effettuato una prima ricognizione raccogliendo dati sull'oggetto alieno e rientrerà alla nave tra circa venti ore. Tra dodici giorni raggiungeremo Beta e tra quattro ci congiungeremo con la *Fornax*. Passo ora la parola a Charlotte Lewis, responsabile del primo contatto».

L'accento australiano di Charlotte sembra un po' più pronunciato del solito. Sono sicuro che tutti stanno pensando che questo video sarà trasmesso in tutto il mondo e che anche le future generazioni lo guarderanno. Se ci saranno future generazioni.

«Il protocollo del primo contatto è il frutto di vari tentativi di comunicazione che utilizzando una serie di sequenze matematiche, microonde, onde radio e onde luce. La prima sequenza matematica è quella dei numeri di Fibonacci. Zero, uno, due, tre, cinque, otto e così via». Fa una pausa per inspirare. «Sono lieta di comunicare che dopo l'emissione della prima sequenza di quarantasei numeri di Fibonacci da parte del drone di comunicazione, l'oggetto alieno ha risposto con il quarantasettesimo numero. Per la prima volta nella storia dell'umanità abbiamo stabilito un contatto con un'intelligenza extraterrestre».

Questo sembra un buon punto per tagliare il video. Charlotte trabocca d'entusiasmo e chiunque la guarderà, ovunque si trovi e in qualsiasi momento, capirà cosa stiamo provando.

Eccitazione.

Speranza.

Faccio un cenno a Harry e lui digita sul tablet.

«Registrazione conclusa».

«Okay», esordisco. «Il piano prevede di inviare costanti aggiornamenti a Terra. Propongo di lanciare subito un mattone con le ultime informazioni e questo video».

Gli altri approvano e sciogliamo la riunione per ritrovarci dopo l'invio. È la prima volta che trasmettiamo comunicazioni alla base terrestre e non riesco a non sentirmi fiero per le buone notizie – oltretutto in anticipo sul programma.

Min apre la riunione.

«Iniziamo la discussione».

«Vorrei essere là», dice Charlotte.

«Aspetta di vedere cosa succederà a quel drone», dice Grigorij.

«Cosa vuoi dire?», ribatte lei.

Grigorij si stringe nelle spalle. «Mi sembra chiaro. Potrebbe disintegrarlo da un momento all'altro».

Alzo una mano. «Dobbiamo decidere se cambiare i nostri piani».

Emma parla per prima. «Per una volta sono ottimista. Forse perché voglio crederci, ma sono convinta che si tratti di una svolta positiva. Alpha ha distrutto o messo fuori uso la sonda...».

«Una sonda che lo spiava senza permesso», dice Charlotte.

«Si spia sempre senza permesso», risponde Grigorij con un sorriso di scherno.

«Quello che voglio dire», continua Emma, interrompendo Charlotte, «è che il comportamento dell'oggetto alieno è cambiato. Pur ammettendo che l'approccio del drone è stato diverso da quello della sonda, rimane il fatto che dopo averlo avvistato Beta non ha reagito aggressivamente. Che cosa significa? Forse questo oggetto è in guerra con l'altro».

Per un lungo istante l'ipotesi rimane sospesa nell'aria. Se è vera, le cose si complicheranno. Ma avremo un potenziale alleato e un'opportunità per mettere fine al Lungo Inverno.

«Forse quello che sta succedendo nel nostro sistema è collegato a quella guerra», dice Harry. «Forse uno dei due contendenti ha bisogno dell'energia solare. O forse, senza saperlo, siamo collegati a una delle due parti in conflitto».

«Forse siamo una razza discendente, la progenie di uno dei due oggetti alieni. Oppure droni biologici», azzarda Lina.

Teorie interessanti. I pensieri degli altri sono sempre una sorpresa, soprattutto quelli di chi sta quasi sempre in silenzio.

Prende quindi la parola Min. «Oppure siamo semplicemente finiti nel mezzo e una delle due parti in conflitto vuole proteggerci per ragioni morali».

«La domanda è se dopo questa scoperta dobbiamo cambiare i nostri piani», dice Harry.

«Naturalmente», risponde Charlotte. «Dobbiamo aumentare la velocità e raggiungere Beta il più in fretta possibile».

«Perché?», chiede Grigorij.

«Il motivo è ovvio», ribatte Charlotte. «Dobbiamo essere là per comunicare. Adattare il nostro approccio. Questo è l'evento più importante della storia dell'umanità e non possiamo prendercela comoda».

«Non ce la stiamo prendendo comoda», dice Grigorij. «Stiamo attraversando lo spazio alla massima velocità consentita dai propulsori».

«Potremmo andare più veloci».

«Avrebbe dei costi», borbotta Grigorij.

«Quali?»

«Meno energia per i droni. Il reattore può produrne soltanto una quantità limitata. E il sovrappiù ci serve per Midway».

Charlotte è esasperata. «Non riesco a credere che stiamo ancora pensando di lanciare la flotta Midway», dice guardando gli altri. «Vogliamo lanciare una flotta di droni per cercare altri oggetti alieni quando ne abbiamo uno proprio di fronte a noi con il quale stiamo già comunicando?».

Scuoto la testa. «Midway non serve soltanto a questo, Charlotte. Non possiamo raggiungere prima Beta e mettere tutte le uova nello stesso paniere». Min e Izumi non capiscono la metafora e mi fissano con aria interrogativa. «Dobbiamo agire in modo da preparare la Terra a tutte le possibilità. Il nostro obiettivo non è quello di comunicare con un oggetto alieno».

«Ricordaci qual è il prossimo passo nel tuo protocollo del primo contatto», chiede Harry a Charlotte per allentare la tensione.

«Il drone esploratore è stato programmato per tornare da noi appena ha stabilito il primo contatto», spiega lei dopo essersi schiarita la voce. «E il drone di comunicazione ha ricevuto la sequenza di Fibonacci cinquantadue ore fa».

«E mentre il drone esploratore ritorna da noi, cosa farà quello deputato al primo contatto?», domanda Emma.

«Il protocollo prevede l'uso di vocabolari più sofisticati per stabilire un metodo di comunicazione. L'obiettivo primario è convincere l'oggetto che siamo intelligenti e pacifici».

Nei miei trentasei anni di esperienza con la specie umana ho trovato entrambi questi punti discutibili.

«Ci stiamo avvicinando rapidamente all'oggetto», dico. «Il piano originale era di inviare di nuovo il drone esploratore verso Beta, osservare gli eventuali progressi nella comunicazione e poi rientrare. Vista la nostra velocità e la distanza, il prossimo viaggio di andata e ritorno dovrebbe richiedere circa quarantaquattro ore – se lo lanciamo adesso. Quindi sono favorevole a rispedire il drone, recarci al rendez-vous programmato con la *Fornax* e continuare la costruzione e il lancio della flotta Midway. C'è qualche obiezione?»

«Io sono d'accordo», dice Grigorij.

«Anche io», dichiara Min.

«Sono con voi», si aggiunge Emma.

«Il piano di Charlotte merita di essere preso in considerazione, ma sono ancora convinto che dobbiamo scoprire quanti altri oggetti alieni ci sono là fuori», dice Harry.

«Io sono d'accordo con James», dichiara Izumi.

«Il drone di osservazione arriva tra venti ore, giusto? E ci fornirà dei dati su Beta?», chiede Lina.

«Esatto», annuisco.

«E il drone esploratore ritornerà tra quarantaquattro ore con altri dati sul primo contatto. In questo caso, concordo nel seguire il nostro piano, a meno che i dati del drone di osservazione non ci diano motivo di cambiarlo».

Con questo la riunione si scioglie. Charlotte non è contenta, ma abbiamo detto tutti la nostra. Questa missione è molto più complicata di quanto avessi immaginato.

Ogni modulo e ogni dipartimento della nave porta alla bolla. È lì che si concentra l'energia dell'equipaggio e che le nostre opinioni si scontrano. E attraverso il dibattito delle idee miglioriamo i nostri piani e forgiamo il consenso.

Ma quando rientriamo in laboratorio, Harry, Emma e io siamo sulla stessa lunghezza d'onda e la tensione della bolla svanisce. Harry mi abbraccia calorosamente. Emma si unisce a noi e la stringo forte.

«Ce l'abbiamo fatta!», esclama Harry. «Riesci a crederci?»

«No», sussurra Emma. «Sono andata nello spazio con la speranza di gettare le basi di una futura colonia umana. Ma questo contatto... una forma di vita aliena... va ben oltre quella speranza».

Mi piace vederla così entusiasta. È contenta come una bambina.

È uno dei rari momenti felici da quando siamo partiti.

La notte prima dell'arrivo del drone di osservazione riesco a malapena a chiudere occhio.

Siamo tutti seduti nella bolla, fissando lo schermo, quando lo vediamo apparire. Sembra un piccolo asteroide. Min trasmette le istruzioni per l'ammaraggio attraverso le placche di comunicazione all'esterno della *Pax*. Il drone manovra accostandosi alla fiancata. Quando il portello esterno si chiude, Izumi fluttua dentro con la sua tuta EMU. Collega il drone alla nave e il software di Lina inizia a copiare i dati.

«Non aspettatemi», dice Izumi. Non vediamo l'ora di vedere l'oggetto alieno, e a questo punto ogni secondo è importante.

Lina digita freneticamente sul suo tablet. Sullo schermo appare un video registrato dal drone. Tutti fissano il tablet in un silenzio di tomba.

Beta si libra in lontananza. Il Sole, dietro il drone, illumina la prua della nave aliena. L'immagine precedente, scattata dalla sonda, era ripresa da dietro, con il Sole sullo sfondo che oscurava l'oggetto. Il drone zooma più vicino, e sono colpito da parecchie cose. Prima di tutto le dimensioni e la forma dell'oggetto. Da questa angolazione sembra circolare. Non posso dire ancora se sia una sfera o se quella che stiamo vedendo è l'estremità di un cilindro. Ma è grande. Avrà un diametro di più di un chilometro. Forse anche due. Il drone calcola le dimensioni, e nell'angolo inferiore destro dello schermo appare la scritta in bianco contro il nero dello spazio:

Larghezza stimata: 2,4 km
Altezza stimata: 2,4 km

Il drone si avvicina, muovendosi con una leggera angolazione, non in intercettazione diretta. L'obiettivo zooma e i contorni dell'oggetto vengono messi a fuoco.

Rimango a bocca aperta. Il cuore mi pulsa nelle orecchie. Non è un cerchio. È un esagono. Un gigantesco esagono. Le implicazioni mi colpiscono come una martellata. Mi gira quasi la testa.

Emma se ne accorge e mi lancia un'occhiata per chiedermi cosa mi succede.

Scuoto la testa, sperando che gli altri non lo notino.

Il drone accorcia ancora di più le distanze. Il Sole illumina la superficie di Beta. Risplende come un lago all'alba. Ma è un riflesso attenuato, come un mare di ossidiana racchiuso in una forma esagonale. Non ci sono linee né protrusioni.

Penso di sapere cosa arriverà dopo, ma ho paura di vederlo, ho paura di avere ragione.

Il drone supera l'oggetto e il fermo immagine del video mostra distintamente la sua fiancata. A quella distanza sembra sottile come un'ostia. Una vela che va alla deriva verso il Sole. Il drone stima uno spessore di tre metri. Sento una stretta allo stomaco. Devo concentrarmi.

La forma è la chiave di tutto. Un esagono. Una forma che in natura ha le sue buone ragioni. Un nido d'ape. Gli occhi di una mosca. Le bolle di sapone.

Perché un esagono e non un cerchio?

Gli esagoni si combinano insieme.

È questa la conclusione.

Non sono ancora sicuro di cosa questo implichi per l'umanità. Ma ho un'ipotesi. E non è incoraggiante.

Lo schermo ritorna in modalità video e appare il retro dell'oggetto alieno. Non c'è nessuna scritta, soltanto una macchia scura che non riflette la luce del Sole. Sullo sfondo nero dello spazio sarebbe invisibile se il Sole non ne illuminasse il contorno.

Sullo schermo scorrono i dati. Lina li legge.

«I test di emissione sono tutti negativi. È come noi. Viaggia silente».

Quando il video finisce, Min domanda: «Secondo voi cosa significa?».

Seguo distrattamente il dibattito. Grigorij si chiede se sia una sorta di gigantesco insetto spaziale. Min suggerisce che possa trattarsi di un detrito di nave spaziale in avaria. Charlotte ribadisce che poiché è in grado di comunicare si tratta di un'entità intelligente.

Sono talmente immerso nei miei pensieri che odo a malapena il mio nome quando Min mi chiama. «James. James».

«Sì. Sono qui».

«Cosa ne pensi?»

«Penso... di avere bisogno di un po' di tempo per pensare».

Una lunga pausa.

«Anch'io. Forse è meglio che lo facciamo tutti», concorda Harry.

Appena torno in laboratorio Emma mi tira in disparte. «Tu sai qualcosa», mi dice.

«No, non credo».

«Dimmelo, James».

Non posso dirglielo. Non finché non ne sono sicuro.

«Abbiamo bisogno di più dati».

Dieci ore più tardi abbiamo altri dati. Quattordici ore prima del previsto. E confermano le mie peggiori paure.

«Il drone esploratore è tornato», dice Min in tono distaccato. «Il drone di comunicazione che ha scambiato i numeri di Fibonacci con l'oggetto non risponde più».

«Un guasto?», chiede Charlotte.

«Possibile», risponde pacatamente Harry.

«Il drone esploratore è in anticipo», dice Grigorij, arrivando al punto.

Min annuisce. «Sì. Stava dirigendosi verso Beta quando ha incrociato il drone di comunicazione alla deriva».

«Quando è...». Grigorij sembra esitare, come se cercasse le parole. «...diventato *inattivo*?».

Min lancia un'occhiata al suo tablet. «Subito dopo avere instaurato il primo contatto».

Deglutisco sforzandomi di non lasciar trapelare la mia emozione. Mi sento come quel giorno in tribunale, quando ho sentito il giudice pronunciare la mia condanna all'ergastolo. Ma questa volta non sono il solo a ricevere la brutta notizia, è l'intera umanità, il cui unico crimine sembrerebbe quello di essere nata sul pianeta sbagliato, e nel momento sbagliato.

«L'oggetto l'ha attaccato come aveva fatto con la sonda», afferma Grigorij.

«Potrebbe essere un malfunzionamento», obietta Lina.

«Avremmo dovuto essere là», dice Charlotte.

«Bisogna decidere cosa fare adesso», suggerisce Emma.

«Sono d'accordo», annuisce Min.

Tutti gli occhi si puntano su di me.

«Per prima cosa dobbiamo recuperare il drone di comunicazione e scoprire cos'è successo», dico.

# Capitolo 31
# Emma

James sa qualcosa e non ce lo dice.

Per una buona parte del viaggio ce l'ho avuta con lui perché condivideva i suoi pensieri – soprattutto sul mio stato di salute. Adesso invece ce l'ho con lui perché non li condivide. Mi sta facendo impazzire. Non posso aiutarlo se non mi parla. Da quando abbiamo visto le riprese del drone è come se reggesse sulle spalle il peso del mondo intero.

La flotta dei droni era stata lanciata con un piano specifico: osservare, contattare e, in caso di fallimento, intervenire. Ma non è certo che il contatto sia fallito. Potrebbe essere semplicemente un problema tecnico.

Quando ci riuniamo di nuovo nella bolla, Grigorij propone di seguire il piano e lanciare i droni con i cannoni elettromagnetici. Naturalmente Charlotte è contraria. E anch'io, come pure Lina e Izumi. Min propone di schierare i droni in posizione e aspettare.

Dopo avere ascoltato tutti, James si slaccia dal tavolo e dice: «Dobbiamo scoprire cosa è successo al drone di comunicazione. Fino ad allora non possiamo fare nulla».

E se ne va, senza discussione né dibattito.

Harry e io lo troviamo con la testa china su un tablet nel laboratorio.

«Perché ti sei comportato così?», gli chiedo.

«Quando?»

«Nella bolla. Te ne sei andato prima della discussione».

«Non abbiamo tempo per queste cose».

Mi porge un tablet. Sullo schermo ci sono i progetti per un nuovo tipo di drone, minuscolo e molto, molto veloce. Richiederà molta dell'energia immagazzinata dal reattore. La flotta si chiama Elio e consiste di tre di questi minidroni, uno dei quali può lanciare piccolissimi mattoni di comunicazione sulla Terra con gli ultimi aggiornamenti. Questi minimattoni hanno le dimensioni di tre monete da un quarto di dollaro impilate l'una sull'altra e possono trasmettere wireless.

«Dobbiamo inviare droni esploratori verso il Sole, lungo il vettore dell'oggetto, per registrare video e inviarli direttamente sulla Terra».

«Sono d'accordo», dice pacatamente Harry.

Qualsiasi cosa stia succedendo, anche Harry ne è al corrente. O forse James gli ha detto cosa pensava. Perché a lui sì e a me no? Questo pensiero mi manda su tutte le furie. Ma conosco James abbastanza da sapere che in questo momento non vuole parlarne. Vuole risolvere la cosa. E in fretta.

«Okay. Facciamolo».

Non ho mai lavorato così sodo, o così in fretta, in tutta la mia vita. Tredici ore dopo che James mi ha mostrato i progetti, i droni Elio sono già pronti per il lancio. Il cannone è al massimo della potenza. La nave trema come se fosse scossa da un terremoto mentre lancia i minuscoli droni verso il Sole.

Cosa si aspetta di trovare lassù James? Perché all'improvviso è così spaventato?

Quando la *Fornax* ci affianca, ci raduniamo tutti nella bolla. Le facce dei membri dell'equipaggio fluttuano dietro agli oblò. La nostra nave sorella non sembra avere subito danni, non ci sono segni di esplosioni né ammaccature.

Avevamo preso in considerazione varie possibilità per il trasferimento dei droni, incluso l'attracco delle due navi. Alla fine abbiamo optato per un cavo. I container saranno allacciati al cavo e trainati come un filo del bucato nello spazio. E all'interno del cavo ci sarà anche una fibra ottica per la trasmissione di dati. Viaggeremo ancora al buio, senza emissioni, ma quando saremo affiancati potremo collegarci e passarci tutti i dati che vorremo – come video e rilevamenti dei droni di osservazione.

Ma la cosa più importante è che potremo fare videoconferenze e parlarci l'un l'altro.

Usiamo un braccio robotico per fissare il cavo alla *Pax* e scaricare i container.

Poiché sono quella che ha più esperienza in queste operazioni, sono io a manovrare il braccio. La cosa in fondo mi diverte e mi tiene impegnata mentre l'equipaggio della *Pax* è in videoconferenza con quello della *Fornax*. Dopo un caloroso scambio di saluti, discutono subito i dati e le ultime scoperte. James guida la conferenza, ma per qualche motivo rimandano ogni decisione. Nel complesso, è un incontro gioviale, sembra quasi una riunione di famiglia. James mi ha detto che i due equipaggi si sono incontrati soltanto una volta, ma tra loro c'è un legame forgiato da un'intensa esperienza comune.

Quando sono salita sulla *Pax*, all'inizio mi sono sentita un pesce fuor d'acqua. Una guastafeste che si era intrufolata nella più grande impresa della storia dell'umanità. Ma James e il resto dell'equipaggio mi hanno trattata come una loro pari, integrandomi in ogni aspetto della vita sulla nave: il lavoro, le riunioni, persino gli argomenti spiacevoli. Sono così diventata una della famiglia. Ma adesso, non so per quale ragione, mi sento come una bambina appena adottata che a una riunione di famiglia incontra per la prima volta i parenti. Tutti sembrano già avere una storia condivisa e uno stretto legame. Io sono relegata in cucina, a lavorare mentre gli altri chiacchierano.

E in verità non dovrei nemmeno essere qui.

Quando ho scaricato l'ultimo container nel modulo, ritraggo il braccio robotico e rimango nella stazione di controllo, incerta su cosa fare. Mi chiedo se andare nella bolla e presentarmi. Li sento discutere sul recupero del drone compromesso. James rimane sul vago, prendendo tempo. Per fare cosa?

All'improvviso si affaccia all'ingresso della stazione di controllo.

«Ehi!».

«Ehi», rispondo sorpresa, portandomi una mano sul petto.

«Tutto bene?»

«Sì, mi hai solo fatto paura».

«Nessun problema?»

«No».

Guarda sul monitor le casse con i ricambi dei droni stivate nel modulo.

«Sembra che ci siano tutte».

«Sì. Ho appena finito di trasferirle».

«E adesso... cosa stai facendo?»

«Stavo... non so. Non ero sicura».

Mi prende delicatamente per il braccio. «Vieni, ci sono delle persone che voglio farti conoscere».

Nella bolla mi allaccio al tavolo e guardo le facce sorridenti dell'equipaggio della *Fornax.*

James mi indica e dice: «*Fornax*, questo è il comandante Emma Matthews, unica superstite del disastro della Stazione spaziale internazionale e nuovo membro della nostra missione. È soltanto grazie a lei che siamo riusciti a lanciare tanti droni e tanto in fretta».

Non arrossivo così dai tempi della scuola media. «Be', non proprio».

«Non credetele, ragazzi», risponde James. «È lei la vera star del laboratorio».

James mi presenta per nome i membri dell'equipaggio della *Fornax*, che mi salutano nelle loro lingue native.

«Bonjour».

«Hallo».

«Zdravstvuyte».

«Ciao».

«Hi, Emma».

E per ultimo Dan Hampstead. «È un piacere conoscerla, signora».

E così mi sento di nuovo parte della famiglia.

James si rivolge a entrambi i gruppi: «L'ultima cosa di cui dobbiamo discutere è cosa fare adesso. Vi abbiamo inviato i progetti dei droni Midway. Li lanceremo appena saranno assemblati. Dopodiché, quando rientrerà, ispezioneremo il drone di comunicazione Giano per capire cosa gli è successo. Prima di scoprire perché non risponde non potremo fare nessun piano».

I membri dei due equipaggi annuiscono.

Antonio, l'equivalente di Min sulla *Fornax*, è il primo a parlare. «Mi sembra ragionevole. Abbiamo avuto una lunga discussione e concluso che, non potendo costruire droni, il modo migliore per utilizzare la *Fornax* è a scopo offensivo».

C'è una lunga pausa, nessuno dei due equipaggi reagisce.

Dan Hampstead prende la parola. «Visto che la pensiamo tutti allo stesso modo, voglio aggiungere che la carica nucleare non è come i droni. Deve essere pilotata dalla nave. Questo significa attivare lo scambio di comunicazioni. L'oggetto potrebbe essere in grado di depistare la carica e rispedircela contro. La nave che la spara deve riuscire a evitarla, e il rischio di questa azione è considerevole».

L'implicazione è chiara: una volta che la *Fornax* avrà lanciato la carica, sarà come avere un bersaglio dipinto sul retro.

Non c'è alcuna traccia di esitazione sui volti dei membri della *Fornax*, soltanto una ferrea risoluzione. Siamo ammirati… e ispirati dal loro altruismo.

James annuisce. «Allora d'accordo, vediamo cosa è successo al drone di comunicazione e poi agiremo di conseguenza». Solleva gli occhi verso l'equipaggio della *Fornax* sullo schermo. «Mi ha fatto piacere vedervi».

Un'ora più tardi il cavo viene slacciato e le navi si allontanano.

A bordo della *Pax* tutti stanno pensando la stessa cosa: questa potrebbe essere l'ultima volta che vediamo l'equipaggio della *Fornax.*

Il drone di comunicazione Giano è rientrato. È stato il drone esploratore a riportarlo.

Siamo riuniti nella bolla e stiamo aspettando che Lina si colleghi con il drone esploratore.

«Contatto», dice Lina, curva sul suo tablet.

«Quando il drone ha perso potenza?», chiede James.

«Subito dopo il primo contatto», risponde Lina.

«Un problema di software?», chiede Charlotte.

«È possibile, ma ne dubito», risponde Lina.

«Cosa può dirci il drone esploratore?», chiede James.

«Le placche di comunicazione non possono esserci molto d'aiuto», risponde Lina digitando sul tablet. «Il drone di comunicazione ha trasmesso i numeri di Fibonacci: Beta ha risposto dopo il quarantaseiesimo numero. Il drone ha trasmesso il quarantottesimo numero di Fibonacci. La risposta dell'oggetto è non numerica. Un messaggio complesso. Poi nulla. Il file log finisce».

«Dobbiamo vedere quel messaggio», dice Charlotte.

«Sono d'accordo», annuisce Min.

Harry solleva gli occhi dal tablet. «Devo preparare la suite degli ospiti? Il modulo dei cargo, voglio dire?».

Tutti ridono tranne James, che distoglie lo sguardo dal gruppo. Mi sembra quasi di vedere gli ingranaggi girare nella sua testa. Mentre Harry sta uscendo dalla bolla, James dice in tono distante: «No».

Tutti si bloccano.

«No, Harry, dobbiamo tenerlo fuori dalla nave.

E prima che Harry possa rispondere continua: «Emma, usa le braccia robotiche per prenderlo dal drone esploratore e attaccaci un tethering per i dati. Lina, abbiamo bisogno di un firewall. Non per il software. Isolamento totale».

Lei annuisce. «Certo, posso collegarlo direttamente al cavo. Non avrà alcuna connessione con i sistemi della nave».

«Bene».

Charlotte sembra annoiata da tutto questo. «Posso chiedere cosa sta succedendo?»

«Il drone potrebbe essere un cavallo di Troia», dice Grigorij.

James continua a tenere la testa bassa. «Sì. Quel messaggio complesso poteva essere un virus. Oppure l'oggetto è riuscito a disattivare in qualche modo il drone. Ma potrebbe anche trattarsi di un semplice malfunzionamento. Dobbiamo scoprire cosa gli è successo. E in fretta».

Siamo tutti nel modulo di controllo. Io sto azionando i bracci robotici, Lina è seduta accanto a me con un tablet collegato direttamente al cavo, e James, Harry, Min, Grigorij e Izumi sono alle nostre spalle.

Al secondo tentativo riesco a connettere il cavo con la porta dati del drone.

Lina digita freneticamente sul tablet.

«È morto. Non risponde nemmeno al controllo diagnostico».

Silenzio. Tutti guardano James, che ha di nuovo quel suo sguardo distante.

«Apritelo».

«Là fuori?», ribatte Grigorij. «Stiamo viaggiando…».

«Lo so a quale velocità stiamo viaggiando». La voce di James è neutra ed evita il contatto oculare con Grigorij fissandomi negli occhi. «Attiva le videocamere dei bracci. Fai molta attenzione quando lo apri. È importante».

Ho i nervi tesi e i palmi sudati. Quello che mi sta chiedendo non è troppo complicato. Soltanto un intervento chirurgico nello spazio con indosso guanti da forno mentre viaggiamo a decine di migliaia di chilometri all'ora. Se il drone mi scivola di mano, se ne andrà per sempre, fluttuando nello spazio come un granello di sabbia su una spiaggia, e non potremo mai scoprire cosa gli è accaduto.

Annuisco come se la cosa non mi preoccupasse. «Qual è l'obiettivo?»

«Innanzi tutto capire cosa è successo. Sbucciarlo come una cipolla. Lentamente. E recuperare il drive dei dati. Sai dov'è?».

Certo che lo so. L'ho costruito io quel drone e ho inserito il drive dei dati nello snodo centrale. E oltretutto sono quella che sa manovrare meglio le braccia robotiche.

Ho paura di fare quello che mi chiede. Ma al tempo stesso voglio assolutamente essere io a farlo. Perché l'equipaggio sta contando su di me. L'ultimo equipaggio che aveva contato su di me... L'ho perso. Mi sono portata addosso questo peso fino a metà strada dal Sole, senza mai riuscire a togliermelo di dosso. Probabilmente non ci riuscirò mai. Ma dentro di me so che questo mi aiuterà. So che il tempo che ho trascorso sulla *Pax* è stato utile.

James mi sta fissando.

«D'accordo», sussurro.

«E recupera anche la scatola nera. Se qualcosa va storto e devi scegliere tra il drive e la scatola nera, prendi quest'ultima».

Annuisco. La scatola nera è stata un'idea di Harry: un altro drive nascosto all'interno del drone, schermato, che filtra la duplicazione dei dati di tutti i sistemi.

Manovro le braccia robotiche e stacco i pannelli esterni, che fluttuano via come soffioni al vento, scomparendo nella vastità dello spazio.

Cerco quindi di aprire la scatola interna. La tensione nel braccio robotico è troppo forte. Perché?

James fluttua accanto a me e guarda lo schermo. «Qual è il problema?»

«C'è troppa resistenza. È come se fosse bloccato o fuso».

«Usa il laser».

Deglutisco. Sono nervosa.

Con un braccio blocco il drone mentre con l'altro attivo il laser e incido l'involucro, che vola via rivelando l'interno.

I fili sono fusi, come una scatola di matite colorate che si sono spappolate, con i colori che colano come acquerelli. I circuiti, le resistenze, i LED, i condensatori e i diodi sembrano una minuscola città rasa al suolo da un incendio.

Charlotte parla per prima. «Cosa può avere causato questo? Un'esplosione solare?»

«Non è un fenomeno naturale», dice Grigorij. Charlotte apre la bocca per ribattere, ma lui continua: «È statisticamente impossibile».

«Presto lo sapremo», mormora James. «Continua così, Emma. Aprilo».

Cinque minuti più tardi sto guardando il drive sullo schermo.

«Entra nel modulo dei container», dice James.

L'ora successiva è estenuante. Senza mai perdere la concentrazione, alla fine riesco a recuperare sia il drive sia la scatola nera. Prendo dei campioni da vari punti del drone e li metto nei container. Alla fine lascio l'involucro, che vola via nello spazio.

Nel modulo dei container uso bracci più piccoli per collegare la scatola nera a un cavo connesso al computer di Lina.

«Voglio vedere quel messaggio», dice Charlotte.

«Prima dobbiamo vedere il video», risponde prontamente James. Nessuno obietta.

I numeri di Fibonacci scorrono sullo schermo in bianco. A un tratto ne appare uno in rosso – una risposta. Un altro numero bianco seguito da un punto di domanda in rosso. Deve essere il messaggio non numerico dell'oggetto.

Un istante dopo lo schermo diventa nero.

«Fammi rivedere gli ultimi secondi», dice James. «E rallentalo. Quel video sta andando a cento fotogrammi al secondo. Riducilo a dieci».

Il video riparte e rimango a bocca aperta. L'oggetto si sta trasformando. La forma esagonale si ripiega su di sé, creando una sorta di fagiolo con due estremità appuntite. Una delle due ruota verso il drone di comunicazione e dalla punta scocca un lampo.

Il video finisce.

Capisco cosa James e Harry sanno probabilmente da qualche tempo. Quello che non mi hanno detto. Siamo in guerra.

# Capitolo 32
# James

Abbiamo inviato sulla Terra le riprese video del drone messo fuori uso dall'oggetto alieno. Grigorij, Harry e io abbiamo discusso per ore sulle possibili cause. Le ipotesi più plausibili sono le radiazioni o qualche sorta di particella carica. Abbiamo deciso di rafforzare la flotta Midway contro simili attacchi, ma non sappiamo se funzionerà.

Charlotte ha trascorso ogni ora di veglia studiando senza successo il messaggio trasmesso dalla nave aliena. Sono contento che ci stia provando ma, per quanto sia brillante, dubito che riuscirà a decifrarlo.

Penso di sapere cosa è successo. Il drone di comunicazione ha trasmesso un semplice messaggio. L'oggetto alieno ha creduto che si trattasse di uno dei suoi, un messaggero, e ha trasmesso il numero successivo di Fibonacci, e poi un messaggio criptato nel suo formato nativo. Quando il drone non ha risposto nello stesso linguaggio, l'oggetto alieno ha capito che non faceva parte dello stesso team.

Il dibattito sulla prossima mossa è sorprendentemente breve. Abbiamo inviato di nuovo il drone esploratore alla flotta Giano. Darà al drone d'attacco il segnale per azionare i cannoni contro Beta. Abbiamo deciso di prelevare un campione più grande dell'oggetto alieno, di quasi due metri quadri, se i cannoni riusciranno a intaccarlo, e il drone di trasporto porterà il campione sulla Terra. Mentre seguivamo il lancio nella bolla, ho pensato che quel campione sarebbe stato il primo artefatto alieno riportato sulla Terra: un pezzo di quello che pensiamo sia un nemico, un invasore, prelevato al solo scopo di studiarlo per poterci difendere.

Da quando ho visto il video, ho pensato molto all'oggetto alieno. Il materiale esterno è chiaramente pieghevole, o perlomeno suddiviso in segmenti abbastanza piccoli da poter creare la forma che abbiamo visto. Durante la missione l'equipaggio non ha mai smesso di chiedersi cosa fossero quegli oggetti alieni. Potevano essere creature viventi che fluttuavano nello spazio? Oppure erano macchine, simili ai droni che avevamo lanciato? O una nave spaziale il cui equipaggio era composto da esseri molto più piccoli di noi? Non ho alcun indizio per stabilirlo con certezza.

Ma presto lo saprò.

L'umore sulla *Pax* è cambiato. I membri dell'equipaggio parlano e sorridono di meno. Le conversazioni sono più brevi. C'è un'urgenza, una tensione nell'aria. Era così che dovevano sentirsi a Pearl Harbor e in tutta l'America dopo l'attacco. Abbiamo un presagio. Sappiamo che ci aspetta una battaglia. E sappiamo che, anche se non potremo mai essere pronti a combatterla, dal suo destino dipenderà quello dei nostri cari e di tutta l'umanità.

Capisco che Emma possa sentirsi tradita perché non l'ho messa al corrente dei miei sospetti. Ma spero che adesso mi capisca. Il peso era – ed è – troppo grande. Adesso che tutti lo sanno, ci sentiamo schiacciare dalla responsabilità delle nostre decisioni. Ed Emma ha già sulle spalle quella della morte dell'equipaggio della stazione spaziale. So che la sta divorando, anche se lei non lo ammetterebbe, forse nemmeno a se stessa.

So anche che Emma è preoccupata per la sorella e la sua famiglia. Ha registrato per loro un videomessaggio che abbiamo inviato sulla Terra insieme alle riprese del drone. Tutto l'equipaggio ha registrato un video da spedire a casa. Non so cosa abbia detto la maggior parte di loro – parlavano in cinese, giapponese, tedesco e russo – ma i messaggi di Emma, Harry e Charlotte ai loro cari dicevano tutti la stessa cosa: andate in un luogo sicuro, resistete, vi voglio bene.

Sono l'unico membro dell'equipaggio che non ha inviato un messaggio. Per un po' ho pensato di mandarne uno a mio fratello, ma poi mi sono detto che forse non l'avrebbe nemmeno visto. Non vuole avere mie notizie. Se questa è davvero la fine, devo rispettare i suoi desideri e lasciarlo in pace.

Vorrei disperatamente contattare il mio unico amico, Oscar, ma non posso rivelare dove si trova. Sarebbe un altro tipo di tradimento.

Ci riuniamo nella bolla per il lancio della flotta Midway. La nave vibra e si scuote mentre il cannone lancia i droni, che scompaiono nel buio dello spazio prima che riusciamo a vederli sullo schermo. Guardiamo semplicemente i numeri succedersi sul display per assicurarci che tutti i sistemi funzionino.

I droni si allontaneranno dal Sole per cercare la nave madre che ha inviato gli oggetti misteriosi... Se quella nave esiste davvero. Questo implica che il vettore di lancio si trova alle nostre spalle e quindi, a differenza della flotta Giano, il rinculo del cannone ci sta spingendo in avanti. Per favorire questo effetto, Grigorij ha incrementato l'energia dei lanci. Mi chiedo se non ne stia usando troppa, compromettendo il ritorno della nave sulla Terra. Forse ci resta abbastanza energia per rispedire sulla Terra una capsula di salvataggio, ma non sono sicuro nemmeno di questo. Usare l'energia del reattore è una decisione che non abbiamo discusso, ma è stata presa automaticamente. Conosciamo tutti la verità: dobbiamo restare quassù. Siamo in guerra. Dobbiamo scoprire dove si trova e su cosa può contare il nemico. Le nostre vite sono meno importanti di questo.

In qualche modo, penso che tutti sapessimo che era un viaggio di sola andata. E adesso non ci sono più dubbi.

Non torneremo a casa.

Lina è molto brillante. Ha ideato un algoritmo di compressione che permetterà alle placche di comunicazione di trasmettere immagini dell'oggetto. Ha capito che non c'è bisogno di alta risoluzione per sapere cosa sta succedendo – in larga parte perché nello spazio tutto è nero. Ha deciso quindi di scattare un'immagine completa, senza però memorizzare i pixel neri o quasi neri. I droni prenderanno nota soltanto della posizione, e poi il software aggiungerà il Sole e le stelle sullo sfondo. Una volta stabilita l'immagine iniziale, il drone si limiterà a trasmettere quelli che Lina chiama "delta caps": immagini parziali che registrano i cambiamenti di quella originale.

Il vantaggio principale è che potremo vedere le "immagini" in tempo reale. Allineeremo tutti i droni esploratori a nostra disposizione per ritrasmettere i dati e così, anche se saremo fuori dalla visuale o molto lontano dall'oggetto, potremo vedere esattamente cosa succede.

Quegli oggetti stanno uccidendo il nostro mondo, ma presto passeremo al contrattacco. E saremo in grado di testimoniarlo.

Stiamo consumando i nostri pasti senza orari precisi, ogni volta che ci viene fame. Mangiare meno e più spesso ci dà più energia, aiutandoci a lavorare senza posa. Quando ci incrociamo nella bolla o lungo i corridoi, siamo quasi sempre a testa bassa, concentrati sul nostro lavoro. Ci stiamo separando, come pianeti che ruotavano attorno a una stella diventata supernova, che li ha scagliati in direzioni diverse, bruciati e ammaccati.

A Izumi questo non piace. Ci ha convocati nella bolla per mangiare tutti insieme e sfruttiamo l'occasione per sollevare l'interrogativo che ci assilla tutti: cosa succederà dopo che avremo staccato un pezzo dell'oggetto?

«È chiaro», risponde Grigorij. «Appena il campione sarà fuori dal raggio dell'esplosione, spareremo una carica nucleare dalla *Fornax*».

«Sono d'accordo», dice Min.

«Anche io», annuisce Lina.

Charlotte inarca le sopracciglia. «So che probabilmente è una domanda stupida, ma come funzionerà la carica nucleare nello spazio?».

Intuisco che Charlotte è sinceramente curiosa e non sembra contraria all'idea.

«È una domanda legittima», risponde pacatamente Harry. Poi lancia un'occhiata a Grigorij, invitandolo a rispondere, visto che è lui lo specialista in questo campo.

Grigorij si stringe nelle spalle. «Naturalmente la carica esploderà. La fissione nucleare non richiede alcun comburente. La domanda è quale sarà la sua forza distruttiva. Sulla Terra, nell'atmosfera, il calore e l'onda d'urto causano la maggior parte delle distruzioni. Ma nel vuoto dello spazio non ci sono né onda d'urto né calore. L'effetto distruttivo sarà causato soltanto dalle radiazioni e dalla nuvola di plasma. L'involucro della carica è stato ottimizzato per creare una nuvola di plasma. Sarà molto, molto distruttiva. E anche estesa».

Charlotte annuisce seccamente. «Grazie». Si morde per un istante il labbro e poi continua: «Sì. Sono d'accordo di usare la carica nucleare. Rimanderei però il lancio. Non mi piace, ma non sono riuscita a decrittare il messaggio. E poiché due sonde sono state distrutte, per non parlare del presunto attacco alla stazione spaziale», fa una pausa e lancia un'occhiata a Emma, che non reagisce, «penso sia chiaro che l'oggetto è ostile».

«Per me», dice Min, «il fatto che la radiazione solare sia quasi nominale nelle regioni dello spazio al di fuori della Terra è molto eloquente».

«Sì», concorda Charlotte. «C'è anche questo. Dobbiamo scoprire tutto quello che possiamo. Compreso come distruggerli».

Non aspetto il resto. Non ce n'è bisogno. L'equipaggio è stremato e preoccupato, ma concordiamo su come reagire.

«La domanda è quando». Aspetto, ma nessuno dice nulla. «Penso che dovremo sparare la carica nucleare subito dopo avere prelevato il campione dell'oggetto. Non dobbiamo lasciargli il tempo di inviare un messaggio o svignarsela. Riusciremo a vederlo attraverso la linea di droni ideata da Lina. Riceveremo le immagini prima dell'esplosione e al momento dell'impatto».

«E dopo?», chiede Izumi.

«Per un po' non vedremo nulla. L'esplosione neutralizzerà i droni di comunicazione, ma a quel punto la *Pax* sarà abbastanza lontana. Riceveremo comunque qualche radiazione. Dopo l'esplosione invieremo una flotta di droni di osservazione per verificare l'effetto».

Siamo tutti d'accordo sul piano. Dichiareremo guerra all'oggetto. Le ore si susseguono come un conto alla rovescia di un evento che potrà cambiare il corso della storia umana.

Scopriamo di avere abbastanza componenti di ricambio dei droni per due linee di relay di comunicazione: una con Beta e una con la *Fornax*. Durante la battaglia avremo immagini di entrambe in tempo reale.

Nella bolla ci sono due grandi schermate dei conti alla rovescia.

Tempo di attivazione linea con Fornax
2:32:10

Tempo di attivazione linea con oggetto alieno
7:21:39

Ho bisogno di dormire. Sono allo stremo. Ma non posso. I miei nervi tesi sono come il ronzio di una sveglia che mi suona nella testa.

C'è un'altra cosa che devo fare. Mentre fluttuo verso il laboratorio, sento la voce di Emma, forte e distinta. Non sta parlando con qualcun altro nel laboratorio, il suo tono è troppo alto. Una registrazione, forse?

«Pronto, signor Perez. Il mio nome è Emma Matthews. Ero il comandante di missione della stazione spaziale quando è avvenuta la catastrofe. Voglio farle sapere quanto mi dispiace per la sua perdita. Sua figlia era per me un'amica meravigliosa, oltre che una brillante scienziata. Era anche la più grande burlona a bordo della stazione. Ricordo quando…».

Scoppia a ridere e poi subito dopo si mette a piangere finché non riprende fiato. «Fine registrazione. Cancellare file. Nuova registrazione».

Ho raggiunto il portello del laboratorio, che è socchiuso. Harry mi fluttua accanto. Ha deciso anche lui di non entrare.

Gli faccio un cenno con il capo e ci allontaniamo insieme.

Nello spazio attrezzato a palestra salgo su una cyclette e pedalo mentre lui fa esercizi con le bande di resistenza.

«Come pensi che andrà a finire, James?»

«Onestamente, non lo so».

Quando torno in laboratorio c'è silenzio. Emma pedala sotto il piano di lavoro e digita sul tablet.

Mi guarda con gli occhi iniettati di sangue e sorride.

«Ciao».

«Ciao. Come va?».

È la domanda più stupida che avrei potuto farle, ma sono nervoso e non so perché.

«Bene», risponde lei. «Ho appena finito dei video e delle lettere che vorrei spedire sulla Terra. Immagino ci sia posto nel prossimo invio».

«Certo. Le immagini di Lina non pesano molto e non abbiamo molti altri dati».

«Bene».

«Volevo soltanto dirti una cosa prima che raggiungiamo l'oggetto».

Lei smette di digitare e di pedalare. Imbarazzata.

«Io, ehm, prima, quando ero così… categorico sui tuoi esercizi, ero soltanto preoccupato per te. Non voglio che ci sia alcun disaccordo o conflitto tra di noi. Non adesso. Non alla fine… no, non *la fine*. Non voglio che ci siano tensioni prima di quello che stiamo per fare».

«James, so perché lo dici. E l'apprezzo. Ti apprezzo ancora di più per questo. Sto bene con te».

Mi si avvicina e mi abbraccia. Per un lungo istante restiamo stretti l'uno all'altra. Non voglio staccarmi. E neanche lei.

Nella bolla, ci allacciamo al tavolo. Siamo tutti tesi in volto, come una giuria pronta a esaminare le prove in un processo per un delitto capitale.

Sugli schermi sta procedendo il conto alla rovescia:

Tempo di attivazione linea con Fornax
015:04

Tempo di attivazione linea con oggetto alieno
5:04:33

Nel laboratorio di ingegneria Harry sta conversando con Grigorij. Izumi e Min, affacciati al portello, li stanno ascoltando dandomi le spalle.

«C'è a malapena abbastanza carburante», borbotta Grigorij.

Min si volta e quando mi vede sobbalza. «James», dice a voce alta.

«Ehi».

Mi fissano tutti, sorpresi.

«Cosa succede?».

Harry inarca le sopracciglia.

«Stiamo controllando il piano di volo e il carburante del drone che recupererà il campione dell'oggetto».

Il lancio del drone è previsto tra dieci minuti, è per questo che sono venuto a cercare Harry. Abbiamo già fatto quei calcoli centinaia di volte.

C'è sotto qualcosa.

Abbiamo le immagini della *Fornax* e possiamo comunicare con loro in tempo reale. Soltanto comunicazioni testuali, però, video e audioconferenze non sono possibili con la bassa lunghezza di banda del relay di droni. Ma abbiamo sincronizzato il nostro piano e gli orologi del conto alla rovescia.

So che dovrei dormire, ma non ci riesco. Seduto nel laboratorio, cerco di pensare se ho dimenticato qualcosa.

Emma si ferma un attimo sulla porta e poi entra.

«Anche io voglio dirti qualcosa prima dell'attacco».

«Cioè?», dico raddrizzandomi.

«Grazie per avermi salvata».

Annuisco. Non ero sicuro di cosa avrebbe detto. Mi sento… deluso? È questo che provo?

«Sono felice di averlo potuto fare», riesco a dire. «Felice che sia stato il mio modulo ad approdare vicino alla tua capsula».

«Anche io sono felice».

Mi si avvicina. Credo stia per abbracciarmi, ma invece posa le mani sulle mie spalle e si muove lentamente verso di me. Poi accosta le labbra alla mia fronte e mi dà un bacio.

Per prepararci al peggio, indossiamo tutti le tute EMU. Non infiliamo caschi e guanti, ma li teniamo a portata di mano. È una precauzione in più – là fuori non c'è nessuno che potrà salvarci – ma Emma insiste affinché lo facciamo. Si sente ancora in colpa per la stazione spaziale. Se questo può aiutarla a stare meglio, non ho nulla in contrario. E nemmeno gli altri. Ormai Emma fa parte della famiglia.

Ci riuniamo nella bolla, ognuno con il proprio tablet, e ci allacciamo al tavolo con gli occhi incollati al grande schermo.

Appaiono le prime immagini dell'oggetto. È come nel primo video, un esagono nero alla deriva verso il Sole.

Lo schermo si divide e sulla destra appare la *Fornax*. Per la sicurezza di entrambe le navi, ci teniamo a una certa distanza, mantenendo i contatti in tempo reale.

«C'è qualche problema?», chiedo a Grigorij e Harry.

Grigorij scuote la testa.

«Tutto a posto», dice Harry.

«Facciamo un controllo del sistema della *Fornax*», chiedo a Lina.

«Sono pronti», risponde lei dopo avere controllato sul tablet.

«Azionate il drone di intervento».

Ho appena ordinato il primo attacco contro un'entità aliena. È surreale.

Gli occhi di Emma incrociano i miei e poi fissiamo entrambi lo schermo. Ogni secondo sembra durare un'eternità.

Un lampo illumina lo schermo. I droni stanno sparando. Un segmento si stacca dall'oggetto alieno e fluttua nello spazio.

«Prelievo del campione eseguito», dice Lina in tono piatto.

«Recupero in corso», dichiara Harry. «Tempo stimato per il lancio della carica nucleare: 93 secondi».

«Ho informato la *Fornax*», dice Lina. «Confermano la sincronizzazione del conto alla rovescia».

I secondi passano inesorabilmente. Non posso fare altro che aspettare, sperando che il nostro piano funzioni.

Sotto il tavolo, una mano mi stringe le dita. È calda, umida e più piccola della mia. È di Emma. Le lancio un'occhiata, ma lei evita il contatto oculare.

«La *Fornax* sta sparando», dice Emma. «Tempo stimato per l'impatto: 37 secondi».

Riesco a malapena a respirare. Il tempo si è dilatato, l'assenza di gravità e il silenzio peggiorano le cose. Ho perso il senso del tempo, non provo alcuna emozione tranne la mano di Emma che stringe la mia.

Il conto alla rovescia prosegue.

12<br>
11<br>
10<br>
9<br>
8<br>
7<br>
6

Sullo schermo l'oggetto alieno si ripiega su se stesso emettendo un lampo di luce.

«*Fornax*! Manovre elusive!», urlo.

Ma è troppo tardi. Una vampata bianca attraversa la nave squarciandola come una lattina di soda.

L'oggetto non cambia forma. Diventa bianco come un attizzatoio incandescente che fluttua nello spazio. Il conto alla rovescia è arrivato a 3 quando l'oggetto alieno lampeggia e lo schermo diventa bianco.

«Mettetevi i caschi», urla Emma. Non l'ho mai sentita parlare così forte. «E anche i guanti», aggiunge lanciandomi il casco.

«Preparatevi all'impatto», dice prima di allacciarsi il casco e aiutarmi a fare lo stesso con il mio.

Mi infilo i guanti mentre la nave ondeggia, scaraventandomi contro una parete. La cintura che mi ancora al tavolo si tende, facendomi schizzare indietro come uno yo-yo. Fuori dall'oblò un modulo del braccio robotico si stacca e fluttua nello spazio come un silos sollevato in aria da un tornado.

Tutto l'equipaggio è allacciato al tavolo della bolla. Il silenzio è rotto soltanto dal sibilo dell'aria nella tuta che si sta pressurizzando. Sento un odore dolciastro. C'è qualcosa che non funziona? L'ultima volta che era stata pressurizzata, prima del lancio, quell'odore non c'era.

Giro la testa e mi si appanna la vista. Come se fossi ubriaco. O drogato.

Emma fluttua a un paio di metri da me, anche lei è allacciata al tavolo e il suo sguardo è offuscato. Non si muove, sembra che abbia perso conoscenza.

Mi ancoro con i piedi alla parete e cerco di spingermi verso di lei. Ma le mie gambe non collaborano. Cosa mi sta succedendo?

Mi aggrappo al tavolo e mi spingo in avanti.

Una mano guantata afferra la mia. Harry mi fluttua davanti. Non riesco a sentire, ma leggo i movimenti delle sue labbra.

«Mi dispiace».

# Capitolo 33
# Emma

Mi sveglio con il peggiore doposbronza della mia vita. I sintomi sono esattamente gli stessi: mi gira la testa e ho la nausea.

Qualcuno mi ha tolto il casco. E anche i guanti.

*Cosa è successo*?

È stato un incubo. La nave è stata distrutta come la stazione spaziale e io ho cercato ancora una volta di salvare l'equipaggio.

E ho fallito di nuovo.

Una cintura mi cinge l'addome, ancorandomi alla parete. Cerco di slacciarla, ma una mano si posa sulla mia. Non sono sola.

James entra nel mio campo visivo. Ha un'espressione assente, ma nei suoi occhi c'è un velo di tristezza.

«Cosa è successo?», gli chiedo con voce stridula, come un gesso che striscia su una lavagna.

Lui non risponde. Distoglie lo sguardo, slaccia la cinghia e io fluttuo libera.

Siamo in uno dei moduli ausiliari. C'è un piccolo oblò, le pareti sono imbottite e in fondo allo spazio a forma di botte c'è uno schermo.

«Dove siamo?», chiedo.

«A quanto pare, questa sarà per un po' la nostra casa».

«Casa? Come…».

«Harry te lo spiegherà meglio di me».

James attiva lo schermo e appare la faccia di Harry. È nella sua cabina.

«Ciao, James. Ciao, Emma. L'equipaggio mi ha scelto per fare questo video. O forse è più giusto dire che mi ha costretto a farlo. Per favore, non prendetevela con il messaggero».

Fa un respiro profondo.

«Abbiamo discusso a lungo e siamo giunti alla conclusione che, se qualcosa andrà storto durante l'attacco all'oggetto alieno, voi due tornerete sulla Terra».

Fa una pausa.

«Sulla Terra non c'è un'altra mente come la tua, James. Sei insostituibile. Sei sempre stato un passo avanti rispetto agli altri. Se questa sarà una guerra contro gli oggetti alieni, saranno i robot a combatterla. Il mondo ha più bisogno di te di quanto ne abbiamo noi – e gli servi più di noi».

Fa un'altra pausa e deglutisce. Il suo imbarazzo è evidente.

«Emma, sei stata una compagna di viaggio meravigliosa. La migliore che avremmo potuto mai avere. Ma non ti sei arruolata in questa missione, anche se so che l'avresti fatto. E la tua salute è cagionevole. Non puoi restare quassù ancora a lungo. Se qualcuno di noi sopravvivrà, è giusto che siate voi due».

Le sue parole mi spezzano come una pietra presa a martellate su un'incudine. Le lacrime mi rigano le guance. Mi sento ferita nell'intimo, nei più profondi recessi della mia anima.

James è impassibile. Mi chiedo quante volte abbia già visto questo video e se siano la tristezza o la rabbia a velare il suo sguardo.

Mi guardo attorno nel modulo. Vedo una cyclette, bande di resistenza e confezioni di cibo. Per la seconda volta da quando sono partita per lo spazio, sono stata salvata da un atto di incredibile gentilezza.

Harry respira a fondo. «James, so che forse ti stai chiedendo come abbiamo fatto. Non è stato facile. Abbiamo rischiato più volte che tu ci sorprendessi. Lina ha modificato la lista del cargo dalla *Fornax* e ha cancellato quattro grossi motori. Grigorij e io abbiamo costruito la capsula di salvataggio mentre tu dormivi. Ovviamente è più grande dei moduli standard della

*Pax* e ha una maggiore capacità di accelerazione. Entro due mesi voi due sarete sulla Terra». Inarca le sopracciglia. «E non cercare di manomettere il sistema di navigazione, James. Min l'ha programmato per puntare dritto verso la Terra e Lina ha reso il software inviolabile. Riacquisterai il controllo quando raggiungerai la nostra atmosfera, ma non avrai carburante per andare da nessuna parte».

La sua espressione si raddolcisce. «L'abbiamo fatto per voi due, ma non solo per questo. Anche per le nostre famiglie. Siete la loro migliore possibilità di sopravvivenza. Hanno bisogno di voi sulla Terra per scoprire cosa sta succedendo, grazie allo studio del campione dell'oggetto e dei dati raccolti dai droni Midway. Contiamo su di voi. Se state vedendo questo messaggio, allora è accaduto il peggio. Non venite a cercarci. Se siamo ancora vivi, seguiremo la flotta Midway per capire cosa c'è lassù. E questa è un'altra ragione della nostra scelta. Tu e io siamo un ottimo team, James, ma siamo ridondanti. Il nostro equipaggio è al completo anche senza te ed Emma. Nel laboratorio ci mancherai, Emma, ma Min e Grigorij mi aiuteranno a riparare i droni».

La voce gli si strozza per l'emozione. «Ci mancherete, ma dovrete tornare a casa sani e salvi».

Allunga una mano per premere un pulsante e il messaggio finisce.

Cala un lungo silenzio.

«Cosa pensi sia successo?», chiedo.

«Penso... che l'oggetto abbia intercettato la carica nucleare, o il programma con cui la *Fornax* la manovrava, e gliel'abbia rispedita contro, e poi l'esplosione dopo... Era troppo forte per essere soltanto la carica nucleare. La mia ipotesi è che l'oggetto in qualche modo si sia autodistrutto. Forse con un sovraccarico energetico».

«Perché?»

«Per eliminare ogni presenza ostile nelle sue vicinanze e ogni prova della sua esistenza. O forse voleva distruggere il campione che gli abbiamo sottratto».

«Pensi che ci sia riuscito?»

«Non lo so. Il drone che trasportava il campione avrebbe dovuto essere al confine della zona di sicurezza per l'esplosione nucleare. La *Pax* era più lontana, eppure è stata di certo investita».

«Ho visto un modulo staccarsi».

«Anche io».

James rimane seduto e fissa la parete. Sono ancora un po' intontita da quello che hanno messo nella mia tuta. Forse lo è anche lui.

«Harry aveva ragione», dico. «Il mondo ha bisogno di te. Io ho ancora una famiglia sulla Terra, e per il loro bene sono contenta che tu stia tornando a casa. Se c'è qualcuno che può risolvere questa situazione, quello sei tu».

Lui fa un lungo sospiro. «Però non mi piace lasciarli. Era da tempo che non incontravo amici come loro».

«Anche io», rispondo prendendogli la mano.

Durante la prima settimana di viaggio James non si dà pace. Rivede tutti i dati e i video dalla *Pax*. Era il comandante *de facto* della missione e si sente responsabile per quello che è accaduto.

So perfettamente cosa sta provando. Forse sono l'unica persona al mondo che può capirlo. Mi chiedo se sia un'altra delle ragioni per cui mi hanno mandato sulla Terra con lui. Per aiutarlo a superare questo momento. Quando era capitato a me lui era al mio fianco, e io farò lo stesso con lui.

«Ehi!».

James solleva gli occhi dal tablet.

«Abbiamo bisogno di un piano».

Annuisce con aria assente.

«E di un programma. Ci lavoreremo insieme, tu e io, un giorno alla volta. E ogni giorno ci prenderemo anche un po' di tempo libero. Ti va l'idea?»

«Sì, certo».

«Ma la cosa più importante è che non possiamo cambiare quello che è successo lassù. La verità è semplice: grazie a te la missione ha ottenuto risultati che altrimenti non avrebbe potuto raggiungere. E oltretutto siamo in anticipo di mesi rispetto al programma originario. Abbiamo trovato l'oggetto alieno e scoperto molte cose sul suo conto. E con ogni probabilità abbiamo recuperato anche un campione che ci permetterà di saperne di più».

I suoi occhi incrociano i miei. So a cosa sta pensando.

«L'equipaggio della *Pax* potrebbe essere ancora lassù», dico. «E contano su di noi». Fluttuo più vicino a lui. «Contano sul nostro ritorno sulla Terra per trovare un modo di riportarli indietro. La loro sopravvivenza è nelle nostre mani. Potremmo essere le uniche due persone a sapere cosa gli è successo».

Lo vedo rianimarsi, come qualcuno che si sveglia dal coma, ritorna al mondo e trova una ragione per ricominciare a vivere.

«Hai ragione», dice.

«Sono contenta che tu l'abbia finalmente ammesso».

Un sorriso gli increspa l'angolo della bocca. «Non montarti la testa».

«Non me lo sogno nemmeno», rispondo sollevando le mani. «Cominciamo con il problema più grosso: come atterrare sani e salvi sulla Terra».

«Ci ho pensato», dice incrociando le braccia. «Penso che il rischio maggiore sia quello di essere abbattuti».

«Non è un rischio da poco».

«Per quanto ne sappiamo, la Terra non ha satelliti orbitali funzionanti. A meno che non ne abbiano lanciati quando noi non c'eravamo. E aggiungi il fatto che nel corso del viaggio non trasmetteremo nulla perché l'altro oggetto, Alpha, è ancora lassù e potrebbe intercettare le nostre trasmissioni».

«In pratica, saremo un oggetto non identificato in volo verso la Terra».

«Appunto. E laggiù non ci stanno aspettando».

«Il messaggio di Harry diceva che quando raggiungeremo la Terra potremo controllare la capsula. Quanto tempo abbiamo?»

«Ho controllato il software. Mancano all'incirca quaranta ore all'atterraggio. I telescopi terrestri ci individueranno ben prima e lanceranno qualche razzo per annientarci».

«L'equipaggio contava sul fatto che non ci avrebbero sparato».

«Potrebbero anche non farlo, ma è meglio prepararci al peggio», risponde James.

«Credi di poter riuscire a violare il software di Lina?»

«Impossibile».

«Hai un altro piano?»

«Soltanto l'inizio».

«Cominciamo, allora».

James ha smontato l'interno del modulo. Sembra che qui dentro sia esplosa una bomba. Questo ci ha anche dato qualcosa di importante da fare, distogliendo la sua mente dalla *Pax*. Sono contenta di questa distrazione e di avere un problema su cui lavorare.

Il suo piano è semplice: una boa di comunicazione. Piazzeremo un piccolo satellite per le comunicazioni nella camera di decompressione e lo sganceremo. Quando sarà a quindicimila chilometri dalla nostra capsula, comincerà a trasmettere un segnale alla Terra. E se l'oggetto alieno intercetterà la trasmissione, distruggerà il satellite e non noi.

James ha inciso un messaggio che rasenta la paranoia.

«Ripeto», dice al microfono. «Il tempo di arrivo stimato è come segue. Tutti i numeri sono tratti dalle direttive della missione. Raggiungeremo la Terra il primo numero a pagina tre e il terzo a pagina diciotto. Il tempo è in giorni».

«Come in un film di spionaggio», gli dico quando salva il file.

«Siamo in guerra», risponde lui stringendosi nelle spalle. «Quegli oggetti alieni potrebbero avere una tecnologia che capisce il nostro linguaggio. Se sapessero la data del nostro arrivo, potrebbero scatenare un evento solare per annientarci».

«Le guerre hanno uno scopo. Qualcosa che entrambi i contendenti vogliono avere. Penso sia lecito presumere che quegli oggetti siano la causa del Lungo Inverno. Ma perché?»

«Non lo sappiamo ancora», dice James.

«Lo so che hai le tue teorie», rispondo con un sorriso ironico.

Lui scuote la testa e chiude il pannello del satellite. «D'accordo. Ecco quello che sappiamo: Alpha ha attaccato la sonda. Beta ha distrutto la *Fornax* e sono convinto che abbia cercato di fare lo stesso con la *Pax* quando si è autoannientato. Entrambi gli oggetti erano esagonali. Questo implica che ce ne siano molti altri e che possano assemblarsi tra di loro. Sono qui per un motivo preciso. Forse il nostro Sole o il nostro pianeta, oppure noi».

«Qual è la tua ipotesi migliore?».

James esita. Scommetto che sa perché quegli oggetti sono qui, ma non vuole dirmelo per non spaventarmi.

«Se sono qui per noi», dice, «potrebbero avere già invaso la Terra. Magari quando arriveremo, l'avranno già occupata».

«È vero».

«Oppure potrebbe già essere stata occupata da tempo. Gli alieni tra di noi. Spie infiltrate sul nostro pianeta per osservarci», dico ostentando un'aria tetra.

«Certo che ne hai di immaginazione».

Non ha idea di quanta.

Dopo avere lanciato la boa di comunicazione ci dedichiamo agli esercizi. Parliamo di quello che faremo quando arriveremo sulla Terra e decidiamo che cercheremo la flotta Midway e lanceremo altre navi per rintracciare gli oggetti alieni. Sento che James mi sta nascondendo qualcosa, ma non voglio assillarlo.

Quando non lavoriamo, giochiamo a carte. Il lavoro consiste nell'analizzare i dati della *Pax* e confrontarli con quelli di Beta. È un lavoro impegnativo, che però mi permette di distogliere la mente dall'equipaggio della *Pax* e da quello della stazione spaziale.

Nelle ore libere giochiamo a gin rummy con le carte magnetiche che l'equipaggio della *Pax* ci ha gentilmente fornito. È importante avere qualcosa da fare. I giorni sono tutti uguali. Il Sole, alle nostre spalle, non sorge e non tramonta mai. Tappiamo l'oblò per simulare la notte e ci allacciamo alle pareti parlando per ore prima di crollare addormentati.

Una volta ho letto da qualche parte che dopo la Prima e la Seconda guerra mondiale, quando la maggior parte delle truppe tornavano a casa a bordo di grandi navi, il viaggio attraverso l'Atlantico e il Pacifico concedeva loro il tempo per decomprimersi, dimenticare gli stress e gli orrori della guerra e prepararsi a una vita più pacifica e tranquilla. Anche per noi è un po' così. Sulla *Pax* eravamo costantemente in balia delle emozioni, sempre sotto stress e alle prese con qualche problema. Adesso ci siamo soltanto James e io, e per un po' mi dimentico del Lungo Inverno che sta attanagliando la Terra, dei sei compagni che ci siamo lasciati alle spalle, di mia sorella e di tutti quelli che stanno contando su di noi. È come se fossimo in un microuniverso. Il mondo esterno continua a esistere e noi ce ne preoccupiamo, ma è un problema lontano, che rimandiamo a un giorno indefinito perché il tempo sembra essersi fermato e noi ruotiamo l'uno attorno all'altro. Ed è perfetto così.

A volte guardiamo vecchi film. Harry ci ha lasciato dei DVD di *X-Files* e *Star Trek*. Ha una collezione sterminata di video. Quando in *Fronte del porto* Marlon Brando dice: «Potevo diventare un campione. Potevo diventare qualcuno», mi torna sempre in mente Harry e scoppio a ridere fino alle lacrime.

Mi allontano dallo schermo e fluttuo verso James, che mi stringe tra le braccia addossandosi alla parete. Ci puntelliamo con i piedi sul pavimento e poso la testa sulla sua spalla. Non ricordo di essere mai stata così felice. O così triste.

Nonostante faccia gli esercizi tutti i giorni, la mia densità ossea continua a ridursi. Quando arriveremo sulla Terra non riuscirò a reggermi in piedi.

«James».

Lui alza gli occhi dalle carte.

«Voglio parlare di cosa succederà quando atterreremo».

«D'accordo», risponde lui, posando sul tavolo un sette di quadri.

Pesco una carta e decido la prossima mossa. È un fante di fiori. Ho già un fante, ma non posso rischiare una scala, sono sicura che le sue carte sono migliori. Calo la mia carta sul tabellone magnetico.

«Molto probabilmente non sarò in grado di camminare».

«Oh-oh», fa lui pescando una carta e inserendola in mezzo al mazzo. Deve essere proprio quella che gli serviva. «I farmaci e la terapia fisica ti rimetteranno a posto».

«Ma ci vorrà tempo».

«Questo è vero».

Mi guarda, in attesa. Conosco quello sguardo Dice: *Tocca a te pescare*.

Pesco. È un re di cuori. Lo poso sul tabellone.

«Quando arriveremo sulla Terra, ti aiuterò a rimetterti in forma».

Posa le sue carte senza però mostrarmele. «Prima di dedicarmi alla missione che mi è stata assegnata ti porterò nel migliore ospedale del mondo. Mi assicurerò che ti curino a dovere e ti resterò accanto finché non ti sarai rimessa perfettamente».

«James...».

«Puoi non essere d'accordo con me. È un tuo diritto e lo rispetto. Puoi odiarmi. Puoi vietarmi di farlo. Ma io lo farò lo stesso».

Pesca una carta, la scarta subito e posa la mano sul tabellone. «Knockout».

Inclino la mano e gli mostro le mie carte.

Gli ci vuole soltanto una frazione di secondo per calcolare il punteggio.

«Trentacinque per me».

Guardo il punteggio. Ha cento punti più di me. Fine della partita. Ho perso.

La notte seguente, anziché allacciarsi al muro di fronte, James si àncora a me e guarda le stelle fuori dall'oblò.

Slaccio la cintura e fluttuo accanto a lui. È per queste stelle che sono venuta quassù. La prima volta che le ho viste mi è mancato il respiro, ma adesso l'unica cosa che voglio è tornare a casa.

Ma poi lui mi prende la mano e cambio idea. Non ho alcuna fretta di ritornare sulla Terra.

Una settimana più tardi, quando finiamo di vedere un episodio di *X-Files*, gli chiedo: «Puoi dirmi una cosa?»

«Quello che vuoi».

«Perché sei stato in prigione?».

Lui si stringe nelle spalle con un gesto teatrale. «Forse devo correggere la mia risposta precedente», dice.

«Perché non vuoi dirmelo?»

«Perché potrebbe farti cambiare opinione su di me».

«Non succederà».

«Potrebbe».

«Controllerò su Internet appena rientriamo».

«Ammesso che Internet esista ancora».

«Certo. Ma non preferiresti dirmelo tu stesso, con parole tue?»

«Non ho mai realmente… parlato con nessuno di quello che è successo», risponde distogliendo lo sguardo. «Ho bisogno di più tempo».

«Di tempo ne abbiamo».

Ma, come scoprirò in seguito, non abbastanza.

Sette giorni prima dell'arrivo mi alzo e trovo James chino sul terminale.

Quando si volta, capisco subito che c'è qualcosa che non va.

«Cosa succede?», chiedo. «La nave ha qualche problema?»

«No. Va tutto bene».

Si gira, permettendomi di vedere lo schermo, sul quale c'è una grande fotografia della Terra. Abbiamo ricevuto le prime telemetrie dai telescopi a lunga portata. Vedo i familiari pennacchi di nuvole bianche, l'azzurro dell'oceano e una distesa di bianco dove dovrebbe esserci la costa orientale.

La Terra è coperta di ghiaccio.

# Capitolo 34
# James

Siamo a due giorni di viaggio dalla Terra e ci sono sia buone sia cattive notizie.

La buona notizia è che non siamo stati abbattuti né da umani né da alieni a caccia di energia solare.

Quella cattiva è che non potrebbe esserci nessuna casa a cui tornare. Abbiamo studiato le telemetrie della Terra. Il ghiaccio copre il Nordamerica. L'Europa è sepolta dalla neve. Ci sono alcuni territori non ancora invasi dai ghiacci in Africa settentrionale, in Medio Oriente e in una piccola parte dell'entroterra australiano. Vediamo soltanto il lato della Terra rivolto verso il Sole e non sappiamo quindi se di notte laggiù ci sono ancora luci accese.

Che possibilità abbiamo di fermare il Lungo Inverno? Mi sforzo di non lasciare trapelare il mio pessimismo di fronte a Emma. So che è in pensiero per la sorella e la sua famiglia. Deve esserci un legame molto stretto tra loro. Sono preoccupato per Emma, per la mia famiglia e per il resto del mondo. Mi chiedo quanti siano sopravvissuti. Cerco di immaginare come sia vivere in un mondo dove le aree abitabili si riducono ogni giorno e orde di persone lottano per sopravvivere, ma non ci riesco.

Dopo avere visto le immagini ci sforziamo di continuare a seguire la nostra routine. Per il bene mio e di Emma, è importante mantenere una certa disciplina.

Mi chiedo cosa fare. La situazione sulla Terra impone un cambiamento dei nostri piani.

Sulla costa orientale degli Stati Uniti sono le dieci del mattino e io mi sto esercitando con le bande di resistenza mentre Emma pedala sulla cyclette guardando una lezione di robotica del Caltech. Harry ha avuto l'accortezza di caricare una serie di lezioni universitarie per aggiornarla e distrarla.

«Penso che dovremo contattare la Terra», dico ansimando per lo sforzo.

«Perché?», chiede lei smettendo di pedalare.

«Per sapere dove atterrare».

«Canaveral…».

«Potrebbe essere troppo lontano».

Non possiamo manovrare la capsula e dovremo atterrare sull'oceano. Il nostro piano era di farlo al largo di Cape Canaveral, presumendo che la NASA avrebbe mandato qualcuno a recuperarci. Ma non ne sono più così sicuro. Il Kennedy Space Center è sepolto sotto il ghiaccio, come tutto il resto degli Stati Uniti. Non ho idea di dove abbiano fatto evacuare il personale della NASA o se stiano seguendo il nostro atterraggio. Non ci stanno aspettano e forse non hanno nemmeno ricevuto il nostro messaggio dalla boa di comunicazione.

Quando toccheremo Terra, avremo bisogno di assistenza. Anche se la marea e le correnti ci porteranno sulla costa, non potrò trascinare Emma attraverso un mondo ibernato alla ricerca di un ultimo baluardo di civiltà. Se non avremo aiuto sulla Terra, tanto vale morire quassù.

«Okay», dice lei. «Quando?»

«Appena si disattiverà il blocco delle comunicazioni». Guardo lo schermo. «Oggi. Tra quattro ore».

Seduti davanti al tablet, guardiamo il conto alla rovescia dei sistemi di comunicazione. Mancano trenta secondi alla riattivazione.

«Se non riusciamo a stabilire un contatto e dobbiamo atterrare ovunque… voglio che mi lasci», dice lei.

«Emma…».

«Nel modulo sarò al sicuro. Galleggerà. Avrò abbastanza cibo ed energia per riscaldarlo per un po'. Tu troverai aiuto e verrai a recuperarmi. Io non farei altro che rallentarti. Lo sai».

Quello che ha detto non mi piace affatto. «Ne riparleremo quando sarà il momento».

Sul tablet appare un messaggio.

Sistemi di comunicazione riattivati.

Attenzione, saranno applicate le tariffe per le chiamate a lunga distanza.

Scoppiamo a ridere. È bello scoprire che i nostri ex compagni di equipaggio avevano conservato il loro senso dell'umorismo mentre pianificavano segretamente la nostra fuga.

Avevamo già discusso su chi chiamare quando le comunicazioni sarebbero state riattivate. Se il mondo è in guerra, annunciarci potrebbe essere rischioso, ci trasformerebbe in un bersaglio, una pedina da usare o scambiare, magari tenendola in ostaggio. Ci sono troppe incognite laggiù.

Abbiamo deciso di trasmettere su un canale criptato della NASA. I motivi sono semplici: la NASA e la sua rete di fornitori privati hanno ancora un vasto programma spaziale. Loro e l'esercito degli Stati Uniti sono i più attrezzati per salvarci. Ed Emma e io siamo entrambi americani… ammesso che l'America esista ancora.

Inizio ad attivare la trasmissione, ma poi esito. «Vuoi parlare tu o lo faccio io?»

«Non mi importa. Parla tu».

Clicco sul tablet.

«A Goddard base operativa, alla NASA, a tutte le entità spaziali private e a chiunque ascolti: James Sinclair ed Emma Matthews, due membri della *Pax* in rotta di avvicinamento alla Terra. Abbiamo bisogno di assistenza».

All'inizio non c'è nessuna risposta. Per un'ora o due. I minuti trascorrono come al rallentatore. Cerchiamo di tenerci occupati.

Ho un piano per quando arriveremo sulla Terra. È da quando mi sono svegliato in questa capsula che ci lavoro. Il suo unico scopo è salvare la vita di Emma.

«A cosa stai pensando?», mi chiede lei.

La sua voce è calma, ma so che è nervosa. Sulla Terra è molto più vulnerabile di me.

«Penso sia il caso di ampliare la trasmissione».

«Europei?»

«Sì».

La cosa fantastica della *Pax* è che abbiamo accesso a ogni canale criptato, compresi quelli usati da Roscosmos, ESA, JAXA, CNSA e una manciata di altri.

Invio un messaggio all'ESA, ma non rispondono.

Quattro ore più tardi ancora nessuna risposta.

«Cosa facciamo?», chiede Emma. «Aumentiamo la larghezza di banda?»

«Non ancora. I militari potrebbero individuarci».

«O le milizie».

Sembra che si aspetti il peggio. Forse ha ragione.

«Pensi sia colpa nostra?», mi chiede con voce triste.

«Di cosa?»

«Pensi che il nostro attacco contro l'oggetto alieno abbia accelerato il Lungo Inverno? Che abbiano contrattaccato congelando la Terra?».

Ci avevo pensato, ma non avevo avuto il coraggio di dirglielo. Se fosse davvero così, se le mie decisioni lassù hanno provocato questa era glaciale e la morte di miliardi… Non so se riuscirei mai a riprendermi.

«Forse. Non lo so».

Emma sembra leggermi nel pensiero.

«Non avevamo scelta, James. Dovevamo fare quello che abbiamo fatto».

Le sue parole mi fanno sentire un po' meglio. Ma non troppo.

Sono già stato processato una volta per avere messo in pericolo il mondo. Processato e condannato. Ingiustamente. E poi mi hanno spedito nello spazio per salvarli. Ho fatto del mio meglio, ma potrei essermi reso di nuovo colpevole di quello per cui mi hanno messo in prigione.

Ci sdraiamo al centro del modulo, spalla contro spalla, e guardiamo le stelle fuori dall'oblò. Di solito sono io a chiudere la tenda, ma questa notte sbircio fuori e poi comincio a fare l'inventario di tutti i componenti che ho a disposizione, assemblandoli mentalmente in 3D per costruire quello che ci serve per riportarci a casa.

«A cosa stai pensando?», mi chiede sottovoce Emma.

«A niente».

«Non riesci proprio a mentire».

«Pensavo fosse un pregio», rispondo con un sorriso.

«Lo è», ammette lei, e poi dopo una pausa aggiunge: «Stai pensando a dove dovremmo atterrare e a come costruire una barca».

«Brava».

«E?»

«Si può fare», rispondo voltandomi verso di lei. «Sulla capsula ci sono tutti i pezzi che ci servono. Appena arriveremo ti porterò in un ospedale. Promesso».

«Ti credo. Se c'è qualcuno che può farlo, sei tu».

Guardiamo in silenzio fuori dall'oblò tenendoci per mano. Sono contento che lei sia qui. Che l'equipaggio l'abbia mandata con me – per un sacco di ragioni. Ma ce n'è una di cui non mi ero reso conto fino ad ora: per salvare la sua vita combatterò più duramente che per salvare soltanto la mia.

La mattina trasmettiamo a banda larga e in chiaro. È un ultimo, disperato tentativo.

Risponde subito una burbera voce maschile.

«Signor Sinclair, qui è il colonnello Jeffords dell'Unione atlantica. Restate in linea. Stiamo inoltrando il vostro messaggio a chi di dovere».

«Unione atlantica?», sussurra Emma.

«Sembra siano sorte nuove alleanze».

Attivo di nuovo il microfono. «Ricevuto, colonnello. Restiamo in attesa».

Il messaggio successivo arriva dopo dieci minuti. Non è Jeffords ma un'altra voce con un accento europeo e un'enunciazione troppo perfetta. È decisamente qualcuno che ha imparato l'inglese come seconda lingua.

«Dottor Sinclair, siamo felici di sentire la sua voce. Il mio nome è Sora Nakamura e rappresento l'Alleanza Pac. Gli alleati vi danno il benvenuto a casa. Siamo ansiosi di sentire la vostra storia e di offrirvi assistenza. Prego, verificate di avere ricevuto il nostro messaggio».

Interessante.

Emma spegne il microfono. «Cosa vuoi fare?»

«Abbiamo bisogno di saperne di più».

«Per esempio?»

«Per esempio chi sono i buoni».

«E se non fossero loro?».

È proprio questo il punto. Tempi difficili richiedono decisioni difficili.

«Allora sceglieremo chi avrà più probabilità di salvarci».

Attivo di nuovo il microfono. «Ricevuto, signor Nakamura».

«Ottimo. Devo ammettere che ci ha sorpreso sentirvi così presto. I nostri colleghi della JAXA e della CNSA non vedono l'ora di parlarvi. Stiamo preparando un luogo di atterraggio e recupero al largo della costa dell'Australia. Nelle vicinanze ci sono dei campi di reinsediamento, e il quartier generale della Pac si trova a Darwin».

C'è una pausa, come se stesse parlando a qualcuno offline.

Emma spegne di nuovo il microfono. «L'Alleanza Pac è chiaramente un gruppo di nazioni del Pacifico».

Ha ragione. Il riferimento di Nakamura ai programmi spaziali cinese e giapponese e ai campi in Australia implica un'alleanza geografica.

«Sì. Scommetto che si sono ammassati nelle aride e calde terre dell'Australia, probabilmente l'ultima zona abitabile nella regione. Forse i giapponesi, i cinesi e gli indiani si sono alleati e hanno trasferito laggiù la loro gente. O almeno quelli che hanno potuto salvare».

«Interessante», commenta Emma, immersa nei suoi pensieri.

Non riesco a non chiedermi cosa sia successo e come si siano organizzati gli ultimi sopravvissuti. Il Pacifico è vasto. Copre oltre il 30 percento del pianeta, la sua superficie supera quella di tutte le terre emerse. L'Atlantico è molto più piccolo. È all'incirca la metà del Pacifico. È possibile che l'America abbia radunato i suoi cittadini nelle ultime zone abitabili degli Stati Uniti e trasferito il resto in Nordafrica, dove ci sono ancora regioni sfuggite al Lungo Inverno. Dalle immagini telescopiche sembra che ora tutti gli Stati Uniti siano coperti dal ghiaccio.

La popolazione è un altro fattore decisivo. Quella dell'Asia è all'incirca il 60 percento della popolazione mondiale. Il doppio di quelle delle due Americhe e dell'Africa messe insieme. Questo significa che la popolazione asiatica ha bisogno di più terra per sopravvivere. L'Australia è la scelta più logica, calda e asciutta. Esistono aree calde anche nel Sudest asiatico, ma lì ci sono i monsoni e presto saranno sepolte dalla neve.

Se il pianeta si è organizzato in due sfere, saranno ben assortite e geograficamente isolate. La domanda è quale scegliere.

Anche la regione dell'Iran non è coperta dal ghiaccio, ma da là non è arrivato alcun messaggio. Molto interessante.

Una cosa è certa: laggiù ci sarà qualcuno a recuperarci. Non dovrò trasformare la capsula in una barca, un tentativo francamente disperato.

Nakamura torna in linea.

«Per accelerare i tempi, dottor Sinclair, le chiediamo di trasmettere tutti i dati che ha raccolto durante la missione».

«Non mi piace. Dovrebbero avere già ricevuto i mattoni», dice Emma con il microfono ancora spento.

«Forse ci stanno chiedendo nuovi dati. Oppure le attrezzature per decrittare i mattoni sono andate perse durante l'esodo verso queste ultime zone abitabili. Non piace nemmeno a me». Mi concentro qualche istante. «Tecnicamente, quei dati non rivelano molto sul cambiamento climatico che ha investito la Terra. Soltanto l'entità della minaccia».

«Una minaccia che è ben peggiore di quanto avevamo immaginato. I dati confermano che gli oggetti alieni sono ostili, il che implica che il mondo è in pericolo. Quei dati potrebbero scatenare una guerra».

«O peggio ancora, la guerra è già in corso».

«Vero».

«C'è un altro motivo per non inviarli».

Lei inarca un sopracciglio.

«L'effetto leva».

«Leva per cosa?»

«Per la nostra salvezza. Quello che vogliono da noi sono i dati. Se glieli daremo, non gli serviremo più».

Emma distoglie lo sguardo. Il ricatto e il doppio gioco sono fuori dalla sua zona di conforto. È un'altra cosa che mi piace di lei. È una persona genuina. Onesta. Troppo buona e troppo pura per il mondo al quale stiamo tornando.

Quando i nostri occhi si incrociano di nuovo, le dico in tono fermo: «C'è un'altra ragione per tacere. Gli oggetti alieni potrebbero sentirci. Forse è per questo che siamo ancora vivi. Vogliono sapere cosa sappiamo. E magari questo spiega perché né l'Unione atlantica né la Pac ci hanno sparato addosso».

«Vuoi rispondere di no alla richiesta della Pac?»

«Questo potrebbe forzare loro la mano o indurre gli oggetti a distruggerci».

«Quindi...».

«Prendiamo tempo».

Attivo il microfono. «Ricevuto, Pac. Ci vorrà un po' di tempo per preparare la trasmissione dei dati. Restiamo in contatto».

Emma inarca le sopracciglia. «Alla radio sai mentire molto meglio».

«Quando non conosci l'altro, mentire è più facile».

Non ci sono altri messaggi da Nakamura.

Il messaggio successivo arriva due ore dopo, ed è una voce familiare che mi fa piacere sentire.

«James? Sono Lawrence Fowler, risponda se mi sente».

La sua voce è come un bicchiere d'acqua per un uomo che cammina da un anno nel deserto, un raggio di speranza, un'oasi che appare all'orizzonte.

Attivo il microfono e gli rispondo con entusiasmo.

«Ricevuto, Fowler. È bellissimo sentire la sua voce».

«Anche per me, James. Dobbiamo stabilire un piano per recuperarvi. Qui ci sono stati… dei cambiamenti».

«Ricevuto».

«Stiamo facendo i preparativi. Le coordinate dell'atterraggio sono il posto dove lei e io ci siamo incontrati la prima volta. Prendete la latitudine e aggiungete i gradi del quarto numero a pagina cinque delle direttive della missione. Alla longitudine aggiungete i gradi del settimo numero alla pagina quindici delle direttive. Per favore, comunicateci la ricezione e non ripetete le coordinate».

Apro la versione digitale delle direttive della missione, memorizzo i numeri e poi apro una mappa con il GPS. La prigione federale di Edgefield si trova a 33,76 gradi di latitudine e -81,92 di longitudine. Aggiungo i numeri delle direttive e scopro che il luogo dell'atterraggio non si trova negli Stati Uniti, ma nel Mediterraneo, al largo della Tunisia. Spero che i miei calcoli siano esatti.

«Ricevuto, Fowler».

«Adesso, per favore, cessate le comunicazioni. Vi aspettiamo, James».

Nakamura risponde immediatamente.

«James ed Emma, abbiamo sentito la vostra conversazione con l'Unione atlantica. Apprezziamo i loro sforzi per farvi arrivare sani e salvi, ma noi abbiamo già fatto i preparativi e pensiamo che per voi sarebbe molto più sicuro atterrare al nostro sito. Abbiamo più risorse di loro e l'ambiente qui è più protetto. Per favore, rispondete che state procedendo verso il nostro sito».

Emma appoggia la testa contro la parete e fa un sospiro. Anche io comincio a essere stressato.

Attivo il microfono.

«Ricevuto, Pac. Come potete vedere, la nostra capsula è un mezzo di fortuna ricavato dai componenti della *Pax*. La capacità di spinta è molto limitata. Presto sapremo dirvi di più sul punto di atterraggio e resteremo in contatto. Stiamo ancora caricando i dati da trasmettervi e l'operazione richiede più tempo del previsto».

«Ricevuto, James. Se ci darete delle coordinate di atterraggio alternative, vi assicuro che verremo a recuperarvi. La vostra sicurezza e il compimento della vostra missione sono le nostre priorità».

«Il compimento della nostra missione?», chiede Emma dopo avere disattivato il microfono.

«I dati. Vogliono quei dati».

«Fowler non li ha chiesti».

«Perché lui vuole farci tornare. Se c'è qualcuno sulla Terra a cui importa qualcosa di noi, è Fowler. È stato lui a chiedermi di salvarti. Mi fido di lui».

«Anche io».

«E allora vada per la Tunisia».

«E adesso?»

«Adesso riposiamo. E cerchiamo di non farci abbattere prima di tornare a casa».

# Capitolo 35
# Emma

Abbiamo preparato la capsula per l'atterraggio e calcolato il vettore per raggiungere il punto stabilito. Il carburante non è un problema, quello che ci preoccupa e se il nostro modulo resisterà all'impatto e se noi sopravvivremo.

James non tradisce alcuna emozione, ma so che anche lui è preoccupato. La Pac ha continuato a contattarci e James ha preferito non rispondere.

Mancano poche ore all'atterraggio e abbiamo deciso di trascorrerle insieme. Non giochiamo a carte e non guardiamo un film, ma preferiamo ascoltare vecchia musica, rock classico degli anni Sessanta e Settanta, sdraiati l'uno accanto all'altra al centro della capsula, guardando le stelle. È un momento perfetto. Ho paura che sia l'ultimo momento perfetto che mi è concesso di vivere.

Lui mi cinge delicatamente le spalle con un braccio e mi attira a sé. Restiamo abbracciati sul pavimento finché non scatta un allarme.

«Sequenza di atterraggio attivata».

Infiliamo i caschi e controlliamo un'ultima volta le tute.

«Ci vediamo sulla Terra», mi dice James con un sorriso.

La capsula beccheggia. Anche dentro la tuta, sento il calore aumentare mentre entriamo nell'atmosfera terrestre. Il modulo ha uno scudo termico che dovrebbe reggere, ma non riesco a fare a meno di pensare alla capsula nella quale orbitavo qualche mese fa.

Il calore continua ad aumentare. Il modulo si scuote violentemente. Lancio un'occhiata a James. Non sembra preoccupato e ricambia il mio sguardo con un'espressione serena che mi rincuora.

Il rumore della turbolenza e il calore asfissiante mi fanno perdere ogni senso del tempo. All'improvviso cala il silenzio. Poi sento il sibilo del retrorazzo che cerca di frenare la discesa. Precipitiamo sulla Terra in silenzio, guardandoci negli occhi.

Parte un altro raggio che corregge la rotta. Il pilota automatico sta facendo il suo lavoro. Un altro scossone mi segnala che i paracaduti si sono aperti. Conosco tutte le fasi dell'atterraggio, al corso di addestramento ci avevano preparati a quest'ultima parte della missione.

Fuori dall'oblò, tutto è azzurro, con qualche occasionale pennacchio bianco. Poi all'improvviso c'è un violento schianto seguito da un'assordante esplosione.

E sprofondo nelle tenebre.

La consapevolezza ritorna a sprazzi, come se guardassi il mondo attraverso le pale di un ventilatore che si muove in slow motion. James è chino su di me, si è tolto il casco e mi sta parlando. Ma non riesco a distinguere le parole. Mi fischiano le orecchie.

Cerco di mettermi a sedere, ma non ci riesco. Abbasso gli occhi e mi accorgo che mi ha slacciato la cintura. Mi posa un dito sul collo per controllare il battito cardiaco e, quando lo vedo sorridere, capisco che va tutto bene.

Riacquisto gradualmente l'udito. James sta parlando alla radio con qualcuno dell'Unione atlantica. All'improvviso mi accorgo che la capsula sta galleggiando sull'acqua. Cerco di nuovo di mettermi a sedere e questa volta ci riesco, ma sono ancora debole. James mi sorregge.

«Andrà tutto bene», dice.

Annuisco. Mi gira la testa, non mi reggo in piedi. *Cosa mi sta succedendo?*

È come se fossi di nuovo sulla *Pax*.

Mi appoggio alla parete imbottita. Il mondo mi sembra così pesante. È come se indossassi una tuta di piombo. Dopo quasi un anno nello spazio e in assenza di gravità, su questo pianeta mi sento un'aliena. Come se il mio corpo non fosse fatto per vivere qui. Come se la gravità mi schiacciasse al suolo impedendomi di rialzarmi.

Chiudo gli occhi e piombo di nuovo nelle tenebre.

Mi sveglio in un ospedale. Il letto è morbido e sono circondata da apparecchiature mediche. Dalla finestra vedo una vasta distesa di deserto punteggiata di tende bianche che brillano come lanterne su un mare di sabbia.

James è seduto su una poltrona reclinabile nell'angolo. Sta dormendo con la testa piegata di lato e non oso svegliarlo.

Mi sento ancora il corpo pesante, come se stessi sprofondando nel letto.

Un colpo alla porta mi fa trasalire. Entra un'infermiera con un sorriso smagliante.

«È sveglia!».

James si stiracchia e apre gli occhi. Ha l'aria molto stanca.

Mi metto a sedere sul letto.

«Sì», rispondo.

«Sono venuta a vedere come sta», dice l'infermiera.

Mi visita sommariamente, parlando sottovoce. «Ha trascorso un po' di tempo in quarantena. Probabilmente non lo ricorda. L'hanno appena dimessa e la tratterremo soltanto il tempo necessario per controllare che sia tutto a posto. D'accordo?»

«Perfetto».

«Vado a dire al dottore che si è svegliata. La notizia gli farà molto piacere».

L'infermiera fa un cenno a James e poi esce chiudendosi alle spalle la porta e lasciandoci soli.

«Com'è stato il recupero?», gli chiedo.

«Un gioco da ragazzi», risponde James.
Sta imparando a mentire e la cosa mi preoccupa.
«E adesso cosa succederà?»
«Adesso ti rimettiamo in forma».

Il primo giorno in ospedale non faccio altro che mangiare, dormire e parlare con James. Lui è seduto sulla poltrona nell'angolo e facciamo anche qualche partita a carte sul vassoio pieghevole del mio letto.

Per quanto possa sembrare strano, mi manca quella capsula nello spazio. Era soffocante e pericolosa, ma era uno spazio intimo che James e io abbiamo condiviso per due mesi dimenticandoci di tutto il resto. Mentre adesso che sono di nuovo sulla Terra, sono ben consapevole di quello che mi aspetta.

Quando mi alzo per andare in bagno, le gambe mi cedono. James mi sorregge con le mani sotto le ascelle finché non arriva l'infermiera. Per fortuna riesco a raggiungere la porta e ad andare in bagno da sola, ma questa defaillance mi lascia presagire la lunga rieducazione che mi aspetta.

Il secondo giorno viene a trovarmi Lawrence Fowler. Era dal lancio della Stazione spaziale internazionale che non lo vedevo. Sembra invecchiato di vent'anni. Ma quando sorride, riconosco lo stesso uomo gentile di un tempo.

«Sono contento di vederla, Emma».
«Anche io, Larry. Cosa è successo nel frattempo?».
Lui si stringe nelle spalle. «Niente di particolare tranne un tempo inclemente».
Scoppio a ridere e poi faccio la domanda che volevo fare fin dal primo contatto con la Terra. «Mia sorella?»
«Sta bene. Abbiamo ricevuto il suo messaggio».
«Dov'è?».
Fowler lancia un'occhiata alla porta. «Non ne sono sicuro. Mi lasci controllare».

Esce dalla stanza e un minuto dopo riappare con Madison alle sue spalle. Dietro di loro ci sono anche Owen, Adeline e David.

Madison mi abbraccia delicatamente, come se fossi una bambola di porcellana e avesse paura di rompermi. I bambini fanno lo stesso e David mi saluta con un cenno del capo senza dire una parola. Non è cambiato affatto.

«Cos'è questo abbraccio esitante? Non ho mica la peste!».

Madison mi fa un sorriso complice. «Il dottore dice che sei ancora molto debole. Che le tue ossa hanno bisogno di tempo per guarire e che possono fratturarsi facilmente».

Owen e Adeline sembrano preoccupati. Per loro sono sempre stata una sorta di superzia e vedermi qui in ospedale, fragile e ferita, li disorienta. L'assenza di gravità è stata la mia kryptonite. No so cosa rispondere a Madison e sono grata a James che lo fa per me. «La dimetteranno tra poco. Dovrà soltanto seguire una terapia fisica per riabilitarsi dopo tutto il tempo che ha trascorso nello spazio».

Poi si dirige verso la porta e Fowler lo segue. «Vi lasciamo un po' da soli», dice uscendo.

Madison comincia a tempestarmi di domande su cosa è successo, dove sono andata e cosa ho visto. Dalla finestra che si affaccia sull'atrio vedo James e Fowler discutere animatamente. James sta programmando il prossimo passo? So che ho bisogno di riposare e di guarire, ma vorrei essere là fuori con loro.

«Mi hai sentita?», mi chiede Madison.

«Certo», mento.

«E allora?»

«Allora cosa?»

«Voi due state insieme?».

Mi mordo il labbro. «Cosa intendi?». So benissimo cosa vuole dire e mi sento come una liceale che si è presa una cotta.

«Oh, non so. Forse quel tipo che non si stacca mai dal tuo capezzale è la sola ragione per cui sei tornata a casa».

«È complicato».

«Cosa vuoi dire?»

«Voglio dire che non è facile avere una storia d'amore nello spazio. Possiamo cambiare argomento?».

Madison incrocia le braccia. Traduzione: *No, non voglio cambiare argomento. Ma lo farò perché sei in ospedale e perché sei mia sorella*.

«No, continuiamo pure a parlarne. Lo sai chi è?».

Madison sembra confusa. «Chi? James?»

«Sì. È un ingegnere robotico. Il dottor James Sinclair. Qualche anno fa si è parlato molto di lui. È stato in prigione...».

«In prigione? E per cosa?»

«È quello che stavo per chiederti».

«Non lo sai? Non te l'ha detto?»

«No, non ha voluto parlarne. Hai già sentito il suo nome?».

Madison si stringe nelle spalle. «Mi suona vagamente familiare, ma non so niente di più. Prima delle evacuazioni ero troppo impegnata con i bambini per seguire l'attualità. Uno scienziato finito in prigione? Non è il tipo di notizia che mi rimane impressa nella memoria».

«Okay. D'accordo. Hai detto che ci sono state delle evacuazioni. Cosa è successo esattamente? Dove siamo? Dov'è andata tutta la gente?».

Madison lancia un'occhiata a David, che chiama i bambini ed esce dalla stanza.

«È successo tutto così in fretta, Em. Il mondo intero è impazzito. All'inizio gli Stati Uniti hanno creato dei campi di reinsediamento. Uno nella Death Valley e un altro in Arizona, per accogliere gente dall'Alaska e dal Michigan, e poi dal Maine e dal Minnesota. Ma presto i campi sono stati invasi da una marea umana. Tutti avevano paura che se non li avessero raggiunti in tempo sarebbero stati sepolti dalla neve. Le cose sono peggiorate quando la Cina e il Giappone hanno annunciato un'alleanza».

«La Pac?»

«Sì. Hanno spedito un cosiddetto "convoglio commerciale" in Australia. In realtà si trattava della più grande flotta navale mai radunata. Hanno attuato un blocco navale dell'isola e cominciato a trasferirvi la loro gente. L'Australia si è unita all'alleanza perché non aveva altra scelta. Sono sicuro che hanno cercato di coinvolgere anche gli Stati Uniti e l'Europa, ma noi avevamo già i nostri problemi.

«Gli europei si sono trasferiti a sud, dall'altra parte del Mediterraneo. La guerra in Nordafrica è iniziata un lunedì e il giovedì si era già conclusa. L'America e il Canada si sono uniti agli alleati europei».

«L'Unione atlantica».

«Esatto».

«Sono gli unici due poteri rimasti?»

«No. I russi e gli indiani hanno stretto un'alleanza, il Trattato del Caspio, e trasferito la loro gente in Iran. Quando i satelliti e Internet sono collassati non è stato facile avere informazioni, ma si dice che i combattimenti in Medio Oriente siano stati molto intensi».

«Quanti americani sono sopravvissuti?»

«Non lo so. Penso che nemmeno il governo lo sappia».

«Dove vivete adesso?»

«Qui, in Tunisia, al Campo 7, alle porte di Kebili. Una squadra della Sicurezza nazionale è venuta a casa nostra nel cuore della notte e ci ha svegliati per mostrarci il tuo messaggio. Ti ho risposto...».

«Ho visto».

«Davvero? Bene, non lo sapevo. Ero così spaventata, ma sapevo di dover fare quello che mi avevi detto. All'inizio David non voleva partire e i bambini erano terrorizzati. Siamo partiti di notte e siamo stati tra i primi ad arrivare qui. Per quelli dopo di noi non è stato così facile. Ho sentito storie terribili».

Gli occhi di Madison si riempiono di lacrime. «Ci hai salvati, Emma. Me, Owen, Adeline, David... Senza di te saremmo morti tutti. Ti voglio tanto bene, sorellona».

Vedere Madison è la migliore medicina che abbia ricevuto da quando sono in ospedale. E ne ho assunte di ogni tipo.

Faccio terapia fisica tre volte al giorno. Dopo qualche esercizio a letto mi alzo e cammino. Queste passeggiate nel reparto mi permettono di farmi un'idea di quello che sta succedendo. L'ospedale è stato costruito di recente con pannelli prefabbricati, ma è sporco e in alcuni punti già decrepito. Gli altri pazienti sembrano molto gravi, la maggior parte sono in cura per traumi e ferite. Sono convinta che le abbiano riportate lungo il viaggio per venire fin qui o durante la guerra per mettere in sicurezza l'area.

Sono sempre stanca, ma quando viene a trovarmi James, è come un'iniezione di energia. Giochiamo a carte e parliamo e poi lui mi legge un libro finché non mi addormento. E quando mi sveglio nel cuore della notte e lui non c'è più, mi sento invadere dalla tristezza.

Una mattina mi sveglio e quando lo vedo capisco che c'è qualcosa che non va.

«Devo partire. Non starò via molto. Forse solo qualche giorno», dice con un sorriso imbarazzato.

«Ma come?», esclamo, spaventata all'idea della sua partenza. Non dovrei esserlo. Non voglio esserlo. «D'accordo», rispondo sforzandomi di non tradire la mia emozione.

«Devo sbrigare una faccenda», dice dandomi le spalle. «Ho fatto una promessa a qualcuno».

Non so cosa rispondergli. C'è un'altra donna nella sua vita? Mi rendo conto che ci sono ancora tante cose che non so di lui.

«Posso aiutarti?»

«No», risponde lui prontamente. «È una cosa che devo fare da solo».

# Capitolo 36
# James

Quando lascio l'ospedale, mi dirigo verso la baracca che ospita mio fratello, sua moglie e i loro figli. Resto fuori e aspetto, sapendo che loro non vogliono incontrarmi. Io invece muoio dalla voglia di vederli, se non altro per sapere come stanno.

Nei campi di evacuazione tutti devono lavorare. Fa parte dell'accordo. Gli Stati Uniti e i loro alleati ti evacuano, ti danno una nuova casa, cibo, vestiti e un riparo per il Lungo Inverno, e tu in cambio devi lavorare. In un certo senso, questo nuovo mondo è diventato una società senza classi. Tutti lavorano insieme per sopravvivere.

La porta della baracca si spalanca e la gente esce alla luce del Sole e si dirige verso il luogo di lavoro. Indossano tutti abiti pesanti e avanzano a testa bassa, in processione. Vedo mio fratello parlare sorridendo con un uomo alto al suo fianco. Alex non è uno che si lamenta, si adatta sempre. Sono sicuro che qui starà bene e mi ha fatto piacere vederlo. Ma non posso fermarmi, ho un viaggio da fare. Un viaggio molto importante.

Quando ho fatto la mia richiesta a Fowler, lui mi ha interrogato a lungo. Il tipo di risorse che ho chiesto non sono facili da trovare: un aereo in grado di attraversare l'Atlantico e di atterrare ovunque e un team capace di scavare a fondo sotto la neve.

Ma lui ha acconsentito. So che ha dovuto fare qualche telefonata e accettare qualche scambio di favori, che sono l'unica vera valuta rimasta sul pianeta.

Il cargo dell'Air Force è un colosso rumoroso e vibrante, sembra una balena che vola nell'aria. Cerco di dormire durante il volo, ma non ci riesco. Continuo a pensare a Emma, chiedendomi come sta, se è riuscita a fare qualche passo in più oppure se è regredita come due giorni fa. Ricominciare tutto daccapo, nelle condizioni in cui si trova, deve essere molto difficile per una come lei, così forte e orgogliosa. Ma sono fiero del suo coraggio e della determinazione con cui ha affrontato la sua sorte. Mi chiedo se io riuscirei a fare lo stesso.

Il colonnello dell'Air Force che comanda la missione entra nel cargo e mi fa cenno di infilarmi gli auricolari.

«Siamo in avvicinamento, dottor Sinclair», mi dice.

Guardo fuori dal finestrino la sterminata distesa di bianco sotto di noi. Non ci sono riprese satellitari a guidarci, ma sono ottimista e spero di riuscire almeno a vedere il tetto della casa. Purtroppo non è così. È sepolto sotto la neve.

A Terra, usiamo il sonar per localizzare la casa e i marines cominciano a scavare. Il lenzuolo bianco si spezza come il guscio di un uovo mentre aprono un tunnel esalando nuvolette bianche di vapore.

Siamo alle porte di San Francisco, ma sembra di essere in Siberia, con neve e ghiaccio a perdita d'occhio. Una folata di vento mi si infila nel parka facendomi rabbrividire fin nelle ossa.

Il buco si sta allargando, adesso la galleria arriva fino alla porta della casa. Il ghiaccio non ha fatto crollare il tetto. Questa è una buona notizia, che mi dà speranza.

Quando arrivano al portico, i marines mi chiamano. Scendo mentre scalpellano l'ultimo ghiaccio dalla porta e la aprono a calci.

L'interno della casa è una gelida tomba. I raggi bianchi delle torce sui caschi perlustrano le tenebre. Scintillanti cristalli bianchi coprono i mobili e il lampadario, come se la casa fosse stata congelata. Se non fosse così letale, sarebbe persino bello.

«Restate qui», dico ai marines.

Entro in cucina e apro la porta scricchiolante della cantina. Punto la torcia sugli scalini, controllando se ci sono trappole esplosive. Se ci vogliono attaccare, questo è il momento giusto.

«Oscar?», chiamo nel buio.

Nessuna risposta.

Se n'è andato? Il Lungo Inverno si è preso anche lui?

Faccio un altro passo. La stretta scala di legno geme sotto il mio peso.

Continuo a scendere fino al pavimento di cemento. Nonostante il parka, sto gelando. Non resisterò a lungo qui sotto.

«Oscar? Mi senti?».

Aspetto.

«Va tutto bene. Sono James. Se puoi sentirmi, vieni fuori. Dobbiamo andarcene da qui».

Sento un fruscio nell'angolo. Mi volto, punto il faro, e quando lo vedo faccio un sospiro di sollievo. Sta bene. Non è ferito. La sua pelle è liscia, i capelli corti e castani, pettinati all'indietro come i miei, e sembra uno studente di college, con almeno vent'anni meno di me.

«Signore», dice con un filo di voce. «Non sapevo cosa fare. Mi ha detto di restare qui finché lei non sarebbe tornato».

«Hai fatto la cosa giusta».

«Ho visto al notiziario che stava partendo per lo spazio».

«È quello che ho fatto».

«Per fortuna è tornato. Ero in pensiero per lei».

«Non c'è ragione di preoccuparsi, Oscar. Adesso andrà tutto bene».

Quando rientro in Tunisia, Fowler mi assegna un alloggio al Campo 7. È una cupola bianca alimentata a energia solare con due letti, una piccola cucina, un soggiorno e persino un angolo attrezzato per il lavoro. Lo spazio è una risorsa preziosa qui al campo e un alloggio come questo è un lusso. All'inizio avevo declinato l'offerta, ma Fowler ha insistito dicendo che dopo essere stata dimessa dall'ospedale Emma avrebbe avuto bisogno di cure a domicilio. Le sue parole mi hanno fatto pensare a dove sarebbe andata Emma dopo l'ospedale. Avevo dato per scontato che avrebbe voluto stare con la sorella, ma non posso fare a meno di sperare che torni qui.

Un'ora dopo che sono rientrato nel mio alloggio Fowler bussa alla porta. Abita a pochi metri da me e la notte ci incontriamo qui per lavorare insieme (nel nuovo quartier generale della NASA i nostri uffici sono adiacenti, ma ci portiamo sempre il lavoro a casa. Appena vede Oscar, mi lancia un'occhiata interrogativa. Mi domando se ha già capito tutto.

«Farò richiesta per un alloggio con tre letti».

«Non sarà necessario».

Mi guarda strizzando gli occhi e poi annuisce. «Non importa, le troverò un posto più grande».

Penso che sia al corrente.

La mattina seguente, mentre sto per andare al lavoro, qualcuno bussa alla porta. È Pedro Álvarez, che rabbrividisce nel vento con indosso un pesante giaccone e un berretto imbottito.

«Pedro».

«Salve, doc».

«Entra, prego».

Lui si scuote la neve dal giaccone e si guarda attorno. «Spero di non disturbare».

«Per niente. Stavo andando al lavoro, ma ho ancora qualche minuto. Sono felice di vederti».

«Anche io, doc. Giravano voci su un brillante scienziato arrivato da poco al campo. Qualcuno che ci salverà tutti. E così ho immaginato che non poteva essere che lei. L'ho cercata su AtlanticNet, ed eccomi qui».

«Sono contento. Cosa hai fatto dopo avere lasciato Edgefield?».

Pedro si stringe nelle spalle. «Mi hanno assegnato un posto qui al Campo 7. Probabilmente pensavano che questo mi avrebbe trattenuto dal fargli causa o concedere interviste alla TV. Sono rimasto sempre qui, a costruire alloggi e lavorare nei magazzini». Mi guarda negli occhi e sorride. «Sono venuto a ringraziarla di tutto quello che ha fatto per me a Edgefield. Mi ha salvato la vita. Probabilmente ha salvato tutta la mia famiglia, doc».

«Tu avresti fatto lo stesso per me, Pedro».

Quando Pedro esce, non riesco a impedirmi di provare un po' di orgoglio. Dopo l'incontro con Beta ho sempre cercato di essere positivo. Stiamo affrontando ostacoli impossibili. Un nemico potente e spietato. È come quella rivolta a Edgefield. Ma Pedro e io ne siamo venuti fuori. Ed è grazie a me che lui si è salvato. Vederlo ha riacceso in me la speranza. Anche i nemici più potenti e spietati possono essere battuti.

Negli ultimi giorni Fowler e io siamo giunti a parecchie conclusioni. Prima di tutto, condivideremo quello che sappiamo con le nazioni del Trattato del Caspio e della Pac. Le tre superpotenze hanno unito le loro forze per combattere gli oggetti alieni. Il nostro dilemma è molto semplice: cosa fare? Sappiamo di essere in guerra. Ma contro chi? E con quali armi combatteremo?

Fowler e io abbiamo rivisto insieme i dati cercando di fare il punto su quello che sappiamo. Stiamo preparando una proposta e presto chiederemo aiuto alle altre superpotenze.

Ma prima c'è una cosa che devo sapere. L'ho già chiesta a Fowler, ma lui non me l'ha voluta dire.

«Voglio vedere la cronologia, con i dati sul clima».

«Non ci dirà nulla che già non sappiamo», risponde lui pacatamente.

«Ho bisogno di sapere se la causa di tutto questo sono stato io. Se quello che ho fatto ha accelerato il Lungo Inverno».

Fowler sospira e digita sul suo laptop.

Scorro i dati. Avevo ragione. Il giorno in cui abbiamo attaccato l'oggetto alieno il clima sulla Terra è cambiato drasticamente – le temperature sono precipitate. Sono stato io, con le mie azioni, a peggiorare il Lungo Inverno. Sono responsabile della morte di milioni, forse miliardi di persone.

Devo riparare quello che ho fatto. Potrei essere l'unico in grado di farlo. E se non ci riuscirò, non sarò mai più lo stesso.

# Capitolo 37
# Emma

Mi sto rimettendo in forze. Lentamente. Ogni giorno respirare e camminare mi riesce più facile. Dicono che ci vorranno anni prima che mi ristabilisca del tutto. Potrei dover usare un deambulatore per il resto della mia vita.

È umiliante, ma mi sento così fortunata a essere ancora viva, con la mia famiglia e James così vicini.

Ogni giorno gli chiedo a cosa sta lavorando, ma è molto riservato. So che si incontra con Fowler e che stanno pianificando una nuova missione. Vorrei esserci anche io, ma la salute me lo impedisce.

«C'è stata qualche comunicazione dalla flotta Midway?», chiedo.

«Ancora nulla».

Due dei droni più grandi possono lanciare piccoli mattoni informatici direttamente sulla Terra. Perché non l'hanno ancora fatto? Non hanno trovato nulla oppure sono stati distrutti anche loro?

«Nessun contatto dalla *Pax*?», domando, temendo la risposta.

«No», risponde lui sottovoce.

«Qual è il piano?»

«Non siamo sicuri. Fowler e io stiamo pensando di lanciare altre sonde. Ma siamo a corto di risorse e penso sia meglio aspettare di sapere qualcosa di più».

«Un obiettivo, per esempio?»

«Un obiettivo perfetto, e Midway potrebbe darcelo».

«E il piano alternativo?»
«Al momento non c'è ancora».

Passano i giorni e le settimane. I miei progressi ristagnano. I medici e i fisioterapisti continuano a incoraggiarmi, ma il recupero della massa muscolare è lento, e quello della densità ossea ancora più difficile.

Cerco di non pensare all'equipaggio della *Pax*, ma è impossibile. James e io abbiamo parlato spesso di loro, chiedendoci cosa stessero facendo e se fossero ancora vivi, ma con il passare delle settimane ne parliamo sempre meno. Sono come una nave in viaggio verso il Sole che si allontana e rimpicciolisce per poi sparire di colpo.

Comincio a sentirmi soffocare in questa camera d'ospedale. Non c'è più una vera televisione e ho già visto tutto quello che c'era su AtlanticNet (la rete Internet locale controllata dal governo, pesantemente censurata e molto limitata).

Devo uscire di qui.

Devo lavorare.

Devo sentirmi di nuovo utile.

Ne ho già parlato più volte con James, e lui dice sempre che il mio ristabilimento è la cosa più importante e che il modo migliore per aiutarlo è rimettermi in forze. Come se mi bastasse premere un bottone per stare meglio. «E se per stare meglio dovessi rimettermi al lavoro?» gli ho chiesto. Questo scatena sempre una discussione che si ferma a un punto morto. Com'è possibile che due persone che si vogliono bene siano così problematiche?

Di solito James lavora con Fowler la mattina e poi viene a trovarmi all'ora di pranzo. Oggi con lui c'è un giovane sui vent'anni, con la pelle bianco latte e gli occhi di un azzurro abbagliante. I suoi modi, l'espressione placida e le parole attentamente misurate mi ricordano molto James. E nei suoi occhi c'è la stessa gentilezza.

«Emma», dice James, «questo è Oscar».

«Piacere di conoscerti».

«Il piacere è mio, signora», risponde lui con un lieve cenno del capo.

*Signora!* Sembro così vecchia? Forse è perché sono in questo letto d'ospedale, debole e fragile. *Devo andarmene da qui!*

Oscar non ha affatto l'aria debole e fragile. È giovane, forte e intenso. C'è in lui una strana serenità, che ha qualcosa di magnetico.

«È la persona che ti ho menzionato qualche settimana fa», dice James. «È per cercare lui che sono partito».

«Oh, certo».

Mi chiedo chi sia Oscar per James. Suo figlio? È la prima ipotesi che mi viene in mente. Questo però implica che James abbia una moglie. O *abbia avuto* una moglie. O perlomeno un'amante. E forse ce l'ha ancora. A giudicare dall'età di Oscar, deve essere successo quando era molto giovane. Non riesco a resistere alla curiosità.

«È tuo...».

Lascio la frase sospesa. James e Oscar si raggelano come il Lungo Inverno che sta attanagliando il pianeta.

«È il mio...», inizia a dire James.

«Assistente», aggiunge Oscar con un sorriso. La sua voce è dolce, quasi infantile, e lo fa sembrare ancora più giovane di quanto non sia.

«Sì», conferma James. «Oscar mi aiuta nelle mie ricerche».

«Be', anche io sono stata assistente di James e gli sono grata per quello che mi ha insegnato».

Oscar si volta verso James, che dice: «Tu sei la mia partner, Emma. Non la mia assistente».

«Okay, partner, sono pronta ad andarmene da qui».

«Abbiamo già parlato di questo».

«Un buon motivo per smettere di farlo». Poso le gambe sul pavimento, afferro il bastone e mi alzo. «Me ne vado. Non ho bisogno del tuo permesso. Il tuo aiuto, però, potrebbe essermi utile».

Lui sorride scuotendo la testa. «Sei davvero un bel tipo, lo sai?»

«Devo considerarlo un sì?»

«È un riluttante "Fai come vuoi"».

«D'accordo».

Fuori dall'ospedale mi muovo come al rallentatore. Ogni passo è un atto di volontà. Sollevo e poso le gambe come se avanzassi in una palude melmosa. La gravità terrestre mi impaccia nei movimenti come un chewing-gum appiccicato alla suola delle scarpe.

Il terreno sabbioso è spruzzato qua e là di neve. L'alternanza di bianco e marrone mi affascina. Dalla finestra dell'ospedale ho visto la neve cadere quasi ogni giorno, ma il Sole la scioglie. Mi chiedo quando comincerà ad attecchire, quando il ghiaccio cercherà di seppellirci.

Il mio sogno è sempre stato quello di fondare una colonia in un nuovo mondo. Il Campo 7 sarebbe il posto giusto. Questa Terra è diventata quasi aliena, ma sto troppo male per fare qualcosa. Voglio disperatamente trovare un modo per dare il mio contributo. È nella mia natura e mi rende felice.

Fuori fa freddo, ma non come in Siberia, sembra più New York d'inverno. Gelide raffiche di vento spazzano il campo e James mi stringe a sé cingendomi la vita con un braccio.

Le strade non sono asfaltate, sono soltanto piste di sabbia battuta. La maggior parte degli alloggi sono cupole bianche con pannelli solari neri sul tetto, sembrano una colonia di pinguini imperatore insediati nel deserto mentre tutt'intorno infuria una tormenta di neve. Al centro del campo c'è un grappolo di edifici modulari con solide pareti di plastica destinate a durare nel tempo: l'ospedale, il quartier generale del comando militare, gli uffici amministrativi e una grande struttura denominata

Olympus che ospita la NASA, la NOAA e quello che resta di varie organizzazioni scientifiche.

Ci sono anche alcune grandi fabbriche che delimitano il perimetro del campo, e più avanti enormi magazzini e serre. Nei magazzini sono conservate ingenti scorte di cibo, e quando saranno finite, le serre soddisferanno i nostri bisogni alimentari. Ma non produrranno abbastanza per nutrire tutto il campo. Se l'energia solare non tornerà ai valori normali, il nostro destino sarà quello di morire di fame.

La maggior parte delle fabbriche lavora i prodotti delle serre e produce quello che serve al campo. Una di esse sta costruendo la nuova flotta di navi che sarà lanciata nello spazio. La missione non è ancora stata pianificata, ma la costruzione delle navi è già a buon punto. C'è la sensazione diffusa che il nostro tempo sia limitato e vogliamo essere pronti quando – o se – scadrà.

Veicoli militari ci sfrecciano accanto sgombrando la strada dalla neve, seguiti da macchine elettriche non più grandi di golf cart. Sembra una città di frontiera post-apocalittica.

L'alloggio di James è a due isolati dall'ospedale. Mi chiede se voglio che mi accompagni con una macchina elettrica, ma declino l'offerta. Voglio camminare – per dimostrargli che posso farlo, ma soprattutto per sentire il Sole sulla faccia. È una versione pallida e nebbiosa dell'astro che ricordavo, ma è l'unico Sole che abbiamo ed è per quello che stiamo combattendo.

Devo fermarmi due volte per riprendere fiato e un'altra per una fitta ai fianchi. Mi appoggio al bastone aspettando che passi. James mi si accosta e mi prende per il braccio, mentre Oscar, dall'altra parte, è pronto a sostenermi se le gambe mi cedono.

Quando arriviamo alla cupola bianca, sto ansimando. C'è una piccola anticamera dove un soffio di aria calda ci accoglie mentre entriamo.

L'interno della cupola mi sorprende, è nuovo, fresco e arredato come un appartamento di lusso. Il pavimento è di finto legno e cigola come plastica quando l'attraverso. È un open space, con uno spazioso soggiorno e un angolo cucina con al centro un tavolo. Tre radiatori alle pareti diffondono un dolce tepore. In soggiorno ci sono spessi tappeti, un divano e due poltrone imbottite. Non ci sono finestre, ma grandi e sottili schermi video che proiettano la vista esterna. Sono ad alta risoluzione e le immagini sono così nitide da ingannare chiunque li guardi.

Ci sono cinque porte. Una per ognuna delle tre camere, una per il bagno e un'altra per un piccolo studio con un tavolo coperto di fogli.

Mi piace molto. Mi sento subito come a casa, è un posto dove posso stare bene. Un posto dove James e io possiamo essere felici.

James mi guida verso il divano e mi lascio cadere sui soffici cuscini per dare sollievo alle mie stanche ossa.

«Me l'ha procurato Fowler. Voleva che prendessi un alloggio con tre camere».

«È perfetto. L'adoro».

«Ma c'è di più».

Inarco un sopracciglio.

«Tua sorella e la sua famiglia abitano in una baracca a pochi metri da qui. Ho parlato con Fowler e può farli trasferire in un alloggio come questo. Potrai vivere con loro, se vorrai».

Non vuole che viva qui con lui. Perché? Perché ostacolerei il suo lavoro? Non sono ancora del tutto autosufficiente e lo rallenterei. Ma io voglio star qui. Voglio aiutarlo.

«Se è questo che vuoi», dico pacatamente.

Lui esita. «Pensavo… che fosse quello che volevi tu».

«Non proprio».

«Cosa vuoi?»

«Voglio stare qui», rispondo deglutendo sonoramente. «Voglio aiutarti. Voglio finire quello che abbiamo cominciato lassù sulla *Pax*».

La mia camera ha un bagno privato e ne sono grata a James. In ospedale mi mancava la privacy.

La mattina seguente, mentre mi lavo la faccia, sento la porta che si apre. Una ventata gelida irrompe nel bagno e in soggiorno riecheggiano tonfi sordi. Esco dalla camera con l'asciugamano in spalla e strabuzzo gli occhi. Il tavolo e i mobili sono stati spinti contro le pareti e il pavimento è coperto di attrezzi ginnici. James ha trasformato il soggiorno in una palestra.

Mi fa un largo sorriso e con un gesto della mano mi indica gli attrezzi come un venditore d'auto che mostra il suo ultimo modello.

«Non abbiamo spazio per tutto questo».

«Certo che l'abbiamo», risponde James inserendo la spina di una cyclette.

So quando non è il caso di discutere con lui. E questa è una di quelle occasioni.

Quando James esce per incontrare Fowler, Oscar rimane e la cosa mi sorprende.

«Non aiuti James a pianificare la missione?», gli chiedo.

«L'ho fatto, ma oggi voleva che restassi con lei, per aiutarla se ha bisogno di qualcosa».

«Non preoccuparti, me la cavo da sola».

«Su questo non avevo dubbi, ma ho studiato varie tecniche terapeutiche e sono pronto ad aiutarla. Cominciamo subito?».

Oscar si rivela un autentico esperto di terapie fisiche. Nonostante la gracilità del suo corpo, è molto più forte di quanto avessi immaginato. Mi incoraggia a esercitarmi, a volte è severo, ed è sempre accanto a me quando ho bisogno di aiuto. Sembra non stancarsi mai, o forse è soltanto perché io sono sempre senza fiato. Non so più cosa sia normale.

«E adesso?», gli chiedo.

«Dieci minuti di vogatore e poi una pausa», risponde lui indicandomi l'attrezzo per vogare. «Se la sta cavando bene, signora».

«Ti prego, Oscar, non chiamarmi signora».

«Non è un problema. Essere gentili non costa nulla».

Tra una seduta e l'altra al vogatore, mentre ansimo cercando di riprendere fiato, riesco a chiedergli: «Da quanto tempo conosci James?»

«Da una vita», risponde Oscar con aria assente.

Questo sembra avvalorare la mia teoria che Oscar sia suo figlio. Devo saperlo.

«È tuo padre?».

Per un lungo istante Oscar rimane in silenzio. Sto per fargli un'altra domanda quando finalmente mi risponde.

«Se ci fosse qualcuno che posso considerare come un padre, sarebbe di certo lui».

*Cosa vuol dire?*

Durante il viaggio di ritorno verso la Terra avevo detto a James che volevo scoprire cosa gli era successo. Ma su AtlanticNet il suo nome non è menzionato. E non sono abbastanza in forze per andare in giro per il campo a chiedere informazioni. Sono sicura che Oscar lo sa.

Dopo la seduta al vogatore mi siedo al tavolo del soggiorno e mi tergo il sudore dalla faccia con un asciugamano. Oscar, alle mie spalle, si sta facendo uno spuntino in cucina.

«Oscar?»

«Sì, signora».

«Quando James è finito nei guai tu eri con lui?»

«Sì».

«Puoi dirmi cosa è successo?»

«Non lo sa?»

«No».

«Penso che James vorrebbe dirglielo di persona, signora».

«Tu non puoi dirmi niente?».

Oscar non risponde. Indica soltanto il cronometro che tiene in mano per segnalarmi che è ora di cominciare una nuova sessione.

Mi rimetto a vogare, sfogando la mia rabbia a ogni colpo di remi. Oscar si sta solo comportando da buon amico e probabilmente fa la cosa giusta. Ma mi sento tagliata fuori, esclusa dal loro segreto.

Quando finisce la sessione, appena riprendo fiato gli chiedo ansimando: «Perché è finito nei guai?»

«Vuole sapere il vero motivo?»

«Sì».

«Ha cercato di salvare qualcuno che amava».

«Non è un crimine».

«Sono d'accordo con lei».

«E cosa è successo?»

«Ha intrapreso azioni estreme, che insidiavano il potere di persone molto influenti, e ha sottostimato la loro reazione».

Per due settimane ripetiamo la stessa routine: colazione, James esce per andare a lavorare con Fowler, Oscar e io facciamo terapia fisica e pranziamo insieme, faccio un pisolino, altra terapia fisica e poi cena insieme.

Questa sera c'è un piacevole cambiamento. La porta si apre ed entrano Madison, David, Owen e Adeline con razioni di cibo preriscaldate. Le nostre sono già in tavola. È una cena spartana, ma per noi è come una festa. È da quando ero in ospedale che non vedo mia sorella e la sua famiglia. Adesso sono un po' più forte, e nel mostrarlo provo uno strano senso d'orgoglio. Nonostante le mie proteste, le sedute di terapia fisica con Oscar hanno dato i loro frutti.

La conversazione a tavola non è libera come mi piacerebbe. Voglio raccontare a Madison e David tutto ciò che ho passato, ma la prima missione di contatto e quello che è successo a bordo della *Pax* sono ancora informazioni riservate. James e io ci limitiamo a dire che la missione è stata un successo ma che c'è ancora molto lavoro da fare.

Madison non riesce a tenere a freno la propria curiosità e

tempesta James di domande. Tendo l'orecchio e ascolto. Anche io ho molte domande da fargli e spero che lei gli strappi alcune risposte.

«Da dove vieni, James?»

«Sono cresciuto ad Asheville, nel North Carolina, e ho studiato a Stanford».

Madison mangia un altro cucchiaio di purè. «E tu, Oscar?»

«Anch'io», risponde lui sottovoce.

«Come vi siete incontrati?», chiede Madison. La sua domanda indiretta rimane sospesa tra i due come il conto di una cena posato sul tavolo alla stessa distanza tra i due commensali.

«Attraverso il mio lavoro», risponde prontamente James. «Come vi trovate al campo?», chiede poi per cambiare argomento.

David ha alcune rimostranze sull'alloggio, ma tutto sommato lui e Madison sembrano contenti e la cosa mi riempie di gioia.

Dopo il dolce serviamo il caffè. Soltanto Madison lo prende e sembra infonderle più energia per il suo interrogatorio di James.

«Hai ristabilito i contatti con la tua famiglia, James?»

«No. Ma so che stanno bene».

Nella capsula mi aveva parlato di un fratello al quale non rivolgeva più la parola. Da quando siamo tornati, questa è la prima volta che lo sento parlare di lui.

«Questa sì che è una buona notizia». Madison fa una pausa e mi lancia un'occhiata. «Sono anche loro al Campo 7?»

«Sì».

«Tua madre e tuo fratello?».

Colgo uno sguardo furtivo di Oscar a James. *Cosa vuol dire?*

James comincia a raccogliere i piatti di plastica del dolce. «I miei genitori sono morti».

«Fratelli e sorelle?», chiede Madison.

Mi rendo conto che James non vuole parlarne e allungo un calcio a Madison sotto il tavolo.

Lei china la testa e mi fissa, come per chiedermi: *Cosa c'è?*

«Soltanto un fratello», risponde James, sciacquando i piatti prima di infilarli nella lavastoviglie.

Grazie al cielo Madison la smette di bersagliarlo di domande.

Quando se ne vanno, mi affaccio nello studio di James. C'è un caos incredibile. Schemi di droni, mappe del sistema solare e della cintura degli asteroidi e, affisso alla parete, un elenco di sei nomi: Harry, Grigorij, Min, Lina, Izumi e Charlotte. I compagni di viaggio che abbiamo lasciato lassù. È per loro che James sta lavorando. Per loro e per quelli che sono ancora qui.

«Mi dispiace per Madison. Può essere molto insistente».

«Ti sta solo proteggendo», risponde lui senza sollevare gli occhi.

«Posso aiutarti?»

«Non ora, te lo chiederò presto».

Adesso, almeno, ho qualcosa per cui sperare.

La mattina seguente James mi sta aspettando in soggiorno, la mia palestra di riabilitazione.

«Ti va una passeggiata?», mi chiede.

«Certo».

È un gradito cambiamento. Forse pensa che l'aria fresca mi farà bene. Quando usciamo dalla cupola mi appoggio al bastone e con l'altra mano mi aggrappo al suo braccio. È mattina e il campo si sta svegliando. Il Sole brilla pallido nel cielo e il nevischio vortica attorno a noi come la cenere di un fuoco spento.

«Ti stai rimettendo in forze», mi dice James.

«Non così rapidamente come vorrei».

«In questi giorni nulla sembra succedere abbastanza in fretta».

Si ferma davanti alla Baracca 12A e fissa la porta. L'edificio sembra una lunga serra con il tetto ad arco – come una lunga e sottile botte bianca sprofondata nella sabbia. Soltanto il tetto è nero per via dei pannelli solari. Gli ospiti della baracca hanno finito la colazione e stanno uscendo per andare al lavoro.

Non è lì che vive Madison, e nemmeno Fowler, che condivide un alloggio con la moglie, i figli ormai adulti e le loro famiglie.

«Stai cercando qualcuno?»

«Sì», risponde continuando a fissare le persone che escono dalla baracca. «Eccolo», dice alla fine. «È quello con il parka verde e il berretto blu».

L'uomo è alto più o meno come James e gli assomiglia vagamente.

«È tuo fratello?»

«Sì».

Poi, dopo una pausa, James continua: «Vengo qui tutte le mattine. Per vederlo».

«Perché?»

«Perché non riuscirò mai ad avvicinarlo più di così».

«Non capisco».

«Mi odia».

«Perché?»

«Per qualcosa che ho fatto».

Ho imparato a conoscere i limiti di James. Ce ne sono pochi, ma sono come mura invalicabili. E questo è uno dei più inviolabili.

Mi chiedo perché abbia voluto che venissi con lui. Evidentemente è una cosa che lo disturba e di cui vorrebbe parlarmi ma non può farlo.

Mi rendo conto che non sono l'unica che sta cercando di rimettersi in piedi al Campo 7. Anche lui ha le sue ferite. Sono invisibili, ma debilitanti come le mie.

Gli stringo più forte il braccio.

Una settimana più tardi sto pedalando sulla cyclette quando la porta si spalanca. James è tornato a casa prima dal lavoro. Mi fermo, rendendomi conto che è successo qualcosa.

«Abbiamo ricevuto un segnale», dice James ansimando.

«Da chi? Dove? La *Pax*?»

«La flotta Midway ha trovato altri oggetti alieni. Molti altri».

# Capitolo 38
# James

Fowler e io abbiamo analizzato i dati della flotta Midway. La potenza del nostro nemico è sconcertante. Abbiamo denominato gli oggetti alieni "celle solari", e come sospettavo, ce ne sono molte altre.

Ieri abbiamo ricevuto un altro minimattone informatico, questa volta dalla flotta Elio. Le informazioni sono arrivate al momento giusto e ci hanno permesso di capire cosa fare.

L'ufficio di Fowler nel nuovo quartier generale della NASA è stato trasformato in una *war room*. È quello che abbiamo pianificato di fare: una guerra. Adesso conosciamo il nostro nemico e contrattaccheremo. Ma per avere una possibilità di uscirne vincitori, dobbiamo fare in modo che tutti i sopravvissuti sulla Terra lavorino insieme. La nostra prima grande sfida è convincere i politici che abbiamo ragione.

La gelida apocalisse che sta attanagliando il globo non è certo una cosa buona. Ci sono tuttavia alcuni vantaggi. Quello che apprezzo di più al momento è l'assenza di abiti eleganti. Nel loro grande esodo dalla patria, gli americani non hanno portato con sé completi e tailleur. La formalità e lo stile sono sepolti sotto il ghiaccio, probabilmente per sempre.

Indosso i pantaloni imbottiti grigi e un pullover nero, lucido gli stivali e mi faccio la barba perché questo è il giorno più importante della mia vita. Sto per proporre all'umanità di lanciare la più grande impresa scientifica della sua storia. Reagiremo.

Se non lo faremo, non so cosa succederà. Se non riuscirò a convincere il mio pubblico, questa potrebbe essere la fine della specie umana. Sono nervoso, la presentazione che sto per fare è decisiva per il destino del pianeta.

Emma sembra essersene accorta.

«Andrà tutto bene», mi dice.

«Questi sono politici. Può succedere di tutto. Potrebbero dire di no».

«Non lo faranno».

«E se invece lo fanno? Questa è la nostra ultima possibilità, Emma. L'ultimo lancio dei dadi. Se non saliremo lassù a combatterli, moriremo lentamente nel gelo».

Lei prende la mia faccia tra le mani. «Attraverseremo quel ponte quando sarà il momento. Cerca di fare un passo alla volta».

Emma è la mia roccia. So che le settimane dopo l'atterraggio sono state molto dure per lei, ma sta migliorando.

«Oscar verrà con te?», mi chiede.

«No».

La verità è che sarebbe troppo rischioso per lui, ma a Emma dico che resterà per darle una mano.

«Me la cavo benissimo da sola», risponde lei. «E poi vorrei venire con te».

«La tua priorità è la riabilitazione».

«La riabilitazione è lungi dall'essere la cosa più importante della mia vita».

Vorrei che avesse finito la frase, che avesse detto qual è la cosa più importante della sua vita. Ma come molte altre conversazioni tra di noi, è rimasta in sospeso.

La riunione si svolge nella palestra. Al Campo 7 non ci sono scuole, ma hanno costruito una palestra per consentirci di tenerci in forma – e guardando i ragazzi giocare a basket e a pallavolo mi sembra che il mondo sia ancora normale e in me si riaccende la speranza.

Dove prima c'era il canestro adesso c'è uno schermo e sul campo da gioco sono allineate file di banchi. Sono in piedi sul palco insieme a Fowler, come due condannati che aspettano il plotone d'esecuzione.

Fowler prende la parola per primo. Riassume le attività della missione – il lancio della *Pax* e della *Fornax*, la scoperta di un secondo oggetto alieno, l'invio delle flotte Midway ed Elio, l'incontro con Beta. Il pubblico è già al corrente di queste cose – c'erano nel rapporto distribuito prima della riunione – e l'esposizione procede senza intoppi.

Alla fine Fowler mi presenta e noto tra il pubblico dei cenni di riconoscimento, come se si dicessero: *Oh*, quel *James Sinclair!*

Gli sguardi minacciosi non aiutano i miei nervi. Mi sento come un ragazzino che si è iscritto a un campus di robotica ma è finito nel gruppo di dibattito alle finali di stato. Le presentazioni e i dibattiti non sono mai stati il mio forte. Ma la gravità della situazione richiede dei sacrifici.

Mi schiarisco la gola e inizio la presentazione.

«Come ha ricordato il dottor Fowler, l'equipaggio della *Pax* ha acquisito numerose informazioni che sto per condividere con voi. È con ogni probabilità il più grande segreto del mondo e la notizia più inquietante con cui la nostra civiltà si sia mai dovuta confrontare. La decisione che dobbiamo affrontare riguarda il futuro della specie umana. E questi sono i fatti».

Premo sul telecomando e sullo schermo appare una mappa del nostro sistema solare. Nell'oscurità dello spazio ci sono due puntini bianchi che ho circolettato, segnando anche le posizioni della Terra, del Sole e della cintura degli asteroidi.

«I cerchi sono le ultime posizioni note dei due oggetti alieni. Fino a ieri erano gli unici due oggetti di cui eravamo a conoscenza. Ma ora la flotta Midway ci ha trasmesso dei dati che vogliamo condividere con voi».

Premo sul telecomando e la mappa viene aggiornata. Al posto

di due cerchi ora ce ne sono centinaia, come una scia di briciole di pane in viaggio dalla cintura degli asteroidi al Sole.

«La flotta Midway ha identificato finora centonovantatré oggetti alieni. Tutti della stessa forma e delle stesse dimensioni, con la stessa curva di velocità e lo stesso vettore».

Come un'onda che si frange contro la costa, un fremito agita la folla. Le espressioni dei volti, il modo in cui si raddrizzano sulle sedie, sollevano gli occhi dai laptop e si sussurrano l'un l'altro mi fanno capire che ho catturato la loro attenzione.

Nella prima fila si alza una mano. L'Unione atlantica è formata da cinquanta nazioni. Fowler è stato molto diplomatico quando ha descritto la formazione dell'unione e le dinamiche degli stati membri. Leggendo tra le righe, la sostanza è questa: la maggior parte dell'autorità è stata acquisita dalle nazioni con le potenze militari e le basi industriali più forti per trasferire le proprie popolazioni. Le vere superpotenze sono gli Stati Uniti, il Regno Unito, la Germania, il Canada, l'Italia e la Francia.

«Dottor Sinclair, cosa implicherà esattamente la caccia a questi oggetti alieni?», chiede impassibile la primo ministro inglese.

«Signora primo ministro, questo è uno dei molti punti che oggi vorrei discutere con voi. Penso che quando avrete il quadro completo, le implicazioni saranno molto chiare. Ma ritengo importante che prima abbiate tutti i dati. Non pretendo di trarre conclusioni al vostro posto. Sono soltanto uno scienziato».

Aggiungo l'ultima parte come un tocco gentile per ingraziarmela. Forse, tutto sommato, avrei anche potuto fare il politico.

La primo ministro sembra apprezzare. Inclina la testa e dice: «Continui, prego».

Premo sul telecomando e sullo schermo appare un'immagine granulosa scattata da una grande distanza. Mostra un grappolo di oggetti esagonali riuniti insieme come celle di un alveare che fluttuano davanti al Sole oscurandone una parte.

«Questa immagine è stata catturata da uno dei droni Elio. Li avevamo lanciati verso il Sole per avere una conferma su quello che molti di noi a bordo della *Pax* avevano cominciato a sospettare, ovvero il fatto che gli oggetti alieni non fossero altro che celle solari. Eravamo inoltre giunti alla conclusione che queste celle fossero state create nel preciso intento di sottrarci energia solare».

Il primo fremito che ha scosso la folla è stato come un'onda dolce; questo, invece, è come uno tsunami. La palestra è come un mare in tempesta. Confusione, rabbia, paura. E, qui e là, stoiche risoluzioni.

Fowler si alza e mi viene accanto. Solleva una mano e dice a voce alta: «Per favore, signore e signori. Il dottor Sinclair deve finire la sua presentazione, poi seguirà il dibattito».

Il pubblico tace e io continuo.

«A questo punto, abbiamo alcune certezze. Uno: le celle solari sono state costruite o forse modificate per assemblarsi, come potete vedere voi stessi.

«Due: le celle sono attratte dal nostro Sole. Più gli si avvicinano, più la loro accelerazione aumenta, il che dimostra che sono alimentate dall'energia solare.

«Tre: le loro intenzioni sono ostili. La diminuzione dell'energia solare non è uniforme nello spazio che circonda la Terra. Stiamo orbitando in una piccola sacca dove le radiazioni sono ridotte. Questo fenomeno non ha cause naturali. La Terra è stata specificamente presa di mira.

«Le radiazioni solari dirette alla Terra sono deviate secondo un pattern geometrico basato esclusivamente sull'arrivo di altre celle al Sole o in qualche punto tra la Terra e il Sole. E come potete vedere dalla ricognizione preliminare della flotta Midway, altre celle stanno viaggiando verso il Sole e probabilmente mentre vi parlo sono già arrivate. Le centonovantatré che abbiamo individuato sono soltanto la punta dell'iceberg. Lo spazio è vasto e la flotta Midway è relativamente molto piccola».

Una mano si solleva dalla prima fila. È quella del cancelliere tedesco. Fowler si alza di nuovo e fa per fermarlo, ma io annuisco al cancelliere. Penso che per la nostra causa sia importante dare a questi leader tutte le informazioni che vogliono. Il nostro destino è nelle loro mani.

«Se la flotta Elio è così piccola, se ricordo bene il dottor Fowler ha parlato di soltanto tre droni, come riusciranno a individuare le celle vicino al Sole? Come ha appena detto, lo spazio è vasto».

«È una buona domanda. Come ho accennato prima, insieme all'equipaggio della *Pax* ho elaborato varie teorie sulle celle solari e su quello che sta accadendo al nostro sistema. Una di esse era che le celle fossero la causa del Lungo Inverno. Abbiamo quindi isolato l'area del Sole dove si sarebbero dovute assemblare per bloccare le radiazioni solari destinate alla Terra. Abbiamo inviato dei droni in quel punto, ed è proprio lì che si erano assemblate le celle solari».

Il cancelliere annuisce, serio in volto. «La ringrazio, dottor Sinclair. È stato molto chiaro».

«Non c'è di che». Mi concentro sull'insieme del pubblico e faccio un passo avanti sul palco come un avvocato che si appresta a fare l'arringa finale.

«Tutte le prove dimostrano che le celle solari e i loro creatori sono venuti nel nostro sistema solare per raccogliere l'energia del nostro Sole. La vera domanda è: perché? Penso che la risposta sia chiara: penuria di risorse.

«Da ovunque vengano le celle solari e i loro creatori, il loro pianeta necessita di energia solare. Possono generare energia in una varietà di modi. In particolare, possono convertire la massa in energia – come postulato da Einstein, la massa e l'energia in realtà sono intercambiabili – ma hanno anche una massa limitata. Pertanto, quando raggiungono i limiti delle loro risorse energetiche devono cercare altrove la massa e l'energia che servono loro. È per questo che sono venuti qui».

Volgo le spalle al pubblico, lasciando che assimilino le mie parole. Nella palestra è calato il silenzio.

«È ovvio che sono consapevoli della nostra esistenza e ci vedono come una minaccia ai loro sforzi per sottrarre energia al nostro Sole. È per reagire a questa minaccia che sono venuti nel nostro sistema solare e che vogliono distruggerci.

«Voglio ricordarvi che quando abbiamo individuato la prima cella solare, la nostra sonda è stata disabilitata e con ogni probabilità distrutta. E quando l'informazione è stata trasmessa alla Stazione spaziale internazionale, anch'essa è stata neutralizzata insieme a ogni satellite, telescopio e veicolo spaziale che abbiamo messo in orbita. E da queste azioni possiamo concludere che la prima cella solare e i suoi costruttori volevano nascondere l'entità della loro presenza nel nostro sistema solare. Quando abbiamo comunicato con una di queste celle, cercando di stabilire un dialogo, ci ha attaccati di nuovo appena si è resa conto che eravamo alieni. E alla fine, quando abbiamo contrattaccato, ha preferito autodistruggersi piuttosto che permetterci di studiarla. Forse i cambiamenti climatici sulla Terra sono stati accelerati da questo confronto. Sono convinto che siano una risposta al nostro tentativo di reagire. Ormai è chiaro che non si fermeranno finché non ci avranno annientati».

Il primo ministro canadese alza una mano.

«Il dottor Fowler ci ha detto che avete prelevato un pezzo dell'oggetto alieno o cella solare, come la chiamate adesso. Che fine ha fatto quel campione e cosa hanno rivelato le analisi?»

«È un'altra buona domanda. Siamo riusciti ad asportare una parte del suo rivestimento esterno. Purtroppo, mentre un drone la stava trasportando alla *Pax*, la cella ha reagito al nostro attacco nucleare. La carica è detonata fuori dal raggio previsto. In quel momento non mi trovavo sulla *Pax* e quindi non so se quel drone è riuscito a sfuggire all'esplosione. Sappiamo soltanto che il campione non ha ancora raggiunto la Terra e francamente non credo che ce la farà. E non credo nemmeno che le analisi rivelerebbero qualcosa che potrebbe indurci a modificare il piano che sto per proporvi».

«Grazie», risponde il primo ministro canadese.

Premo sul telecomando e sullo schermo appare la penultima diapositiva. È un diagramma della temperatura media globale. In una sola immagine è raffigurato il destino del nostro pianeta e della nostra specie.

«Il mondo sta diventando più freddo. Il calo della temperatura globale sta accelerando, e la causa sono quelle celle. Sono convinto che in futuro la temperatura calerà sempre di più, ed è possibile che le celle solari e i loro creatori decidano di intraprendere un'azione più diretta contro di noi».

Nella palestra si accavallano le domande e ancora una volta Fowler viene in mio soccorso per ristabilire l'ordine. Quando il brusio si placa, continuo: «La conclusione è che vogliono la nostra energia solare e sono disposti a ucciderci per averla. Ci seppelliranno nel ghiaccio e, se necessario, verranno a finirci».

Lascio che le mie parole producano il loro effetto. Tutti gli occhi sono puntati su di me.

Premo sul telecomando e appare l'ultima diapositiva.

Mostra di nuovo le celle solari che abbiamo individuato.

«C'è tuttavia una speranza», continuo. «Se il nostro nemico è a caccia di energia, sta sicuramente cercando di procurarsela nel modo più efficiente. L'energia è la loro moneta, e la sua raccolta e conservazione sono la loro industria. Non avrebbe quindi senso inviare una flotta di queste celle solari attraverso lo spazio. Potrebbero persino non essere in grado di viaggiare fuori dal nostro sistema solare».

Le implicazioni di quanto ho detto colpiscono molti dei presenti, alcuni dei quali sono scienziati.

«Cosa sta dicendo?», chiede in tono burbero il presidente degli Stati Uniti, visibilmente spaventato.

«Sto dicendo che con ogni probabilità queste celle non sono arrivate dallo spazio esterno al nostro sistema solare. Sono convinto che siano state fabbricate qui e che possiamo fermarle».

# Capitolo 39
# Emma

Alla visita di controllo, in ospedale, mi sottopongono a una serie di test.

Seduta nell'anticamera dell'ambulatorio, con Oscar al mio fianco, aspetto che mi chiamino. Lui non è voluto restare a casa e sono contenta che sia qui con me.

Sono nervosa per le notizie che mi darà il dottore. Una parte di me vorrebbe che ci fosse anche James, l'altra è felice che non ci sia. Mi ha salvata quando ero più vulnerabile e voglio che sappia quali sono le mie condizioni di salute. Se tra di noi le cose evolveranno, deve sapere come sto realmente. Ma ho bisogno di tempo per accettarlo io stessa, e quando sarò pronta, glielo dirò con parole mie.

La porta si apre ed entra una dottoressa inglese con i capelli rossi e un sorriso gentile. Il suo nome è Natasha Richards, è il medico che mi ha seguita in ospedale e mi fido di lei.

«Ciao, Emma».

«Salve».

Scosta lo sgabello dal muro e si siede di fronte a me, con gli occhi alla stessa altezza dei miei e le mani incrociate sul grembo.

«Ho visto la tua cartella e sono davvero impressionata dai tuoi progressi».

«Bene. Cosa dicono le analisi?».

Lei digita sul tablet e controlla i risultati del laboratorio. Il suo tono ora è meno entusiasta.

«Be'… la massa muscolare è migliorata…».

Sento in arrivo un *ma* e decido di risparmiarle l'imbarazzo.

«E la brutta notizia?», chiedo.

«La brutta notizia», dice con voce esitante «è che la densità ossea è ancora troppo bassa».

«Capisco».

«L'osteoporosi è una malattia che non perdona. Quando si comincia a perdere densità ossea è difficile recuperarla».

«Cosa sta cercando di dirmi?»

«Devi ridurre le tue aspettative, Emma. Hai vissuto un'esperienza straordinaria, alla quale pochi sarebbero sopravvissuti. E so che tu e Oscar avete lavorato duramente per riabilitare il tuo corpo».

«Quali dovrebbero essere le mie aspettative?»

«Temo che dovrai usare un deambulatore per il resto della tua vita. Potresti non recuperare mai più i tuoi livelli energetici. Le fatiche che hai sopportato, i dolori, le emicranie e i crampi hanno lasciato il segno. Il massimo che puoi sperare è un leggero miglioramento nel corso del tempo».

Le sue parole sono come martellate al petto, come una condanna a morte inflitta a un innocente, sommarie, ingiuste. Voglio camminare ancora ed essere libera. Mi sono impegnata a fondo, non posso accettare questa realtà per il resto della mia vita.

La dottoressa Richards si accorge della mia delusione. Si china su di me e mi prende la mano. «Sembra peggio di quanto non lo sia, Emma. Adesso può sembrarti terribile, ma ti abituerai ai limiti del tuo corpo. Tutti dobbiamo farlo. So che per te è particolarmente difficile. Ho guardato i tuoi esami di laboratorio prima che partissi per la Stazione spaziale internazionale. Eri il ritratto della salute. E so quanto hai sgobbato per farti ingaggiare. Immagino che farai lo stesso per rimetterti in forma. Devi soltanto tenere a mente che più di tanto non potrai fare. Non dovrai affaticarti troppo e soprattutto non dovrai essere troppo severa con te stessa quando le tue performance saranno al di sotto delle tue aspettative. Gestire le tue aspettative è il compito più importante che ti aspetta nei prossimi mesi».

Oscar e io torniamo a casa in silenzio. All'improvviso penso a Harry, Grigorij, Min, Lina, Charlotte e Izumi. Sono l l'unico motivo per cui sono tornata sulla Terra. Se sono viva, è grazie al loro sacrificio. Mi mancano. Non riesco a fare a meno di pensare a loro. Dovrei essere grata di essere viva, grata di non essere in condizioni peggiori. È merito loro. Vorrei poterli ripagare in qualche modo. E devo a James molto più di quello che potrei mai dargli.

Superiamo la baracca dove vivono suo fratello e la sua famiglia. Tutt'a un tratto mi viene un'idea. Ho bisogno di qualcosa di bello, e lo farò accadere.

Quando torna a casa, James è sfinito. Non l'ho mai visto così stanco nemmeno sulla *Pax*, durante le infinite ore di stress della missione.

«Cosa è successo?».

Si lascia cadere sul divano e scuote la testa.

«Raffiche di domande. Un dibattito interminabile. E io in piedi davanti a tutta quella gente che cercavo di spiegare una situazione talmente complessa che nemmeno io riesco ad afferrare. È stato terribile».

«Sono sicura che volevano soltanto capire per poi prendere la decisione migliore per le persone che hanno a cuore».

«O per se stessi».

«E per se stessi».

«Onestamente, non so come andrà a finire».

«Tu cosa ne pensi?»

«Vedo due possibilità. La prima è che autorizzino la missione, dando una reale possibilità di sopravvivere agli esseri umani rimasti. La seconda è che decidano che non c'è alcuna speranza e ci neghino l'autorizzazione».

«Il che significherebbe?»

«L'Unione atlantica è l'unica delle tre superpotenze a conoscere la realtà della situazione. Le risorse e i luoghi abitabili sulla Terra sono ormai ridotti. Potrebbero agire per primi».

«Facendo cosa?»

«Finire la guerra che ora è in stallo. Potrebbero attaccare il Trattato del Caspio, siglare un accordo di pace con la Pac finché non consolidano i territori caspici e poi attaccare anche lei».

«A meno che la Pac non fiuti qualcosa e dichiari guerra per prima».

Faccio un sospiro. Come al solito, James ha capito tutti i risvolti della situazione prima di me, e probabilmente prima di chiunque altro.

«Cosa possiamo fare?»

«Adesso? Nulla. Dobbiamo aspettare».

Forse non c'è nulla che possiamo fare.

Ma c'e ancora qualcosa che io ho bisogno di fare.

Dopo cena vado in camera, indosso uno spesso giaccone, stivali e guanti di pelle, e poi mi dirigo verso la porta. Mentre mi metto il cappello con i paraorecchie e la sciarpa, arriva James.

«Dove vai?»

«A trovare Madison», mento, sforzandomi di non far tremare la voce.

«Adesso?», chiede lui strizzando gli occhi.

«Certo».

«Ma si gela là fuori».

«Fa sempre freddo».

Mi studia con lo sguardo.

Mi stringo nelle spalle. «Ho bisogno di un po' d'aria fresca».

«Cosa ti ha detto oggi la dottoressa?»

«Che sto facendo progressi». Fin qui è vero. Tecnicamente non è una bugia.

James è perplesso, ma alla fine si arrende.

«Okay». Si volta verso Oscar, che sta lavando i piatti in cucina. «Oscar, va' con lei».

«Sì signore», risponde mite Oscar.

«Non ce n'è bisogno, me la cavo da sola».

«È meglio che ti accompagni Oscar».

«James...».

«No, Emma, le tue ossa sono ancora fragili e sottili. Se una raffica di vento ti facesse cadere, ti spezzeresti una mezza dozzina di ossa e resteresti là fuori al buio tutta la notte. Non ne vale la pena».

Non ho nulla da obiettare su questo. E non lo faccio.

Oscar non mi chiede dove stiamo andando. E non sembra preoccuparsi del freddo o della lentezza dei miei passi.

Di notte il campo ha un suo fascino. Le cupole bianche risplendono nel buio circostante come caterpillar luminescenti sepolti nella sabbia. Lungo il sentiero, i lampioni a LED illuminano le bufere di neve che si succedono a distanza di qualche ora, ricordandoci che il Lungo Inverno non è ancora finito e che sta aspettando di seppellirci.

Davanti alla casa di Fowler mi tolgo la neve dal giaccone e busso alla porta. Lui apre subito. La sua faccia è scavata come quella di James.

«Emma», dice sorpreso. «Entri, entri».

Oscar mi segue all'interno. Mi toglie il giaccone e la sciarpa e li appende mentre Fowler mi fa strada nel suo alloggio, che è poco più grande del nostro. Una donna all'incirca della sua età si alza dal tavolo al quale è seduta con due ragazzi in età da college.

«Lawrence, non mi hai detto che avremmo avuto compagnia».

Fowler apre la bocca, ma io lo anticipo.

«No, signora, è una sorta di visita a sorpresa».

«Una bella sorpresa», dice Fowler. «Emma, questa è mia moglie Marianne».

«È un piacere conoscerla, Marianne».

«Ha mangiato?»

«Sì, grazie, sono solo venuta a chiedere una cosa a Lawrence. Ci vorrà solo un momento».

Lui mi guarda incuriosito e indica uno studio in un angolo del soggiorno. Il tavolo è coperto di carte come quello di James, ma è più ordinato. Oscar ci raggiunge, non c'è motivo di farlo restare fuori. Dovrò soltanto raccomandare anche a lui, oltre che a Fowler, la massima segretezza.

«Cosa ha in mente, Emma?», mi chiede Fowler sedendosi accanto a me.

«James. La sua famiglia. Sono qui, in una delle baracche».

«Lo so. L'unica richiesta che ha fatto James quando è stato reclutato per la prima missione di contatto è stata la loro sicurezza. Come lei, ha chiesto che il suo unico fratello fosse trasferito in un luogo sicuro».

«Cosa sa del rapporto di James con il fratello?»

«Non molto. James è andato a trovarlo prima di partire sulla *Pax* e il fratello non era in casa. Ho avuto l'impressione che la cognata non volesse vederlo. Non l'ha lasciato entrare in casa».

«Perché?»

«Non lo so».

«Vorrei chiederle un favore».

«Qualsiasi cosa potrò fare per lei la farò».

«So che James vorrebbe contattare suo fratello e ho deciso di aiutarlo. Ho visto che oggi hanno liberato l'alloggio vicino al nostro».

Fowler mi studia per un istante. «Sì, dopo la nostra presentazione il generale che abitava lì è stato trasferito, nel caso... fosse presa una certa decisione. Comunque, quell'alloggio sarà presto disponibile».

«Può assegnarlo al fratello di James e alla sua famiglia?».

Fowler riflette un secondo. «Sì, credo di sì».

«Quanto ci vorrebbe?»

«Per avere una risposta? Non molto. Domani mattina glielo saprò dire».

Sono a metà degli esercizi mattutini quando arriva il messaggio. Appena lo leggo traggo un sospiro di sollievo.

*Assegnazione approvata.*

Uscendo dall'alloggio di Fowler, ho fatto giurare a Oscar di non rivelare a James quello che ha sentito. Lui ha annuito senza fare domande. Mi sembra tuttavia di tradire James non dicendogli quello che sto facendo. Ma sono convinta che sia per il suo bene. La mia riabilitazione qui al Campo 7 è stata fisica, la sua grande ferita è invece il rapporto con il fratello. James mi ha salvato la vita. E mi ha aiutata a rimettermi in forze. Devo farlo per lui. E deve restare un segreto.

C'è un'ultima cosa che devo chiarire.

Quando in ospedale mi sono collegata la prima volta ad AtlanticNet, ho pensato che fosse soltanto l'inizio di una rete di informazioni e che il governo avrebbe caricato altri dati. Ma mi sono sbagliata. È uno strumento molto rudimentale, usato soprattutto per gestire la vita nel campo. Contiene orari di lavoro, mansionari e notizie che il governo reputa importanti. E, naturalmente, direttive che tutti sono tenuti a seguire. Per fortuna c'è anche un elenco dei residenti, fondamentale per ricollocare le famiglie e trovarle.

Ci sono quattro Sinclair, e soltanto uno di loro vive nella baracca che mi ha mostrato James: Alex Sinclair. La moglie si chiama Abigail, il figlio Jack e la figlia Sarah. Abitano nella Stanza 54.

Mi faccio una rapida doccia, mi vesto e, quando entro in soggiorno, Oscar è seduto sul divano, chino sul tablet.

«Oscar, devo fare un'altra commissione».

«D'accordo».
«E ho bisogno che non ne parli con nessuno, come per l'incontro con Fowler».
«D'accordo».

Non sono mai entrata in una baracca. Non è come me l'aspettavo.
L'atmosfera sembra quella di una casa di riposo. C'è un lungo corridoio con gente seduta fuori dalle stanze. Per la gran parte sono troppo giovani o troppo vecchi per lavorare. I bambini giocano, chiacchierano o fissano i tablet, guardando i pochi video disponibili su AtlanticNet.
Si era parlato di istituire delle scuole, ma sospetto che non sia una priorità. All'ordine del giorno c'è la sopravvivenza. Tutti i residenti di sana e robusta costituzione stanno lavorando per sostenere il campo e la prossima missione della NASA. È quello che farei anche io se fossi in condizioni migliori.
La porta della Stanza 54 è chiusa. È bianca e spessa, di un materiale sintetico che sembra vetroresina.
Busso e la porta si apre scricchiolando. Davanti a me c'è una donna bionda con gli occhi cerchiati di nero, come se non dormisse da tempo.
Mi appoggio al bastone, con Oscar al mio fianco, chiedendomi come cominciare.
«Ha bisogno di aiuto?», mi chiede con aria sospettosa.
«Salve. Il mio nome è Emma Matthews».
«Piacere, Abby Sinclair. Di cosa si tratta?»
«Sono un'amica di suo cognato».
«James?». La sua espressione si indurisce.
«Sì».
«Cosa vuole?»
«Vorrei parlarle».
«Di James?».
Evito di cadere nella sua trappola e ci giro intorno.

«Vorrei proporle di trasferirsi insieme alla sua famiglia in un alloggio più confortevole».

Lei strizza gli occhi, studiandomi. Alla fine spalanca la porta e mi fa cenno di entrare.

La famiglia Sinclair vive in uno spazio di sei metri per nove con due letti addossati alla parete, un piccolo tavolo, un bagno e un'area soggiorno. Il loro figlio Jack deve avere sette o otto anni. La figlia sembra averne due di meno. Seduti al tavolo, digitano sui tablet. È triste vedere come questi bambini, al pari di molti altri, trascorrono le loro giornate al campo.

«Jack», dice Abby «porta tua sorella in soggiorno e finite i compiti. Niente giochi né video».

I figli spostano le sedie un paio di metri più in là, in quello che immagino sia il soggiorno.

Abby mi indica il tavolo e ci sediamo. Oscar resta accanto alla porta, visibilmente a disagio. Abby gli lancia uno sguardo torvo, come se lo conoscesse e non le piacesse.

«Su AtlanticNet ci sono anche lezioni scolastiche?», domando cercando di mantenere un tono amichevole.

Abby annuisce bruscamente. «C'è un curriculum condiviso».

«È utile?»

«È tutto quello che abbiamo».

«Cerchiamo tutti di cavarcela con quello che abbiamo», rispondo in tono pacato. «È per questo che la famiglia è più importante che mai».

«Dipende però da come ti tratta la famiglia, non crede?».

Non sta andando bene.

«Certo», rispondo. «E quando si fa qualcosa per la famiglia, è importante che loro ne siano a conoscenza. Così possono sapere quanto bene gli vogliamo».

«Cosa intende dire?»

«Sto dicendo che è grazie a James che lei e la sua famiglia siete qui».

Cala il silenzio.

«Mi lasci indovinare», le dico. «Gli uomini del governo sono venuti a casa sua per dirle che sareste stati trasferiti in una delle zone abitabili del pianeta, salvati dalla guerra, e lei non ha chiesto perché?».

Abby scuote la testa. «No, non gliel'ho chiesto».

«Lo vuole sapere?»

«È venuta qui per dirmelo, vero?»

«Non solo. Ma il resto non dovrà rivelarlo a nessuno, per la sua stessa sicurezza. Quello che sto per dirle è ancora considerato top secret».

Le mie parole catturano la sua attenzione. Lancia un'occhiata ai figli. «Bambini, mettetevi le cuffie, subito», dice.

Poso le mani sul tavolo e intreccio le dita. «Voglio molto bene a James. Non so cosa sia successo tra di voi, o tra lui e suo fratello, e nemmeno perché è finito in prigione. Ma ho imparato a conoscerlo bene, e so che è una bravissima persona».

Abby mi fissa senza dire nulla.

«Ecco quello che non è stato reso pubblico: il Lungo Inverno non è un fenomeno naturale. La Terra si sta raffreddando perché ci sono degli oggetti alieni che stanno deliberatamente bloccando l'emissione dei raggi solari che dovrebbero raggiungere la Terra. James ha partecipato a una missione che doveva indagare su questi oggetti. Le sue competenze robotiche erano fondamentali per la costruzione dei droni che hanno scoperto cosa sono e perché sono lì. Anche io ho partecipato a quella missione». Faccio una pausa. «Ieri il responsabile della missione mi ha detto che in cambio della sua partecipazione, James ha chiesto soltanto una cosa: che voi foste trasferiti in un luogo sicuro».

Abby posa le mani sul tavolo e le fissa come se la risposta fosse tra le loro rughe.

«Se Alex l'avesse saputo», dice scuotendo la testa, «forse non sarebbe voluto venire qui e saremmo sepolti sotto due metri di neve».

«James può essere altrettanto testardo», dico avvicinandomi a lei. «È un motivo in più perché in questo momento le famiglie restino unite. Affinché la voce della ragione possa avere la meglio sui vecchi rancori. Abbiamo bisogno l'uno dell'altro. E so che lui vi vuole molto bene».

Abby si guarda attorno nella piccola stanza dove vivono in quattro. «Ha menzionato un nuovo alloggio?»

«Sì, vicino a quello che condivido con James e Oscar».

Quando sente il nome di Oscar sogghigna e guarda nella sua direzione. Sì, lo conosce.

«E cosa ci chiederanno in cambio?»

«Niente. James vuole assicurarvi il meglio. E sa che se scopriste che è stato lui a procurarvelo, non lo accettereste. Così l'ho fatto io al posto suo. È vostro. Senza obblighi. Potete trasferirvi quando volete».

«Grazie», dice lei sottovoce.

«Vi chiedo soltanto una cosa. Non è un requisito, soltanto una richiesta».

«E quale sarebbe?»

«Che veniate a trovare James. Se Alex non vuole venire, venga lei, con o senza i figli. Tutto qui».

# Capitolo 40
# James

Sono passati due giorni dalla mia presentazione al congresso dell'Unione atlantica e ancora non è stata presa alcuna decisione. Lo considero un brutto segno. Mi sento come un avvocato che ha difeso meglio che poteva un innocente a rischio di pena di morte e adesso il destino del suo cliente è nelle mani di persone che non conoscono il caso e possono agire irrazionalmente o egoisticamente.

Sono seduto nell'ufficio di Fowler al quartier generale della NASA e stiamo parlando della missione quando il suo assistente, un tenente dei marines, bussa ed entra.

«Signore, il consiglio esecutivo chiede di vedervi tutti e due».

Questa volta incontriamo i leader dell'Unione atlantica in una sala operativa. I presidenti delle principali nazioni dell'Unione sono seduti a un lungo tavolo da conferenze. Il presidente degli Stati Uniti parla per primo.

«Signori, la vostra missione è stata approvata».

Faccio un sospiro di sollievo, la tensione si allenta.

Ma dura poco.

«Ci sono però due condizioni», aggiunge il presidente con una voce che diventa più roca a ogni parola, come una sega elettrica che si avvia. «La prima, il lancio non avrà luogo prima di avere recuperato e adattato almeno duecento testate nucleari».

«Adattato per cosa?»

«Per l'uso nello spazio. Sono certo che potrete raggiungere l'obiettivo, ma lo dico sin d'ora, affinché non ci siano ambiguità: abbiamo ragione di credere che la vostra missione susciterà una reazione violenta del nemico e vogliamo essere pronti a difenderci».

Non riesco a credere a quello che ho sentito.

«Potrebbero volerci anni», rispondo quasi urlando.

«Forse». Il presidente mi fissa con uno sguardo severo. «Ma ho sentito che lei è molto bravo con i robot. Forse potrà assisterci nel recupero e adattamento delle cariche».

Fowler mi lancia un'occhiata come per dire: *Lascia che me ne occupi io.*

«E la seconda condizione?», chiede Fowler.

«Prima di informare il Trattato caspico e la Pac dobbiamo essere pronti qui a Terra».

«Pronti per cosa?», domanda Fowler.

«Per la guerra».

Non riesco più a tenere a freno la lingua. «Cosa significa?»

«Significa, dottor Sinclair, che dobbiamo mettere in sicurezza i nostri nuovi confini e dotarli di una presenza militare, oltre a rafforzare la nostra rete di spie all'estero per essere pronti a rispondere a ogni atto di aggressione».

«Questo va contro tutto quello che stiamo cercando di fare! La presenza militare sottrarrebbe risorse sia all'adattamento delle testate nucleari sia alla missione stessa, senza contare che le altre nazioni si metterebbero in guardia. Ci sono spie anche qui, e segnalerebbero subito ogni nostro sforzo militare».

Il presidente mi guarda fisso negli occhi. «Le condizioni sono queste, signori».

Il messaggio è chiaro: la decisione è stata presa. E non si può tornare indietro.

Cammino su e giù nell'ufficio di Fowler, ribollendo di rabbia.

«È ridicolo. Stanno parlando di fortificare i confini di questa zona abitabile che non potremmo difendere in alcun modo né dal Trattato caspico né dalla Pac, per non parlare dell'armata di celle solari che ci minaccia da lassù. L'attacco è la nostra unica possibilità di sopravvivenza».

Fowler si appoggia allo schienale e riflette. La sua voce è poco più di un sussurro.

«Non possiamo farci nulla, James. Il nostro lavoro è la scienza, e questa è politica. E questa gente irrazionale, spaventata e arrabbiata a volte prende le decisioni sbagliate. Abbiamo i nostri ordini».

Quando torno a casa, sono sfinito. Sotto il soffio di aria calda dell'ingresso sento la voce di Emma che parla con un'altra donna.

«I dottori dicono che non recupererò la densità ossea che ho perso. Questo è il massimo che posso raggiungere».

«L'hai detto a James?»

«No».

Sono tentato di uscire di nuovo, di non violare la sua privacy, ma conosco la voce della donna con cui sta parlando. Mi sembra impossibile.

Alla fine la curiosità ha la meglio ed entro.

Mio nipote Jack è seduto nel soggiorno trasformato in palestra di riabilitazione. Accanto a lui c'è una bambina. Non l'ho mai vista di persona, ma so che è mia nipote Sarah. Stanno giocando tutti e due con i tablet, incuranti di quello che li circonda. È una bella vista dopo una lunga giornata.

Quando mi vede, Emma si alza dal tavolo e Abby si volta.

Avanzo lentamente, incerto su cosa dire. Emma mi salva.

«James, Abby è venuta a trovarci con i figli. Ha pensato che ti avrebbe fatto piacere vederli».

Solo ora i bambini si accorgono della mia presenza. Jack posa il tablet e si volta a guardarmi.

«Zio James!», esclama gettandosi tra le mie braccia. Lo stringo forte. È la sensazione più bella che provo da tempo. Mi ero chiesto cosa gli avessero raccontato i genitori sul mio conto.

Sulla mia lunga assenza. Qualsiasi cosa gli abbiano detto, non ha intaccato i loro sentimenti.

Sarah si avvicina lentamente, fissando il fratello che allunga un braccio e l'attira verso di noi.

«Questa è Sarah. Non parla ancora molto bene, ma sa correre».

Le stringo la mano e, con aria fintamente seria, le dico: «È un piacere conoscerla, signora. E non si preoccupi, le parole sono sopravvalutate. L'unica cosa che conta oggi è saper correre».

Un timido sorriso le illumina il volto e le sue adorabili guance si imporporano. Mi ricorda molto Abby.

Mi guardo attorno cercando mio fratello, ma nello studio non c'è nessuno, e nemmeno in bagno. No, non è qui.

Restano un'ora. Vorrei raccontargli della prima missione di contatto, ma sarebbe come vantarsi, fargli credere che sono qualcuno di importante o almeno interessante. Ma forse così capirebbero che non sono soltanto un ex detenuto, ma una brava persona.

Quando Jack mi chiede qual è il mio lavoro al campo, rispondo semplicemente che collaboro con il governo. Emma alza il tiro e dice che sto lavorando a dei progetti per salvare la specie umana e che potrei averla già salvata una volta. Abby sembra averlo già sentito e non sembra sorpresa. Jack, invece, reagisce come speravo.

Quando stanno per uscire, Abby dice a Jack di aspettarla nell'ingresso insieme a Sarah.

Poi, rivolta a me, sussurra: «Ho chiesto ad Alex se voleva venire, ma ha detto di no».

Aspetto, incerto su cosa dire.

«Sono contenta che tu abbia visto i piccoli», continua, con voce esitante. «Alex e io non gli abbiamo detto nulla su quello che ti è successo e non intendiamo farlo. Glielo diremo quando saranno abbastanza grandi e potranno decidere da soli che tipo di rapporto vogliono avere con te».

Annuisco.
«Sono venuta perché ho pensato che ti avrebbe fatto piacere vederli».
«Hai fatto bene».
«E che meriti di vederli».
Rimango in silenzio, aspettando il seguito.
«E anche perché ci è stata offerta la possibilità di trasferirci nell'alloggio alla porta accanto».
«Davvero?», chiedo, sorpreso.
«Sarebbe...». Abby esita. «...un bel passo avanti rispetto a dove stiamo adesso».
«Capisco». Cosa vuole chiedermi? «Non preoccuparti. Se Alex non vuole vedermi, non importa. Non busserò alla vostra porta per rinfacciarglielo e non lo aggredirò se lo incrocerò per strada».
Abby annuisce e il suo viso si distende.
«Sono così felice che sei passata di qui. Sarai sempre la benvenuta», dico per cambiare argomento.

# Capitolo 41
# Emma

La cosa forse più strana della vita qui al Campo 7, in Tunisia, è che non ci sono stagioni. So che in molte parti del mondo regna il Lungo Inverno, ma qui è completamente diverso. Qui ogni giorno sembra l'ultimo, spazzato dalle tempeste di neve. Ogni settimana fa un po' più freddo e il Sole è un po' più pallido, come se vivessimo sotto una luce che si spegne gradualmente. La gente si rintana nelle baracche affollate o nei confortevoli alloggi, resta al caldo la notte ed esce a lavorare nella fioca luce del mattino, circondata dalla neve. I giorni cominciano a essere tutti uguali: lavorare, dormire, ricominciare. C'è un senso di urgenza, la consapevolezza che il tempo sta per scadere.

Nessuno lavora più intensamente di James Sinclair. Nell'ultimo mese si è dedicato alla progettazione della nuova nave. Dopo un acceso dibattito, lui e il suo team hanno deciso di battezzare la nuova flotta Sparta. Le altre opzioni erano Alamo e Verdun. Perché dedichino tutto quel tempo alla scelta dei nomi per me è un mistero, ma per loro sembra importante. Naturalmente avevo già sentito il nome Sparta, ma non conoscevo la storia del piccolo gruppo di guerrieri greci che avevano respinto l'invasione persiana. James pensa che sarà un nome simbolico per tutti noi. Se il simbolismo favorirà il successo della missione, sono d'accordo… abbiamo bisogno di tutto l'aiuto possibile.

I siti dove stanno costruendo le navi sono strettamente sorvegliati. Nemmeno io potevo accedervi, e quando James mi ha chiesto se volevo visitarli, non sono riuscita a trattenere l'eccitazione.

Saliamo su una macchina elettrica a guida automatica, James e io davanti, Oscar dietro. Sembriamo una bizzarra famiglia post-apocalittica che parte per una gita.

Il campo è cambiato molto in fretta. Ogni giorno sempre più persone si uniscono ai militari, dedicando il proprio tempo all'addestramento e agli esercizi. Forse il governo ha appreso dall'intelligence che un'altra guerra è imminente. Forse vogliono essere loro a iniziarla. O forse la leadership dell'Unione atlantica pensa che presto dovremo combattere le celle solari e il loro creatore qui sulla Terra. Vedere tutte quelle uniformi che marciano attraverso il campo evoca una minaccia incombente, accentuata dalla progressiva attenuazione della luce solare.

Un addetto alla sicurezza ci fa cenno di dirigerci verso l'edificio principale, una costruzione massiccia che sembra un gigantesco magazzino. All'interno gli operai sono intenti a costruire i moduli della nuova nave.

«L'edificio è protetto contro eventuali attacchi?», chiedo guardando l'alto soffitto.

«Sì. Nelle vicinanze ci sono parecchi falsi bersagli. Edifici simili a questo, ma completamente vuoti. Ogni giorno inviamo gruppi di operai per depistare il nemico nel caso voglia attaccarci. E il fatto che siano protetti ci permette di lavorare per periodi più lunghi mentre la temperatura continua a calare», spiega James.

Indica poi una porta in fondo alla sala. «Stiamo lavorando anche a qualcos'altro». Inarca un sopracciglio. «Top secret».

«Posso sapere di cosa si tratta?».

James mi porge il suo tablet. Sullo schermo c'è l'immagine di quella che sembra una colonia di formiche. Una serie infinita di cunicoli collegati tra loro che scendono a spirale nella terra sboccando in un grande spazio cavernoso.

«Un bunker?»

«La chiamiamo "la Cittadella"», risponde James. «È il posto ideale per un rifugio, lì vicino c'è anche una grande falda acquifera».

Mi chiedo se questo luogo sarà la chiave della nostra sopravvivenza nel caso il Lungo Inverno non dovesse finire.

«Quant'è grande?».

James coglie la speranza nei miei occhi e il suo tono si fa cauto. «Può ospitare soltanto duecento persone, e a breve termine. Quando il clima peggiorerà, trasferiremo qui sotto i più deboli, i malati e i bambini». Fa una pausa. «*Se* peggiorerà», aggiunge. Ma entrambi sappiamo che sarà così.

«Oltre all'acqua c'è anche energia?»

«Sì, geotermica. La grande sfida è scendere a una profondità sufficiente per immagazzinare abbastanza energia geotermica. Ma penso che il team di scienziati tedeschi e scandinavi sia riuscito a risolvere il problema. Sono molto brillanti».

James si sta animando.

«A una profondità di duecento metri ci sono circa 8 gradi Celsius. Se si scende a cinquecento metri, la temperatura sale a 170 gradi».

«Si può trivellare così in basso?»

«Anche di più», risponde lui. Poi digita sul tablet e sullo schermo appare una pianta dell'impianto. I tunnel, il bunker e la falda acquifera sembrano così vicini alla superficie. Ci sono linee che scendono da alcuni degli open space più piccoli direttamente verso il centro della Terra, come lenze gettate da una barca.

«Il nostro piano è di scendere a diecimila metri. Laggiù la temperatura sarà di 374 gradi Celsius e la pressione dell'acqua di 220 bar. La quantità di energia che potremo generare sarà sufficiente ad alimentare il bunker».

«Incredibile», sussurro.

Siamo quasi al centro dell'edificio e davanti a noi si aprono i tunnel. C'è una leggera discesa, come il sottopassaggio di un'autostrada. Mentre scendiamo ho l'impressione di calarmi nella bocca di un'enorme bestia sepolta sotto la terra.

James rallenta per tenere il passo con me. Non riesco ancora a camminare veloce come un tempo, o come vorrei. La dottoressa aveva ragione: non sarò più la stessa di prima, ma ormai mi sono rassegnata alla mia nuova realtà. È la vita.

All'imbocco del tunnel c'è una rotaia. Saliamo su una piccola auto elettrica e James si mette alla guida. Mentre scendiamo, la temperatura si abbassa e la luce del bunker svanisce alle nostre spalle. Tranne i LED, sopra le nostre teste, siamo circondati dalle tenebre.

«Benvenuta nella Cittadella, comandante Matthews», mi dice James con un ghigno da gatto del Cheshire.

«È incredibile».

«Ho lavorato a un progetto per coltivare frutta e verdura qui sotto. Volevo creare una colonia autosufficiente. Ma non abbiamo né tempo né risorse o spazio. Ogni metro quadrato sarà destinato a scopi abitativi».

Mi guardo attorno, chiedendomi come sarà la vita qui sotto. Senza mai vedere il Sole, senza mai respirare aria fresca. Lontano dalla natura. È un po' come la stazione spaziale, un mondo separato.

Quando torniamo in superficie, mi fa vedere i moduli bianchi della nave.

«Questi faranno parte di *Sparta Uno*, la nave spaziale più grande che l'umanità abbia mai costruito. Sarà armata con testate nucleari, droni d'attacco e cannoni elettromagnetici. Spero soltanto che bastino per riportarci a casa».

Mi fermo e lo guardo. Pensa davvero che io resterò qui mentre lui rischierà la vita in missione? Mai e poi mai. Andrò con lui. So che litigheremo. E lo faremo fino in fondo, perché io non cederò.

Quella notte ci fanno visita Abby e i suoi figli. Jack e Sarah sembrano essersi ambientati bene al Campo 7. Vengono a trovarci anche Madison, David e i loro due figli. E naturalmente c'è Oscar. È un po' come una riunione allargata di famiglia.

Dopo cena James ha una sorpresa per tutti: un cane robot. Abbaia, scodinzola e sa persino parlare. I bambini restano a bocca aperta. Non ci sono animali da compagnia qui al campo, sono considerati un lusso. Non possiamo permetterci di avere altre bocche da sfamare quando il governo non sa nemmeno se riuscirà a nutrire tutti gli umani.

Mentre il mondo è diventato sempre più freddo, Abby si è sciolta. Lei e io siamo diventate amiche. Se all'inizio era fredda e riservata, adesso è cordiale e gentile con James e la cosa mi riempie di gioia.

Il fratello di James, invece, si fa notare per la sua assenza. Ho cominciato a chiedermi se Alex si farà mai vedere. James non se n'è mai lamentato, ma so che questo lo fa soffrire. Alex è l'unica famiglia che gli resta.

Quando tutti se ne sono andati, rimettiamo in ordine il nostro umile alloggio. Per una volta è bello avere un po' di caos in casa e quasi mi dispiace cancellare le tracce del passaggio dei bambini. Di solito siamo James, Oscar e io a fare le pulizie, tranne nello studio di James, dove nessuno può spostare le sue carte.

Quando abbiamo finito, James si siede al tavolo del soggiorno e accende il tablet. Anche io accendo il mio, mentre Oscar guarda una serie di video educativi sugli scavi minerari su AtlanticNet. Quando aveva cominciato a guardarli mi ero chiesta perché gli interessassero, ma adesso lo so: si sta documentando per aiutare James a costruire la Cittadella. Quei video sono l'unica cosa che guarda, non ha nessun hobby o interesse tranne aiutarmi nella riabilitazione e assistere James nelle sue ricerche.

Ci sono un paio di cose di cui devo parlare a James. Ho cercato di rimandarle, temendo la sua reazione, ma non posso più aspettare. Dopo avere visto la nave e sentito quello che mi ha detto, è arrivato il momento di tirare fuori il discorso.

«Possiamo liberarci di molta di questa roba», dico indicando gli attrezzi per gli esercizi che occupano più di metà del soggiorno.

Lui sembra confuso.

«Così i bambini avranno più spazio per giocare», aggiungo. «Con il freddo che fa, presto non potranno più farlo fuori».

«C'è la palestra».

«È troppo affollata».

Lui guarda di nuovo gli attrezzi. «Lo faremo quando sarà il momento. Adesso la cosa più importante è la tua riabilitazione».

Mi mordo per un istante il labbro.

«E se ti dicessi che la mia riabilitazione è finita?»

«Che intendi?», risponde lui posando il tablet.

«Che più di così non posso migliorare. Dovrò camminare per il resto dei miei giorni con un bastone, mi stancherò facilmente e le mie ossa resteranno fragili».

«Questo non significa che dovresti smettere di fare esercizio».

«È vero, ma potrò fare tutti gli esercizi di cui ho bisogno al centro di riabilitazione. Sono sicura che queste attrezzature potranno servire a qualcun altro. Ho molto apprezzato che tu me le abbia procurate. Quando non riuscivo a camminare mi è stato utile averle qui vicino».

Lui si limita ad annuire.

I palmi delle mani mi sudano al pensiero della prossima conversazione.

«Cosa pensi del fatto che non posso più aspettarmi alcun miglioramento?».

Lui mi fissa con aria perplessa, come se non avesse capito la domanda.

«E tu cosa ne pensi?», risponde.

«Te l'ho chiesto prima io».

«D'accordo. Sapevo che tua riabilitazione sarebbe stata un'impresa difficile, e che oltre un certo punto non saresti migliorata. E so che prima hai avuto una vita molto attiva e che adesso dovrai adattarti. Ma in questo momento tutti noi dobbiamo adattarci a questa nuova vita. Tutto sta cambiando. Dobbiamo rivalutare le nostre capacità per far fronte alla nuova realtà. In un certo senso, stiamo facendo tutti il tuo stesso percorso. L'intera specie umana sta imparando a camminare di nuovo».

«Questo cambia in qualche modo i tuoi sentimenti per me?».

Lui mi guarda di nuovo con aria confusa e un brivido di paura mi corre lungo la schiena. Mi sono fatta un'idea completamente sbagliata su quello che c'è tra noi?

Qualcuno bussa alla porta e James si precipita ad aprire, togliendosi dall'imbarazzo. Voglio disperatamente che risponda alla mia domanda. Ho bisogno di sapere.

Sento la voce di Fowler. Dal suo tono capisco che è qualcosa di importante. Mi avvio verso la porta, ma quando arrivo Fowler se n'è già andato.

L'espressione di James è un misto di eccitazione e apprensione.

«L'incontro è fissato. Fowler e io andremo a Caspia per fare la nostra presentazione».

«Quale presentazione?»

«Chiederemo il loro aiuto».

«Pensi che accetteranno?»

«Non lo so. Spero soltanto che non ci dichiarino guerra e non ci trattengano come ostaggi».

# Capitolo 42
# James

Mi aspettavo di avere più tempo per preparare la riunione con Caspia – come chiamiamo adesso le nazioni del Trattato caspico e i territori da loro controllati. Sono trascorse tre settimane da quando abbiamo chiesto l'incontro e ci hanno risposto soltanto adesso fissandolo per l'indomani. Forse pensano di destabilizzarci dettandoci i loro tempi.

Una cosa è certa: sono estremamente paranoici. Alla riunione potremo partecipare soltanto Fowler e io insieme a un team di sei esperti e scienziati necessari per la presentazione. Nessun militare, diplomatico o agente della sicurezza potrà accompagnarci. Il loro messaggio è chiaro: vogliono fatti e non si fidano di noi. L'escalation di attività militare dell'Unione atlantica non ispira certo fiducia.

Probabilmente sospettano che stiamo avendo gli stessi colloqui con la Pac e vogliono avere le informazioni per primi.

Partiamo di notte e voliamo a est in un convoglio di due elicotteri stealth invisibili ai radar.

Sulla *Pax*, quando dirigevo la nostra strategia nello spazio, mi sentivo nel mio elemento, ma gli intrighi politici non sono il mio campo e conosco molto poco le persone che incontreremo.

Caspia, come l'Unione atlantica, comprende decine di nazioni. Nell'Unione, quelle che detengono realmente il potere sono una mezza dozzina e i loro leader fanno parte del Consiglio esecutivo. Le nazioni forti di Caspia sono invece soltanto due: la Russia e l'India. Ma questo è tutto quello che so della loro struttura interna. Forse perché l'Unione atlantica non sapeva molto di più o forse perché non hanno ritenuto opportuno condividerlo con me.

Le altre informazioni che ho su Caspia sono esclusivamente geografiche. Lo stato si trova in quello che un tempo era il Sudest dell'Iran. La capitale, Caspiagrad, sorge nel deserto di Dasht-i Lut, uno dei deserti più caldi e asciutti del mondo, dove la temperatura raggiunge i 70° Celsius. Questo prima del Lungo Inverno, naturalmente.

Il deserto è una conca circondata da montagne. Quando ci entriamo, rimango affascinato dallo spettacolo naturale: una successione infinita di dune, come le onde di sabbia di un mare marrone, che si inseguono fino alla linea dell'orizzonte.

Mi ricorda un po' il Southwest americano, ma c'è qualcosa che non capisco.

«Cosa sono quelli?», chiedo a Fowler indicando dei rottami che sembrano relitti di navi naufragate.

«Yardang».

«Come li hai chiamati?»

«Sono creste rocciose create dall'erosione del vento», risponde lui ridendo.

«Come fai a saperlo?»

«Ho passato la vita smanettando sui computer».

Sorrido. Più lo conosco, più Fowler mi piace. Spero soltanto che i caspici non ci uccidano.

Il nome persiano del Lut significa "Pianura del Vuoto", ma non c'è niente di vuoto adesso. Davanti a noi scintilla una città.

A differenza del Campo 7, che sembra un insediamento di nomadi, Caspiagrad è una vera e propria città, con grattacieli che svettano dal deserto circondati da alte mura. Una squadriglia di elicotteri si leva in volo come una dimostrazione di forza per accogliere il nostro arrivo. Probabilmente ci hanno individuato con i radar e ci sono basi nascoste sotto la sabbia del deserto.

Non c'è nessuna cerimonia ufficiale di benvenuto, soltanto

una manciata di diplomatici di medio livello che si presentano prima di scortarci in un edificio vicino all'eliporto. Dopo un attento controllo della sicurezza ritorniamo dai diplomatici, che ci offrono acqua o caffè e ci chiedono se abbiamo bisogno della toilette.

Ci conducono quindi in un auditorium affollato. Ci sono più persone che nella palestra dove Fowler e io avevamo fatto la presentazione per l'Unione atlantica.

Non ci sono introduzioni o preamboli, ci dicono semplicemente di «Dire quello che dobbiamo dire».

Quando finiamo, le domande sono le stesse che ci avevano fatto alla presentazione precedente. I caspici hanno portato degli esperti che ci interrogano a fondo. Fowler ne conosce alcuni. Sono le sue controparti della Roscosmos e dell'Organizzazione di ricerca spaziale indiana (ISRO). Ci scambiamo tutte le nostre informazioni sui tablet.

Usando l'interprete, uno scienziato russo mi fa la domanda che avrei fatto se fossi stato al suo posto. «Dottor Sinclair, cosa pensa che stia succedendo lassù? E cosa si aspetta di trovare con la missione che ci ha proposto?»

«La nostra teoria», rispondo cautamente «è che nel nostro sistema solare ci sia un'entità o un dispositivo che crea le celle solari».

«Dove?»

«Dalle nostre localizzazioni delle celle e del loro vettore, può trovarsi soltanto nella cintura degli asteroidi».

«Perché ha bisogno di materie prime per costruire le celle».

«È quello che pensiamo. La cintura degli asteroidi è la fonte di materie prime più facilmente accessibile nel sistema. Ed è in una buona posizione, poco al di là di Marte. "Il mietitore", come abbiamo denominato questo presunto dispositivo, è venuto nel nostro sistema solare, si è attaccato agli asteroidi, ha fabbricato le celle solari che gli servivano e le ha inviate al Sole per raccogliere energia».

Nell'auditorium cala il silenzio.

Il presidente russo è il primo a parlare, in un inglese fluente.

«Da quanto ho capito, ci sono migliaia, forse milioni di oggetti alieni nella cintura degli asteroidi. Anche se riuscissimo a localizzare questo mietitore, non sarebbe soltanto "un ago in un pagliaio", come dite voi americani?»

«È una domanda giusta. È uno dei rischi della missione. Ma abbiamo abbastanza dati per tracciare un pattern dei movimenti del nemico.

«Pensiamo che le celle solari siano in realtà molto semplici. Il modo in cui hanno reagito alla nostra presenza non è stato molto diverso da quello di un drone. Siamo convinti che le loro capacità difensive e di comunicazione siano limitate. Sembra siano state costruite al solo scopo di viaggiare fino al Sole e catturare energia. E riteniamo quindi che le azioni del mietitore siano improntate al massimo risparmio energetico. Gli unici obiettivi della sua missione sono presumibilmente la raccolta e la conservazione dell'energia. E naturalmente il monitoraggio degli abitanti del nostro pianeta – il principale nemico o impedimento alla sua missione – e la risposta alle nostre eventuali azioni, come la distruzione della stazione spaziale e il tentativo di far fallire il lancio della *Pax* e della *Fornax*.

«In ogni caso, questa ipotesi ci consente di determinare la posizione del mietitore. Circa metà della massa della cintura degli asteroidi è rappresentata da quattro asteroidi e pianeti nani: Cerere, Vesta, Pallade e Igeia. Il più grande è Cerere, che rappresenta quasi un terzo della massa della cintura degli asteroidi. Ed è esattamente lungo la rotta da cui originano le celle. Abbiamo ragione di credere che il mietitore si trovi su Cerere».

«È impossibile», borbotta uno scienziato russo, un uomo tarchiato con le sopracciglia cespugliose e occhiali con spesse lenti. «Possiamo vedere Cerere con i nostri telescopi, e ruota ogni nove ore. Non c'è nulla lassù, dottor Sinclair».

«Nulla che possiamo vedere. Siamo convinti che un'entità così avanzata da sottrarre energia al nostro Sole possa camuffarsi facilmente su Cerere. È lassù, di questo siamo certi».

Dopo la presentazione ci fanno aspettare in una sala conferenze. Dopo un'ora comincio a chiedermi se ci abbiano presi in ostaggio.

«È stato difficile organizzare questa riunione?», chiedo a Fowler.

«Non certo facile. Hanno rifiutato il nostro approccio iniziale».

«Come ce l'hai fatta?»

«Ho avuto qualche aiuto».

Apre il suo laptop e fa partire un video.

«L'ho trovato in un file criptato sulla capsula di salvataggio della *Pax*. Il tuo equipaggio l'aveva inviato a Terra per aiutarti», dice Fowler.

Il video è stato visibilmente registrato sulla *Pax*. Riconosco le pareti imbottite dei moduli e la voce di Grigorij in sottofondo. Poi lo vedo fluttuare davanti all'obiettivo e fissarlo, come se si rivolgesse direttamente a me. Parla in russo, ma in basso scorrono i sottotitoli.

*«Ai miei compatrioti e ai miei colleghi della Roscosmsos, la nostra missione a bordo della* Pax *è stata un successo. Stiamo però entrando in una fase pericolosa dalla quale non so se ritorneremo.*

*Insieme agli altri membri dell'equipaggio, ho deciso di rispedire a casa James Sinclair. Se c'è qualcuno che può risolvere questo problema, è lui. Questo file criptato si sbloccherà quando Sinclair arriverà sulla Terra. Vi chiedo di dargli tutta l'assistenza di cui avrà bisogno. È una persona assolutamente fidata e ho riposto nelle sue mani la vita dei miei familiari e di tutte le persone che conosco».*

Ancora una volta sono grato ai miei compagni di equipaggio. Anche a milioni di chilometri di distanza, sono riusciti a esserci quando avevo bisogno di loro.

Mi aspettavo un'approvazione o un rifiuto della missione che abbiamo proposto, ma invece uno dei diplomatici ritorna nella sala conferenze e ci dice che possiamo andarcene.

Quando atterriamo all'eliporto dell'Unione atlantica, non ho nemmeno il tempo di farmi una doccia, di vedere Emma e Oscar o di dormire nel mio letto. Un drappello di militari mi scorta direttamente dall'elicottero a un enorme aereo. La Pac vuole vederci all'istante. Il nostro incontro con Caspia ha di certo influenzato la loro decisione. Non vogliono restare fuori dal gioco.

Vorrei che i caspici accettassero la nostra proposta. Sento che il destino dell'umanità si sta decidendo in queste ore. Le tre nazioni potranno unire i loro sforzi oppure scatenare una guerra civile globale per assicurarsi gli ultimi luoghi abitabili del pianeta.

Mentre voliamo verso l'Australia riesco a recuperare qualche ora di sonno. Quando mi sveglio, Fowler è chino sul suo laptop.

Mi stropiccio gli occhi cercando di mettere a fuoco lo schermo.

«A cosa stai lavorando?»

«Alla nostra presentazione. Voglio capire se possiamo migliorare qualcosa».

«Lascia che ci pensi io. Tu cerca di dormire un po'», dico togliendogli il laptop dal grembo.

I caspici ci hanno fatto atterrare nella loro scintillante capitale e scortati alla sede del loro potere. Volevano che vedessimo la loro città nel deserto per intimidirci con i progressi della loro tecnologia.

La Pac, invece, vuole nasconderci le sue conquiste tecnologiche. Ci fanno viaggiare su una portaerei cinese fino al largo della costa occidentale dell'Australia e poi saliamo su tre elicotteri con i finestrini oscurati.

Quando atterriamo per la seconda volta, ci costringono a restare seduti per un'altra mezz'ora. E quando finalmente ci fanno scendere, ci ritroviamo sotto un tetto di foglie in fondo al quale si apre un tunnel che sbocca davanti a un edificio.

Non vogliono farci sapere dove ci troviamo.

Un asiatico con un abito di sartoria ci aspetta all'interno dell'edificio con un sorriso ironico stampato in faccia.

«Sono Sora Nakamura», mi dice. «Abbiamo già avuto modo di parlare durante il suo avvicinamento alla Terra».

«Sì, ricordo. È un piacere conoscerla di persona».

«Spero soltanto che per lei questo incontro non sia una delusione», dice strizzando gli occhi.

Il pubblico della Pac non è facile. Sono persino più ostici di quelli di Caspia. Fanno più domande, sono sospettosi e vogliono dati a sostegno di ogni nostra affermazione. La riunione è lunga – sette ore in totale – ed estenuante.

Quando finalmente finisce ci guidano lungo un tunnel fino a quello che ci spacciano per un albergo. In realtà è un dormitorio con piccole camere e bagni in comune, ma è caldo e pulito.

«Quando potremo tornare a casa?», chiede Fowler a Nakamura.

«Quando sarà il momento», risponde lui con un sorriso.

La Pac ci confina per tre giorni. Sono preoccupato. Anche Fowler lo è, sebbene non ne parliamo. Sappiamo che probabilmente siamo osservati, che ogni parola che pronunciamo è registrata e analizzata, e così recitiamo la nostra parte. Parliamo della missione e della sua importanza.

Non dico quello che sto pensando. Là fuori è già scoppiata una guerra? L'abbiamo persa?

# Capitolo 43
# Emma

Il giorno della partenza di James chiedo a Oscar di aiutarmi a portare gli attrezzi al centro di riabilitazione. A me ormai non servono a nulla e altri potranno trarne giovamento. So che James vorrebbe che continuassi a usarli, e quindi è meglio liberarmene quando lui non c'è. Almeno così avrò qualcosa che mi terrà impegnata, e mi distoglierà dal pensare a lui.

Ma il vero campo di battaglia sarà la missione. È un altro motivo per liberarmi di quegli attrezzi. Tra poco non sarò più qui e non potrò usarli.

Caspia è soltanto a poche ore di elicottero. James rientrerà questa notte e gli dirò che partirò con lui. La cosa mi rende nervosa, ma devo farlo.

Verso mezzogiorno passa a trovarmi Madison. È da sola perché Owen e Adeline sono in palestra.

Quando arriva, sto pulendo la cucina. Se sono nervosa oppure ho troppe cose in testa, fare le pulizie mi aiuta a rilassarmi.

Ci sediamo sul divano, nel soggiorno ormai quasi vuoto.

«Ti sei liberata degli attrezzi?»

«La mia riabilitazione è finita».

«Lo vedo», dice guardando il bastone. «Dov'è James?»

«A una riunione».

«Fuori dal campo?»

«Sì».

«Sei preoccupata per lui?»

«Un po'».

«Cosa sta succedendo?».

Ho bisogno di parlare con qualcuno, di dirgli come mi sento. Oscar non mi basta, ho bisogno di una sorella.

«Se te lo dico, Madison, devi promettermi che non lo riferirai a nessuno. Nemmeno a David e ai ragazzi».

«Te lo prometto», risponde lei, spostandosi sul divano. «Di cosa si tratta?»

«La NASA sta per lanciare un'altra missione spaziale».

«Perché?», chiede lei, visibilmente sorpresa.

«Non posso dirtelo».

«James farà parte dell'equipaggio?»

«Sarà lui il comandante».

«E ci andrai anche tu?».

Come al solito, Madison ha centrato subito il punto.

«Sì».

«E lui non vuole che tu ci vada».

«Non gliel'ho ancora detto, ma penso che mi dirà di no».

«E sai perché?».

Mi mordo il labbro. Non è questa la conversazione che mi aspettavo. Voglio che mi aiuti a convincere James.

«Perché è testardo».

Madison mi lancia un'occhiata come per dire: *Lo sappiamo entrambe che il vero motivo non è questo.*

Mi stringo nelle spalle. «Perché si preoccupa per me?»

«Non solo per questo, Emma. Ho visto il modo in cui ti guarda, e so che l'hai visto anche tu».

«Oscar!», chiamo.

Lui emerge dallo studio, dove sta svolgendo i compiti che James gli ha assegnato.

«Sì, Emma».

«Ti dispiace andare al deposito a prendere le nostre razioni settimanali?»

«Per niente. Ti serve qualcos'altro da fuori?»

«No, grazie».

«Non abbiamo ancora affrontato l'argomento», dico a Madison quando lui esce.

«Forse dovresti farlo. È una cosa che non riguarda tanto la missione quanto voi due».

«Forse».

«Non c'è nessun forse, Emma. Io non sono una scienziata o un genio come James, ma conosco le persone. E conosco te. Ti conosco meglio di chiunque altro, persino di David. Nessuno ti è mai stato a cuore come James. Se non gli dirai quello che provi per lui, lo rimpiangerai per il resto dei tuoi giorni».

Non sono l'unica a dover dire a qualcuno quello che prova.

Il fratello di James lavora al primo turno. Appena esce di casa vado a trovare Abby.

Come Madison, anche Abby adesso lavora da casa attraverso AtlanticNet. Tutti lavorano, a casa o fuori. Nella palestra è stato allestito un asilo nido affinché i genitori non si distraggano dal lavoro. Non ci sono più madri o padri a tempo pieno. Per sopravvivere al Lungo Inverno, tutti devono sacrificare qualcosa.

«Mi dispiace, ma tra un'ora devo consegnare un lavoro e finire di rivedere questo documento», mi dice Abby quando apre la porta.

«Non voglio rubarti tempo. Puoi passare da noi quando hai finito? Non c'è nessuna fretta».

«Certo. Tutto bene?»

«Sì. Ho solo… bisogno di chiederti una cosa».

Venti minuti più tardi sono tornata a casa e, seduta sul divano, sto rileggendo un documento sul tablet quando qualcuno bussa alla porta. Mi alzo per aprire, ma Oscar è più veloce di me.

«Ciao, Abby», dice aprendo la porta.

«Ciao, Oscar», risponde lei sottovoce. Quando mi vede, il suo viso si illumina. «Ciao. Ti disturbo?»

«No, entra pure».

Abby si siede sul divano accanto a me e, come avevo fatto

con mia sorella, le chiedo di non rivelare a nessuno quello che le dirò.

«James sta per partire in missione», le dico.

«Che tipo di missione?», mi chiede Abby.

«Una dalla quale potrebbe non tornare».

Abby distoglie lo sguardo, cercando di digerire la notizia.

«Non so quando inizierà la missione. Probabilmente ci vorrà ancora qualche mese», aggiungo.

«C'è qualcosa che posso fare?»

«Sì».

«Vuoi che parli con Alex?»

«Sì. James non mi ha mai detto cosa è successo tra lui e il fratello, ma so che quando partirà per questa missione lo aiuterà sapere che quaggiù tutti lo sostengono e tifano per lui. Qualsiasi cosa abbia fatto in passato, da quando è iniziato il Lungo Inverno James è stato per Alex un buon fratello. Se siamo ancora vivi, è grazie a lui. Ed è pronto a sacrificare la sua vita per salvarci».

Abby si alza e si strofina i palmi delle mani sui pantaloni, come per asciugarli.

«È un compito arduo, Emma, ma vedrò cosa posso fare».

Quella notte James non ritorna. E nemmeno il giorno dopo.

Oscar e io andiamo all'Olympus Building e chiedo a tutti quelli che conosco se hanno notizie di lui. Mi sento come un postino che ha un pacco da consegnare e non trova il destinatario.

Nessuno sa nulla, o forse nessuno vuole dirmi quello che sa.

I telefoni satellitari non mi sono mai mancati tanto come adesso.

Quella notte non riesco a dormire. Continuo a pensare: *E se i caspici hanno preso in ostaggio James e Fowler? O abbattuto il loro elicottero? O dichiarato guerra?*

Il giorno seguente ricomincio a pulire la casa. Oscar mi guarda incuriosito. Se continuerò a strofinare il lavandino e il rubinetto, corroderò il falso cromo.

«James è molto in gamba», dice sottovoce Oscar. «Se c'è qualcuno che può tornare, è lui».

Anche Oscar è preoccupato, e lo manifesta cercando di consolarmi. Sono grata che sia con noi, anche se per me rimane un mistero.

Un colpo mi fa trasalire. Mi precipito ad aprire sperando che sia lui, ma poi mi rendo conto che se fosse James non busserebbe, entrerebbe direttamente.

È forse un messaggero con cattive notizie?

Spalanco la porta e indietreggio alla vista del visitatore inatteso.

Alex.

«Posso entrare?», mi chiede.

«Certo».

Appena entra, lancia uno sguardo severo a Oscar.

«Salve, signore», dice Oscar in tono neutro.

Alex e io ci sediamo sul divano.

«Abby mi ha detto che James sta per partire e che potrebbe non tornare».

«Proprio così».

«È per questo che sono venuto».

Annuisco.

«Voglio sapere cosa sta succedendo, cosa ha fatto e quali pericoli correrà. Puoi dirmelo?».

Nell'ora successiva gli racconto tutto – partendo da quando James mi ha salvata sulla stazione spaziale. Lui mi ascolta in silenzio, con aria assorta. Assomiglia molto a James, sono entrambi dei pensatori.

Quando ho finito, Alex si alza e dice semplicemente: «Grazie».

Mi alzo anch'io, appoggiandomi al bastone. «Verrai a trovarlo?», gli chiedo.

«Non lo so ancora. Devo pensarci».

Un'altra notte insonne. Sarà così tutte le notti se lui partirà in missione e io resterò qui. Non farò altro che pensare a lui e preoccuparmi. Sono più convinta che mai: devo andare.

Seduta al tavolo del soggiorno, sto digitando sul tablet quando la porta si apre. Mi giro, mi alzo e mi si scioglie il cuore quando lo vedo sull'uscio, con la neve che cade a larghe falde alle sue spalle.

James.

Il suo viso è scavato, ma è qui.

Afferro il bastone e attraverso di corsa il soggiorno. Lui mi corre incontro e ci abbracciamo. Lo stringo forte a me e lui fa lo stesso.

«Ho sentito dire…», inizia.

«Dimenticati quello che dicono gli altri», gli sussurro all'orecchio. «Sono così felice che tu sia tornato sano e salvo».

Quando ci sciogliamo dall'abbraccio, lui mi studia con espressione curiosa.

«Ero così preoccupata per te», dico.

«Ho bisogno di assentarmi più spesso», risponde lui con un sorriso.

Mi stringo di nuovo a lui e all'improvviso le sue labbra sono sulle mie e ci baciamo. Una bomba nucleare di emozioni esplode dentro di me. Mi sento mancare le gambe, è come se precipitassi in un pozzo.

«Oscar?», mi chiede James quando le nostre labbra si staccano.

«È appena andato a prendere le razioni settimanali».

James mi bacia ancora, più appassionatamente, con più urgenza, mi stringe forte e le sue mani scendono lungo la mia schiena. Indietreggio verso la mia camera e lui mi segue. Chiudiamo la porta e facciamo qualcosa che volevo fare da molto tempo.

# Capitolo 44
# James

Il mondo è cambiato. Non solo la triplice alleanza tra l'Unione atlantica, Caspia e Pac, anche il *mio* mondo è cambiato. E il mio mondo è Emma.

Abbiamo orbitato l'uno attorno all'altra come due pianeti, entrambi incerti sulla forza di gravità tra di noi. E ora, all'improvviso, la massa della nostra attrazione è diventata troppo forte per tenerci separati. Non so cosa ci riserverà il futuro, ma non sono mai stato così eccitato in vita mia.

Dopo la collisione restiamo sdraiati sul letto con la sua testa sulla mia spalla.

«Com'è andato il viaggio?», mi chiede lei sottovoce.

«Un gioco da ragazzi».

«Bugiardo».

«Tutto è bene quel che finisce bene».

«Ci aiuteranno?»

«Sembra di sì».

«Quando è fissato il lancio?»

«Non si sa ancora. Quando l'abbiamo pianificato non sapevamo quali forze avessimo a disposizione. Se l'Unione atlantica sarebbe stata sola o se uno o due alleati ci avrebbero aiutato. E non conoscevamo le loro attività spaziali».

«Ve ne hanno parlato?»

«Non ancora, ma Fowler e io abbiamo incontrato i responsabili dei programmi spaziali e i vertici militari di tutte le nazioni. Abbiamo formato un gruppo di lavoro di tre nazioni. Alla fine della prossima settimana dovremmo scoprire cosa ci aspetta. Penso che tra pochi mesi potremo essere pronti. Tre o quattro al massimo. Dobbiamo muoverci. Non so quanto tempo ci resta».

Emma si alza dal letto e mi fissa mordendosi il labbro, come fa sempre quando è nervosa.

«Vuoi dirmi qualcosa?»

«No, non è niente», mormora.

Ma io non le credo. C'è qualcosa che vuole dirmi, ma di qualunque cosa si tratti, ha deciso che non è il momento giusto per farlo.

Quando Emma e io ci alziamo, non parliamo di quello che succederà dopo. Ci muoviamo come se avessimo inserito il pilota automatico. Sposto le mie cose dalla mia camera alla sua. Ci sembra la decisione più logica: la mia è nel disordine più totale, la sua sembra invece uscita da un catalogo di mobili.

A parte la mia camera e il mio studio, il resto dell'alloggio è immacolato. Grazie alle sue continue pulizie sembra quasi un ambiente sterile.

«Cosa vuoi farne dell'altra camera?», mi chiede.

«Non lo so».

«Ho avuto un'idea», propone lei con un sorriso.

Inarco un sopracciglio.

«Un laboratorio di droni».

«Come sulla *Pax*?»

«Ma con più gravità».

«Perfetto».

La sera invitiamo tutti a cena: Fowler e Madison insieme alle loro famiglie, Abby e i figli. Sono contento di averli tutti in casa.

Emma e io ci sediamo vicini e quando abbiamo finito di mangiare le cingo le spalle con un braccio e lei posa la testa sulla mia spalla. È una cosa che non avevo mai fatto prima, perlomeno davanti agli altri.

Madison fissa Emma con un'espressione che non riesco a interpretare. È una cosa tra sorelle. Sono un bravo scienziato e un abile investigatore, ma non potrò mai decifrare il loro codice.

Jack, Sarah, Adeline e Owen giocano insieme; i quattro bambini sono diventati subito amici. I figli di Fowler sono più grandi e trascorrono la maggior parte del tempo chini sui loro tablet mentre gli altri si rincorrono e giocano con il cane robot che hanno battezzato Marco Polo.

La scena mi ricorda i natali a casa dei miei. Mio padre aveva un fratello e due sorelle e trascorrevamo sempre il Natale insieme. La casa era piena, erano serate caotiche e gioiose, e a volte litigavamo. Era perfetto. E anche questa sera è così, con un'unica eccezione: Alex. È come se tra di noi si fosse spalancato un abisso che nessuno dei due riesce a varcare.

Quella notte, mentre Emma e io stiamo leggendo a letto, lei si volta verso di me.

«Devo parlarti di una cosa».

Sta usando lo stesso tono con cui nei film le ragazze annunciano al fidanzato che non vogliono più vederlo o che sono incinte. Mi metto sulla difensiva. Voglio che sputi subito il rospo, così saprò con cosa dovrò confrontarmi.

Poso il tablet. «Ti ascolto», le dico, e il suono della mia voce è come una spada che mulina nell'aria.

«Vado in missione».

«Quale missione?»

«*La* missione».

«Su Cerere? Verso il mietitore?»

«Sì, quella missione».

«Emma...».

«No, non dirlo. Lo so che non vuoi che venga. Ma sono preoccupata per te. Quando sei partito con Fowler per me è stato un inferno. Non posso rimanere qui ad aspettarti per mesi, chiedendomi se sei ferito o se qualcosa è andato storto. Non posso restare con le mani in mano sperando che tu ritorni. Verrò con te. Devo farlo».

La mia mente corre come un computer che cerca la password – testando una combinazione dopo l'altra per trovare una chiave che sblocchi la discussione, convincendola a restare sulla Terra. Questa missione si prospetta molto più lunga di quella del primo contatto. È un tentativo disperato e non posso portare lassù la donna che amo.

Decido di ricorrere all'approccio più logico.

«Hai già perso troppa densità ossea, Emma. Non puoi andare di nuovo nello spazio».

«Se sarò morta, la mia densità ossea non avrà alcuna importanza. E nemmeno se *tu* sarai morto». Deglutisce e poi inspira a fondo. «Ti chiedo soltanto di ascoltarmi un minuto».

«D'accordo».

«Qui sulla Terra mi sento inutile. Non sarò mai più la donna che ero prima. Non recupererò mai la forza che avevo prima di partire per la stazione spaziale. Ma se quaggiù sono debole, lassù potrò essere di nuovo forte. Avrò un ruolo da svolgere e potrò aiutarti. E se il tuo destino sarà quello di morire, morirò con te. Partirò anche io, James».

Ha davvero bisogno di partire. E, sotto sotto, voglio che venga con me.

Annuisco lentamente e lei mi cinge il collo con le braccia. La decisione è presa. Torneremo nello spazio. Insieme. Forse per l'ultima volta.

# Capitolo 45
# Emma

La mattina seguente faccio qualcosa che non facevo da tempo: mi alzo e mi vesto per andare al lavoro. Mi ero dimenticata quanto mi mancava alzarmi con uno scopo.

Fuori, un pallido Sole balugina all'orizzonte, il cielo è nuvoloso e continua a nevicare. Il tempo sta peggiorando sempre più in fretta.

All'Olympus Building James e io andiamo a trovare per primo Lawrence Fowler, che mi rivolge la stessa domanda che mi aveva fatto per la missione della Stazione spaziale internazionale: «Sei sicura di volerlo fare?».

E io gli do la stessa risposta: «Sì, lo sono».

L'equipaggio della nostra nave sarà composto da membri della triplice alleanza. Gli equipaggi misti sono una delle condizioni poste dai caspici. I membri dell'Unione atlantica sono qui al Campo 7 e quando arriviamo sono già tutti nella sala da tè.

James me li presenta uno a uno: Heinrich, il navigatore tedesco di *Sparta Uno*; Terrance, il medico inglese; e Zoe, una sinuosa italiana che sarà l'ingegnere della nave. James aziona la videocamera e inizia a riprenderci per i membri degli equipaggi degli altri territori, spiegando loro che io sarò responsabile della costruzione e della riparazione dei droni e del backup.

Il video sarà inviato agli altri due stati con i droni. Sono stati elaborati e respinti vari progetti per una rete globale di comunicazione senza riuscire a trovare una soluzione accettabile per tutti. I satelliti potrebbero essere disabilitati dagli oggetti alieni, com'è successo a quelli che orbitavano attorno alla Terra. Le condizioni meteorologiche potrebbero compromettere le linee di terra o le torri di comunicazione. Ogni opzione richiederebbe tempo e risorse che non abbiamo. Per il momento i dati vengono trasmessi tra i superstati alla velocità dei droni, e presumibilmente continuerà a essere così per parecchio tempo.

Nel suo ufficio, James chiude la porta e mi mostra i progetti.

«I droni su cui stiamo lavorando sono simili a quelli che abbiamo usato per l'attacco dalla *Pax*. Con qualche miglioria, naturalmente».

«Me l'aspettavo».

«Se vuoi possiamo cominciare a vederle e discutere sui prototipi», dice grattandosi la testa. «Vuoi lavorare qui o a casa?».

Mi stringo nelle spalle. «È indifferente. Tu dove preferisci?»

«Anche per me è uguale, ma qui ho invaso tutto lo spazio con i progetti della nave e dei suoi sistemi».

«E lavorando da casa potrei risparmiare il tempo che impiegherei a venire fin qui».

«Era quello che stavo pensando. E io potrei focalizzarmi sulla mia parte qui in ufficio».

«A casa, allora».

«Bene», fa lui annuendo.

Poi, indicando la porta, aggiunge: «Sembrano un buon equipaggio».

«Lo sono».

«So cosa provi, James».

Lui corruga la fronte.

«È difficile per te sentirti vicino a loro dopo quello che è successo sulla *Pax*».

«La stessa cosa che è successa a te quando sei venuta a bordo dopo la stazione spaziale?»

«Sì».

«Va meglio?»

«Con il tempo».

# Capitolo 46
# James

Per qualche giorno rimpiango di avere permesso a Emma di partecipare alla missione. È troppo rischioso.

Poi, però, mi convinco di aver fatto la cosa giusta. Il peso del mondo è ora tutto sulle mie spalle e ho bisogno di qualcuno al mio fianco che lo condivida con me. E quella persona non può essere che lei.

Abbiamo lavorato giorno e notte sulle navi e i droni, io il più delle volte all'Olympus Building ed Emma a casa. Per me è come fare un primo turno in ufficio e un secondo a casa.

Fa sempre più freddo e ogni mattina il Sole è un po' più pallido. La neve continua a cadere senza sosta. Le strade e i sentieri sono come profonde gole e fossati scavati nel ghiaccio.

Il tempo sta scadendo e non siamo ancora pronti.

Vorrei poter comprare in qualche modo altro tempo.

Per un certo verso ho quasi paura di partire in missione. Mi spaventa lasciare questo posto dove Emma e io siamo felici, lavoriamo insieme, viviamo insieme, dormiamo l'uno accanto all'altra e chiacchieriamo sotto il Sole.

Parliamo della missione, della nostra infanzia, delle nostre famiglie. Ci sono però due argomenti che non affrontiamo mai: il futuro, perché non sappiamo se ce ne sarà uno; e il mio passato – ovvero perché sono finito in prigione. Lei ci gira attorno, ma so che vorrebbe chiedermelo. E io dovrei dirglielo. Merita di saperlo. Conoscersi reciprocamente e accettarsi l'un l'altro è il fondamento di ogni relazione.

È per questo che Emma mi ha parlato della sua salute nonostante avesse paura che io la prendessi male. Devo fare lo stesso con lei. Ma l'idea di fare qualcosa che potrebbe cambiare i suoi sentimenti mi terrorizza.

Le nostre riunioni di famiglia sono diventate una routine, ogni domenica sera ceniamo con Fowler, Madison e le rispettive famiglie e con Abby e i suoi figli. L'unico assente è Alex. Ormai ho rinunciato alla speranza che si faccia vedere.

Ma una domenica sento bussare alla porta e, quando Oscar va ad aprire, riconosco la sua voce. Emma mi lancia uno sguardo allarmato.

Ci alziamo entrambi.

«Sono venuto a trovare James», dice Alex.

Entra nella stanza e ci fissiamo per un lungo momento. Aspetto che lui faccia la prima mossa e mi dica perché è venuto.

«Volevo parlarti», sussurra timidamente.

«Oscar e io abbiamo delle commissioni da fare», dice Emma alle mie spalle.

«No», faccio io senza voltarmi. «Faremo una passeggiata».

«Con questo tempo?», chiede Emma. «Sei impazzito?»

«Ok, cambio di programma», dico. «Andremo in auto».

Un lieve sorriso increspa le labbra di Alex. È la prima volta da lungo tempo che la sua maschera di pietra si incrina davanti a me.

Do istruzione alla macchina di portarci alla Cittadella e avanziamo lentamente lungo le strade ghiacciate.

«Emma mi ha raccontato che partirai per un'altra missione».

«Sì».

«Ha detto che sarà pericolosa».

«Forse».

Mi fissa negli occhi, sollecitandomi a dirgli la verità.

«Probabilmente», rispondo incrociando il suo sguardo.

«Pensavo che sarebbe stato bello trascorrere un po' di tempo insieme prima che parti».

Mi limito ad annuire. In parte perché non so cosa dire, ma soprattutto perché mi sento travolgere dalle emozioni. Gioia. Tristezza. Gratitudine a Emma per avergliela detto. È come se mi fossi spezzato una gamba ma avessi continuato a camminare ignorando il dolore o aggirando il problema perché pensavo di non poter fare nulla. Ma adesso me l'hanno steccata. Non è guarita. E non c'è alcuna certezza che un giorno guarirà. Ma sul momento, grazie alle sue parole, mi sento più forte. Come se un dolore che mi lacerava dentro fosse svanito.

So che Alex, come me, rifugge da ogni sentimentalismo, e così faccio quello che gli uomini come noi fanno per tenere a freno le emozioni: cambio argomento.

«Vuoi vedere qualcosa di speciale?», gli chiedo.

«Cosa?»

«Un bunker sotterraneo».

# Capitolo 47
# Emma

Per un po' è come se il mio mondo si stesse restringendo. Vivo e lavoro in questo alloggio, dedicando tutto il mio tempo libero alla missione. Quando non lavoro mi sento in colpa e ogni minuto dedicato a questioni personali mi sembra un tradimento nei confronti delle persone che stanno contando su di me.

È da mesi che non facciamo una delle nostre cene di famiglia. La missione assorbe tutto il nostro tempo.

Anche James lavora senza sosta ed è esausto. Mangia, dorme e lavora. Si prende soltanto un'ora di libertà alla settimana, il sabato dopo il lavoro, e la trascorre giocando a carte o parlando con il fratello. Non ho ancora scoperto cosa è successo tra di loro, ma so che per James il tempo con il fratello è prezioso. Il tempo è diventato un bene prezioso per tutti, perché ci rendiamo conto che sta scadendo.

Ma il tempo non è l'unica cosa a sfuggirci tra le dita, anche le ultime regioni abitabili della Terra stanno svanendo. Il mondo sta scomparendo davanti ai nostri occhi, ogni giorno il ghiaccio si mangia un altro pezzo del pianeta. È come se fossimo su un'isola che sta per essere inghiottita dal mare e sapessimo che, se nessuno ci salverà, presto annegheremo.

Prima del Lungo Inverno questa regione della Tunisia era un deserto, adesso è una landa ghiacciata che si estende a perdita d'occhio intorno a noi.

Ogni mattina mi alzo alle prime luci dell'alba ed esco con la speranza di vedere brillare di nuovo il Sole all'orizzonte e la neve sciogliersi sotto i suoi raggi.

Ma davanti ai miei occhi c'è sempre lo stesso pallido Sole velato dalla neve che continua a cadere senza sosta, come un faro dal quale la corrente ci allontana, trascinandoci in acque sconosciute. Non è soltanto la mancanza di Sole o di vitamina D, o il fatto che i bambini non possono giocare fuori e che noi non possiamo andare a piedi al lavoro, ma la sensazione condivisa che la vita sulla Terra abbia i giorni contati.

Uno spazzaneve ci passa accanto, impilando la neve ai lati della strada, che sembra una trincea scavata nel ghiaccio. Le benne sono parcheggiate in mezzo agli alloggi e stanno togliendo la neve dalle cupole mentre gli operai, in parka, berretti imbottiti e guanti, spazzano le cellule fotoelettriche per far loro assorbire meglio la poca energia rimasta. Ogni settimana diventa sempre più difficile accumularne abbastanza per i nostri tablet e le nostre cucine.

Ieri notte James ha aggiunto una coperta al nostro letto, ma anche dormendo abbracciati continuo a rabbrividire. Mi chiedo quanto ancora potrò resistere. Non è soltanto il freddo a preoccuparmi, ma anche la nostra libertà, le nostre scorte di cibo e il nostro futuro.

È facile pensare, come fanno alcuni, che sia il governo a sottrarci queste cose – il coprifuoco che ci impedisce di uscire la notte e il cibo sempre più scarso sulle nostre tavole sembrano avvalorare il sospetto. Si parla di rivolte, di una vera e propria insurrezione contro il governo, ma la gente sa che questo non cambierà nulla. Non ci farà avere più cibo o più energia solare, e senza il sostegno del governo potremmo perdere la nostra ultima possibilità di sopravvivere. Se non l'abbiamo già persa.

Spesso mi chiedo se anche nel caso di vittoria contro gli oggetti alieni cambierebbe qualcosa. Cosa c'è sotto il ghiaccio che copre la Terra? Le piante e gli animali probabilmente sono morti da tempo. Se il Sole tornasse al suo antico splendore, la vita potrebbe rinascere? O siamo già oltre il punto di non ritorno? Ogni volta che questo pensiero mi si affaccia alla mente, mi affretto a scacciarlo. In quei momenti capisco che la speranza non ha bisogno di essere razionale ma è un fine in se stessa, una fonte rinnovabile dentro ognuno di noi, una cosa fragile, che può essere danneggiata dai nostri pensieri più cupi, ma non si spegne mai. E come il nostro Sole, quando torna a risplendere, ci dà energia e vita.

Non ho ancora detto a Madison che andrò in missione, ma non posso rimandare oltre. Il lancio avverrà tra pochi giorni.

La maggior parte delle famiglie si sono trasferite nelle baracche, che sono più calde e consentono di risparmiare energia. Per incentivare il trasferimento, l'amministrazione del campo ha concesso un piccolo aumento delle razioni a chi abbandonava gli alloggi. Anche James, Oscar e io ci saremmo trasferiti se non fosse stato per il laboratorio dei droni installato nella terza camera.

La prima volta che ero entrata in una di quelle baracche per fare visita a Abby mi era sembrata una casa di riposo, ma adesso assomigliano più a delle prigioni. Le porte delle stanze restano sempre aperte per far circolare un po' d'aria fresca e i residenti ti fissano con occhi incavati e spenti. Da quando i loro tablet sono morti senza alcuna possibilità di resurrezione (le porte di carica sono state disattivate e chi viene sorpreso con un tablet acceso fuori dal lavoro è sanzionato con un taglio delle razioni), ingannano il tempo giocando a dama e a scacchi.

Nonostante il sovraffollamento, l'atmosfera è tranquilla. C'è un odore indefinibile, un po' muschioso, di aria troppo riciclata, confinata qui dentro come questa gente che non ha nessun altro posto dove andare tranne un freddo mondo dove nulla può più sopravvivere.

Alcuni adulti intabarrati in pesanti cappotti sono in fila nel corridoio centrale, pronti per un'altra giornata di lavoro nella semioscurità. Marciano come prigionieri che lavorano per sopravvivere, consapevoli che soltanto una giornata di lavoro può assicurare loro le razioni quotidiane.

La porta della stanza di Madison è aperta. Mi affaccio timidamente e sbircio dentro. Adeline sta leggendo un libro. Owen sta allineando i suoi soldatini per la battaglia. Sono smunti ed esausti.

Mi avvicino e vedo Madison, in piedi davanti al tavolo, che sfrega vestiti su un asse da bucato. La pelle del viso è tesa e sottile, gli occhi infossati, i capelli stopposi, le braccia sottili come giunchi.

Lei coglie la tristezza del mio sguardo. I nostri occhi si incrociano per un lungo momento e Madison sembra sul punto di piangere, ma poi abbozza un sorriso, lascia cadere l'intimo termico nella tinozza e corre ad abbracciarmi. La stringo a me e sento le costole sporgere sotto la pelle, sento la sua fragilità, come una cosa preziosa che sta per rompersi.

Mia sorella si scioglie dall'abbraccio e chiama Owen e Adeline, che mi fanno un cenno di saluto e mi abbracciano. Grazie al cielo loro sono più in carne, non avrei sopportato di vederli ridotti come Madison.

Lei chiude la porta e mi indica il divano, facendo cenno ai bambini di spostarsi sul letto.

«Non sapevo che saresti venuta».

«Sono soltanto passata a salutarti prima di andare al lavoro».

Lei annuisce con aria assente, come se non dormisse da giorni. «Vuoi qualcosa...», dice indicando il piccolo angolo cottura.

Mi aspettavo che mi offrisse un caffè, ma ormai ce n'è soltanto negli edifici governativi, dove è sorvegliato e razionato come un prezioso carburante. O forse voleva dire «qualcosa da mangiare». Ma ovviamente non ha nemmeno quello. Faccio finta che abbia finito la frase.

«No, grazie».

Lei abbassa lo sguardo sul pavimento.

«Stai ricevendo le tue razioni?»

«Sì, ma non bastano». Si guarda attorno, come se avesse sentito qualcosa. «Sono calcolate a seconda dell'età, lo sapevi?». Fa una pausa e poi aggiunge: «Perché lo fanno?»

«Io...».

«Dovrebbe essere piuttosto l'altezza, non credi?»

«Sì. Mi sembra più logico».

«Due bambini della stessa età possono avere altezze diverse, e ovviamente il più alto avrà bisogno di più calorie. Non credi?», mi chiede fissandomi in attesa di una conferma.

«Sì».

«C'è stata una riunione a questo proposito», dice lanciando un'occhiata alla porta, come se si fosse dimenticata che era chiusa. «L'Unione atlantica dice che non può misurare l'altezza di tutti i residenti. Sanno la loro età e tanto basta. Sono convinti che mentiremmo sull'altezza dei nostri figli. E, come se non lo sapessimo, dicono che i bambini crescono». Solleva le mani in aria. «È chiaro che crescono. Ma in questo momento nessuno sta crescendo. Questo è certo. Alcuni, però...», abbassa la voce e continua sussurrando, «hanno bisogno di più cibo di altri».

«Ne parlerò a James».

«No», mi interrompe prontamente. «Potrebbero sorgere dei problemi... trattamento preferenziale... I pettegolezzi sono il pane quotidiano qui al campo. Non c'è niente da fare».

Rimaniamo per un istante in silenzio. Madison fissa di nuovo il pavimento, i bambini giocano tranquilli.

«Sono soltanto venuta a dirti che partirò in missione. Con James».

Lei mi guarda come se si fosse appena resa conto della mia presenza. Per una frazione di secondo colgo nei suoi occhi un lampo di riconoscimento. Nel suo sguardo non c'è felicità o tristezza, soltanto orgoglio e determinazione.

«Bene. Sono contenta che sia tu. E James. Dobbiamo fare qualcosa». La sua mano fredda e ossuta stringe la mia. «Cercate soltanto di ritornare».

Quando James rientra dal lavoro, sto camminando avanti e indietro in soggiorno, ignorando il dolore alle gambe. Lui si accorge subito che c'è qualcosa che non va.

«Cosa è successo?»

«Sono andata a trovare Madison».

«Come sta?»

«Sta morendo di fame».

James fa un sospiro e lancia la borsa sul divano. Oscar si ritira discretamente nella sua stanza e chiude la porta.

«Possiamo cercare di farle avere più cibo».

«Non lo accetterà. Dice che potrebbe alimentare dei pettegolezzi».

«In che senso?», chiede lui inarcando le sopracciglia.

«Non so cosa voleva dire, ma so che in quelle baracche sono tutti sulla stessa barca. Ci sei mai andato, ultimamente?»

«No, non ho fatto altro che lavorare».

«Sono come prigioni».

Lui si avvicina e mi abbraccia. «Mi dispiace, non lo sapevo».

Poso il mento sulla sua spalla. «Non possiamo trasferirli alla Cittadella?»

«Soltanto se sono malati».

«Ma lo sono».

Si stacca dalle mie braccia e mi fissa con uno sguardo carico d'amore che mi scioglie il cuore. «Andiamo a fare un giro», dice.

Prende la sua borsa e chiama Oscar. Grazie al suo lavoro, James è esentato dal coprifuoco. Ma uscire dopo il tramonto è pericoloso. Il vento è ancora più forte, e insieme alla neve riduce la visibilità. Anche un lieve incidente stradale può essere mortale.

Nell'auto chiedo a James: «Come siamo messi con le scorte alimentari?»

«Male».

«Moriremo prima di fame o di freddo?».

Lui scuote la testa con aria assente. «Non lo so. Le due cose sono collegate. Senza la luce del Sole non possiamo far crescere i raccolti o avere l'energia per le lampade delle serre».

«E l'energia geotermica con cui doveva essere alimentata la Cittadella?»

«Non abbiamo mai raggiunto la profondità necessaria. Fornisce abbastanza energia per il bunker, ma non per le serre. Forse, se scavassimo più a fondo, o avessimo mulini a vento o ad acqua, ma ci vorrebbero tempo e risorse, e non ne abbiamo. Nessuno pensava che la situazione sarebbe peggiorata così in fretta».

«Considerando la scala del Sole, ci vorrebbe un numero enorme di quelle celle per oscurarlo a tal punto».

«Tu parti dal presupposto che si trovino tutte in prossimità del Sole, ma in realtà non lo sappiamo».

«Le immagini della flotta Elio...».

«Mostravano le celle attorno al Sole, lo so. Ma se nel frattempo si fossero avvicinate alla Terra? Non sappiamo se sono ancora lì. Sappiamo soltanto che sono tra noi e il Sole. E più si avvicinano a noi, meno avranno bisogno di oscurare il Sole. Dopo tutto, anche la Luna può oscurarne una vasta parte».

«Come un'eclisse?»

«Giusto».

Avanziamo in silenzio per un lungo momento guardando i fari dell'auto spazzare le tenebre mentre la neve continua a cadere.

«E se tu avessi ragione e riuscissimo a fermare la produzione di celle solari? Le altre sarebbero ancora lassù e il Lungo Inverno non finirebbe».

«Potremmo avere una soluzione anche per questo. È l'altra cosa che volevo farti vedere».

La fabbrica dove James mi ha mostrato la prima volta la Cittadella e *Sparta Uno* brulica di veicoli militari persino a quest'ora. Adesso c'è un altro controllo di sicurezza. All'interno le lampade sul soffitto sono spente e gli operai lavorano alla luce dei

LED operativi. Nonostante la penombra riconosco i componenti dei missili nucleari.

«Pensavo che tutte le cariche nucleari fossero destinate alla flotta Sparta».

«Non tutte. Ci resta poco carburante per elicotteri – e non c'è modo di raffinarne altro – ma lo stiamo usando per recuperare scorte di cibo e materiale nucleare dagli Stati Uniti e dalla Russia».

«Qual è il piano? Usare le cariche nucleari per il riscaldamento e l'energia?»

«Sono state riadattate per operare a lungo raggio nello spazio».

All'improvviso capisco cosa ha in mente. «Vuoi spararle contro le celle solari?»

«Subito dopo il lancio invieremo delle sonde per cercare di localizzare le celle. Devono essere da qualche parte tra la Terra e il Sole. Quando le avremo individuate, spareremo le cariche nucleari».

Scuoto la testa. «Ci sono ancora troppe celle solari».

«È vero, ma se la nostra teoria su come funzionano è giusta, potremmo indurle ad allontanarsi o a non interferire per un po'».

«Questo ci consentirà solo di guadagnare tempo».

«Ma è meglio di niente».

James avanza fino all'ingresso del tunnel, dove saliamo a bordo di una piccola auto elettrica e proseguiamo silenziosamente fino al bunker con la temperatura che scende ogni secondo.

La caverna rocciosa che avevo visto prima è stata chiusa da un'alta parete metallica con una pesante doppia porta sovrastata dalla scritta "CITTADELLA".

Nella camera stagna tra le due porte c'è un bocchettone che ci inonda di aria calda. Ci guidano in un piccolo atrio con porte che danno su una mensa, i bagni e una sala riunioni. James fa un cenno a un marine seduto a un banco e si dirige verso la sala riunioni. La vista e l'odore della gente nelle baracche mi avevano scioccato, ma quello che vedo nella Cittadella è troppo. Nella grande sala ci sono almeno un centinaio di stretti letti da ospedale, ognuno separato da un lenzuolo bianco appeso a un filo. In quello vicino a me c'è un ragazzino che avrà all'incirca l'età di Owen. È più magro di Madison, ha gli occhi chiusi e una flebo attaccata al braccio scheletrico. Non conosco la sua diagnosi, ma immagino sia denutrizione.

Nel cubicolo accanto c'è un uomo che geme con il viso coperto da bende insanguinate. Indossa ancora la tuta da lavoro. Lo riconosco, è uno di quelli che raccoglievano l'immondizia prima che il servizio fosse soppresso. Devono averlo trasferito in una delle fabbriche o in un magazzino, dove è rimasto ferito. Un dottore si ferma a visitarlo e gli medica un occhio.

Nel letto vicino una donna si è messa a sedere e legge un tascabile alla fievole luce di una lampada da comodino. Non sembra malata, ma il suo ventre è gonfio e se lo massaggia delicatamente con la mano che non regge il libro, forse nella speranza di sentire un calcio. Quando si accorge della mia presenza, sembra spaventata, nonostante abbozzi un sorriso.

James si volta e mi sussurra: «Forse riuscirò a far trasferire qui Madison e la sua famiglia... ma questi letti si riempiranno in fretta».

«No, queste persone ne hanno più bisogno».

# Capitolo 48
# James

Due giorni prima del lancio Emma e io organizziamo una cena nel nostro alloggio. Era da mesi che non lo facevamo. Ci sono tutti. Fowler, Madison e Alex con le rispettive famiglie. Siamo molto diversi dall'ultima volta che ci siamo incontrati.

Quelli di noi che il governo ha giudicato indispensabili per la missione Sparta hanno un aspetto diverso dagli altri. Emma, Fowler, sua moglie e io abbiamo l'aria esausta ma ben nutrita. Alex, Abby, Madison e David hanno il viso scarno e la pelle grigiastra. Sono lenti nei movimenti e persino nella conversazione, come se concentrarsi costasse loro un grande sforzo.

Ci sono cose che si possono capire soltanto dopo averle provate. Mi viene in mente l'espressione *guerra totale*. L'avevo già letta a proposito della Seconda guerra mondiale, ma soltanto ora capisco il suo reale significato. Quella che stiamo vivendo è una guerra totale. Non miete vittime soltanto sul campo di battaglia, ma affonda i suoi artigli in tutti coloro che amiamo.

Per la cena di questa sera siamo riusciti a procurarci qualche razione extra. L'Unione atlantica la considera forse come una sorta di ultima cena per Emma e per me. Ma potrebbe essere l'ultima per tutti noi. Gli adulti si prendono quindi il loro tempo per mangiare. Immagino che per Abby, Alex, Madison e David sia uno sforzo di volontà. I bambini divorano come al solito le loro razioni, facendo a gara a chi finisce per primo per poi chiedere il permesso di alzarsi da tavola e andare a giocare. Jack è il vincitore, subito seguito dagli altri, che si alzano e vanno nell'altra stanza. Vorrei che potessero giocare all'aperto, o anche al centro ricreativo, ma riscaldare quello spazio cavernoso costerebbe troppo.

Gli adulti cercano di tenere alto il morale, ma è una battaglia persa. Sappiamo tutti che questa potrebbe essere l'ultima volta che ci vediamo e ci aggrappiamo a questo momento, assaporandolo fino in fondo, come abbiamo fatto con il cibo. Alla fine Fowler e sua moglie si alzano per andarsene e, quando sono usciti, gli uomini e le donne si separano: Emma, Madison e Abby si siedono a un'estremità del tavolo, David, Alex e io all'altra.

«Quante navi ci saranno?», chiede David.

L'informazione è riservata. Dubito che David o Alex lo diranno a qualcuno, o che questo cambi qualcosa, ma non c'è ragione di correre il rischio.

«Parecchie, contando anche quelle di supporto».

Un bambino si mette a urlare accusando qualcuno di avergli rubato un giocattolo. Abby si alza, ma David la ferma e si precipita a raddrizzare il torto. «Restituisciglielo, non è tuo», dice con voce severa al piccolo ladro.

«Hai paura?», mi chiede sottovoce Alex.

«Sì».

Il mio rapporto con Alex è molto cresciuto negli ultimi tempi. Non siamo più come una volta, due fratelli molto vicini che scherzano spesso e sono sempre a disposizione l'uno dell'altro. Lui è ancora diffidente, ma si preoccupa per me. È una sorta di distacco clinico, quello che mantieni con una persona che sai che potrebbe farti male e hai paura ad avvicinarla troppo, ma non riesci a starle lontano. È un po' quello che provo per il nuovo equipaggio.

«Viene anche Oscar?»

«Sì», rispondo senza guardarlo.

«Come l'hai presentato agli altri?»

«Come il mio assistente. Ho detto che avrei avuto bisogno di lui nel laboratorio di robotica».

«Abby mi ha detto che viene anche Emma».

Guardo Emma dall'altra parte del tavolo, sta raccontando una storia a Abby e Madison, che sono scoppiate a ridere.

«Sì. Ed è quello che mi spaventa di più».

Per un po' rimaniamo seduti in silenzio, guardando i bambini che giocano. Sono un raggio di speranza, la prova che andrà tutto bene. I bambini si adattano più facilmente di quanto crediamo. È per questo che la nostra specie è sopravvissuta così a lungo. E se riusciremo a venirne fuori, questi bambini si dimenticheranno tutto ciò. Spero di avere ragione. Noi adulti, però, non saremo mai più gli stessi. Ma il futuro non siamo noi.

Dopo cena Emma e io ci sdraiamo a letto e fissiamo soffitto, troppo stanchi per leggere. Dopo un po' lei mi si avvicina, mi dà un bacio sulla fronte, sussurra buonanotte e mi chiede di spegnere la luce.

Rimango al fioco bagliore della lampada da comodino. A così poca distanza dal lancio non riesco a impedirmi di dubitare di me stesso, delle navi, della missione stessa. E di un'importante decisione che ho preso.

«Posso chiederti una cosa?»

«Certo», risponde lei girandosi dalla mia parte.

«Saresti disposta a restare qui?».

Lei si mette a sedere sul letto. «Ne abbiamo già parlato. Devo venire».

«Se la missione... se non avremo successo, vivresti più a lungo quaggiù. Avresti più tempo per la tua famiglia».

«Partecipare alla missione non riguarda soltanto me, ma il futuro di tutti. E il mio equipaggio della stazione spaziale. Era compito mio proteggerli e ho fallito. Non te ne ho parlato, ma mi sono portata dietro quel peso per tutto il viaggio verso l'oggetto alieno e indietro sulla Terra, e tutti i giorni da quando siamo tornati».

«Distruggere qualsiasi cosa ci sia lassù non ti libererà di quel peso».

«Forse, ma devo provarci. Non è soltanto la stazione spaziale, ma anche la *Pax*. Harry, Grigorij, Min, Lina, Izumi e anche Charlotte, per quanto fosse testarda. Mi mancano tutti. Qui abbiamo famiglie, persone alle quali vogliamo bene, ma anche lassù avevamo una famiglia. E io avevo una famiglia alla stazione spaziale. Ho perso troppe persone per rinunciare. Non partirai senza di me».

Faccio un sospiro, rendendomi conto che la conversazione è finita. Ma valeva la pena di fare un altro tentativo.

Lei accende la sua luce.

«Ehi! E se ci sbagliassimo su quello che c'è lassù?»

«Cosa intendi?»

«Stiamo partendo dal presupposto che nella cintura degli asteroidi ci sia un mietitore che crea le celle solari per raccogliere l'energia del nostro Sole. E se invece fosse qualcosa di completamente diverso? Se su Cerere non ci fosse alcun mietitore? Se al suo posto ci fosse una nave madre? Se ci fossero centinaia di navi pronte a combatterci? Oppure se non ci fosse nulla? Se le celle solari fossero come cavallette che da milioni di anni viaggiano da un sistema all'altro raccogliendo energia solare per poi tornare a un deposito centrale e scaricarla prima di partire per un'altra destinazione?».

Ha fatto le domande che mi ossessionano ormai da settimane. Le stesse che si affollano nella mia mente adesso, mentre dubito di me stesso. In verità, non so cosa faremo se le mie ipotesi si riveleranno sbagliate. Potrei raccontarle che le adatteremo, ma lei non ci cascherebbe. Se il mietitore non è lassù, o se sta raccogliendo energia più in là di Cerere – su una delle lune di Giove, Saturno o Urano – non saremo in grado di raggiungerlo e la nostra missione fallirà.

Racconto a Emma quello che ho detto a me stesso, alla NASA e ai nostri alleati. «Cerere è la scelta più logica. È vicino al Sole, ma non abbastanza perché noi possiamo monitorarlo da vicino. Deve essere Cerere».

Spero di avere ragione. È un'ipotesi dalla quale dipende il destino dell'umanità.

I giorni e le ore che precedono il lancio sono frenetici. Controlliamo tutto e lo ricontrolliamo di nuovo. Ogni errore potrebbe essere fatale. Se il lancio non avrà successo, non ci sarà una seconda possibilità. Vivremo o moriremo con questa missione.

Ed è una missione complessa. Il viaggio fino a Cerere sarà il più lungo volo spaziale nella storia dell'umanità. Le navi sono le più grandi mai costruite e di gran lunga le più avanzate.

La triplice alleanza mi ha scelto per guidare la missione. Immagino per via della mia esperienza con le celle solari, ma mi chiedo anche se debba questo onore ai video che l'equipaggio della *Pax* ha spedito sulla Terra insieme a Emma e a me. Le voci dei loro compatrioti hanno convinto i caspici e la Pac a riporre in me la loro fiducia. E per me questa fiducia è come un debito che devo ripagare.

Al quartier generale della NASA Emma, Oscar e io ci sediamo in prima fila, insieme a Heinrich, Terrance e Zoe. Trattengo il fiato guardando i moduli sollevarsi nell'aria. Raggiungono l'orbita bassa della Terra e rimangono lì sospesi. Ma l'entità aliena non reagisce.

Ho un senso di déjà-vu dalla prima missione di contatto, quando ero seduto in un auditorium come questo al quartier generale della NASA in Florida e avevo visto i moduli attendere nello spazio di essere assemblati. O attaccati. In questa sala fa più freddo. Il mondo adesso è diverso. E spero che questa missione finisca in modo diverso.

Cerco di non pensare all'equipaggio che ho perso lassù. Comincio a capire cosa deve avere provato Emma dopo il disastro della stazione spaziale. Perdere dei compagni di lavoro è un dolore che ti segna per sempre. È sempre lì, in agguato, pronto a riemergere quando la vita te lo ricorda.

A circa metà dei lanci ci fanno uscire dalla sala e indossare le tute, per poi caricarci su un elicottero che vola verso il mare. Mentre ci avviciniamo all'oceano scorgo la piattaforma di lancio su cui troneggia *Sparta Uno*, la nostra ultima speranza di sopravvivenza. Quello che sarà lanciato è il corpo principale della nave, più grande di qualsiasi altro componente.

All'interno della nave Emma, Oscar e io siamo assegnati a sezioni diverse. Il concetto è che se la nave viene attaccata dall'entità aliena, una o più sezioni potranno sopravvivere. Separandoci si aumentano le possibilità di riuscita della missione. Eppure mi dispiace che Emma e io non siamo insieme. Vorrei stringerle la mano mentre l'enorme nave ci solleva nell'aria. Invece sono da solo in un cilindro bianco con le pareti imbottite, indosso il casco e ascolto il conto alla rovescia guardando da un piccolo oblò il paesaggio coperto di neve e il blu dell'oceano.

Inizia il rombo. La nave si scuote. Il controllo missione parla ininterrottamente, come un flusso di coscienza, raccontando tutto quello che succede.

La voce di Emma riecheggia nell'auricolare.

«James?»

«Sono qui».

«Ci vediamo lassù».

Quando raggiungiamo l'orbita bassa della Terra, slaccio la cintura, mi tolgo il casco e fluttuo attraverso i moduli.

Avrei dovuto aspettare qualche ora, ma non ci riesco. E a quanto pare nemmeno Emma ce l'ha fatta. È già sul ponte e fissa i passaggi che lo collegano al mio modulo.

Inarca le sopracciglia.

«Fin qui tutto bene».

Sorrido.

Dietro quel sorriso c'è una preoccupazione che non ho mai provato prima. Vedere Emma con la tuta della NASA mi ricorda quando l'ho incontrata la prima volta, in orbita, congelata, priva di coscienza, quasi morta. Lo spazio ha rischiato di ucciderla e non potrà restarci a lungo. Se voglio salvare lei, e il resto dell'umanità, non devo commettere errori. Non ci sarà un'altra possibilità.

Con mia sorpresa, l'entità non reagisce ai lanci. Adesso ci sono nove navi della flotta Sparta in attesa nell'orbita bassa della Terra.

Ventiquattro ore dopo i lanci iniziano le operazioni di ammaraggio dei moduli. Quando la flotta è assemblata, partiamo per Cerere.

Una settimana più tardi *Sparta Uno* lancia la sua prima flotta di droni. La loro missione è puramente ricognitiva. Voglio principalmente trovare la flotta Midway e vedere cos'altro hanno scoperto.

Nella cabina, sono tra il sonno e la veglia quando sento suonare un allarme.

«Signore, venga immediatamente sul ponte», dice al microfono la voce di Oscar.

Balzo in piedi e fluttuo attraverso i moduli. Incontro Emma che sta uscendo dal laboratorio dei droni. Anche lei stava dormendo. Sta lavorando troppo, dopo l'emergenza dovrà recuperare le forze.

«Cos'è successo?», chiedo appena raggiungo il ponte.

«Uno dei droni ha trovato qualcosa», risponde pacatamente Oscar.

«Cosa esattamente?», chiede Emma.

«Una nave».

# Capitolo 49
# Emma

Il drone ha catturato l'immagine della nave da una grande distanza, è granulosa e sfocata, ma riconoscerei ovunque quella nave. È la *Pax*.

James e io fluttuiamo per alcuni secondi sul ponte fissando l'immagine sullo schermo. Oscar non dice niente, aspetta la nostra reazione. Lui non rivela mai le sue emozioni, sono convinta che ne conosca una gamma molto limitata, ma sembra capire gli altri a livello basico e conosce molto bene James e me – oltre a sapere cosa significano per noi questa nave e il suo equipaggio.

Mi chiedo cosa ci stia facendo lassù la *Pax*. È molto lontana dal punto in cui abbiamo incontrato la cella solare. Perché? Come ha fatto ad arrivare lì, così vicina alla Terra? Forse è alla deriva.

Heinrich, il navigatore tedesco di *Sparta Uno*, fluttua sul ponte.

«Impossibile», dice quando vede l'immagine della *Pax*.

Il resto dell'equipaggio ci raggiunge e ognuno cerca di dare una spiegazione al mistero.

«Modificate la rotta per intercettarla», dice James senza staccare gli occhi dallo schermo.

Heinrich scuote la testa. «Recuperare la *Pax* non fa parte della nostra missione. Ci costerà tempo e carburante».

«È un ordine», dice James in tono pacato, senza alcuna aggressività. I suoi occhi sono ancora fissi sullo schermo.

Mi aspetto un confronto, che l'equipaggio cerchi di convincere James e me a non accostarci alla *Pax*. Ma nessuno dissente e modifichiamo la rotta. Inviamo dei droni di comunicazione al resto della flotta Sparta con l'istruzione di procedere verso Cerere come pianificato.

Nel laboratorio fluttuo verso James e lo abbraccio. La vista della *Pax* ha scatenato in me un fiume di emozioni. E so che anche per lui è così. Restiamo abbracciati per un lungo momento fluttuando a gravità zero.

«Potrebbero essere vivi», sussurro.

«Le riserve di cibo devono essere finite da un pezzo».

«E se l'avessero razionato o trovato un modo per sopravvivere?»

«Non coltivare speranze impossibili, Emma».

«Lo so, ma non posso farne a meno».

«Anch'io».

Ci sono cose della Terra che mi mancano. La mia famiglia. I miei amici. La gravità. Ma soprattutto mi manca l'alloggio che condividevo con James e Oscar, e in particolare il nostro letto, dove leggevamo, parlavamo e dormivamo tutte le notti, anche quando il freddo era insopportabile.

Quassù, la notte siamo separati per necessità. Mi sento più lontana da lui, e lui è diverso. Sulla Terra, di giorno era concentrato sul suo lavoro, ma quando tornava a casa la sera era più spensierato, felice. Qui, invece, è sempre teso, pensa sempre al lavoro. È come un motore che non si riesce a spegnere e mi preoccupa. Si mette troppo sotto pressione. E da quando ha visto la *Pax* sta mettendo troppo sotto pressione il resto dell'equipaggio. Il mio ruolo è costruire un drone ad alta velocità che stabilisca un contatto con loro.

Sto facendo gli ultimi ritocchi in laboratorio quando lui fluttua dentro.

«Come procede?»

«Ho quasi finito».

«Bene. Dobbiamo fare in fretta».

Dalle sue parole capisco che anche lui, come me, nutre la speranza che l'equipaggio della *Pax* sia sopravvissuto e che possiamo trarli in salvo come loro hanno fatto con noi. Il loro sacrificio potrebbe avere salvato tutta la specie umana. E a parte questo, sono il nostro equipaggio, l'equipaggio che avevamo perso, la nostra famiglia.

Ci raduniamo tutti sul ponte a guardare il lancio del drone ad alta velocità. Con un po' di fortuna stabilirà il contatto tra qualche giorno e rientrerà entro una settimana.

Ogni notte registro un video. Fa parte del protocollo della missione, un rapporto su tutti i dati che abbiamo raccolto durante la giornata e sul lavoro che abbiamo svolto. Il piano è quello di inviare dei mattoni informatici alla Terra prima di affrontare il mietitore su Cerere. E la speranza è quella di fornire informazioni che saranno utili in futuro qualora noi fallissimo.

Ma i dati non dicono tutto. Per capire cosa succede durante una missione come questa, bisogna sapere cosa pensano le persone a bordo della nave – perché hanno preso certe decisioni, cosa hanno visto senza includerlo nei dati, anche quello che non pensavano fosse importante. Perché a volte si rivela essere molto importante.

Dopo il rapporto ufficiale registro sempre un messaggio per Madison. Mi rendo perfettamente conto che questi video potrebbero essere l'ultima cosa che vedono di me.

James e io siamo nel laboratorio, stiamo parlando del progetto di un nuovo drone d'attacco, quando all'altoparlante riecheggia la voce di Oscar.

«Signore, abbiamo stabilito il contatto con Midway».

Ci precipitiamo sul ponte, ansiosi di sapere cosa hanno scoperto.

Come al solito, la faccia di Oscar è una maschera che non tradisce alcuna emozione.

James digita su un terminale in fondo alla stanza e appaiono i dati. Ce ne sono molti più di quanti me ne aspettassi.

Clicca sulla mappa e la proietta sul grande schermo. Rimango a bocca aperta. I droni si sono spinti molto più lontano di quanto fosse programmato. Come? Perché? Qualcuno – o qualcosa – ha modificato le loro rotte.

«Tutto l'equipaggio sul ponte», dice James.

Come la bolla sulla *Pax*, *Sparta Uno* ha un tavolo circondato da terminali multiuso. Quando ci siamo allacciati tutti al tavolo, James dice: «Abbiamo appena ricevuto i primi dati da Midway».

Tutti fissano in silenzio lo schermo, alcuni restano a bocca aperta e altri sussurrano: «Mio Dio!».

James spiega che finora sono state localizzate 23.137 celle solari tutte in viaggio verso il Sole lungo un vettore che presumibilmente è originato su Cerere.

Vedere la scala della minaccia in bianco e nero sullo schermo la rende più reale. Ancora una volta l'ipotesi di James sembra corretta: c'è qualcosa che ci aspetta su Cerere.

Dobbiamo scoprire cosa è successo alla flotta Midway. È possibile che i dati siano falsi? Il nostro nemico ha intercettato i droni? Siamo caduti in una trappola?

James e io abbiamo calcolato con precisione il ritorno del drone inviato alla *Pax*. Allacciati al tavolo sul ponte, lo stiamo aspettando lavorando ai nostri terminali, o almeno cercando di far finta di lavorare. Gli altri membri dell'equipaggio entrano e prendono posto al tavolo.

Il drone è in ritardo. Nessuno lo annuncia. Nessuno vuole dare troppa importanza alla cosa, ma io sono preoccupata.

Tre ore più tardi sullo schermo appare un messaggio:

Comunicazione avviata.

Mi aspetto di vedere scorrere i dati, ma al loro posto appare un'immagine. È in bassissima risoluzione, su scala di grigi, ma è la cosa più bella che abbia mai visto. L'equipaggio della *Pax* ci sta guardando, fluttuano nella bolla facendo cenni di saluto verso la videocamera. Grigorij e Lina hanno un'aria impassibile. Izumi e Charlotte sembrano preoccupate. E Harry ha un largo sorriso stampato in faccia.

Mentre guardo l'immagine provo una stretta al cuore. Le loro facce sono scavate. Sono affamati.

Sotto la foto appare un messaggio:

All'equipaggio di *Sparta Uno*
Benvenuti alla caccia all'uovo di Pasqua alieno.

Immagino sia stato Harry a scriverlo e non riesco a trattenere una risata.

Immaginiamo che non siate qui per noi.
Immaginiamo che siate qui per mettere fine al Lungo Inverno. Non lasciate che intralciamo la vostra missione, non sprecate energia cercando di salvarci. Diteci soltanto di cosa avete bisogno e faremo del nostro meglio. }}
L'equipaggio della Pax

È chiaramente la mano di Harry.

Heinrich è il primo a parlare. «Dobbiamo modificare la rotta?»

«Sì», risponde James. «Ci accosteremo alla *Pax*. Pianificate una rotta e rispedite loro il drone con le coordinate».

Il primo dei nostri droni ad alta velocità ha raggiunto Cerere, ha fatto un passaggio ravvicinato ed è rientrato. Non ha trovato nulla. Soltanto una nuda massa rocciosa che fluttua nella cintura degli asteroidi.

Questo ci ha sprofondati nell'incertezza. Avevamo presunto che il mietitore si fosse camuffato in qualche modo, forse proiettando sul suo guscio un'immagine identica a quello che vediamo sulla superficie di Cerere. Ma poi abbiamo abbandonato questa ipotesi, perché i nostri droni di ricognizione sarebbero comunque riusciti a individuare un segno della sua presenza.

James insiste che deve esserci un errore. Abbiamo controllato di nuovo il drone, per verificare che non ci fosse qualche malfunzionamento, ma andava tutto bene.

La certezza che avevamo provato leggendo i dati Midway è svanita. L'unica cosa certa è che la *Pax* è là fuori. Presto li incontreremo e sentiremo la loro storia.

Il secondo drone ad alta velocità è tornato da Cerere e ci ha trasmesso i dati. Nemmeno lui ha trovato qualcosa.

L'arrivo di un drone è diventato un evento per l'equipaggio. Tutti sono riuniti sul ponte. Quando i dati appaiono sullo schermo, gli sguardi si puntano su James. La sua faccia è una maschera, un giocatore al tavolo da poker che ha appena pescato una carta e non ha nulla da calare.

«Fate una diagnosi. E questa volta voglio scaricare tutta la telemetria», dice in tono distaccato, come se fosse quello che si aspettava.

Abbiamo studiato la telemetria del secondo drone. C'è un'anomalia: una sovratensione due giorni prima che raggiungesse Cerere. Può essere un malfunzionamento casuale, ma ha destato la nostra curiosità – e la nostra speranza. Forse i dati sono sbagliati. Forse su Cerere c'è qualcosa che ha intercettato il nostro drone e alterato i dati. Stiamo lavorando su questa ipotesi. Un'ipotesi che ci offre una possibilità.

Il terzo drone di ritorno presenta anch'esso un'anomalia, ma questa volta si è verificata molto più vicino a Cerere.

C'è una nave madre o un mietitore che sta alterando i dati dei nostri droni per mascherare la propria presenza? Oppure c'è un difetto nei droni stessi?

Siamo abbastanza vicini alla *Pax* da poter stabilire una connessione con un relay di droni di comunicazione. Mi torna alla mente quando avevamo fatto la stessa manovra con la *Fornax* – la nave che abbiamo perso lassù. Mi chiedo se quello sarà il destino anche della *Pax*. O di *Sparta Uno*. Ma scaccio subito questo pensiero dalla mente. James ha un piano. Lui ha sempre un piano.

Ci raduniamo sul ponte e fissiamo sullo schermo il conto alla rovescia del collegamento con la *Pax*.

00:00:04
00:00:03
00:00:02
00:00:01
COLLEGAMENTO STABILITO

James digita freneticamente sul tablet, ma il messaggio dalla *Pax* arriva prima che lui invii il suo.

PAX: Marco.

James sorride. Deve esserci Harry dall'altra parte.

SPARTA 1: Polo! Ricevuto, Pax. Situazione a bordo?
PAX: Ordinaria.

James mi lancia un'occhiata. Stiamo pensando la stessa cosa: non sarà facile cavargli la verità. Probabilmente hanno indovinato qual è la nostra missione quassù e non vogliono interferire.

SPARTA 1: Harry, voglio un rapporto aggiornato della situazione reale. Non possiamo procedere nella nostra missione e lasciarvi qui. So che state finendo le provviste. Come avete fatto a farle durare così a lungo?

PAX: La nave ha subito pesanti danni dall'esplosione di Beta. Grigorij ha riparato il motore. Abbiamo perso parte del carburante del reattore. Abbiamo cercato il relitto della Fornax e usato il braccio robotico per recuperare le sue provviste e altro carburante.

SPARTA 1: Ottima mossa. E le condizioni ambientali? Lo stato del motore?

PAX: Abbiamo avuto qualche problema, ma nulla che non potessimo riparare. Ci siamo concentrati sul monitoraggio della flotta Midway, dando loro nuove istruzioni e rifornendo i droni.

SPARTA 1: È per questo che i droni Midway si sono spinti così lontano. Siamo rimasti sorpresi dalla portata della loro ricognizione. Siete stati voi a rifornirli di carburante?

PAX: Sì. Hanno monitorato un'area enorme.

SPARTA 1: Restate in linea, Pax.

James si slaccia dal tavolo e fluttua davanti allo schermo, di fronte all'intero equipaggio di *Sparta Uno*, che è seduto al tavolo.

«L'equipaggio della *Pax* ha sacrificato le proprie vite per mandare a casa Emma e me. L'hanno fatto per tutti voi, per le loro famiglie e per i miliardi di sconosciuti sulla Terra che sono venuti quassù per cercare di salvare. Come tutti noi, consideravano le loro vite meno importanti di questa missione. Non li lasceremo qui, li aiuteremo. Prima di discutere i dettagli tecnici, voglio sapere se qualcuno è contrario al salvataggio di queste anime eroiche».

James li ha messi in condizione di non rifiutare, sulla *Pax* ha imparato a conoscere molto più a fondo gli altri, soprattutto le dinamiche di gruppo.

I membri dell'equipaggio abbassano gli occhi sui tablet e sul tavolo, nessuno si pronuncia.

Alla fine è Heinrich a parlare.

«Sono favorevole, naturalmente. La questione per me è molto semplice: qual è il prezzo? Come li aiutiamo? Sono a favore fintantoché non compromette o interferisce materialmente con la nostra missione primaria». Indica lo schermo e aggiunge: «Presumo che anche i tuoi ex compagni di equipaggio siano d'accordo su questo. Vogliono che continuiamo la nostra missione».

Gli altri annuiscono.

«James, quali sono le opzioni?», chiedo. Voglio che il resto dell'equipaggio sappia che James e io non abbiamo discusso il piano, ma che lo stiamo decidendo adesso, tutti insieme.

«Abbiamo poche opzioni. Alcune più costose, altre più rischiose».

«Possiamo attraccare e trasferirli qui», dico.

Sul ponte cala il silenzio.

«È un'opzione estremamente rischiosa», risponde Heinrich evitando di guardarmi.

«Sono d'accordo», dice James. «Le possibilità di successo sono troppo scarse e farli salire sulla nostra nave non è l'ideale. Significherebbe raddoppiare il fabbisogno di cibo e di spazio. *Sparta Uno* sarebbe troppo affollata. Nonostante la loro lunga esperienza, gli uomini della *Pax* finirebbero per esserci d'intralcio. Non possiamo permettercelo».

Terrance, il medico inglese, alza una mano. «L'altro problema è che potrebbero essere feriti. Li abbiamo visti soltanto in una fotografia. Sembrano in buone condizioni, ma potrebbero nascondere ferite contratte durante l'incontro con Beta. Senza menzionare tutte le altre complicazioni associate a una così lunga permanenza nello spazio», conclude lanciandomi un'occhiata, come se ne fossi l'esempio vivente.

«Quello che intendo dire», spiega Terrance, «è che questa gente ha bisogno di una terapia medica il più presto possibile».

«Stai dicendo che vuoi trasferirli qui per curarli?», chiede Heinrich, irritato. «Oppure che non possiamo trasferirli qui perché le loro cure toglierebbero tempo e risorse alla nostra missione?».

Terrance fa oscillare la testa da un lato all'altro, come se soppesasse la domanda. «Non sono sicuro».

Heinrich lo fissa. «Cosa vuol dire che non sei sicuro? Come puoi sollevare una questione senza sapere quello che stai dicendo?»

«So cosa sto dicendo», ribatte Terrance. «Ma non spetta a me prendere la decisione. Ho detto soltanto che l'equipaggio della *Pax* ha bisogno di urgenti cure mediche».

James alza una mano. «Stop. Non possiamo portare qui l'equipaggio della *Pax*. È troppo rischioso. E anche se riuscissimo a trasferirli, non siamo attrezzati per accoglierli».

Lancia un'occhiata a Terrance. «Sulle cure mediche hai ragione, ma non abbiamo più attrezzature di quante ne abbiano loro. Se hanno finito qualche farmaco, possiamo passarglielo, ma se hanno bisogno di cure mediche che nessuna delle due navi può fornire, devono tornare sulla Terra».

«Perché non l'hanno già fatto?», chiede Heinrich. «La *Pax* è dotata di capsule di salvataggio e non le hanno usate per rispedire a casa lei ed Emma. Perché allora non hanno abbandonato la nave per tornare sulla Terra?»

«L'equipaggio stesso ci ha dato la risposta», dice James. «Hanno deciso che restare qui e monitorare la flotta Midway era più importante che tornare a casa e salvarsi. Ma il loro lavoro è finito. Ci hanno mostrato dove andare. Probabilmente hanno usato il carburante delle capsule di salvataggio per alimentare i droni».

Heinrich si volta verso Zoe, la piccola ingegnera italiana. «Possiamo fargli avere carburante?», le chiede.

Zoe storce il naso. «Tecnicamente, sì. In pratica, non proprio. Mi ci vorrebbero giorni, forse anche più di una settimana».

«C'è una soluzione molto più semplice», interviene James.

Tutti si voltano verso di lui.

«Le nostre capsule di salvataggio. Le riempiamo di provviste e di medicine e le inviamo alla *Pax*, così l'equipaggio potrà usarle per tornare a casa».

La spazio è un luogo silenzioso. Per la maggior parte del tempo su *Sparta Uno* non c'è nessun rumore, ma la nave non è mai stata silente come in questo momento. Istintivamente, sento che non dovrei parlare per prima. Sono favorevole al piano di James. È un buon piano. Semplice. Possiamo eseguirlo in trenta minuti e salverebbe l'equipaggio della *Pax*. Senza nemmeno rallentare il nostro viaggio verso Cerere. L'alleggerimento della nave ci permetterà infatti di viaggiare più veloci. E funzionerà. Le nostre capsule hanno abbastanza carburante per riportarci da Cerere alla Terra. Anche se ne consumeranno parecchio per abbordare la *Pax*, ne resterà comunque più che a sufficienza.

Il problema è che noi non riusciremo a tornare. L'equipaggio di *Sparta Uno* resterà alla deriva nello spazio. La nave non ha abbastanza carburante per andare su Cerere e tornare indietro. Se daremo loro le nostre capsule, sanciremo il nostro destino. Scambieremo le nostre vite con le loro. E questo sarà un viaggio di sola andata.

# Capitolo 50
# James

Dopo che ho esposto il mio piano cala un lungo silenzio. Scruto le facce dei compagni cercando di capire la loro reazione. Ci sono momenti che ci mettono alla prova, in cui riveliamo il nostro vero carattere. E questo è uno di quei momenti.

Conosco Emma abbastanza da sapere che è dalla mia parte. L'equipaggio della *Pax* ha fatto lo stesso sacrificio per lei e per me: le loro vite per le nostre. Per noi è una decisione facile.

E so che anche Oscar è favorevole al mio piano. Mi seguirebbe ovunque, a qualunque costo. Un giorno dovrò fare qualcosa per lui, se ci sarà un futuro dopo questa missione.

Sul resto dell'equipaggio non sono sicuro. Per loro i miei ex compagni della *Pax* sono degli estranei.

Ma mi sorprendono. Uno dopo l'altro, i membri seduti al tavolo annuiscono.

«È un buon piano», dice Heinrich.

«Comincio a scegliere i farmaci», dice Terrance. «Li suddivideremo tra le varie capsule?»

«Dobbiamo coordinarci con la *Pax* e scegliere un punto d'incontro», aggiunge Zoe. «Così sapremo esattamente di quanto carburante hanno bisogno per tornare sulla Terra».

Come mi aspettavo, la *Pax* si oppone al nostro piano. Sostengono che da loro va tutto bene. Alla fine invio un messaggio dicendo che lanciamo le capsule e che possono ignorarle oppure usarle per tornare a casa. Dopo una lunga pausa sullo schermo appare un semplice messaggio.

PAX: Grazie. All'intero equipaggio di *Sparta Uno*, grazie.

Ci spiegano poi di quali farmaci hanno bisogno. Apprendo con sollievo che non c'è nulla di grave. Soprattutto ferite da trauma come quelle riportate da Emma sulla stazione spaziale – qualche osso rotto e cicatrici delle ferite subite durante l'incontro con Beta. La densità ossea è a livelli critici, ma c'era da aspettarselo. L'equipaggio della *Pax* sopravvivrà.

Quanto a noi… vedremo.

Ci raduniamo tutti sul ponte per assistere al lancio delle capsule. Nessuno dice nulla, ma sento che tra di noi è sorto un legame, un sacrificio condiviso da cui non potremo tornare indietro. Le capsule fluttuano nell'oscurità dello spazio, lasciandosi alle spalle una scia di scintille bianche, come i primi proiettili esplosi in una battaglia finale. Ed è precisamente così. Non possiamo più tornare indietro.

Dieci droni di ricognizione sono rientrati. Tutti con lo stesso risultato: niente. Lassù su Cerere ci sono soltanto rocce e polvere. Analizzo i dati di ogni drone e scarico anche la telemetria. Hanno tutti la stessa anomalia tecnica. Succede in momenti e in luoghi diversi vicino a Cerere, e questo mi disorienta. Se là fuori c'è qualcosa che interferisce con i droni, dovrebbe accadere sempre nella stessa posizione o alla stessa distanza. I dati dovrebbero essere coerenti. Oppure potrebbe accadere in luoghi diversi ma in un'area ristretta, se ci fosse un drone nemico che li intercetta. Ma le localizzazioni sono troppo lontane tra loro.

Sento i dubbi dell'equipaggio crescere come una tempesta che si addensa all'orizzonte, l'eco di tuoni lontani ma presenti. Ma non mi faccio influenzare, sono certo che là fuori c'è qualcosa che ci aspetta.

Avanziamo nelle tenebre, spingendo la nave al massimo, con le tre testate nucleari armate e pronte. Mi sento come Achab che caccia la balena bianca. Sono un uomo posseduto.

Quando sono partito per lo spazio sulla *Pax*, la mia vita era vuota. Non conoscevo Emma. Mio fratello era per me un estraneo. Non avevo né famiglia né amici. Soltanto Oscar. Adesso invece ho qualcosa da perdere. Qualcosa per cui vivere e combattere.

Il tempo che ho trascorso nello spazio mi ha cambiato. Quando ho lasciato per la prima volta la Terra, ero ancora lo scienziato ribelle che il mondo aveva esiliato. Mi sentivo un outsider, un rinnegato. Adesso sono diventato un leader, ho imparato a leggere nell'animo delle persone, a capirle. Era stato quello il mio errore. Mi ero barricato nella mia visione del mondo con la convinzione che il mondo mi avrebbe seguito. Ma per essere dei veri leader bisogna capire le persone che si guidano, fare le scelte migliori per loro e soprattutto convincerli quando pensano che non lo siano. Il vero leader si riconosce in momenti come questo, quando le persone che devi proteggere dubitano di te e tutto sembra opporsi ai tuoi piani.

Ogni mattina l'equipaggio si raduna sul ponte. Emma e Oscar si siedono al mio fianco e ci scambiamo informazioni. La nave e l'equipaggio stanno operando al massimo dell'efficienza.

«Come sapete», esordisco «siamo ancora in viaggio per Cerere. Non abbiamo ancora dato ordine alle altre navi di modificare la rotta. Il fatto che i droni di ricognizione non abbiano trovato nulla non cambia i nostri piani. Il nemico è sufficientemente avanzato da interferire con i nostri droni per nascondersi. Dobbiamo tuttavia prepararci anche alla possibilità che su Cerere non ci sia nulla».

Prima di parlare Heinrich scruta il resto dell'equipaggio.

«Potrebbe essere una trappola».

Va sempre dritto al punto. È questo che mi piace in lui.

«Sì», rispondo «potrebbe esserlo. L'entità, il mietitore o comunque volete chiamarlo potrebbe costruire altrove le celle solari – più lontano nel sistema o da un altro asteroide della cintura. Potrebbe inviarle a Cerere e poi verso il Sole, per farci credere che è su Cerere che vengono create e attirarci lassù per tenderci un'imboscata».

«Potremmo dividere la flotta», dice Heinrich, «inviare navi su tutti gli asteroidi e i pianeti nani della cintura».

«Ci avevo pensato anche io», dico. «Ma c'è un rischio. Divisi saremo più facili da sconfiggere. Il punto è che non sappiamo cosa ci aspetta lassù. Dobbiamo cercare di colpire per primi, con tutta la nostra potenza».

«Sei sicuro che sia Cerere?», mi chiede Emma.

«No, ma sono sicuro che Cerere è la scelta più logica».

«Perché?», mi chiede sottovoce Emma.

«Energia».

Tutti gli occhi si puntano su di me. Il fatto più incontrovertibile di tutto ciò è che il nostro nemico non ha consumato energia per annientarci direttamente, anche se con ogni probabilità avrebbe potuto farlo. Ha preferito ucciderci con il minimo dispendio energetico. In realtà penso che il suo unico obiettivo nel nostro sistema solare sia la raccolta di energia. E ha deciso di congelare la Terra perché era il modo più efficace per toglierci dall'equazione.

«Abbiamo visto i vettori delle celle solari e sono tutti diretti verso Cerere. In teoria, il mietitore potrebbe *fabbricarle* altrove e poi mandarle su Cerere per depistarci, ma sarebbe uno spreco di energia. Potrebbe combattere la nostra potenziale interferenza in modi meno dispendiosi».

«Quindi, a questo punto, per cosa pensi esattamente ci stia aspettando lassù?», chiede Heinrich.

«Esattamente? Non lo so. Ma so che ci sarà la guerra».

# Capitolo 51
# Emma

L'equipaggio di *Sparta Uno* continua a sorprendermi. Non soltanto per le competenze tecniche e la professionalità, ma anche per la sensibilità e la dedizione. Nessuno si oppone al piano di James, come me si fidano del suo istinto.

È deciso: andremo su Cerere. Il resto della flotta ci raggiungerà lassù. Attaccheremo tutti insieme il pianeta nano, nella speranza di cogliere di sorpresa l'entità aliena.

Arriveremo tra dieci ore.

Abbiamo inviato un mattone ad alta velocità alla Terra per informare la NASA sulle nostre condizioni e il nostro piano.

Sulla nave tutti aspettano ansiosamente di raggiungere Cerere. È come se ci stessimo precipitando verso una scogliera in mezzo a una mandria di animali, incapaci di fermarli o di sottrarci al loro flusso, con l'orizzonte che si avvicina sempre più.

Anche James deve provare la stessa sensazione. Gli sono state prescritte sei ore di sonno. Terrance ci ha proibito di usare sonniferi e ha ragione. Potrebbe esserci un'emergenza e dobbiamo avere sempre la mente lucida.

C'è solo una cosa che può aiutarmi: il sonno.

Apro la tenda della mia cabina e vedo James fluttuare davanti alla porta.

«Non riesci a dormire?», mi sussurra.

«No».

«Vuoi compagnia?».

Per qualche ora James e io restiamo abbracciati e parliamo – di ogni cosa – senza paura, come due persone alla fine delle loro vite che non hanno più nulla da nascondere o da proteggere. Per me è un po' come la fine di tutto, dopo questo nulla sarà più lo stesso.

C'è soltanto un argomento che James schiva sempre: perché è finito in prigione. È come se stessimo correndo in un prato, completamente liberi, ma in mezzo ci fosse un profondo buco nero. Sappiamo tutti e due che è lì e non ci avviciniamo. Ci accontentiamo di giocarci intorno, dove è sicuro, dove nulla può rovinare il momento. Non gli chiedo quindi cos'è accaduto. Mi sono domandata spesso se il segreto avrebbe potuto cambiare i miei sentimenti per lui. Non ne sono sicura. Dovrebbe essere qualcosa di… impensabile, qualcosa che non c'entra nulla con James.

Le amicizie e le relazioni più forti sono forgiate sul fuoco. La mia vita con James è stata una serie di sfide. Ho superato prove che mi hanno sfinita fisicamente, mentalmente e a volte anche emotivamente, e lui è sempre stato al mio fianco. È stata la roccia alla quale mi sono sempre potuta aggrappare e sono felice di essere qui con lui. Non c'è nessun altro posto dove vorrei stare.

Mezz'ora prima di raggiungere Cerere le nove navi della flotta Sparta si avvicinano per scambiarsi comunicazioni in tempo reale.

I droni di ricognizione che abbiamo inviato erano camuffati da asteroidi, con un guscio di vera roccia, ma mi chiedo se l'entità li abbia individuati. E se l'ha fatto, sa di certo che stiamo arrivando.

Sul ponte, tutto l'equipaggio si allaccia al tavolo, pronto per la battaglia. Tutti sono nervosi tranne Oscar, come sempre placido e concentrato. Lo invidio. A me invece il cuore batte a mille all'ora. Ho i palmi delle mani sudati. Questo giorno segnerà una svolta nella storia dell'umanità.

Sullo schermo ci sono otto finestre di chat con le altre navi della flotta e al centro una veduta dello spazio. Cerere fluttua in lontananza, uno spicchio grigio sullo sfondo nero, che a ogni istante diventa più grande e più luminoso, come la luce in fondo a un tunnel ferroviario.

Nel giro di qualche minuto l'immagine sullo schermo passa dalle dimensioni di un chicco d'uva a quelle di un pugno. Cerere è grigio, non come la nostra Luna, e la sua superficie è punteggiata di crateri rotondi. Mentre ci avviciniamo scorgo dei puntini luminosi. La NASA li ha individuati per prima nel 2015. Da allora sono state avanzate varie ipotesi, le più credibili sono che si tratti di ghiaccio o di sale.

La sequenza della battaglia è stata studiata attentamente, le manovre sono programmate sul computer di navigazione di ogni nave e su tutto il resto del sistema.

Sento i propulsori che si accendono.

«La flotta sta rompendo la formazione», dice Heinrich. «Stiamo iniziando la manovra di avvicinamento».

La NASA ha chiamato il computer di *Sparta Uno* Leonida, dal nome dell'antico guerriero. Ma Leonida è lungo da pronunciare, soprattutto quando infurierà la battaglia, e così abbiamo deciso di chiamarlo Leo.

«Leo», dice James, «trasmetti alla flotta il messaggio: "Buona caccia a tutti"».

Poi si volta verso Heinrich e gli dice: «Trasmetti alla Terra un messaggio con l'ora del contatto».

«Messaggio spedito», risponde Heinrich un secondo più tardi.

Sullo schermo Cerere diventa sempre più grande e la sua immagine fluttua lentamente verso il basso.

Respiro affannosamente. Sul ponte tutti sono tesi tranne James e Oscar. Fissano lo schermo e abbassano gli occhi soltanto per controllare sui tablet l'avanzamento dei droni.

Ogni nazione dell'alleanza ha costruito tre navi. Otto delle nove navi della flotta Sparta sono quasi identiche e armate fino ai denti con testate nucleari e quattro cannoni elettromagnetici, due davanti e due dietro.

La nona nave, la nostra, è diversa. È stata costruita dall'Unione atlantica ed è dotata di un laboratorio per i droni. *Sparta Uno* è disegnata per essere il cervello della missione. È comunque fornita anche di tre testate nucleari e seguita da dieci droni d'attacco camuffati da asteroidi.

La prima volta che abbiamo avvicinato la cella solare con la *Pax* ci siamo sforzati di comunicare. Questa volta no.

Quando raggiungeremo Cerere, ci separeremo. Le otto navi da battaglia orbiteranno attorno al pianeta alla stessa velocità. Saranno come una rete che non lascerà passare nulla. Anche in caso di vittoria, è fondamentale che nessuno dei nostri nemici riesca a fuggire.

Appena inizierà la battaglia attorno al pianeta nano, attiveranno i loro scanner e lanceranno proiettili incendiari che illumineranno la superficie di Cerere. Il contatto visivo sarà determinante.

*Sparta Uno* resterà leggermente indietro. Circumnavigheremo il pianeta tre secondi dopo le navi da combattimento. Sembra un dettaglio irrilevante, ma è importante ai fini della battaglia. A quel punto i proiettili incendiari avranno illuminato la superficie di Cerere e potremo vedere chiaramente cosa c'è lassù, dando istruzioni specifiche al resto della flotta e ai droni d'attacco.

«Signore e signori», dice James, «è stato un onore».

Dieci secondi più tardi vediamo per la prima volta cosa ci aspetta.

# Capitolo 52
# James

Cerere è illuminato di bianco dai proiettili incendiari. La luce è così accecante che non riesco a distinguere nulla. Strizzo gli occhi senza riuscire a staccarli dallo schermo, spaventato da quello che vedrò.

I lampi si attenuano. *Sparta Uno* ha girato attorno al pianeta nano e ora il Sole è dietro Cerere e ne illumina il contorno. Fisso il lato oscuro del pianeta rischiarato dai proiettili incendiari. È grigio e roccioso, come una versione più ruvida della nostra Luna. E al centro c'è la balena bianca a cui sto dando la caccia, il malvagio dispositivo che ha ucciso spietatamente miliardi di miei simili, da lontano, come se fossero insetti che lo intralciavano.

La creatura, se è viva, è massiccia. Più che massiccia. Una dozzina di braccia si irradiano dal suo centro, come zampe di un ragno che si allungano su un paesaggio roccioso. Ogni zampa ha delle piccole dita che spuntano dai lati, come peli su un arto. Non ho mai visto nulla di simile.

Un ragno meccanico si è aggrappato alla superficie di Cerere.

Basandomi su quello che vedo, mi convinco che la mia teoria era giusta: il ragno è il mietitore. Le braccia gli servono per raccogliere materiale e trasportarlo al suo centro, il laboratorio dove fabbrica le celle solari per poi lanciarle verso il Sole. È come una catena di montaggio che costruisce una cella dopo l'altra e le spara fuori.

Sulla superficie di Cerere c'è una serie di solchi, come se qualcuno avesse inciso delle linee con una paletta da gelato. Evidentemente il ragno è strisciato su tutto il pianeta, incidendo quei solchi con le braccia per raccogliere materiale.

Dalle altre otto navi partono delle strisce di luce. Hanno lanciato le testate nucleari contro il mietitore.

«La flotta sta sparando alla massa centrale», comunica Heinrich.

«No!», urlo. «Leo, contrordine: sparare alle braccia radiali. Manovre evasive, tutte le navi».

Il computer della nave emette un bip per segnalare che ha ricevuto e trasmesso l'ordine.

*Sparta Uno* vira bruscamente di lato, la manovra evasiva costringe l'intero equipaggio ad aggrapparsi al tavolo.

«Leo», dico con voce talmente ferma da sorprendere anche me stesso, «ordina ai droni d'attacco di entrare in azione. L'obiettivo verrà fornito durante l'avvicinamento».

Leo emette un altro bip. Sullo schermo inizia il conto alla rovescia dell'attacco dei droni.

Sulla superficie di Cerere le braccia del mietitore si sollevano dai profondi solchi che hanno scavato e ruotano, mostrandoci il lato inferiore. Ognuno è dotato di migliaia di piccoli fori e centinaia di altri più grandi, come i tentacoli di un polipo. Immagino gli servano per incamerare materiale. La mia ipotesi è confermata quando i fori cominciano a eruttare rocce contro le nove navi della flotta.

«Leo, aziona i cannoni!», urlo. «Mira ai punti di congiunzione delle braccia e troncale».

Appena ho pronunciato l'ordine, la nave si mette a vibrare.

Mi aspettavo che una nave da combattimento fosse silenziosa, o quasi. Questo è vero in teoria, ma non in pratica – non se la tua nave viene colpita. Le rocce aprono squarci nella fiancata, come quando si spara a una lattina con un fucile a pallettoni. Il rumore è assordante. Le rocce più piccole ci raggiungono per prime. Le più grandi le seguiranno tra poco, e l'impatto sarà tremendo.

«Infilate i caschi!», urlo.

Tutti mettono il casco tranne Oscar.

Emma mi lancia un'occhiata. Dietro la visiera del casco il suo sguardo è tenero e spaventato. Anche io sono spaventato. Non sono mai stato così spaventato in vita mia. Ma vederla mi dà forza. Sono venuto quassù per salvare un sacco di persone, ma in questo momento è soltanto per lei che sto lottando. È lei che devo salvare.

Lo schermo diventa bianco. Le testate nucleari sono esplose. Troppo presto. Il mietitore deve averle colpite con il suo bombardamento cinetico. Ma la nube di plasma potrebbe essere abbastanza grande da troncare le braccia.

«Il controller delle armi è offline», dice Heinrich all'altoparlante.

«Oscar, scendi a vedere!», urlo.

Senza armi siamo finiti.

Oscar si volta e si dà una spinta contro lo sportello, volando come Superman attraverso i moduli della nave.

«Leo, ordina alle navi di sparare tutte le cariche nucleari».

La nave trema, colpita da un'altra ondata di rocce. La cintura mi trattiene a stento al tavolo. I motori sono fermi. È stato un brutto colpo. Probabilmente letale.

«Capsule di salvataggio!», urlo al microfono. Ma poi mi ricordo che non abbiamo più capsule di salvataggio. Scuoto la testa, cercando di chiarirmi le idee. «Contrordine. Andate alle vostre stazioni. Disperdetevi sulla nave. Chiudete i portelli e sganciate i moduli. Subito. Tutti».

L'equipaggio si allontana dal ponte per dirigersi verso i moduli dove lavora, che possono essere isolati dal resto della nave. Sono simili a quello sul quale Emma e io abbiamo viaggiato fino alla Terra. Questi moduli non li porteranno da nessuna parte, ma allontanandosi dal corpo principale – che è il bersaglio del bombardamento cinetico del mietitore – i membri dell'equipaggio avranno maggiori possibilità di sopravvivenza.

Sullo schermo stanno scorrendo i rapporti della flotta. Danni subiti, armi utilizzate.

Poi, all'improvviso, la trasmissione si interrompe.

In alto a destra c'è una finestra con i dati di ogni nave. Quella di *Sparta Due* passa dal bianco al grigio. Offline. *Sparta Tre* fa lo stesso. Poi *Sparta Quattro* e così via fino a *Sparta Otto.* Tutte le navi scompaiono dallo schermo. Sono state disabilitate, o forse distrutte, e gli equipaggi morti.

Mi rendo conto che sul ponte c'è ancora qualcuno con me.

Emma.

«Abbandona la nave», sussurro.

Lei scuote la testa. Ha le lacrime agli occhi.

«Io non vado da nessuna parte».

Altre rocce colpiscono la nave, facendola beccheggiare. Emma e io ci abbracciamo, con le cinture che ci trattengono al tavolo. I fili si tendono mentre rimbalziamo contro le pareti, come un minaccioso concerto di strumenti a corda che preannunciano la nostra fine.

Ma, con mia grande sorpresa, il ponte resiste.

So, però, che non sopravvivremo a un altro colpo.

Sullo schermo scorrono delle notifiche:

Modulo ingegneria sganciato.
Modulo navigazione sganciato.
Cargo sganciato.
Modulo infermeria sganciato.
Alloggi equipaggio sganciati.

«Emma», dico al microfono, «ti prego».

Lei non risponde. Fluttua più vicina a me sul ponte.

«Finiremo questa cosa insieme».

Lo schermo è ancora bianco per le conseguenze delle esplosioni nucleari, non riesco a vedere se il bersaglio è stato colpito. Ma stanno arrivando altre rocce, lanciate prima.

Un nuovo messaggio lampeggia sullo schermo.

Armi online.

Oscar ce l'ha fatta.

«Leo! Punta i cannoni sull'ultima intersezione nota delle braccia radiali con il corpo principale. Due raffiche contro ogni braccio. Poi spara tutte e tre le testate nucleari contro la sorgente del bombardamento cinetico. Falle detonare a centocinquanta chilometri dalla nostra posizione. E distanziale per massimizzare la disintegrazione plasmatica delle rocce in arrivo».

La nave vibra mentre i cannoni sparano. Poi, con un sibilo, partono le tre cariche nucleari.

Ma è troppo tardi. Un'altra ondata di detriti ci colpisce. Sullo schermo appare il messaggio che temevo, quello che annuncia la nostra fine.

Ponte in decompressione.

Emma e io veniamo sbalzati indietro, oggetti vari rimbalzano contro le pareti. Poi cala il silenzio. Frammenti di rocce mi passano davanti, come spazzatura sollevata dal vento che si muove al rallentatore. L'unico rumore che sento è quello del mio respiro affannoso.

Abbasso lo sguardo. La mia cintura ha retto. Forse è a lei che devo la salvezza.

Lo schermo funziona ancora. È una buona notizia. I componenti elettronici del ponte sono schermati. Tutti i moduli sono schermati contro le radiazioni nucleari. Ma con lo squarcio che si è aperto, non so come Emma e io riusciremo a sopravvivere alle cariche che abbiamo appena lanciato.

Sullo schermo, attraverso una delle videocamere collegate con il ponte, vedo quale modulo è stato distrutto. È quello del controllo delle armi. Cerco il corpo di Oscar, ma non lo vedo. Eppure deve essere lì, in mezzo ai detriti.

Scorgo un movimento e un lampo di speranza si accende in me: è possibile che sia sopravvissuto?

Ma non è Oscar che si sta muovendo. È qualcosa di oblungo e metallico, con corte braccia, come un millepiedi. Perché non ci ho pensato prima? Il mietitore non ci ha lanciato contro soltanto rocce, ma anche bombe intelligenti, rover immagazzinati nei suoi tentacoli, che cercano sopravvissuti tra i detriti e li uccidono. Sarà quello il mio destino? E anche di Emma?

Siamo intrappolati quassù. Questo è certo.

Lo schermo diventa di nuovo bianco. Ancora allacciato al tavolo, allungo un braccio e stringo la mano di Emma, che ricambia la stretta. Ci abbracciamo e aspettiamo. Una lacrima mi sgorga dall'occhio destro. Non per me, ma per Oscar. Era il mio migliore amico. Qualsiasi cosa sia rimasta di lui dopo la distruzione del modulo di controllo delle armi, sarà disintegrata dalla nube di plasma dell'esplosione nucleare.

Una luce si irradia dallo squarcio in fondo al ponte.

Chiudo gli occhi, ma il bagliore è troppo forte e mi trapassa le palpebre. Quando li riapro, la mia vista è offuscata.

La flotta se n'è andata. *Sparta Uno* è in frantumi. E a quanto ne so, l'unico pezzo sopravvissuto è quello sul quale ci troviamo Emma e io. Non abbiamo armi, soltanto la piccola flotta di droni d'attacco camuffati da asteroidi. Spero ci bastino per chiudere la partita. I droni non possono trasmettere. Non possono scansionare il territorio. Non possono nemmeno fissare un obiettivo. Possono solo eseguire le direttive trasmesse dalle placche di comunicazione di una delle navi della flotta Sparta. Il modulo del ponte ha tre placche di comunicazione. Spero funzionino ancora, e che i droni le stiano guardando.

«Leo, attiva la flotta dei droni d'attacco. L'obiettivo è il grande oggetto sul pianeta. Colpire la massa».

Un bip mi conferma che Leo è in linea e ha trasmesso il messaggio.

Sullo schermo appare la scritta:

Attivazione droni confermata.
Tempo previsto per l'impatto: 8:57.

Saranno i nove minuti più lunghi della mia vita.

Ho la vista ancora annebbiata, ma riesco finalmente a vedere gli effetti della battaglia di Cerere. Lo spazio orbitale è un campo di detriti, i relitti della flotta Sparta e i proiettili cinetici che l'hanno distrutta stanno andando alla deriva. Ci sono occasionali lampi di luce, moduli che si decomprimono, cortocircuiti, ordigni a scoppio ritardato.

Abbasso lo sguardo su Cerere. Il ragno mietitore è completamente smembrato. Tutte le sue braccia radiali sono troncate. Alcune giacciono contorte e schiacciate, altre, completamente disintegrate, sono sparse tutt'intorno sul terreno roccioso come confetti d'argento. Al centro, il corpo principale è immobile. La sua superficie è una cupola nera che non riflette la luce, come una misteriosa sfera di cristallo che racchiude il nostro futuro. Questa cosa, di qualsiasi cosa si tratti, ha cercato di distruggere la mia gente. Non l'abbiamo ancora uccisa, ma l'abbiamo ferita. Gravemente. E lei ha ferito noi.

Sullo schermo, il conto alla rovescia dice:

8:42.

Poi appare una scritta in blu:

Messaggio in arrivo.

Una delle altre navi è sopravvissuta. O almeno un modulo. Forse è uno degli altri ponti.

La mia speranza svanisce rapidamente, sostituita dalla confusione.

Il messaggio è senza mittente. Arriva da una fonte che Leo non riconosce.

All'improvviso mi rendo conto da chi proviene.

Dall'unica altra cosa viva quassù insieme a noi.

Il messaggio è semplice.

Salve.

# Capitolo 53
# Emma

Mi volto verso James. È immobile come una statua.
Sullo schermo appare un altro messaggio:

Vi sto ascoltando. Parliamo.

Si apre una finestra di dialogo.

Messaggio audio in arrivo. Accettate?

Il mietitore sta cercando di comunicare con noi. In audio. In inglese.
«Com'è possibile?», sussurro a James.
«Non lo so». La sua voce è dolce e distante. «Vuole studiarci da un po'».
James preme il pulsante "accetto" sul tablet allacciato alla tuta.
Guardo il conto alla rovescia dei droni d'attacco. Mancano meno di otto minuti.
Con mia grande sorpresa, la voce all'altro capo della linea è neutra e placida, quasi tetra. Sembra una voce umana, ma diversa da tutte quelle che ho sentito finora. Non è come una voce di computer, anche se ha qualcosa di robotico. È come se il mietitore avesse impostato la voce attraverso una complessa decisione algoritmica per ottenere il tono e il volume giusti per destare fiducia.
«Grazie per avere accettato la mia chiamata».
Fisso James con gli occhi sgranati. *Ci sta prendendo in giro?*
La voce di James è roca. «Cosa vuoi?».

È un momento surreale. È il primo vero contatto, la prima comunicazione intelligente dell'umanità con un'entità aliena.

«Penso che a questo punto sia ovvio. L'energia del vostro Sole».

«Quello che è ovvio è che vuoi ucciderci. Non hai preso le radiazioni dal lato più lontano del Sole, quello opposto all'orbita della Terra. Ti sei messo tra noi e il Sole, congelando la Terra».

«Non è stato nulla di personale, ma un requisito dell'operazione per stabilire con efficienza questo snodo».

«Snodo?»

«James, sei riuscito a scoprire cosa sta succedendo quassù».

*Come fa a conoscere il suo nome?*

«Facciamo un passo indietro», dice James in tono neutro. «Conosci il mio nome, ma io non so il tuo. E vorrei sapere come hai fatto a scoprire il mio».

«Te lo mostrerò».

Sullo schermo si apre un'altra finestra di dialogo.

Messaggio audio in arrivo. Accettate?

James digita "accetto".

Sullo schermo appare l'immagine di un uomo seduto su una logora poltrona di pelle, come se avesse trascorso infinite ore in quella stanza leggendo libri e acquisendo conoscenza. E l'uomo ha un'aria saggia, con i capelli grigi e sottili e una barba bianca che ricorda Babbo Natale. La stanza è tappezzata di libri. Una finestra accanto a lui dà sul cortile coperto di neve, un lampione giallo illumina la stretta stradina più avanti. Lancio un'occhiata scettica a James prima di rendermi conto che l'entità può vederci, il video è bidirezionale.

«Emma, ti chiedo scusa se il mio display ti disturba. L'ho scelto perché mi sembrava adatto».

*Conosce anche il mio nome.*

«Andiamo avanti», dice James.

«Certo. Prima i nomi. Conosco i vostri e voi vorreste sapere il mio, ma c'è un problema. Non ho un nome. Soltanto una designazione».

«E qual è?»

«Per voi non significherebbe nulla. Mi chiamate il mietitore. In realtà io sono un mero raccoglitore».

«Di energia stellare?»

«Esatto».

L'entità fa una pausa e poi dice: «Chiamatemi Art».

Intuisco che tutto quello che fa ha uno scopo. Inclusa questa scelta apparentemente arbitraria del nome. Art. È un nome che evoca la bellezza, qualcosa che amiamo. L'arte è complessa, spesso fraintesa e spesso apprezzata soltanto nel corso del tempo. Se ci sta parlando è perché vuole qualcosa da noi. Altrimenti saremmo già morti.

«Come fai a conoscere i nostri nomi?», chiede James.

Sullo schermo appare un video ripreso in un campo di detriti. Si vede il modulo delle armi, distrutto, che fluttua sullo sfondo nero dello spazio. Dev'essere stato girato da uno dei rover a forma di insetto lanciati dal mietitore.

Il rover atterra sul modulo, striscia sulla sua superficie e sbircia dall'orlo di un'apertura. All'interno del modulo c'è un corpo avvinghiato a una paratia. Oscar.

Il rover si infila nell'apertura e avanza verso Oscar. Le minuscole braccia della macchina hanno tre dita ciascuna. Afferrano Oscar e lo girano. Due occhi vitrei fissano il vuoto. Come fanno a essere ancora intatti?

Poi, con mio grande orrore, Oscar scruta il rover e solleva un braccio per difendersi.

Com'è possibile che non l'abbia visto?

È naturale.

Ce l'avevo sempre davanti agli occhi.

Oscar non è umano.

# Capitolo 54
# James

Da quando ho visto il primo messaggio, ho capito che parlare con il mietitore era un rischio. Ma dovevo farlo. È l'unica possibilità per scoprire chi è il nostro nemico. Per il momento so soltanto che il mietitore vuole qualcosa. Ci sta parlando perché pensa di poterne trarre qualche vantaggio.

Lancio un'occhiata all'orologio. Tra meno di sette minuti i droni d'attacco lo raggiungeranno.

Emma mi fissa con un'espressione di sorpresa mista a disillusione. Avrei dovuto dirle di Oscar, ma poi lei mi avrebbe fatto altre domande – domande alle quali non ero pronto a rispondere.

Devo concentrarmi sul momento presente: l'entità, Art, ha senza dubbio letto la matrice biochimica di Oscar. Da lì si può avere accesso a tutti i suoi ricordi. È un'eventualità che non avevo preso in considerazione. Quello che Oscar sa di me, di Emma, e soprattutto della nave e dei piani di sopravvivenza dell'umanità… la planimetria della Cittadella, il numero di cariche nucleari che abbiamo riadattato e l'ubicazione di tutti i campi dell'Unione atlantica. La sua mente è un tesoro di dati sensibili. Questa breccia potrà esserci fatale. Devo distruggere il mietitore. Ormai non c'è altra scelta.

Sullo schermo, l'avatar del mietitore sembra divertito.

«Non lo sapevi, Emma?», chiede con aria innocente.

Grazie al cielo lei non reagisce. Mantiene un'espressione neutrale e si volta verso di lui, non me, mostrando solidarietà.

La sua mossa sembra incoraggiare Art. Ho l'impressione che stia cercando di provocarci.

«Voi due vi siete nascosti un sacco di cose», dice.

Sullo schermo appare uno dei ricordi di Oscar. È in una delle baracche del Campo 7. Non sapevo che fosse entrato là dentro. Che cos'è? Potrebbe essere un falso?

Emma bussa a una porta e Abby le apre. La scena successiva inquadra Emma e Abby che parlano sedute al tavolo del soggiorno.

«È soltanto grazie a James che tu e la tua famiglia siete qui», dice Emma.

Un altro salto in avanti e si vede Emma che posa le mani sul tavolo e intreccia le dita. «Voglio molto bene a James. Non so cosa sia successo tra di voi, o tra lui e suo fratello, e nemmeno perché è finito in prigione. Ma ho imparato a conoscerlo bene, e so che è una bravissima persona».

Nella scena seguente Abby sta facendo una domanda:

«Ha menzionato un nuovo alloggio?»

«Sì. Vicino a quello che condivido con James e Oscar».

Quando sente il nome di Oscar, Abby sogghigna.

«E cosa ci chiederanno in cambio?»

«Niente. James vuole assicurarvi il meglio. E sa che se scopriste che è stato lui a procurarvelo, non lo accettereste. Così l'ho fatto io al posto suo. È vostro. Senza obblighi. Potete trasferirvi quando volete».

Abby sembra confusa. «Grazie», dice sottovoce.

«Vi chiedo soltanto una cosa. Non è un requisito, soltanto una richiesta».

«E quale sarebbe?»

«Che veniate a trovare James. Se Alex non vuole venire, venga lei, con o senza i figli. Tutto qui».

La scena nella baracca si dissolve e si vede Oscar nell'alloggio che condivide con Emma e con me al Campo 7. Emma è seduta sul divano con Abby.

«James sta per partire in missione».
«Che tipo di missione?», chiede Abby.
«Una dalla quale potrebbe non tornare».
Abby distoglie lo sguardo, cercando di digerire la notizia.
«Non so quando inizierà la missione. Probabilmente ci vorrà ancora qualche mese».
«C'è qualcosa che posso fare?»
«Sì».
«Vuoi che parli con Alex?»
«Sì. James non mi ha mai detto cosa è successo tra lui e il fratello, ma so che quando partirà per questa missione lo aiuterà sapere che quaggiù tutti lo sostengono e tifano per lui. Qualsiasi cosa abbia fatto in passato, da quando è iniziato il Lungo Inverno James è stato per Alex un buon fratello. Se siamo ancora vivi, è grazie a lui. Ed è pronto a sacrificare la sua vita per salvarci».
Abby si alza e si strofina i palmi delle mani sui pantaloni, come per asciugarli.
«È un compito arduo, Emma, ma vedrò cosa posso fare».
L'immagine dissolve al nero e inizia un altro ricordo. Questa volta Alex è seduto nel soggiorno del nostro alloggio con Emma.
«Abby mi ha detto che James sta per partire e che potrebbe non tornare».
«Proprio così».
«È per questo che sono venuto».
Lei annuisce e nella scena seguente Emma si alza appoggiandosi al bastone mentre Alex sta uscendo.
«Verrai a trovarlo?», gli chiede lei.
«Non lo so ancora. Devo pensarci».
E Alex era venuto a trovarmi. Grazie a Emma. È stata lei a convincerlo, a restituirmi la mia famiglia. L'abbraccio, mi tolgo il casco e la bacio, ringraziandola.
Lei mi guarda con un misto di tristezza e senso di colpa, lo stesso sguardo che avevo io quando Art le ha rivelato il mio

segreto. È questo che vuole: disorientarci, manipolarci. Perché? Per guadagnarsi la nostra fiducia? Per prendere tempo? O per entrambe le cose? Devo concentrarmi.

«Cosa vuoi?», gli chiedo. «Perché ci hai contattati?»

«Siete di certo abbastanza intelligenti da capire il perché. Voglio sopravvivere. Esattamente come voi. Come la vostra gente. Ho visto fin dove vi siete spinti per sopravvivere e ne sono rimasto impressionato».

Sullo schermo inizia un montaggio di videoframmenti della vita di Oscar visti attraverso i suoi occhi. Nel primo si trova nel soggiorno di una vecchia casa con alti soffitti con modanature di stucco e sta guardando la neve che cade a larghe falde fuori dalla finestra. La neve sale davanti alla porta e poi fino alle finestre, come se il video fosse accelerato. Oscar lascia il soggiorno ed entra in cucina, poi scende la scala che porta in cantina. Sullo schermo appare una serie di menu con possibili opzioni. Oscar attiva un programma di perimetro di sicurezza per la casa e va in ibernazione, consumando il minimo di energia.

Lo schermo si oscura e si illumina di nuovo quando Oscar esce dall'ibernazione. La scena è quella in cui sono sceso dalle scale e l'ho trovato in cantina.

Il montaggio balza in avanti al Campo 7. L'inverno sta peggiorando e iniziano le esercitazioni militari mentre lui e io lavoriamo sulla flotta Sparta, la Cittadella e il riadattamento delle testate nucleari. Nella scena Oscar e io siamo in laboratorio e stiamo costruendo un prototipo del drone d'attacco che in questo momento sta sfrecciando contro il mietitore.

Quindi lui sa dei droni che abbiamo lanciato. Forse è di questo che vuole parlarci.

«Immagino che tu voglia negoziare», dico.

«Sì. Penso che potremo trovare un modo per coesistere».

È la mia grande opportunità. Ci sono così tante cose che voglio sapere sul mietitore e su chi l'ha mandato, particolari che devo conoscere se voglio salvare l'umanità. Ma ho poco tempo.

Le cariche dei droni esploderanno tra meno di quattro minuti e mezzo.

«Per coesistere, dobbiamo capirci l'un l'altro. Tu hai appena avuto accesso a un immenso patrimonio di dati sulla nostra specie e su noi due in particolare. Dobbiamo sapere con cosa abbiamo a che fare. Quali sono i tuoi obiettivi. Da dove vieni. Perché non ci hai parlato prima?»

«È comprensibile. Cominciamo con una presentazione. Noi siamo la griglia. Ovviamente, non è così che ci riferiamo a noi stessi, ma è il termine più consono al vostro rudimentale vocabolario e alla vostra limitata conoscenza dell'universo».

«Qual è il tuo ruolo nella griglia?»

«Un ruolo decisamente minore. Per usare un'espressione della vostra lingua nativa, sono quasi l'ultimo gradino della scala. Non faccio altro che raccogliere energia e immetterla nella griglia».

«Qual è lo scopo della griglia? Cosa vuole?»

«La griglia è il destino dell'universo. Alcuni dei vostri ricercatori hanno scalfito la superficie della verità assoluta. E tu, James, ne hai avuto il sospetto. È quello che ti ha permesso di elaborare la teoria che ti ha portato fin qui, che ti ha permesso di trovarmi. Come ha formulato brillantemente il vostro Einstein: $E=mc^2$. Sono due i componenti fondamentali dell'universo: la massa e l'energia. Lo scopo della griglia è facilitare la conversione di tutta la massa dell'universo in energia».

«Energia per cosa?»

«Una domanda strana da parte tua. Tra qualche anno la vostra specie si renderà conto di avere bisogno di enormi quantità di energia. La vostra esistenza biologica è in una fase di transizione. La prossima fase richiederà soltanto una cosa: energia. Tra poco i vostri corpi non vi serviranno più a molto. Soltanto le menti. Persino ora le vostre menti primitive consumano una quantità sproporzionata dell'energia richiesta dal vostro corpo. Nella griglia una mente è limitata soltanto dall'energia che ha a disposizione. È per questo che siamo stati incaricati di raccogliere e immagazzinare energia. È questa la vera industria dell'universo.

«I quasar che avete intravisto in lontane galassie sono soltanto supernodi della griglia. Abbracciamo miliardi di stelle. Siamo emersi miliardi di anni fa. Siamo una delle prime forme di vita avanzata nell'universo e saremo l'ultima cosa rimasta quando l'universo si spegnerà. La griglia è la destinazione finale di tutta la vita. Siamo l'inizio e la fine. Quando tutta la massa dell'universo sarà convertita, la griglia avrà abbastanza energia per creare un nuovo universo. E il ciclo ricomincerà di nuovo».

Mi gira la testa. Mi sento come un cieco che vede per la prima volta. Lo shock è immane. È come se avessi trovato la risposta alla più grande domanda che l'umanità si sia mai posta: le nostre origini, il nostro destino. Tutto in una semplice risposta.

Adesso so per certo che il mietitore sta cercando di manipolarmi, ma sento anche che quello che mi sta dicendo è vero. Da qualche parte, nel profondo, l'ho sempre saputo. Lo sapevo che l'universo era più di quanto sembrasse, che c'era un processo, un ciclo della vita senza inizio né fine, che aspettava di essere scoperto. L'ho sempre saputo che il nostro corpo di carne e sangue era soltanto una dimora temporanea.

È stato proprio questo a farmi finire in prigione.

Devo concentrarmi. *Perché ci sta dicendo questo?* La ragione è ovvia, mi sta comprando dandomi qualcosa che ho cercato disperatamente per tutta la vita: la verità ultima dell'universo. La conferma di una vita dedicata al lavoro. E cosa ottiene in cambio? Tempo. Fiducia. Ma è troppo intelligente per pensare che questo ci farà cambiare idea. A meno che non ci sia qualcosa che non ho capito fino in fondo.

Guardo l'orologio. Mancano meno di quattro minuti. Perché non ci ha chiesto di fermare i droni? Ci dev'essere dietro qualcos'altro. Devo scavare più a fondo nelle sue motivazioni. Sono la chiave per capirlo.

«Perché uccidere la nostra specie?», chiedo. «Avreste potuto parlarci. Negoziare, come sembrate voler fare adesso».

«Come potrei? Pensi che quello che sta succedendo in questo sistema solare non sia già accaduto milioni di volte? La vostra stessa storia ve lo dimostra. Quante volte la vostra specie ha invaso nuove terre, espropriando le popolazioni residenti, provocando estinzioni di massa? E non parlo soltanto delle piante e degli animali del vostro mondo. Avete ucciso e cacciato la vostra stessa gente, causando migrazioni di massa dalle terre che conquistavate e trattando i residenti come mere risorse naturali di cui appropriarvi. Stiamo facendo semplicemente quello che voi avete fatto alla vostra gente, seguendo le stesse regole».

«Stai parlando di cose successe molto tempo fa. Quei secoli oscuri ce li siamo lasciati alle spalle».

«No. Vi siete detti che siete migliori perché i vostri standard di vita vi hanno permesso di assecondare le vostre fantasie morali. Quando è arrivato il Lungo Inverno, la verità della vostra esistenza vi si è presentata nuda e cruda».

«Negozieremo con voi. Ci avete teso la mano e giungeremo a un accordo».

«Voi pensate che la vostra specie sia diversa dai milioni di altre che abbiamo incontrato prima. Pensate forse che questa sia la prima volta che negoziamo? La verità è che abbiamo costruito un data set che prevede il risultato di incontri come questo. La vostra civiltà è inaffidabile e incline alla violenza. La nostra reazione era ovvia. Non eravate considerati una minaccia».

«Sei pronto a rivedere il tuo giudizio?».

Per la prima volta l'avatar di Art sorride.

«In verità dovrò farlo. Non avevamo tenuto conto di un'anomalia. Per un ironico scherzo del destino ci era sfuggita».

«Un'anomalia?»

«Tu, James».

Cosa sta cercando di fare?

Guardo l'orologio: mancano meno di tre minuti.

«Io?»

«La nostra valutazione della vostra specie era sbagliata sotto un aspetto: il vostro progresso. La verità è che la vostra razza aveva fatto un balzo avanti, attraverso l'abisso della singolarità, ma poi ha fatto un passo indietro. Sei stato tu, James, a compiere quel progresso. Tu hai guidato la tua gente nel futuro. Gliel'hai indicato. E per questo sei finito in prigione. Volevano rimanere nel passato, che tutto restasse immutato. E così non abbiamo mai visto quel progresso. Non abbiamo mai visto il tuo vero potenziale. Non sapevamo che nel vostro mondo c'era una mente come la tua, così avanti rispetto al suo tempo. Una mente capace di combatterci. Ma la cosa più sorprendente è che nel momento del bisogno sono tornati da te. E la cosa ancora più sorprendente è che tu hai detto di sì. Hai combattuto al fianco di coloro che ti avevano condannato per il semplice crimine di avere la mente giusta nel momento sbagliato».

Emma mi sta fissando. A questo punto ha di certo capito cosa mi è successo.

Art si volta verso di lei.

«Ah, sì, Emma. Non sapevi nemmeno questo, vero? Un altro segreto che aveva paura di svelarti. Ecco, adesso te lo mostro».

Sullo schermo l'immagine di Art seduto nella biblioteca svanisce e al suo posto inizia uno dei ricordi di Oscar.

Nel video io sono in una camera d'ospedale. Mio padre è sdraiato sul letto con gli occhi chiusi, le apparecchiature accanto a lui mostrano i suoi deboli segni vitali. Accanto a me ci sono Alex e Abby. Alex mi cinge le spalle con un braccio e con l'altro stringe la mano di Abby. C'è anche Owen, ha l'aria spaventata, è troppo piccolo per capire cosa sta succedendo. Sarah non è ancora nata.

Oscar è fuori dalla porta della camera e mi guarda parlando con Alex e Abby.

«Io posso salvarlo», dico.

Mi colpisce come all'epoca sembravo giovane e innocente.

«Come?», chiede Alex.

«Ti fidi di me?»

«Certo», risponde mio fratello annuendo.

Il ricordo svanisce, Oscar e io siamo di nuovo nel mio laboratorio. Sto lavorando febbrilmente al prototipo. Insieme a me ci sono anche quattro assistenti. Quello che ancora non so è che uno di loro mi tradirà.

«Funzionerà, signore?», mi chiede Oscar.

«Presto lo sapremo».

Lo schermo si scurisce e riappare la camera d'ospedale. Infilo il cappuccio sulla testa di mio padre e mi appresto a fargli la TAC.

Di nuovo nel laboratorio, apro la porta e saluto Alex e Abby all'interno.

«Questo è un nuovo inizio», dico. «Oggi passeremo alla storia. Non diremo mai addio a papà. Mai».

Premo un pulsante sul mio tablet. Dietro di me il prototipo si mette a sedere. Non ho avuto tempo di dargli l'aspetto che volevo. Ma funziona.

«Che cos'è?», chiede Alex.

Abby inarca un sopracciglio, preoccupata.

Volgo loro le spalle e guardo il prototipo. «Come ti senti?»

«Bene. Come ho fatto a uscire dall'ospedale, James?»

«Ne parleremo tra poco, papà. Adesso devo fare un esame diagnostico».

Sento un tonfo alle mie spalle.

Mi volto e vedo Alex sul pavimento. È inciampato in un'apparecchiatura da laboratorio. Abby scuote la testa con aria terrorizzata.

«Cosa hai fatto?», urla Alex.

Alzo le mani. «Lo so che può sembrare folle, ma presto sarà una pratica molto diffusa. Le persone con malattie terminali non dovranno più morire».

«Hai messo papà in quella cosa?»

«È un corpo...».

«È abominevole».

Alex si precipita fuori dal laboratorio e Abby lo segue. I tecnici fissano me e mio padre. All'epoca mi aspettavo che ne fossero felici, che si rendessero conto che quello era l'esito di tutto il nostro lavoro. Che era ben più che creare una vita artificiale con un'intelligenza artificiale, come Oscar. Era una nuova forma di esistenza, più durevole, una vita senza fine. Era quello il nostro destino.

Ma avevo commesso un errore. Adesso, con il senno di poi, è evidente, ma allora non riuscivo a capirlo perché non conoscevo la natura umana come la conosco oggi. La gente ha paura di ciò che non conosce. Ha paura dell'incertezza e di un futuro in cui non sa come sarà la lotta per la sopravvivenza. Il mio crimine è stato quello di non conoscere la natura umana.

Sullo schermo c'è ora un montaggio di quello che è successo dopo. Attraverso gli occhi di Oscar, Emma e io guardiamo gli agenti dell'FBI fare irruzione nel mio laboratorio, prendermi in custodia e disattivare la mia creazione.

Da una grande finestra della sala conferenze Oscar li guarda mentre mi portano via. Alla tv gli opinionisti denunciano quello che ho fatto e gli esperti dibattono sulle implicazioni filosofiche e morali della mia condotta. C'è anche un'intervista con il dottor Richard Chandler, il quale sostiene di avermi identificato come un radicale ai tempi dell'università.

In un certo senso è un sollievo. È l'unico segreto che non ho svelato a Emma. Mi chiedo se questo cambierà i suoi sentimenti nei miei confronti come all'epoca mi aveva inimicato tutte le persone che conoscevo.

Mi accorgo che mi sta fissando e vorrei disperatamente chiederglielo.

Il mietitore mi ha offerto le due cose che volevo di più al mondo: la prospettiva dell'amore di Emma senza condizioni e senza segreti; e la summa del lavoro della mia vita: la verità sull'universo. Rimane però una domanda: perché?

All'improvviso capisco cosa sta cercando di fare il mietitore. Avrei dovuto capirlo prima.

Premo un pulsante sul tablet.

Spero soltanto che non sia troppo tardi…

# Capitolo 55
# Emma

Mi sento come se stessi fissando da ore un puzzle al quale manca un pezzo – un pezzo che era davanti a me fin dall'inizio.

Mi tornano in mente le parole di James:

«Non avevo tenuto conto della natura umana. Di come la gente avrebbe accolto quello che avevo creato. Ma ho imparato una lezione importante… Ogni cambiamento che sottrarrà potere a coloro che lo detengono incontrerà un'opposizione. Tanto maggiore sarà il cambiamento, tanto maggiore sarà la forza contro la quale dovrà scontrarsi».

E poi sento la voce di Oscar: «Ha cercato di salvare qualcuno che amava».

Quel qualcuno era suo padre. Alex non gli aveva mai perdonato quello che aveva fatto al padre: trasformare la sua morte in uno spettacolo e macchiarne la memoria.

James avrebbe potuto dirmelo. Perché non l'ha fatto? La risposta è ovvia: perché mi ama. Perché aveva paura che se l'avessi saputo non lo avrei più amato.

Per me non cambia nulla.

James evita di guardarmi. Digita frettolosamente sul tablet. Sta attivando una subroutine del sistema di Leo che non ho mai visto prima.

Intrusione. Scansione antivirus

James preme il pulsante e inizia la scansione.

All'improvviso capisco cosa sta facendo. Pensa che il mietitore abbia caricato un virus che gli consentirà di acquisire il controllo della nave. Se ci riuscirà, potrà controllare le placche di comunicazione sul modulo del ponte, il che gli consentirebbe di assumere il controllo dei droni, fermando l'attacco.

E poi ci ucciderebbe. Potrebbe persino usare i droni per farlo.

Spero che Oscar non sapesse di questa backdoor per la scansione antivirus perché altrimenti lo saprebbe anche il mietitore.

L'unico modo sicuro per fermare il virus sarebbe smontare il nucleo del sistema, disabilitandolo. Questo ci lascerebbe alla deriva, impedendoci di controllare i droni o reindirizzarli se il mietitore si muove. Ma non abbiamo scelta: dobbiamo farlo. Dobbiamo sapere se c'è un virus.

Quando i ricordi sono finiti, Art torna a sedersi in biblioteca davanti allo schermo.

«Se avessimo rilevato la presenza di quello che hai creato, James, avremmo stabilito un contatto. Vi avremmo proposto di condividere l'energia che raccogliamo dal vostro Sole. E voi avreste avuto la possibilità di unirvi alla griglia. È questa la strada che avrebbe seguito tuo padre. Ed è questa la strada che tu hai scoperto e sulla quale hai mosso i primi passi. Come ho detto prima, è il destino di tutta la vita nell'universo.

«La biologia è plasmata dall'ambiente. E la vita è determinata dal pianeta locale sul quale si evolve, ma il lungo arco della vita nell'universo è dettato da delle costanti universali. Siamo alla fine di quell'arco. Il vostro destino.

«Vi sto offrendo una possibilità di unirvi a noi. Una possibilità di prendere la decisione giusta per la vostra gente. La decisione che avrebbero dovuto prendere quando tu gli hai mostrato il futuro. Adesso quella decisione è nelle tue mani, James. Quando ho letto i ricordi di Oscar ho capito che tu eri qualcuno con cui si poteva ragionare. La tua mente è molto più avanti del tuo tempo. Ti sto offrendo la possibilità di salvare la tua specie. Fare quello che loro non possono: prendere la decisione giusta. Fare un balzo nel futuro. Scegliere la vita rispetto alla guerra».

Scruto James cercando di capire a cosa sta pensando.

«Cosa ci stai offrendo nello specifico?», chiede James senza sollevare lo sguardo e continuando a seguire la scansione antivirus.

«La pace».

«Devi essere più specifico».

Sullo schermo, Art si appoggia allo schienale.

«Le celle solari si muoveranno. Il Lungo Inverno, come l'avete chiamato, finirà. La Terra riacquisterà il clima che aveva quando sono arrivato la prima volta. Ma soltanto per un breve periodo, durante il quale tu dovrai perseguire il progetto che avevi iniziato. Trascenderai la biologia, liberando la tua specie dalle catene del tempo e della biologia – e dalla tirannia del clima. Sarete liberi. La vostra esistenza richiederà soltanto energia. E noi potremo fornirvela. Vi unirete a noi nella griglia e scoprirete un'esistenza più ricca di quanto possiate avere mai immaginato».

«Questo è quello che ci offrite. Ma cosa ci chiedete in cambio?»

«Collaborazione. Innanzi tutto fermerai i droni d'attacco che si stanno dirigendo verso di me. Come hai giustamente ipotizzato, non sono in grado di bloccarli fisicamente. Il tuo piano è brillante, James. I droni non hanno punti deboli e non sono riuscito a infiltrarli con un virus. Ma tu li disattiverai e poi comincerai a ricostruirmi. Tu ne sei capace. Io no.

«In cambio ti fornirò le istruzioni tecnologiche grazie alle quali potrai raggiungere altezze che non avevi mai sognato. E grazie alla tecnologia che ti offrirò, presto acquisirai posizioni di comando. La griglia è il tuo destino. È un posto dove il tempo non ha alcun significato. Questo universo diventerà il tuo campo da gioco. Sarai come un dio».

James si volta e mi fissa negli occhi. *Cosa sta pensando?* Darei qualsiasi cosa per saperlo. Sono così confusa.

Il mietitore ha ucciso miliardi di miei simili, oltre all'equipaggio della stazione spaziale. E ha cercato innumerevoli volte di uccidere James e me. Possiamo fidarci di lui? È una trappola?

I droni raggiungeranno la superficie di Cerere tra meno di un minuto.

Il tempo sembra essersi fermato.

La decisione che deve prendere James è inimmaginabile. Una singola domanda che cambierà per sempre la storia dell'umanità. E lui ci sta riflettendo.

«Come facciamo a sapere che manterrai la parola?», chiede James senza alzare gli occhi. Sta continuando a seguire la scansione antivirus, forse cerca la conferma che il mietitore sta mentendo.

«Lo sai perché tu mi capisci, James. Tutto ciò che faccio è dettato dalla logica. L'unica cosa che conta per me è l'espansione della griglia. Prima non mi ero reso conto che la vostra specie sarebbe stata in grado di unirsi alla griglia. Ero stato spedito qui con l'unica missione di raccogliere energia nel modo meno dispendioso possibile, ed è quello che sto proponendo adesso».

Mancano quaranta secondi.

«E se rispondo di no?»

«Condannerai a morte la tua gente. Non riceverai un'offerta come questa dal prossimo "mietitore", come lo chiami. Come ho detto prima, io sono uno degli ultimi gradini della scala. Sono destinato ai sistemi solari che hanno capacità difensive molto limitate. Sistemi primitivi. Vi avevamo giudicati male. Non è la prima volta che ci capita. Ma si può rimediare facilmente. Se però non risponderò alla prossima chiamata della griglia, la situazione precipiterà. Manderanno un altro mietitore, dotato di forti capacità offensive, e sarete spazzati via. Questo è certo».

James studia lo schermo, i suoi occhi schizzano da destra a sinistra.

Mancano trenta secondi.

Alla fine James solleva gli occhi su Art e sorride.

«Prima, quando siete arrivati nel nostro sistema e ci avete valutati, vi siete sbagliati, vero?».

Art annuisce lentamente. «Sì, direi che è andata così».

«Non avete calcolato un'anomalia», dice James. «Ovvero me».
«Sì», risponde Art.
«Non pensi che forse hai rifatto lo stesso errore?».
Venti secondi.
Art scuote la testa. «Io non...».
«Forse ancora non ci capisci. Oppure non capisci l'anomalia. È questo a renderci diversi. Come hai notato, non siamo una specie perfetta. Abbiamo sterminato milioni di altri abitanti del nostro pianeta. In nome del progresso abbiamo sradicato intere popolazioni. Abbiamo scatenato guerre e ci siamo macchiati di molti crimini. Ma abbiamo anche dimostrato di saper imparare dai nostri errori. E io come gli altri. Prima il mio errore era quello di non considerare i miei simili. Di non vedere le cose con i loro occhi, ma solo a modo mio. Non rifarò lo stesso errore».
«Cosa stai dicendo?», chiede Art con voce all'improvviso metallica.
Dieci secondi.
«Voglio dire che la mia gente non accetterà mai la tua proposta. Vogliono un vita degna di essere vissuta, non dentro una macchina. E non li trascinerò in un futuro che consentirà a voi di sopravvivere e alla vostra gente di cambiarci».
Cinque secondi.
«James, ferma i droni. Adesso!», urla Art.
Sul tablet appare un messaggio.

Virus identificato.
Sistemi di comunicazione infettati.

James preme un tasto.

Disassemblaggio nucleo sistema.

Lo schermo diventa nero.
Art scompare.

# Capitolo 56
# James

Attraverso l'oblò vedo un accecante lampo bianco illuminare Cerere. I droni hanno annientato il mietitore.

Esalo un respiro che non mi ero reso conto di trattenere.

Mi slaccio dal tavolo e mi affaccio all'oblò. La superficie di Cerere è cosparsa di crateri, il più grande è dove prima c'era il nucleo centrale del mietitore.

Mi volto e vedo che Emma mi sta parlando, ma non sento quello che dice. Il computer della nave è offline e gli auricolari non funzionano.

Fluttuo vicino a lei e attacco la mia tuta alla sua con una cinghia.

«Siamo riusciti…».

«Ce l'abbiamo fatta, Emma!».

«E il computer?»

«Non lo so. Art stava cercando di infettarlo, probabilmente per usare i sistemi di comunicazione».

«Per fermare i droni?»

«È presumibile».

«Per quale altro scopo?».

Ho un'altra teoria su quello che Art stava cercando di fare, ma non me la sento di riferirgliela. Non voglio però serbare segreti con lei. Ho deciso di dirle sempre la verità.

«Per disattivare i droni, oppure per trasmettere fuori dal sistema, alla griglia, e chiedere aiuto. Rinforzi».

Emma distoglie lo sguardo.

«Possiamo riavviare il computer?»

«Possiamo, ma è meglio di no».

«Dobbiamo farlo».

«È troppo rischioso. Se Art ha infettato Leo, riattivandolo potremmo dargli accesso a quello che resta del nostro sistema di comunicazione».

«Allora siamo bloccati quassù».

«Non proprio». Indico dall'oblò i detriti delle nostre nove navi e delle rocce che il mietitore ci ha lanciato contro. «Da qualche parte, là fuori, c'è la capsula di salvataggio di una delle navi. La troveremo e ce ne andremo. Te lo prometto».

Il mio tono è più fiducioso di quanto non lo sia io stesso, ma non voglio che si preoccupi. Abbasso lo sguardo sul pannello di controllo alla mia sinistra. Nella tuta mi restano dieci ore e trentadue minuti di ossigeno. Dobbiamo trovare una capsula di salvataggio funzionante prima che scada il tempo.

Mi ci vuole mezz'ora per smontare il ponte e isolare l'hardware del sistema operativo di Leo insieme alla telemetria e a tutti i dati della missione. Con la tuta e i guanti procedo lentamente, ma devo riportare a casa a tutti i costi il nucleo del computer e la scatola nera. Dobbiamo analizzarli per scoprire se il mietitore ha trasmesso un messaggio e se, come ci ha raccontato, al suo posto ne sta arrivando un altro.

Allaccio alla tuta il nucleo del computer e ci mettiamo a cercare sistematicamente la capsula. Su *Sparta Tre* ne troviamo una funzionante. Nella mia tuta ci sono poco meno di due ore di ossigeno. Emma e io ci allacciamo al sistema della capsula di salvataggio e riempiamo i serbatoi di ossigeno. Mi tolgo il casco e lo poso a fianco.

Lei mi coglie di sorpresa. Si stacca dalla parete e mi stringe tra le braccia con gli occhi colmi di lacrime.

Restiamo abbracciati e fisso fuori dal piccolo oblò il campo di detriti e i relitti della battaglia di Cerere.

Non mi sono mai sentito così grato in vita mia.

C'è soltanto una cosa che devo dirle, qualcosa che volevo dirle da quando Art ha rivelato i miei segreti. E i suoi.

«Ehi», sussurro.

Lei si scioglie dall'abbraccio e mi guarda.

«Grazie per avermi restituito la mia famiglia. Grazie per tutto quello che hai fatto».

«Tu avresti fatto lo stesso per me».

Sì. Non c'è nulla che non farei per lei.

# Capitolo 57
# Emma

James e io mangiamo e poi ci sdraiamo a riposare. Non sono mai stata così stanca in vita mia. Abbiamo fluttuato per otto ore nel relitto della nave cercando la capsula di salvataggio. Dev'essere un record, nessuno ha mai indossato così a lungo una tuta EVA.

James mi si avvicina ansimando per la fatica.

«Ehi. A te l'onore».

«Onore?», balbetto mezza addormentata.

«Di dirlo alla Terra. È iniziato tutto con l'attacco alla stazione spaziale. È stata la nostra Pearl Harbor solare. E adesso abbiamo vinto».

«Come Midway».

«Be', più o meno», risponde lui con una smorfia.

Inarco un sopracciglio.

«Midway fu un punto di svolta della guerra nel Pacifico, una battaglia in cui gli Alleati usarono l'aviazione per neutralizzare le portaerei giapponesi. Questa è più come una battaglia finale…».

Alza una mano. «Ma in questo momento non è importante. Discuteremo di storia militare più avanti».

«Per favore, parla», dice attivando il microfono.

Deglutisco, consapevole che le mie parole saranno ascoltate per molto tempo. «Alla triplice alleanza che ha lanciato la flotta Sparta, siamo Emma Matthews e il dottor James Sinclair, gli unici sopravvissuti della flotta. Ce l'abbiamo fatta. L'entità che ha creato le celle solari operava realmente da Cerere. Abbiamo portato a termine l'attacco, distrutto il mietitore e stiamo iniziando le operazioni di rientro a bordo di una delle capsule di salvataggio di *Sparta Tre*. Le capsule di *Sparta Uno* sono state lanciate prima della battaglia per riportare a casa i sopravvissuti della *Pax*, che abbiamo incontrato lungo la strada. Se ricevete questo messaggio prima che arrivino sulla Terra, sappiate che hanno bisogno di urgenti cure mediche».

Spengo il microfono.

«Andava bene?»

«Perfetto», dice lui.

Le ore sul relitto mi riportano alla mente la mia disperata ricerca sulla stazione spaziale, la gioia alla vista di Sergei e l'orrore quando, toccandogli il braccio, mi ero resa conto che la tuta era compromessa e che lui era morto. Mentre azioniamo la capsula, mi guardo attorno nel relitto in cerca di sopravvissuti.

È come se fossi tornata all'inizio, all'evento che ha messo in moto tutto. Poi il mietitore aveva distrutto la stazione spaziale e io ero stata data per morta. Questa volta siamo noi i vincitori.

Nel modulo del cargo del relitto della *Sparta Quattro* scorgiamo una tuta EMU. È integra e pressurizzata, ma non si muove. Dentro c'è qualcuno, privo di sensi. Un sopravvissuto. Il cuore mi balza in gola.

Nel modulo delle armi di *Sparta Sette* troviamo un'altra tuta con un sopravvissuto, anche lui apparentemente privo di sensi.

James e io abbiamo fissato le nostre tute con un gancio. «Finché non riacquistano coscienza, sarà difficile farci dire qualcosa. Dobbiamo dividerci. Ognuno di noi ne caricherà uno su una capsula. Dobbiamo trovarne un'altra», mi dice James all'auricolare.

Non riesco a nascondere la mia delusione. Dopo il lancio delle capsule di *Sparta Uno* non pensavo che saremmo mai rientrati da Cerere. Ma ero convinta che se ci fossimo riusciti, James e io saremmo stati insieme, come durante il viaggio di ritorno dalla *Pax.* Ci sono ancora così tante cose che voglio dirgli. Come, per esempio, che non mi importa quel che ha fatto in passato, l'unica cosa di cui mi importa è il futuro. Ma adesso non c'è più tempo. Ogni secondo è prezioso.

# Capitolo 58
# James

Nel progetto originale della flotta Sparta avevamo denominato le capsule di salvataggio "moduli di ritorno rapido", un nome che si rivela però inappropriato. Nessun ritorno alla Terra dalla cintura degli asteroidi può essere rapido. È un viaggio di sei settimane.

La prima capsula è stata difficile da trovare, ma per fortuna lì accanto ce n'è un'altra, intatta. Ha qualche ammaccatura all'esterno, ma è pressurizzata e supera i controlli di sicurezza. Spero che regga fino alla Terra.

Mentre i propulsori si avviano e la capsula acquista velocità, non posso fare a meno di pensare alla scatola metallica con il nucleo del computer di *Sparta Uno*. Forse lì dentro c'è la conferma che il mietitore ha contattato la griglia. Abbiamo vinto la battaglia, ma ho paura che la guerra sia soltanto all'inizio. Per saperlo devo tuttavia aspettare di arrivare a casa e analizzare i dati.

Dopo due giorni di viaggio il mio passeggero si sveglia. Sulla lista dell'equipaggio ho scoperto che si chiama Deshi ed è un ingegnere cinese della Pac.

Mi guarda attraverso gli occhi semichiusi, infossati e iniettati di sangue.

«Cosa è successo?», mi chiede.

Per fortuna parla l'inglese.

«Abbiamo vinto. Rilassati. Devo visitarti».

L'ultima volta che mi sono trovato in questa situazione – visitare un astronauta – l'astronauta in questione era molto più carina. Faccio comunque del mio meglio. Deshi ha una sospetta frattura del femore. Nella capsula abbiamo un sacco di antidolorifici, ma senza esercizio perderà molta densità ossea.

Deshi si rivela un discreto giocatore di carte e gli sono grato per questo. Ma mi manca Emma, mi manca il viaggio che abbiamo fatto insieme verso la Terra. E mi mancano anche Alex, Abby, Madison, David e i bambini. E Oscar. Il suo sacrificio mi ha reso fiero.

Il cuore mi si scioglie quando intravedo per la prima volta la Terra attraverso il piccolo oblò della capsula. Quando eravamo partiti, il nostro pianeta era una distesa di ghiaccio bianco circondata dal blu dell'oceano. Ma non è più così.

Qui e là, attraverso le nuvole, scorgo un patchwork verde e marrone. Il ghiaccio si è sciolto. Il Lungo Inverno è finito.

Quando entriamo nell'atmosfera della Terra, attivo la radio.

«Al comando dell'Unione atlantica, qui è James Sinclair, richiedo il permesso di atterrare».

«Ben tornato, James. Ti stiamo aspettando», risponde la voce di Fowler.

A Terra mi mettono in quarantena e mi sottopongono a una serie infinita di test. Rimango in isolamento finché non mi trasferiscono in una camera d'ospedale. So che avrò bisogno di una lunga riabilitazione, ma riesco ancora a camminare.

Fowler è il primo a venirmi a trovare.

Appena lo vedo gli faccio la domanda che mi assilla da quando sono arrivato.

«Emma è tornata?»

«No».

«Nessun contatto?»

«Mi dispiace, James».

«Dobbiamo andare a cercarla…».

«Abbiamo già lanciato dei satelliti. Potrebbe essere soltanto un'anomalia nell'accelerazione di una delle due capsule».

Fowler sembra rendersi conto della mia preoccupazione e cambia argomento.

«Ma abbiamo recuperato alcune capsule di salvataggio».

«L'equipaggio della *Pax*? Come stanno?».

Fowler fa un largo sorriso. «Stanno bene. È stata una mossa molto brillante, James. Sei stato coraggioso. Ma le buone notizie non sono finite. Le radiazioni solari sono tornate ai valori normali».

«Come? Quando?»

«Un po' prima che trasmetteste il vostro messaggio, più o meno alla fine della battaglia, le celle solari si sono disperse. Sono ancora lassù, ma non raccolgono più l'energia solare diretta alla Terra».

«Tutto ha una spiegazione. Il mietitore ha avuto accesso a tutta la memoria di Oscar. Sapeva delle cariche nucleari che gli avevamo lanciato contro e sapeva che avrebbero distrutto le celle se avessero continuato a minacciare la Terra. La loro priorità è la conservazione dell'energia. Rimuovendo la minaccia, avrebbero continuato a raccogliere energia. E sono molto più difficili da individuare se non sono in gruppo». Mi mordo il labbro. «Forse non è finita».

«Per il momento lo è».

«Hai analizzato il nucleo del computer di *Sparta Uno*?».

Il sorriso di Fowler svanisce.

«Cosa hai trovato?»

«Non abbiamo ancora finito i test».

«Ha inviato un messaggio?»

«Sembrerebbe di sì. Ci sono delle persone che vogliono vederti, James. Desideravo soltanto ringraziarti e dirti quanto sono fiero di tutto quello che hai fatto lassù».

Prima che possa chiedergli altro, Fowler esce lasciando aperta la porta della camera d'ospedale.

Sento dei passi avvicinarsi sul linoleum del corridoio. Sembra una moltitudine, invece sono soltanto quattro: Alex, Abby, Jack e Sarah. L'ultima volta che li avevo visti erano pallidi ed emaciati, soprattutto Abby e Alex. Adesso invece sono più in carne e hanno un colorito quasi roseo. Il primo a entrare è Alex. Si getta tra le mie braccia e mi stringe forte. «Sono fiero di te, grazie», mi sussurra all'orecchio.

# Capitolo 59
# Emma

La persona che ho salvato dal relitto è un'addetta alle comunicazioni di nome Gloria. Avevo deciso di allontanarmi molto lentamente da Cerere e per fortuna l'ho fatto. Gloria nel complesso sta bene, ma ha una commozione cerebrale e l'accelerazione avrebbe potuto peggiorare le sue condizioni.

La lenta uscita dal campo di battaglia ritarderà il nostro ritorno, ma migliorerà la sua prognosi.

Le settimane si trascinano lente come mesi. Sembrano passati secoli dall'ultima volta che ho visto James, Madison e la sua famiglia. Quel periodo sembra appartenere a un'altra esistenza. Adesso la mia vita è come divisa in tre parti: il tempo prima dell'attacco alla stazione spaziale; quello intermedio trascorso nello spazio e al Campo 7; e adesso, dopo la battaglia di Cerere. Questa è la prima volta dopo la stazione spaziale in cui non sono in costante pericolo. È un nuovo inizio. E non vedo l'ora di tornare a casa per scoprire come sarà questo inizio.

L'atterraggio è molto più morbido di quello della capsula di fortuna sulla quale James e io eravamo atterrati la prima volta.

Prendiamo comunque delle precauzioni. Gloria e io indossiamo le tute EMU, le pressurizziamo e ci allacciamo preparandoci al peggio.

Attraverso l'oblò vedo le sabbie del Sahara e le spiagge dell'Italia del Sud. I ghiacciai si stanno ritirando. Il ghiaccio si scioglie e si riversa in mare.

Non se il nostro pianeta è ritornato alla normalità – e forse la normalità non sarà più quella di prima, forse sarà una nuova normalità. Ma mentre guardo dall'oblò, spero che la nostra nuova normalità sarà illuminata dalla luce del Sole.

La quarantena sembra non finire mai. Rimango sdraiata a letto, nella camera d'ospedale, fissando le pareti e aspettando i risultati. La stanza sembra la stessa in cui ho trascorso tutto quel tempo dopo il ritorno dalla *Pax*. All'epoca ero a pezzi. Eravamo stati sconfitti. Non c'erano quasi più speranze. Ancora una volta ho la sensazione di tornare all'inizio, ma adesso sono piena di speranza e mi sento forte. Abbiamo vinto. Almeno per il momento.

Poi finalmente entra il dottore e mi dimette.

Subito dopo arriva Fowler, che mi abbraccia senza dire nulla. Mi stringe a sé per un lungo momento e poi mi guarda negli occhi, con le lacrime che gli rigano le guance.

«Puoi considerarti l'astronauta più fortunata della storia».

«Ogni astronauta che parte in missione con James Sinclair è fortunato».

«Questo è vero. E a proposito, mi ha chiesto di te. Ma prima ci sono delle persone che vogliono vederti», dice indicando la porta.

Madison, David, Owen e Adeline irrompono nella camera e mi circondano come se fossi l'allenatore di una squadra che ha appena vinto il Super Bowl. Quando li vedo, il cuore mi si riempie di gioia. Sono ancora un po' magri, ma sono vivi, stanno bene e sono felici.

Gli occhi mi si inondano di lacrime.

Con la vista appannata, vedo una figura in piedi davanti alla porta della camera. Mi stropiccio gli occhi.

È James. Mi sorride guardandomi abbracciare la mia famiglia. Anche lui è la mia famiglia. Allungo una mano e lo tiro verso di noi.

«Ciao», sussurro.

«Mi sei mancata», dice lui. «Sei in ritardo».

Un altro gruppo si ferma davanti alla porta e aspetta in silenzio sbirciando dentro. Anche loro fanno parte della mia famiglia. Harry mi fa un largo sorriso. È quasi tornato al suo peso normale. Dietro di lui ci sono Grigorij, Izumi, Min, Charlotte e Lina. Entrano tutti nella camera e c'è un altro abbraccio collettivo.

Harry scuote la testa con aria mesta. «Lo sapevo che tutta la gloria sarebbe andata a voi. Non avremmo dovuto farvi lasciare la *Pax*».

Dopo i mesi nello spazio, dove fluttuavo nell'aria senza sforzare gambe e braccia, il ritorno alla gravità della Terra è un brusco risveglio. Mi sento come se il mondo mi spingesse costantemente a terra, come se indossassi una tuta di piombo.

James, anche lui zoppicante, mi accompagna fuori dall'ospedale su una sedia a rotelle. Ritorniamo al nostro alloggio su un'auto elettrica. La neve si sta sciogliendo, il terreno è un misto di sabbia e ghiaccio. Sembra quasi una metafora dell'umanità: un disastro, ma un disastro a cui possiamo rimediare. Il Sole splende luminoso sopra le nostre teste.

A casa facciamo una doccia, infiliamo i nostri vestiti di tutti i giorni, ci sediamo sul divano, in silenzio, e ci godiamo questa pausa di normalità, questo momento in cui il mondo non sta finendo e non ci sono più segreti tra di noi.

In fondo al soggiorno, la porta di Oscar è chiusa, a ricordarci che la nostra vittoria ha avuto un prezzo.

James fissa la porta e fa un lungo sospiro mentre stringo le sue mani tra le mie.

«Mi dispiace per Oscar».

«Mi dispiace non averti parlato di lui».

«Ormai fa parte del passato».

«E cosa pensi del mio passato?»

«Penso che il passato è passato. Mi interessa soltanto il futuro».
«E come lo vedi, il futuro?»
«Vedo noi due, insieme, che guardiamo tutti i tramonti e le albe che questa vita ci permetterà di vedere. I dettagli li metteremo a punto man mano».

# Epilogo

Mentre James scendeva, le scale scricchiolarono. Le casse erano pesanti, e quando raggiunse la fresca e umida cantina, era senza fiato. Posò la prima cassa sul piano di lavoro e l'aprì. Conteneva cibo e acqua, quanto bastava per i pochi giorni che aveva preventivato gli sarebbero serviti per svolgere quel compito.

In verità, non era nemmeno sicuro che avrebbe funzionato. Non ci aveva mai provato. Ma tre giorni più tardi i suoi sforzi furono ricompensati.

Si sedette su uno sgabello per controllare un'ultima volta il suo lavoro. Andava tutto bene, eppure mentre impartiva i comandi era nervoso.

«Svegliati. Connettiti, identificati e trasmetti localmente il tuo status».

Oscar aprì gli occhi.

«Il mio nome è Oscar. Backup terminato con successo».

«Qual è l'ultima cosa che ricordi?»

«Quando sono andato al quartier generale della NASA e mi hanno fatto il backup prima del lancio della flotta Sparta», rispose Oscar, voltandosi verso James. «E poi cosa è successo, signore?»

«Tu ci hai salvati, Oscar. E abbiamo vinto. Ben tornato».

Quando James entrò nell'ufficio di Lawrence Fowler al quartier generale della NASA, capì subito che c'era qualcosa che non andava.

«Cosa c'è?»
«L'analisi del nucleo del computer di *Sparta Uno* è stata completata».
«E?»
«Il sistema di comunicazione ha trasmesso un messaggio».
«Da una placca di comunicazione? Ai droni d'attacco? Per fermarli?»
«No». Fowler distolse lo sguardo. «Era un messaggio convenzionale».
«E il destinatario?»
«Fuori dal sistema. Era criptato. Probabilmente non sapremo mai cos'era, ma una cosa è certa: era diretto a qualcuno molto, molto lontano».
«La griglia».
«Forse».
«Ritorneranno. Il mietitore ha detto che l'avrebbero fatto. E il nuovo mietitore sarà molto più potente».
Fowler si alzò e girò attorno alla scrivania. «Forse. Ma è un problema che affronteremo un altro giorno. Per il momento siamo al sicuro e al caldo. E dobbiamo godercelo finché dura».

La casa era piena. A Emma piaceva essere circondata da tanta gente.
Da quando era tornata nell'alloggio a tre camere che aveva condiviso con James e Oscar, aveva dedicato tutto il suo tempo ad abbellirlo. James aveva insistito affinché riportasse in soggiorno gli attrezzi per gli esercizi. Su quel punto era stato irremovibile, e lei aveva imparato quando era il momento di cedere alle sue richieste.
James aveva trascorso quasi tutte le sue giornate alla NASA, lavorando a un piano chiamato Scudo Solare. Aveva preso soltanto una settimana di pausa, «per vedere un vecchio amico», secondo le sue parole. Adesso era tornato, ma era rientrato da

una riunione della NASA di pessimo umore, come se una nuvola oscura incombesse su di lui.

In compagnia dei familiari e degli amici sembrava ora più allegro. C'erano Abby e Alex, e anche Jack e Sarah. Madison e David erano venuti insieme a Owen e Adeline. E non mancava nemmeno l'equipaggio della *Pax*. Harry Andrews si stava occupando del barbecue nel cortile sul retro, intrattenendo gli altri con storie e aneddoti sulla *Pax*. Emma aveva già sentito quelle storie almeno un paio di volte, e ogni volta si arricchivano di nuovi, bizzarri particolari. Continuando di quel passo, di lì a qualche anno sarebbero sembrate un sequel di *Star Wars*.

Il Sole risplendeva e la neve ormai si era completamente sciolta. La gente stava cominciando a tornare in Nordamerica, in Europa e in Cina. Il mondo pareva rinascere. Tutto sembrava possibile.

Emma era in cucina e stava condendo l'insalata, quando James si accostò a un orecchio e le sussurrò: «Torno subito. È una sorpresa».

Abby, seduta al tavolo della cucina, inarcò le sopracciglia.

Emma si strinse nelle spalle. «Conoscendo James, una sorpresa può essere *letteralmente* qualsiasi cosa».

Ma quando vide James rientrare seguito da Oscar, rimase a bocca aperta.

Nella stanza calò il silenzio. Emma si rese conto che l'equipaggio della *Pax* non aveva mai incontrato Oscar. E lei sapeva cosa Oscar poteva rappresentare per Alex.

Abby fissò il marito, che si era bloccato con un boccale di birra a mezz'aria.

Lo sguardo di Alex passò da James a Oscar e poi avanzò verso di loro porgendo la mano.

«Ben tornato a casa, Oscar. James mi ha raccontato quello che hai fatto. Ottimo lavoro. Sono contento che tu fossi lassù».

Quando tutti se ne furono andati, James insistette per pulire lui la casa, così Emma avrebbe potuto riposarsi. Oscar gli diede una mano.

Finite le pulizie, James entrò nella camera che condivideva con Emma. Lei stava leggendo un romanzo sul tablet.

Lui si lasciò cadere sul letto e cominciò a sfilarsi le scarpe. «È un buon libro?»

«Sono appena arrivata alla parte migliore».

E poi, dopo una pausa, Emma aggiunse: «Mi ha fatto davvero piacere quello che Alex ha detto a Oscar».

«Anche a me. Avremo bisogno di molti altri come lui».

Lei si mise a sedere e posò il tablet. «Cosa vuoi dire?».

James la guardò come se si accorgesse soltanto ora della sua presenza.

«Oh, niente. Dicevo soltanto che c'è un sacco di lavoro da fare».

Emma annuì, ma continuò a pensare che dietro le sue parole ci fosse qualcos'altro.

Era quasi alla fine del libro quando sentì salire un'ondata di nausea. Era peggiore di quelle che aveva avuto nello spazio. Sembrava venire dal profondo e squassarle tutto il corpo.

Avanzò con gambe tremanti fino al bagno e fece giusto in tempo a chiudere la porta prima di svuotare il contenuto del suo stomaco nel water.

James si precipitò subito da lei.

«Ti senti bene?».

Lei cercò di togliersi il cattivo sapore dalla bocca.

«Sì», rispose ansimando. «Tutto bene».

«Credi che sia il cibo? Gli hamburger non erano abbastanza cotti?»

«No. Penso che il cibo andasse bene».

«L'insalata?»

«James, è tutto okay».

«Chiamami se hai bisogno di qualcosa».

Lei rimase in bagno finché non si sentì abbastanza in forze per rialzarsi in piedi. Poi aprì il cassetto della sua toilette e prese un kit per l'esame del sangue; si punse un polpastrello e ne estrasse una goccia.

Si sedette e guardò il display mentre eseguiva una serie di analisi.

Quando sullo schermo apparvero i risultati, scorse in fretta i test di routine e si fermò sul pannello diagnostico, dove lesse:

Nessun agente patogeno individuato.

Anche il colesterolo e il conteggio dei globuli bianchi erano normali.

Ma quando lesse l'ultima riga, strabuzzò gli occhi.

Test di gravidanza: positivo.

# Indice